Fleur McDonald

Wilder Eukalyptus

Buch

»Gemma, ich werde es nicht schaffen. Und ich stecke in Schwierigkeiten. Du musst die Farm verkaufen und ein neues Leben beginnen, damit sie dich nicht finden …«
Wieder und wieder muss Gemma an Adams letzte Worte denken, die er ihr nach dem schrecklichen Flugzeugabsturz mit letzter Kraft zugeflüstert hat. Worte, die sie ignoriert hat. Denn sie liebt ihr Leben auf der Billbinya, einer großen Farm in Australien, und möchte sie unbedingt auch allein halten.
Doch plötzlich vermissen die Farmen in Gemmas Nachbarschaft mehrere Schafherden, während ihr Tierbestand höher ist als erwartet. Für die Inspektoren ist klar, dass auf Billbinya nicht alles mit rechten Dingen zugeht – und dass Adam in kriminelle Machenschaften verwickelt war. Je stärker Gemma seine Unschuld beteuert, desto stärker macht sie sich selbst verdächtig. Nur ihre Freundin Jess glaubt ihr – und Ben, ein neuer Mitarbeiter ihres Tierhändlers, der umwerfend aussieht und ganz offensichtlich das Herz am rechten Fleck hat. Gemeinsam recherchieren sie und entdecken in Adams Hinterlassenschaften Dinge, die Gemmas Leben komplett auf den Kopf stellen.
Mitreißend, spannend und einfühlsam erzählt Fleur McDonald von einer mutigen Frau, die sich in einer Männerdomäne beweist und trotz mehrerer Rückschläge an das Leben und die Liebe glaubt.

Autorin

Fleur McDonald wuchs in Orroroo, etwa 300 km nördlich von Adelaide in Südaustralien auf und studierte Agrarwissenschaften. 1996, zwei Tage nach der Hochzeit mit ihrem Ehemann Marcus, kauften die beiden ihre erste Farm. Heute bewirtschaften sie über 8 000 Morgen Land. Fleur McDonald hat zwei Kinder und lebt mit ihrer Familie im Südwesten Australiens. Sie schreibt derzeit an ihrem zweiten Roman.
Weitere Informationen finden Sie unter www.fleurmcdonald.com

Fleur McDonald

Wilder Eukalyptus

Australien-Saga

Aus dem Englischen
von Claudia Geng

blanvalet

Die australische Originalausgabe erschien 2009 unter dem Titel »Red Dust«
bei Allen & Unwin, Australia.

FSC
Mix
Produktgruppe aus vorbildlich
bewirtschafteten Wäldern und
anderen kontrollierten Herkünften

Zert.-Nr. SGS-COC-001940
www.fsc.org
© 1996 Forest Stewardship Council

Verlagsgruppe Random House FSC-DEU-0100
Das für dieses Buch verwendete FSC-zertifizierte Papier
Holmen Book Cream liefert Holmen Paper, Hallstavik, Schweden.

2. Auflage
Deutsche Erstausgabe April 2010 bei Blanvalet, einem Unternehmen der
Verlagsgruppe Random House GmbH, München.

Umschlaggestaltung: © HildenDesign unter Verwendung von Motiven
von mdd / Shutterstock; Beth Van Trees / Shutterstock
Redaktion: textinform, Gerhard Seidl
NB · Herstellung: sam
Satz: KompetenzCenter, Mönchengladbach
Druck und Einband: GGP Media GmbH, Pößneck
Printed in Germany
ISBN: 978-3-442-37425-0

www.blanvalet.de

Für Anthony, Rochelle und Hayden, ihr seid alles für mich.
Für Carolyn und Jeff, denen ich von ganzem Herzen danke,
und für Louise Thurtell, die dieses Buch möglich gemacht hat.

Prolog

Tränen rannen über Gemmas Wangen, als sie vor dem Grab stand, eine einsame Gestalt in der heißen Januarsonne. Die Trauergäste hatten sich in die Kühle des Gemeindehauses zurückgezogen, wo sie ein kleiner Empfang mit Tee und kalten Getränken erwartete.

Die Arme fest um sich geschlungen, wusste Gemma nicht, was am meisten schmerzte: die Tatsache, dass er für immer fort war, oder seine letzten Worte, kurz bevor er starb.

Vor Gemmas geistigem Auge liefen die Bilder ab, wie sie im Pick-up über die Anhöhe fuhr, durch dichte Staubschwaden, die nicht allein von der galoppierenden Herde stammten. Die Luft flimmerte von roten Sandkörnern, und der Wind pfiff Gemma so laut um die Ohren, dass sie weder das Brüllen der Rinderherde noch das Dröhnen des Flugmotors hörte. Sie beobachtete, wie das Flugzeug zur Landung ansetzte, wie schon so oft zuvor … Aber irgendetwas stimmte diesmal nicht. Dort drüben konnte er nicht landen – zu wenig Platz –, und außerdem kam er viel zu schnell herunter. *Großer Gott, nein!*, hatte es Gemma durchzuckt, als das Flugzeug, das ihr Mann steuerte, auf dem Boden aufschlug.

Vor dem Grab gab Gemma sich innerlich einen Ruck. *Du darfst nicht so viel grübeln*, sagte sie sich. *Du musst stark sein*. Sie wandte sich in Richtung Gemeindehaus.

Hätte sie sich nur ein paar Sekunden früher umgewandt, hätte sie einen fremden Mann gesehen, der in der Tür des Gemeindehauses lehnte und derart unverfroren zu ihr herüberstarrte, dass sie sich erschreckt hätte.

Alle Köpfe drehten sich zu Gemma, als sie den Gemeindesaal betrat, und die Gespräche verstummten schlagartig. Gleich darauf begannen die Unterhaltungen wieder, um das lastende Schweigen zu füllen. Irgendeiner drückte Gemma eine Tasse Tee in die Hand, und ein anderer sprach ihr leise sein Beileid aus. Sie nahm alles wie durch einen Nebel wahr.

»Gem?« Die Stimme hinter ihr ließ Gemma herumwirbeln. Beim Anblick ihrer besten Freundin füllten sich ihre Augen wieder mit Tränen.

»Jess«, war alles, was sie herausbrachte.

Jess legte den Arm um Gemma. »Na komm, lass uns verschwinden. Du brauchst hier nicht herumzustehen wie Falschgeld.«

Gemma ließ sich von Jess wegbringen, während die Familienangehörigen, Freunde und Nachbarn ihr schweigend hinterhersahen.

Kapitel 1

Gemma wachte schweißgebadet auf. Wieder dieser Albtraum. Erst das trudelnde Flugzeug, dann, wie sie zur Absturzstelle gerannt war, zu Adam. Sein blutverschmiertes Gesicht und seine verdrehten Gliedmaßen. Ihr lauter Frustschrei, als es ihr nicht gelungen war, die Cockpittür zu öffnen. Da hatte Adam plötzlich die Augen aufgeschlagen.

»Ich schaff es nicht, Gem«, hatte er gekeucht. »Bitte, pass gut auf dich auf. Ich habe es mir mit ein paar gefährlichen Leuten verscherzt. Denen ist zuzutrauen, dass sie dich belästigen, wenn ich nicht mehr bin. Es tut mir so leid. Verkauf die Farm.« Das waren Adams Abschiedsworte.

Obwohl es gerade erst zwei Uhr morgens war, schlug Gemma die Bettdecke zurück und stand auf. Sie schlurfte in die Küche und machte sich einen Malzkakao. Aus leidvoller Erfahrung wusste sie, dass in dieser Nacht keine Hoffnung mehr auf Schlaf bestand. Sie schnappte sich ihren dicken Pullover und ihre Ugg Boots und ging ins Büro, das sie bereits gründlich durchsucht hatte, da sie aus Adams letzten Worten einfach nicht schlau wurde. Sie hatte nichts gefunden. Im Moment verdrängte sie jedoch den Gedanken an Adam und schaltete den Computer an. Es war Zeit, sich um die Buchhaltung zu kümmern und eine Entscheidung zu treffen, was mit den fünfundzwanzigtausend Hektar Land geschehen sollte, die ihr Mann ihr hinterlassen hatte.

Durch dieses Erbe gehörte Gemma mit ihren neunundzwanzig Jahren zu den Farmern mit dem größten Grundbesitz im ganzen Distrikt, und niemand traute ihr zu, eine so große Farm alleine zu managen, doch genau das tat sie. Und das bis heute. Für die schweren Arbeiten beschäftigte sie zwei erfahrene Männer, obwohl sie sich nicht davor scheute, sich die Hände schmutzig zu machen. Aber Gemma war diejenige, die die Entscheidungen traf und die Verantwortung dafür trug, dass alles rundlief.

Obwohl es Adams letzte Bitte gewesen war, hatte Gemma nicht die Absicht, Billbinya zu verkaufen. Ihr Land war gutes, fruchtbares Land. Es lag nördlich der sogenannten Goyder-Line, aber immer noch südlich genug, um etwas mehr Regen abzubekommen als die Gebiete hoch im Norden von South Australia. Dabei hatten etliche Grundstücksmakler Gemma kontaktiert und ihr Kaufangebote unterbreitet, lukrative Angebote, aber ihre Antwort lautete immer nein. Sie wollte die Farm behalten. Die Viehzucht war das Einzige, was sie gelernt hatte und was sie interessierte.

Die anderen Farmer reagierten mit Staunen und Skepsis auf Gemmas Entscheidung.

Als Gemma die Farm mit Adam noch gemeinsam bewirtschaftete, hatte sie allgemeine Anerkennung für ihre Arbeit erhalten. Aber nun, als einzige Frau in einer Männerwelt, weckte sie den Argwohn der Farmersfrauen, die ihre Zeit lieber der Country Women's Association, der Gartenarbeit oder dem Tennis widmeten statt der Land- und Viehwirtschaft.

Die Männer behandelten sie mit einer Mischung aus Respekt und Verachtung. Gemma wusste, dass die meisten sie für unfähig hielten, die Farm zu leiten. Erst neulich hatte sie bei *Hawkins & Jones*, dem Großhandel für Farmer, zufällig einen der Kunden sagen hören: »Die Sinclair-Witwe traut sich schon was, aber du wirst sehen – der wird das Farmerspielen ziemlich schnell verleidet sein, wenn ihr das Geld ausgeht. Dann muss sie verkaufen.«

Würde man Gemma fragen, müsste sie zugeben, dass es tatsächlich nicht einfach war, eine so große Farm zu bewirtschaften, aber niemand hatte sie gefragt. Ohne ihre zuverlässigen Viehtreiber Bulla und Garry wäre sie aufgeschmissen. In den letzten sechs Monaten, seit Adams Tod, hatten die beiden häufig Überstunden machen müssen. Sie beklagten sich nie, aber Gemma benötigte dennoch eine weitere Arbeitskraft, um die beiden zu entlasten. Es gab Weiden auf Billbinya, die sie schon wochenlang nicht mehr gesehen hatte, und nur der liebe Gott wusste, in welchem Zustand die Schafe und Kühe dort waren. Ein dritter Mann musste her, beschloss Gemma und machte sich daran, ein Stellenangebot für die Zeitung aufzusetzen.

Nachdem sie den Anzeigentext per E-Mail verschickt hatte, nahm sie sich den Stapel Rechnungen und Briefe vor, die mit der letzten Post gekommen waren. Während sie einen Umschlag nach dem anderen öffnete, wurde ihr Herz immer schwerer. Auf Billbinya wurden überwiegend Hammel gehalten, zusammen mit ein paar Mutterschafen, um den Bestand nachzuzüchten, sowie Rinder. Die Preise für Wolle waren schon seit geraumer Zeit auf dem

Tiefstand. Gemma kam immer mehr zu der Überzeugung, dass sie einige grundlegende Dinge auf der Farm ändern musste. Offenbar brachte Wolle derzeit nicht genügend Geld ein, um ihre laufenden Kosten zu decken. Also musste sie einen anderen Weg finden, wie sie ihren Lebensunterhalt sichern konnte.

Nachdem Gemma ihre Buchhaltung für Mai auf den aktuellen Stand gebracht und die Umsatzsteuer berechnet hatte, ging draußen am Horizont langsam die Sonne auf. Gemma reckte sich auf ihrem Stuhl und erhob sich.

Sie öffnete die Verandatür, die vom Büro auf die Terrasse des geräumigen Farmhauses führte, klappte beide Flügel weit auf und atmete die eisige Morgenluft ein. Das war ihr tägliches Ritual in den acht Jahren, seit sie auf Billbinya lebte.

Die Farm erstreckte sich zum größten Teil über eine sanfte Hügellandschaft. Mitten hindurch floss ein Bach, dessen Ufer riesige alte Eukalyptusbäume und moosbedeckte Felsen säumten.

Der Hof lag am Fuße eines Granitfelsens, umgeben von einer großen Wiese, auf der Efeu und wilde Geranien wucherten. Pfeffer- und Mandelbäume reihten sich am Zaun entlang. Früher einmal gab es einen Obst- und Gemüsegarten für den Eigenbedarf, aber Gemma hatte keine Zeit mehr dafür, seit sie sich alleine um die Farm kümmern musste.

Das Haus war aus Stein gebaut und hatte ein Blechdach. Adams Urgroßvater hatte es errichtet. Die Fenster waren zwar klein, aber das Haus selbst war sehr großzügig gestaltet und verfügte über fünf Schlafzimmer, ein Esszimmer, einen Salon und einen großen Wintergarten, der einen Panoramablick auf die Buschlandschaft bot, die sich bis hoch zu den Bergen erstreckte.

Die Hausseite, auf der das Büro und die Veranda lagen, zeigte hinaus auf flacheres, weites Weideland.

Gemma sah hinüber zu dem Zwinger unter den Bäumen, in dem so früh am Morgen noch alle Hunde dösten, mit Ausnahme ihres treuen Begleiters Scoota. Er hockte vor seinem ausgehöhlten Baumstamm, der ihm als Unterschlupf diente, und lauschte mit gespitzten Ohren auf die Bewegungen seines Frauchens.

Rechts vom Haus stand ein alter Geräteschuppen, in dem die landwirtschaftlichen Maschinen zum Mähen und Düngen der Weiden lagerten. Direkt dahinter lagen die Scheune und die Schafgehege still in der aufgehenden Morgensonne. Die Ochsengehege befanden sich auf einem anderen Teil der Farm, in der Nähe der Viehtreiberhütte, wo Bulla und Garry wohnten.

Gemma beobachtete die goldenen Sonnenstrahlen, die die Blätter der Eukalyptusbäume zum Glänzen brachten. Sie liebte den Tagesanbruch auf der Farm, auch wenn es die Stunde war, in der sie Adam besonders schmerzlich vermisste. Sie waren immer schon bei Morgengrauen zusammen aufgestanden, um beim ersten Kaffee den Sonnenaufgang zu beobachten und sich in Ruhe zu unterhalten. Sie hatten den Tagesablauf besprochen, Entscheidungen getroffen und ihre Zweisamkeit genossen.

Mit einem Anflug von wilder Entschlossenheit verdrängte Gemma ihre Trauer. Sie tauschte ihre Lammfellstiefel gegen Arbeitsschuhe, sprang dann mit einem Satz über das Verandageländer und lief zu ihrem Pick-up, der in dem Carport neben dem Haus stand.

Morgenstund hat Gold im Mund, dachte sie. Sie startete den Motor, und als sie vom Hof fuhr, jauchzte sie laut auf. Sie schüttelte ihr weizenblondes Haar, genoss den Fahrtwind im Gesicht und freute sich auf den bevorstehenden Tag.

An einem anderen Ort, in einem anderen Teil von South Australia, studierte währenddessen ein Mann seine Unterlagen und klopfte dabei nachdenklich mit zwei Fingern auf seine Unterlippe. Er hatte keine Ahnung, wie viel Gemma wusste – falls sie überhaupt etwas wusste. War es Adam gelungen, seiner Frau nach dem Flugzeugabsturz eine Nachricht zukommen zu lassen? Es hieß, Adam sei nach dem Aufprall noch kurz bei Bewusstsein gewesen. Was genau war in diesen letzten Minuten geschehen? Er musste es unbedingt herausfinden …

Kapitel 2

Für Gemma gab es nichts Schöneres, als das eigene Land abzufahren, die saftigen Weiden und die großen Herden mit ihren Jungtieren, die herumtollten, Bocksprünge machten und einander jagten. Über viele Jahre hinweg war hier im Norden kein einziger grüner Grashalm gewachsen. Die Dürre hatte die Weidegründe in trockenen, staubigen Boden verwandelt. Darum war der herrliche Anblick der endlos grünen Wiesen eine Labsal für die Seele.

Gegen halb eins kehrte sie mit ihrem Geländewagen um und fuhr zurück zum Hof, nachdem ihr nichts Ungewöhnliches aufgefallen war. Zu Hause angekommen, stellte sie zunächst den Wasserkocher in der Küche an und ging anschließend direkt ins Büro. Der Anrufbeantworter blinkte.

»Hi Gem, hier ist Jess. Was treibst du? Hast schon eine Ewigkeit nichts von dir hören lassen. Hoffe, es geht dir gut. Ruf mich zurück, wenn du Zeit hast. Bis dann!« Gemma lächelte, während sie Jess' fröhlicher Stimme lauschte, in der jedoch ein besorgter Unterton mitschwang – sie musste Jess unbedingt anrufen.

»Äh, guten Tag. Hier spricht Mike Martin vom Australian Transport Safety Bureau. Ich möchte Ihnen kurz mitteilen, dass der Unfallbericht zum Absturz der *Foxtrott Juliet Papa* abgeschlossen ist. Die Unglücksursache war ein Ausfall des Triebwerks, der eine Notlandung erforderlich machte. Daraufhin kollidierte das Fahrwerk mit einem hohen Baum, was schließlich zu einer Bruchlandung mit Todesfolge führte. Sollten Sie dazu weitere Fragen haben, rufen Sie mich an. Ich bin heute den ganzen Tag im Büro zu erreichen.«

»Bruchlandung mit Todesfolge?«, murmelte Gemma, während sie sich die Telefonnummer notierte, die anschließend folgte. Sie lehnte sich gegen den Schreibtisch, und plötzlich hatte sie wieder das Flugzeug vor Augen. Wie es in der Luft geschwankt hatte, wie die Räder unter dem Rumpf weggeknickt waren und wie das Blech sich einer Ziehharmonika gleich zusammenfaltete, als die Maschine auf dem Boden aufschlug.

»Gem, ich bin's noch mal.« Gemma blickte geistesabwesend auf den Anrufbeantworter. »Ich habe spontan beschlossen, am kommenden Wochenende zu dir rauszukommen. Schätze, ich bin Freitagabend so gegen halb acht da. Ich melde mich kurz, bevor ich losfahre. Freu mich auf dich!«

»Das ist ja super!«, sagte Gemma laut. Die Stimme ihrer Freundin hatte die schlimmen Bilder in ihrem Kopf vertrieben.

»Bist du da, Gemma?« Der Lautsprecher erwachte knackend und rauschend zum Leben, als Bulla, einer ihrer Viehtreiber, sie anfunkte. Gemma drehte sich zu der Funkstation in dem Regal mit den Ordnern um, in denen die letzten drei Generationen ihrer Viehzucht dokumentiert waren, und nahm das Sprechmikrofon in die Hand.

»Ja?«, antwortete sie.

»Gem, ich habe schon wieder 'ne Schafherde mit Zuwachs entdeckt. Schätze, es sind ungefähr vierhundert Stück mehr, als wir dachten. Wir brauchen mehr Material, um die Lämmer zu kennzeichnen.«

»Oh«, stieß Gemma überrascht aus. Adam hatte die Bestandsbücher immer sehr genau geführt, und doch war das nun schon das dritte Mal seit seinem Tod, dass sie eine Herde fanden, deren Zahl sich deutlich vergrößert hatte. »Seltsam. Gut, was soll's, ich kümmere mich darum. Sonst ist alles okay?«

»Ja. In ungefähr 'ner halben Stunde sind wir da.«

Gemma verabschiedete sich von Bulla und ging anschließend in die Küche, um sich eine Kleinigkeit zuzubereiten. Während sie aß, machte sie nebenbei eine Liste der Besorgungen, die sie in der Stadt zu erledigen hatte. Sie wusste, dass sie Mike Martin zurückrufen musste, aber jetzt war nicht der richtige Zeitpunkt. Die Lämmer hatten Vorrang – und Jess, auf die sie sich schon sehr freute.

Gemma war ganz aufgeregt. Jess hatte angerufen – sie war bereits unterwegs –, und Gemma konnte es kaum erwarten, endlich mal wieder weibliche Gesellschaft zu haben. Obwohl sie Adam über alles geliebt hatte, war nicht zu leugnen, dass ihre Freundschaften unter der Ehe gelitten hatten, da sie ihre ganze Zeit der Farm und ihrem Mann widmete. Nicht dass sie sich beklagte – so hatte sie es schließlich gewollt –, aber hin und wieder vermisste sie schon die Partynächte bis zum frühen Morgen mit ihrer lebenslustigen und vor Energie sprühenden Freundin. Jess und Gemma hatten schon viel zusammen erlebt.

Beide waren auf Farmen aufgewachsen. Sie waren im selben Bus zur Schule gefahren, bis Jess' Eltern ihre Farm aufgegeben hatten und nach Port Pirie gezogen waren. Als die beiden Mädchen erfuhren, dass sie auf dasselbe Internat kommen würden, zusammen mit ihren Freundinnen aus der Grundschule, war die Freude unbeschreiblich groß. Seitdem waren Gemma und Jess unzertrennlich.

Natürlich ging Jess nicht mehr ganz so oft feiern, seit sie berufstätig war – in einer Bank, ausgerechnet! Gemma schüttelte jedes Mal den Kopf, wenn sie daran dachte, welchen Beruf Jess gewählt hatte. Sie hatte erwartet, ihre wilde, unternehmungslustige Freundin würde sich etwas Revolutionäres aussuchen, womit sie die Welt auf den Kopf stellen konnte – doch stattdessen war aus Jess eine langweilige Finanzberaterin geworden. Das war fast so schlimm wie Verwaltungsfachangestellte!

Schmunzelnd legte Gemma Musik auf, mixte sich einen Rum mit Cola und sang laut mit, während sie die Soße für das Lamm zubereitete, das sie eigenhändig gezogen, geschlachtet und gekocht hatte und das jetzt im Backofen schmorte. Die Zucht und das Schlachten lagen ihr, das Kochen allerdings weniger, dachte sie.

Kurze Zeit später sah Gemma einen aufgemotzten roten Pick-up auf den Hof fahren und eilte nach draußen. Jess besaß einen richtigen Angeberwagen, wie ihn gewöhnlich junge Kerle fuhren, voll ausgestattet mit großen Suchscheinwerfern, Funkantenne und Autogrammen von berühmten Country-Sängern auf der Heckklappe, und über dem Armaturenbrett lag eine Thekenmatte, die Jess aus dem Oodnadatta Pub hatte mitgehen lassen, als sie das Pferderennen besuchten. Der Wagen war immer blitzblank geputzt und sah nur selten schmutziges Gelände. Gemma lief ihrer Freundin mit ausgebreiteten Armen entgegen und fiel ihr um den Hals.

»Jess, da bist du ja endlich!«

»Gem, Süße, wie schön, dich zu sehen.« Jess erwiderte die stürmische Umarmung. »O Mann, ich hatte ganz vergessen, wie weit es ist bis Billbinya. Ich habe nicht daran gedacht, mir für die Fahrt was zu trinken mitzunehmen. Ich bin es eben gewohnt, am Steuer nichts zu trinken. Aber nicht einmal die Polizei verirrt sich nach hier draußen!«

»Du Ärmste, das war bestimmt hart für dich, hundertfünfzig Kilometer ohne einen Tropfen Alkohol.«

»Na ja, da kann man schon Durst bekommen.«

»Offensichtlich«, sagte Gemma trocken.

»Und, wie geht es dir?«, fragte Jess, als sie zum Haus gingen, die Arme locker umeinandergeschlungen.

»Manchmal ist es nicht leicht. Aber ich schlage mich tapfer.«

»Ich habe nichts anderes von dir erwartet. Irgendwas Neues von deinen Schwiegerleuten?«

»Hey, heute Abend wollen wir uns amüsieren, okay?«, sagte Gemma. »Lass uns morgen über diesen Kram reden.«

Während Gemma den Arm von Jess warm auf ihrer Schulter spürte, empfand sie einen inneren Frieden, den sie seit Adams Tod nicht mehr gekannt hatte. Es war schön, sich fast wieder wie ein Ganzes zu fühlen und zu wissen, dass sie nichts zu befürchten hatte, was auch immer geschehen mochte.

An der Küchentür schlug ihnen ein beißender Geruch

entgegen. »Mist! Das ist meine Bratensoße«, rief Gemma und stürzte an den Herd. Jess – eine fantastische Köchin – musste so sehr lachen, dass ihr fast die Tränen kamen.

»Deine Kochkünste sind also nicht besser geworden! Was gibt es denn nun zum Abendessen? Ich habe Kohldampf«, sagte Jess, machte den Kühlschrank auf und nahm sich eine Cola heraus. Knackend öffnete sie die Dose und lehnte sich gegen die Küchenanrichte. »Toast mit Rührei? Oder überbackene Sandwiches?«

»Hör auf! So eine schlechte Köchin bin ich nun auch wieder nicht. Ich koche eben selten, jetzt, wo ich alleine bin. Wir haben ja immer noch den Lammbraten – dann essen wir ihn eben ohne Soße.«

»Lammbraten? Mmm, Lammfleisch hatte ich schon seit Ewigkeiten nicht mehr!« Jess schob Gemma sacht zur Seite. »Lass mal den Profi ran.« Sie versuchte, von der Soße zu retten, was zu retten war. »Ich glaube, wir müssen mehr davon ansetzen. Wo finde ich Mehl?«

»In der Speisekammer.« Gemma betrachtete Jess. Ihre roten Haare hingen offen über ihre Schultern, und ihre Sommersprossen und grünen Augen stachen von ihrer blassen Haut ab. »Du hast in letzter Zeit wohl nicht viel Sonne gesehen«, bemerkte sie.

»Allerdings«, stieß Jess seufzend aus. »Nun ja, ich arbeite im Büro, da bekommt man nicht viel Sonne ab. Aber …«, sie hob den Zeigefinger, »… dafür wurde ja Make-up erfunden.«

»Du bist so auffallend fröhlich«, sagte Gemma. »Wo drückt der Schuh?«

»Wie du vorhin schon gesagt hast, lass uns morgen

über diesen Kram reden«, entgegnete Jess, den Kopf in der Speisekammer. »Ich kann hier nirgendwo Mehl entdecken. Nicht zu fassen, dass du keins im Haus hast – oh, da ist es ja. Gemma Sinclair, das Mehl ist bereits seit einem Jahr abgelaufen! Eines Tages wirst du dir noch eine Lebensmittelvergiftung holen. Na ja, in der Not frisst der Teufel Fliegen.«

»Ich brauche eben kaum Mehl«, rechtfertigte sich Gemma.

»Na komm, kümmern wir uns um das Essen, und ich erzähle dir den neuesten Klatsch aus der Stadt. Du wirst nicht glauben, wen ich gestern beim Friseur getroffen habe.«

»Wen denn?«, fragte Gemma.

»Gabby Clarke. Kannst du dich noch an sie erinnern, damals in der Schule? Blond, Beine bis in den Himmel, superdünn. Ich wollte zuerst gar nicht glauben, dass sie es ist. An ihrem Rockzipfel hingen gleich drei Blagen.«

»Du veräppelst mich!«, stieß Gemma aus. »Ich wusste nicht einmal, dass Gabby verheiratet ist.«

»Ja, schon seit fünf Jahren, mit irgendeinem Typen aus der Stadt.« Jess schlug sich theatralisch gegen die Stirn. »Oh, und rate mal, mit wem ich letzte Woche einen trinken war.«

»Keine Ahnung. Sag mal, gehst du zwischendurch auch arbeiten?«

»Klar, aber nur, wenn es meine Freizeit erlaubt«, antwortete Jess trocken, lachte aber gleich darauf über ihren Scherz. »Übrigens, du kommst nie darauf, wer seit Neuestem wieder in der Stadt ist«, fuhr sie fort.

»Wer denn?«

»Paige Nicholls.« Ein kurzes Schweigen entstand, und die beiden Frauen dachten an die Tragödie, die zwei ihrer Freunde das Leben gekostet hatte, und an die Rolle, die Paige dabei gespielt hatte.

»Das ist ja interessant. Ich frage mich, warum sie wieder hier ist.«

Jess zuckte mit den Achseln. »Keine Ahnung. Ist mir auch egal.«

Sie schwatzten fröhlich den ganzen Abend weiter und genossen ihr Beisammensein. Gegen Mitternacht reckte sich Gemma und sagte: »Mensch, so lange war ich schon seit einer Ewigkeit nicht mehr auf. Ich sollte ins Bett. Morgen früh muss ich mich als Erstes um die Färsen kümmern. Ich habe nämlich Bulla und Garry das Wochenende freigegeben.«

»Ja, ich bin auch reif fürs Bett. Wo schlafe ich?«

»Im selben Zimmer wie beim letzten Mal. Zweite Tür rechts. Weißt du noch, wo das Bad ist?«

»Ja. Was ist mit dem Abwasch?«

»Der kann bis morgen warten. Möchtest du mich morgen früh begleiten?«

»Um wie viel Uhr brichst du auf?«

»So gegen halb sechs.«

»Vergiss es! Sorry, Gem, aber in diesem Fall fährst du wohl besser ohne mich los.«

»Schlaf gut, Jess«, sagte Gemma lächelnd. »Schön, dich bei mir zu haben.«

Jess beugte sich vor, um ihre Freundin zu umarmen. »Ich bin auch froh, hier zu sein. Mein letzter Besuch ist schon viel zu lange her. Gute Nacht.«

Es ist ein gutes Gefühl, jemanden im Haus zu haben, dachte Gemma, als sie unter ihre Bettdecke kroch. Und zum ersten Mal seit Monaten fiel sie sofort in einen tiefen, traumlosen Schlaf.

Kapitel 3

Um fünf Uhr stand Gemma auf, machte sich einen Kaffee und schaute hinaus in den kalten, klaren Morgen. Am Horizont schimmerte fahl das erste Tageslicht. Gemma mochte die Sonne sehr, aber als sie das Radio anschaltete, um den Wetterbericht zu hören, hoffte sie auf Regen. In diesem Jahr hatte es zwar schon verhältnismäßig oft geregnet, aber Gemma konnte nie genug davon haben.

Um halb sechs war es draußen schon fast hell, und Gemma schrieb für Jess eine Notiz, dass sie nicht vor acht Uhr zurück sein würde, obwohl sie davon ausging, dass Jess dann ohnehin noch in den Federn lag.

Gemma band ihren Hund Scoota los, der zur Begrüßung ausgelassen um ihre Beine jagte, stieg dann in den Pick-up und machte sich auf zu der Koppel, auf der die Färsen weideten, in Gedanken bei Jess. Irgendetwas stimmt mit Jess nicht, dachte Gemma, aber sie wusste, dass Jess erst darüber reden würde, wenn sie es für richtig hielt. Die Freundinnen hatten sich schon öfter in der Wolle, weil Jess sich von Gemma bedrängt gefühlt hatte. Dabei hatte Gemma nur helfen wollen.

Auf ihrer Tour über die Weiden musste Gemma immer wieder Gattertore öffnen und schließen, und sie überquerte etliche Weideroste, bevor sie schließlich die Färsenkoppel erreichte. Sie zählte ungefähr hundert Tiere; hier schien alles in Ordnung zu sein. Gemma beschloss, am Nachmittag nochmals rauszufahren und nach der Herde zu schauen.

Jess war aufgewacht, als Gemmas Wagen vom Hof fuhr. Nachdem sie sich eine Weile im Bett herumgewälzt hatte, ohne wieder einschlafen zu können, beschloss sie, dass ein Kaffee nicht schaden konnte, statt weiter herumzuliegen und vor sich hin zu grübeln. Also stand sie auf und zog sich an. Wenig später ging sie mit einer dampfenden Kaffeetasse hinüber in den Salon und schürte das Feuer im Kamin. Dann spazierte sie durch den Raum und blieb vor der Wand stehen, an der Gemmas Hochzeitsfoto hing. Nachdenklich betrachtete sie Adam und fragte sich laut: »Warst du wirklich der hinterhältige Schuft, für den ich dich halte?«

Jess verharrte lange vor dem Bild, während sie an ihrem Kaffee nippte und sich die Gespräche mit Adam in Erinnerung rief, auf der Suche nach einem Zusammenhang mit den Gerüchten, die in der Stadt kursierten. Aber ihr fiel nichts ein. Sie seufzte, stellte ihre Tasse weg und ging nach draußen. Instinktiv wandte sie sich in Richtung Scheune, am Hundezwinger vorbei. Gemma war eine Hundenärrin und besaß immer mindestens ein halbes Dutzend, egal ob die Hunde zur Arbeit taugten oder nicht. Jess band Scuba los, den Hofhund; er konnte sie auf ihrem Spaziergang begleiten. Scuba war ein Labradormischling, in dem sich ein Dutzend verschiedene Rassen fanden. Er hatte vorher einem alten Planierraupenfahrer gehört, der ihn einschläfern lassen wollte, als er ihn nicht mehr mit zur Arbeit nehmen konnte. Heutzutage hatten viele Farmer etwas dagegen, wenn die Landarbeiter ihre eigenen Hunde mitbrachten.

Jess war nicht sehr oft auf Billbinya gewesen.

Während Scuba um ihre Beine herumtollte, marschierte sie weiter und betrat die Scheune. Schon seit ihrer Kindheit liebte sie den Geruch von Lanolin, der allen Scherschuppen anhaftete, und den öligen Glanz auf den Holzoberflächen. Die Trennbalken waren völlig abgewetzt von unzähligen Schafleibern, die im Laufe der Jahre an dem Holz entlanggeschrammt waren. Jess atmete den Geruch in der Scheune tief ein und genoss die Stille, bevor sie wieder nach draußen ging und den Blick über die Landschaft schweifen ließ.

Sie schlenderte in Richtung Bach weiter, beugte sich zu Scuba herunter, um ihn zu tätscheln, und hob ein Stück Wurfholz auf. »Soll ich es ihr sagen?«, fragte sie den Hund.

Als Gemma auf das Farmhaus zuging, konnte sie bereits von draußen riechen, dass es Eier mit Speck gab. Sie betrat die Küche und sagte: »Ich hätte nicht gedacht, dich schon so früh auf den Beinen zu sehen.«

»Oh, ich bin durchaus in der Lage, früh aufzustehen – aber glücklicherweise kann ich es mir meistens aussuchen. Möchtest du Kaffee?«, fragte Jess.

»Was glaubst du denn?«

»Und, was steht heute auf dem Plan? Hast du zu tun?«, fragte Jess, während sie sich um den Kaffee kümmerte und den Speck in der Pfanne wendete.

»Nein, ich stehe dir voll zur Verfügung. Was möchtest du gerne machen?«

»Ich habe mir überlegt, es wäre ganz nett, mal wieder unter freiem Himmel zu schlafen. Wir könnten runter zu der Stelle am Bach, wo wir früher immer waren, als du mit Adam frisch zusammen warst. Wir nehmen die Schlafsäcke mit und machen uns ein hübsches Lagerfeuer – du weißt schon, so wie früher, bevor wir alt und vernünftig geworden sind.«

Gemma nickte langsam, während sie sich mit der Idee anfreundete. »Ja, campen im Winter. Ein warmes Feuer, die kalte Luft und ein bisschen Portwein, um uns von innen zu wärmen. Klingt großartig. Ich muss allerdings vorher noch mal nach den Färsen sehen, dann können wir aufbrechen.«

»Du hast einen neuen Wagen«, bemerkte Jess, nachdem sie am späten Nachmittag ihre Rucksäcke und den Proviant auf der Ladefläche des Pick-ups verstaut hatten.

»Ja.« Gemma strich über das Armaturenbrett des neuen weißen Toyota Land Cruiser, während sie ihn über die holprige Weide lenkte. »Den habe ich mir nach Adams Tod geleistet. Auf dem Hof stehen nur lauter alte Klapperkisten. Ich dachte, wenn ich die Weiden abfahre und so lange Strecken alleine unterwegs bin, brauche ich ein verlässliches Auto.«

»Gute Idee. Der reinste Horror, mitten in der Pampa liegenzubleiben und auf fremde Hilfe warten zu müssen«, sagte Jess. Kurz darauf erreichten sie auch schon ihren alten Campingplatz. Es sah alles noch genau so aus, wie Jess es in Erinnerung hatte – eine geschützte Stelle direkt am Bach, gesäumt von hohen Kieferbäumen, einem moosbewachsenen Granitfelsen und einem weichen Kiesstrand.

Als Gemma das Feuer schürte, lachte sie und sagte: »Ich glaube es nicht, dass wir das tatsächlich tun. Wie alt sind wir eigentlich? Wir sollten uns doch wie verantwortungsbewusste Erwachsene verhalten. Aber es kommt mir vor, als wären wir wieder fünfzehn und würden auf der Farm meiner Eltern campen, um ungestört laute Musik zu hören und heimlich zu rauchen.«

»Hey, möchtest du Bacardi-Cola? Lass uns feiern wie früher. So oft werden wir nicht mehr die Gelegenheit dazu bekommen.«

»Klingt gut.« Während Jess die Getränke aus der Kühlbox nahm, richtete Gemma das Lager her.

Sie legte Holz nach und holte dann aus einer Kiste auf der Pritsche einen Grillrost, Fleisch und Mehl.

»Willst du etwa Buschbrot backen? Großartig! Obwohl … Wie alt ist das Mehl noch mal?«

Gemma warf eine Handvoll Mehl nach Jess. »Los, mach dich nützlich. Wickel die Kartoffeln in Alufolie und leg sie anschließend in die Glut. Wenn schon, dann machen wir es richtig.«

»Ah, eine Nacht unter freiem Himmel ist genau das, was ich seit Langem brauche«, sagte Jess etwas später, während sie sich gegen ihren Rucksack lehnte und versonnen ins Feuer starrte. »Sag, Gem, wie geht es dir wirklich? Du hast noch nicht viel von dir und der Farm erzählt.«

Gemma nahm ihre Getränkedose, hockte sich auf ihren Rucksack und sah Jess an.

»Ich komme zurecht. Ich hatte es mir schwieriger vorgestellt – nein, das kam jetzt falsch rüber. Es ist verdammt schwer, ich vermisse Adam unheimlich, und ich würde alles tun, um ihn zurückzubekommen … Ich muss mich jetzt um so viele Dinge kümmern, was ich mir früher nie hätte vorstellen können. Aber ich kann es.«

»Natürlich kannst du das«, meinte Jess entrüstet.

»Ja, aber trotzdem gibt es noch so vieles, was ich Adam gerne gefragt hätte, und das frustriert mich. Und dass ich abends ohne ihn ins Bett muss, dass ich niemanden habe zum Kuscheln und zum Reden …« Gemmas Stimme wurde immer weicher. Sie schlug die Augen nieder und fingerte nervös an ihrer Bacardi-Cola-Dose herum. »Ich fühle mich ein bisschen einsam. Manchmal bekomme ich tagelang niemanden zu Gesicht außer Garry und Bulla. Ich bin immer richtig froh, wenn die Viehhändler kommen. Dann kriege ich endlich ein paar Neuigkeiten aus der Gegend zu hören und habe mal jemand anderen zum Reden. Jemanden, der sich mit dem Geschäft gut auskennt und neue Ideen mitbringt.«

Gemma stand auf und stellte sich an den Klapptisch, um den Teig für das Buschbrot zu bearbeiten.

»Aber ich denke, es ist ganz gut, dass ich so viel zu tun habe. So komme ich wenigstens tagsüber nicht ins Grübeln. Es ist nicht leicht, so eine riesige Farm kostendeckend zu managen. Ich meine, ich habe zwar früher mal ein bisschen Buchhaltung gemacht, aber in den letzten Jahren hat sich ausschließlich Adam darum gekümmert. Er hatte den Überblick, wann die großen Ratenzahlungen fällig waren, zum Beispiel der Kredit für den neuen Traktor oder die Hypothek an seine Eltern. Um ehrlich zu sein, ich habe keinen Schimmer, wie er das mit den Raten hinbekommen hat. Manchmal reicht das Geld auf dem Konto nicht einmal, um die Löhne zu bezahlen, geschweige denn irgendwelche Kredite. Ich habe keine

Ahnung, wie ich die nächste Rate an Adams Eltern aufbringen soll, aber mir fällt schon was ein. Sind ja noch ein paar Monate.«

Stille breitete sich aus, die nur vom Knistern des Feuers unterbrochen wurde. Jess bemerkte, dass der Klapptisch wackelte, weil Gemma den Teig härter knetete, als nötig war – das einzige Anzeichen, dass sie innerlich aufgewühlt war. Jess konnte sich des Eindrucks nicht erwehren, dass ihre Freundin ihre Trauer noch nicht richtig verarbeitet hatte. Gemma war schon immer gut darin gewesen, ihre Gefühle zu unterdrücken.

Ohne von ihrem Teig aufzuschauen, sagte Gemma: »Ich finde eigentlich, dass ich meine Sache ganz gut mache. Aber neulich in der Stadt habe ich zufällig jemanden sagen hören, ich würde mich nur als Farmerin aufspielen. Das hat mich sehr getroffen. Ich weiß, dass die Leute über mich reden, aber es tut schon weh, wenn man so etwas mitbekommt.« Sie hob den Blick und lächelte traurig. »Das ist kein Spiel, Jess. Ich versuche ernsthaft, die Farm zu leiten.«

»Oh, Gem, ich würde nie auf die Idee kommen, dass dir die Sache nicht ernst ist. Ich habe schon immer gewusst, dass du das Zeug dazu hast. Das war doch immer dein größter Wunsch – weißt du noch, auf unserem stinkfeinen Internat hattest du ständig Heimweh. Unsere Gemma braucht das weite, offene Land!«

»Ich vermisse Adam jeden Tag, aber das Leben geht weiter, und ich will das Beste daraus machen«, sagte Gemma leise.

Sie richtete ihre Aufmerksamkeit wieder auf den Teig und murmelte etwas, das Jess nicht verstehen konnte.

»Was hast du gesagt?«, fragte Jess.

»Ich sagte, ich wünschte, dass ich Adam fragen könnte, wie es zu den großen Abweichungen bei den Viehbeständen kommt«, wiederholte Gemma.

»Große Abweichungen?«, fragte Jess mit einem mulmigen Gefühl im Bauch.

»Wir haben einen unerklärlich hohen Zuwachs an Mutterschafen, was bedeutet, dass wir auch mehr Lämmer haben. Seltsam, Adam war sonst immer so genau mit den Zahlen. Bulla sagt, Adam kannte die Größe jeder einzelnen Herde auswendig. Aber plötzlich haben wir Zuwächse von bis zu fünfhundert Tieren. Das ist ungewöhnlich viel. Nächste Woche kommt der Viehhändler, dann zählen wir den kompletten Bestand, Schafe und Rinder. Ich muss bis zum dreißigsten Juni ein genaues Ergebnis haben, weil dann die Steuer fällig ist.«

Jess zögerte kurz. Das war praktisch ihr Stichwort. »Weißt du, Gem …«

Aber Gemma war noch nicht fertig. »Adam saß oft am Computer, um das Herdbuch zu aktualisieren, auch wenn es gar keine Änderungen gab, wie er dann immer behauptete, aber ich dachte halt, er plant für den nächsten Tag oder so.« Sie zuckte mit den Schultern und schenkte Jess ein strahlendes Lächeln. »Na gut, der Teig ist jetzt fertig und kann auf das Feuer. Außerdem brauche ich einen neuen Drink.«

Jess klappte den Mund auf, um jetzt zu reden, schloss ihn aber gleich wieder. Die Gelegenheit war verstrichen.

Nachdem sie gegessen hatten, rollte Jess ihren Schlafsack neben der Feuerstelle aus. Dann streifte sie ihre Stiefel ab und schlüpfte in die wärmende Hülle. Gemma legte einen dicken Ast ins Feuer und folgte anschließend Jess' Beispiel.

»Hast du immer noch Ärger mit Ian und Joan?«, fragte Jess.

»Ah, die bösen Schwiegereltern … Nein, eigentlich nicht. Adams Tod hat sie so sehr erschüttert, dass sie ihren Schmerz an mir ausgelassen haben. Sie konnten anfangs nicht verstehen, dass Adam mir die Farm vererbt hat, statt sie wieder an seine Eltern zu überschreiben, aber ich glaube, das Thema ist mittlerweile gegessen. Solange sie ihr Geld bekommen, ist alles in bester Ordnung. Wenn ich in der Stadt bin, besuche ich sie regelmäßig, und hin und wieder rufen sie an, um sich nach mir zu erkundigen, aber im Grunde haben wir nicht viel miteinander zu schaffen. Ian ist der Meinung, eine Frau ist nicht imstande, eine Farm zu leiten. Ich lasse ihn in dem Glauben, dass mein Vater mich bei allen Entscheidungen berät.«

»Und wie steht Billbinya finanziell da? Ist es wirklich so schlimm, wie du vorhin angedeutet hast?«, fragte Jess vorsichtig.

»O nein, so schlimm ist es nun auch wieder nicht. Die Viehwirtschaft ist eben ein schwieriges Geschäft. Das Konto ist permanent in den Miesen, aber ich kriege das schon irgendwie geregelt. Egal, was ist eigentlich mit dir? Ich sehe dir doch an, dass irgendwas nicht stimmt. Hast du Liebeskummer?«

Jess' Magen schnürte sich zusammen. »Was soll mit mir sein?«, sagte sie in unbefangenem Ton. »Bei mir läuft alles bestens. Ich schufte wie ein Ochse und habe kaum Freizeit, aber sonst geht es mir prima.«

»Aha«, sagte Gemma, die die Antwort zwar nicht überzeugend fand, aber dennoch darauf verzichtete weiterzubohren. »Und was ist mit deinem Freund … wie heißt er noch gleich? Brad, Chad, Gonad?«

»Brad!«, stellte Jess empört richtig und beugte sich vor, um in Gemmas Schlafsack zu boxen. »Er ist einfach wunderbar«, fügte sie schwärmend hinzu.

»Sind sie das nicht alle am Anfang?«, entgegnete Gemma spöttisch.

»Brad ist anders«, erwiderte Jess.

»Das sagst du jedes Mal.«

»Aber diesmal stimmt es. Er ist groß, dunkelhaarig …«

»Groß, dunkelhaarig und sieht gut aus«, fiel Gemma ihr ins Wort. »Was machst du eigentlich, wenn dich mal ein hässlicher Mann anspricht, Jess?«

»Brad ist wirklich fantastisch«, fuhr Jess unbeirrt fort. »Er ist Agraringenieur und lebt erst seit anderthalb Jahren in Pirie. Vor Kurzem hat er sich selbstständig gemacht, nachdem er zuvor für eine große Viehagentur tätig war. Brad meint, als Selbstständiger kann er mehr verdienen.«

»Und warum ist er anders? Was gefällt dir an ihm besonders gut?«

»Na ja«, druckste Jess herum, »das kann ich dir nicht sagen – aber du kannst es dir ja sicher denken!«

»Ich hätte erst gar nicht fragen sollen«, sagte Gemma und lachte auf.

»Nein, im Ernst, Brad ist wirklich anders. Er hört mir zu, er redet mit mir, wir verbringen gerne unsere Zeit gemeinsam. Das Leben kann sehr einsam sein. Ich meine, ich habe zwar einen großen Freundeskreis, aber du bist die Einzige, die mich richtig gut kennt. Und bei Brad habe ich das Gefühl, dass er mich immer besser versteht. Trotzdem ist er kein Weichei, wenn du verstehst, was ich meine. Und man kann mit ihm jede Menge Spaß haben.«

»Tja, Jess, dann hoffe ich mal, dass Brad dein wahrer Traumprinz ist. Ich kann mir gar nicht vorstellen, dass du tatsächlich ernst machen willst!«

»Ja, ich weiß, was du meinst, ich auch nicht. Aber noch habe ich keine kalten Füße bekommen, obwohl wir wirklich viel Zeit miteinander verbringen.«

Sie streckten sich in ihren Schlafsäcken aus und betrachteten den Sternenhimmel und die Funken, die das Feuer durch die Luft wirbelte, ohne ein weiteres Wort zu wechseln.

Kapitel 4

In den darauffolgenden Wochen hatte Gemma viel zu tun. Vor lauter Arbeit kam sie nicht einmal dazu, in die Stadt zu fahren. Auf ihre Stellenanzeige hatten sich einige Männer beworben, und sie führte ein paar Vorstellungsgespräche, aber keiner der Bewerber stach heraus. Da Gemma dringend eine zusätzliche Arbeitskraft benötigte, stellte sie wider besseres Wissen Jack Marshall ein, einen Mann Mitte dreißig, der den Großteil seines Lebens auf Farmen oben im Norden Australiens verbracht hatte. Jack war ein großer Mann mit einem dichten, buschigen Bart und einem abgebrochenen Schneidezahn, der zu sehen war, wenn er lächelte. Er war in einem weißen Pick-up gekommen, auf dessen Heckscheibe das geschmacklose Porträt einer nackten Blondine klebte. Jack machte einen ziemlich mürrischen Eindruck, aber seine Arbeitszeugnisse waren tadellos. Er war noch nie unangenehm aufgefallen, was für ihn sprach. Während Bulla und Garry weitab vom Hof wohnten, auf einem anderen Teil der Farm, würde Jack schließlich in der Schlafbaracke neben der Scheune sein Quartier beziehen, in nicht allzu weiter Entfernung vom Haus.

Die Baracke bot sich als Unterkunft an, da bei Bulla und Garry kein Platz war. Es gab acht Zimmer, die normalerweise nur während der Schur belegt waren. Gemma hatte keinen vierten Geländewagen, den sie Jack zur Verfügung stellen konnte, darum bat sie Garry, das alte Motorrad wieder flottzumachen, das hinten im Geräteschuppen vor sich hin rostete.

Am letzten Junitag erhielt Gemma einen Anruf von Ned Jones, einem der Geschäftsführer von *Hawkins & Jones, Viehagentur und Farmwirtschaftsgroßhandel.* Ned schaute regelmäßig auf Billbinya vorbei, wenn er in der Gegend war. Seit Wochen opferte er bereitwillig seine Zeit, um Gemma dabei zu helfen, den kompletten Viehbestand von Billbinya zu zählen. Ned war ein Mann mittleren Alters mit einem stattlichen Bierbauch, einem großen Hut und einem sonnenverbrannten Gesicht, da er sich meistens draußen aufhielt, und er war immer zu Scherzen aufgelegt. Für Gemma verkörperte Ned einen klassischen Viehhändler der alten Schule.

Als Ned vor dem Rindergehege hielt, saß er nicht alleine im Wagen. Gemma ging hinüber, um ihn zu begrüßen.

»Hi, Ned, wie geht's?«

»Hallo, Gemma, alles klar? Mir geht es gut.« Ned hievte sich aus dem Wagen und deutete mit seiner schwieligen Hand auf die Beifahrerseite. »Gemma, dieser junge Bursche hier ist Ben Daylee. Er arbeitet seit Kurzem für uns. Ben, das ist Gemma Sinclair.«

Gemma sah zu dem jungen Mann hinüber, während dieser aus dem Wagen stieg. Sie hatte eigentlich einen jungen Auszubildenden erwartet, musste jedoch überrascht feststellen, dass Ben in ihrem Alter war. Während sie ihn musterte, verschlug es ihr den Atem, und sie errötete leicht. Sie hoffte, dass es niemand bemerkte. Ben sah einfach blendend aus.

Gemma reichte ihm die Hand. »Freut mich, Sie kennenzulernen. Wissen Sie auch, worauf Sie sich eingelassen haben, mit dem da als Chef?« Sie deutete auf Ned.

Ben lächelte. Perfekte Zähne. War irgendetwas an ihm nicht perfekt?, fragte sich Gemma im Stillen.

»Sicher, aber weiß Ned auch, worauf er sich mit mir eingelassen hat? Ich kann ihm bestimmt noch das eine oder andere beibringen.«

»Darauf wette ich«, sagte Gemma. »Gut, dann gehen wir mal zu den Ochsen …« Sie wandte sich um und marschierte voraus zum Gehege, während Ned und Ben ihr folgten.

»Schöne Tiere«, bemerkte Ben anerkennend, als sie die Herde begutachteten.

»Danke. Mein Mann und ich haben sie von meinem Vater gekauft. Er züchtet Angus. Kennen Sie sich mit Rindern aus?«

»Ich bin auf einer Rinderfarm aufgewachsen. Meine Eltern besitzen im Süden viertausend Morgen Land. Sie züchten übrigens ebenfalls Angus.«

»Oh, welcher Stammbaum?«, fragte Gemma, mehr, um Bens Wissen zu testen als aus aufrichtigem Interesse. Viele Neulinge in der Branche dachten, sie verstünden etwas vom Geschäft, obwohl sie in Wirklichkeit nur wenig Erfahrung besaßen.

»Im Wesentlichen züchten wir drei Blutlinien. Wir arbeiten überwiegend mit künstlicher Befruchtung und Embryotransfer. Der Samen stammt von amerikanischen Deckstieren.« Ben erzählte detailliert von der Rinderzucht seiner Eltern, während Gemma aufmerksam zuhörte. Kein Zweifel, er kannte sich mit Rindern aus.

»Ich helfe hin und wieder auf der Farm meiner Eltern aus, wenn die Kühe künstlich besamt werden«, sagte Gemma. »Vor ein paar Jahren habe ich sogar einen Fortbildungskurs gemacht. Aber hier auf Billbinya benötige ich dieses Wissen nicht, weil ich selbst keine Rinder züchte. Ich kaufe sie lieber bei anerkannten Züchtern. Meistens bei meinem Vater, aber auch bei anderen, um identische Blutlinien zu vermeiden.«

»Okay«, unterbrach Ned das Gespräch, »fangen wir mit der Arbeit an.«

Der gesamte Rinderbestand durchlief den Treibgang, während Ben und Ned zählten. Bulla und Jack kümmerten sich um einen reibungslosen Ablauf im Gehege, und Garry sorgte für Nachschub von den Weiden. Nachdem alle Rinder gezählt waren, lud Gemma die beiden Viehagenten zu einem Kaffee ins Haus ein, während Garry, Bulla und Jack die Herden auf ihre Koppeln zurückbrachten.

Ned addierte die Stückzahlen, die er sich in den vergangenen Wochen notiert hatte, und erläuterte anschließend Gemma das Ergebnis, nachdem sie sich zu ihm an den Küchentisch gesetzt hatte.

»Also, Gemma, unsere Zählungen decken sich nicht mit Adams Buchhaltung. Fast alle Schafherden sind größer als dokumentiert. Manche haben einen Zuwachs von bis zu fünfhundert Tieren, im Schnitt sind es um die hundertfünfzig. Dafür stimmen die Zahlen bei den Rindern einigermaßen, sieht man von den Mastochsen ab, wo wir siebzig Tiere mehr gezählt haben. Was mir allerdings Sorgen macht, ist, dass Adam vor ungefähr zehn Monaten einen Vertrag mit einer Mästerei abgeschlossen hat über die Lieferung von dreihundert Jungochsen. Dabei gibt euer Bestand das gar nicht her. Ihr habt fünfhundert Rinder plus die siebzig Mastochsen, aber die verkauft ihr normalerweise auf der Jungtierschau im Januar. Woher willst du die dreihundert Ochsen nehmen, die du laut Vertrag liefern musst?«

Gemma fiel der Teelöffel aus der Hand, der klirrend auf dem Tisch landete. »Was für ein Vertrag? Adam hat mir nichts davon gesagt!«

»Der Vertrag mit dem Mäster, den Adam schon seit drei Jahren beliefert. Du weißt schon, der Mastbetrieb am anderen Ende der Stadt.«

»Oh«, entgegnete Gemma verwirrt und überlegte fieberhaft. Vertrag? Seit drei Jahren? »Hab ich wohl vergessen«, stammelte sie. »Äh, ich muss noch mal fragen, Ned – wie viele Ochsen muss ich liefern?«

»Dreihundert.«

Gemma schüttelte konsterniert den Kopf.

»Haben wir auch wirklich alle Tiere gezählt?«, fragte Ned.

»Ja, ich denke schon. Ich bin in den letzten zwei Wochen jede einzelne Koppel auf Billbinya abgefahren. Und wenn die Jungs keinen Fehler beim Viehabtrieb gemacht haben, können wir eigentlich keine Herde übersehen haben.« Gemma überlegte kurz. »Vielleicht hatte Adam ja ein Abkommen mit Dad.« Noch während sie es aussprach, spürte sie, wie die Anspannung von ihr abfiel. Ja, so musste es sein. »Am besten, ich rufe Dad an und frage ihn selbst. Wann ist der Liefertermin?«

»Ende Oktober.«

»Gut, das lässt sich bestimmt klären.« Gemma war

plötzlich wieder ganz professionell. »Ich rufe Dad gleich heute Abend an und gebe dir dann Bescheid.«

»In Ordnung. Gut ...« Ned schob seinen Stuhl zurück. »Wir müssen weiter – in einer halben Stunde werden wir drüben bei den Carters erwartet. Ben soll unsere Kundschaft kennenlernen.«

Sie erhoben sich alle vom Küchentisch. Ben räumte die Kaffeetassen ab und stellte sie in die Spüle.

Während Gemma die beiden Männer zum Wagen begleitete, fragte sie: »Dann sind Sie also ab jetzt für mich zuständig, Ben?«

»Ich weiß nicht, das entscheidet Ned. Aber ich hoffe es.«

Ned lachte und klopfte Ben auf die Schulter. »Der glaubt, das ist ein Kinderspiel. Offenbar ist ihm nicht klar, dass er bald genauso auf dem Zahnfleisch gehen wird wie ich, wenn er meine Arbeit übernimmt. Darum haben Bert und ich ihn ja eingestellt – damit wir endlich mal Urlaub machen können. Ach ja, da fällt mir ein, Gemma – in drei Wochen fahre ich weg, nach Alice. Meine bessere Hälfte und ich wollen dort eine Weile ausspannen. Ben wird mich so lange vertreten.«

»Das ist ja super, Ned! Ich kann mich nicht erinnern, dass du jemals im Urlaub warst, und ich kenne dich praktisch schon mein ganzes Leben lang.« Gemma freute sich aufrichtig für ihn.

»Ja, Rose hat sich immer eine Reise nach Alice Springs gewünscht, und jetzt, wo Ben für mich einspringt, bietet sich endlich die Gelegenheit dafür.«

Ned öffnete die Wagentür, beugte sich dann kurz vor und drückte aufmunternd Gemmas Schulter. »Pass auf dich auf, Mädchen.«

»Und du auf dich.«

Ben gab Gemma seine Visitenkarte. »Sie können mich jederzeit anrufen«, sagte er und gab ihr die Hand. »Auf Wiedersehen.«

Kaum waren die beiden weg, sprang Gemma in ihren Toyota, um eine Tour über die Farm zu machen. Die Neuigkeit mit dem Vertrag hatte sie völlig unvorbereitet getroffen, aber sie würde der Sache auf den Grund gehen. Und notfalls die dreihundert Mastochsen auftreiben, die sie brauchte, um den Vertrag zu erfüllen.

Ned und Ben verließen die Hofzufahrt und bogen auf die schmale, geteerte Straße.

»Wow«, sagte Ben und lehnte sich in seinem Sitz zurück. »Tolle Frau!«

Ned warf ihm einen Blick von der Seite zu. »Schlagen Sie sich solche Flausen ganz schnell wieder aus dem Kopf, mein Junge«, sagte er streng. »Gemma hat ein verdammt hartes Jahr hinter sich. Besser, Sie lassen sie in Ruhe.«

»Ich habe keine Flausen im Kopf. Trotzdem ist sie eine außergewöhnliche Frau.« Ben schüttelte den Kopf. »Sie hatte keine Ahnung von dem Vertrag«, fügte er nach einer kleinen Pause hinzu.

Ned rieb sich müde das Gesicht. »Ich weiß.«

»Was sollen wir deswegen unternehmen?«, fragte Ben. »Müssen wir den Mäster vorwarnen?«

»Warten wir erst einmal ab, was Gemma mir berichtet, wenn sie mit ihrem Vater gesprochen hat. Adam wäre durchaus zuzutrauen, dass er ihr diesen Vertrag verheimlicht hat. Vielleicht hat er auch einfach vergessen, ihr davon zu erzählen, oder er dachte, sie braucht nichts davon zu wissen.«

»Sinny – war das der Spitzname von Adam?«

»Ja.«

»Kann es denn sein, dass er mit Gemmas Vater einen Deal gemacht hat?«

»Das bezweifle ich ernsthaft, aber man kann nie wissen.«

»Haben Sie schon von den mysteriösen Viehdiebstählen gehört?«

Ned warf Ben einen verärgerten Blick zu. »Ja, das habe ich, Ben«, antwortete er in abgehacktem Ton. »Aber bei der Polizei ist bis jetzt keine einzige Anzeige eingegangen. Außerdem bin ich mir absolut sicher, dass das nichts mit Billbinya zu tun hat. Hier in der Gegend wird kein Vieh vermisst – das beschränkt sich auf das Gebiet westlich der Stadt. Also, ich will gefälligst nichts mehr davon hören, verstanden?«

Ben verfiel in Schweigen und starrte durch die Scheibe auf die vorüberfliegende Landschaft, aber in Wahrheit sah er nur Gemmas hübsches Gesicht vor sich.

Kapitel 5

Nachdem Gemma sämtliche Rinderweiden abgefahren hatte, war sie sich sicher, dass der Viehbestand vollständig gezählt worden war. Auf dem Rückweg funkte sie Bulla und Garry an und lud sie zum Feierabend auf ein Bier im Farmhaus ein. Sie hatte einige Fragen an die beiden.

Gemma war im Büro, als ihre Viehtreiber in einem der alten Geländewagen vorfuhren, die zur Farm gehörten. »Hallo Männer, wie sieht's aus?«, rief sie, während sie den beiden entgegenging.

»Gut sieht's aus«, antwortete Bulla. »Wir haben an die tausend Schafe reingeholt für kommenden Montag, wenn Millsy mit seiner Truppe anrückt und die Lämmer markiert.«

»Super. Wie wär's mit einem Bier?«

»Ja, gern«, antworteten beide Männer gleichzeitig.

Gemma ging voraus in die Küche und nahm zwei Flaschen Bier aus dem Kühlschrank. Sich selbst mixte sie einen Rum mit Cola. Dann setzte sie sich zu den Männern an den Tisch und blickte sie ernst an.

»Was denkt ihr, wie es zu der wundersamen Vergrößerung unserer Herden kommt? Das gefällt mir gar nicht«, begann sie.

Garry und Bulla arbeiteten bereits auf Billbinya, bevor Adam die Farm von seinen Eltern übernommen hatte.

Nachdem Gemma und Adam geheiratet hatten, verdiente sie sich den Respekt und die Loyalität der beiden Viehtreiber, indem sie genauso hart schuftete wie alle anderen und ihre Arbeit mit Stolz verrichtete. So stand für die beiden außer Frage, dass sie blieben, als Gemma nach Adams Tod die Leitung der Farm übernahm. Sie wussten, dass Gemma ihre Sache genauso gut machen würde wie Adam, wenn nicht sogar besser.

»Tja, Gem«, sagte Bulla, »ich habe auch keine richtige Erklärung dafür. Sinny hatte immer einen genauen Überblick über den Bestand an Schafen und Rindern. Aber vielleicht hat er den in den letzten Monaten verloren. Schließlich war er ja nur noch mit dem Flieger unterwegs.«

»Weiß einer von euch was über eine Lieferung von dreihundert Mastochsen Ende Oktober?«

Bulla und Garry wechselten einen verdutzten Blick, dann nahm jeder einen Schluck aus seiner Flasche, ohne dass ihnen bewusst war, dass sie spiegelbildlich agierten. Gemma schmunzelte in sich hinein. Die beiden waren sich unglaublich ähnlich, aber vermutlich war das völlig normal, wenn man schon so lange Zeit zusammenarbeitete und unter einem Dach wohnte.

»Ich weiß nichts von dieser Lieferung«, sagte Garry. »Davon höre ich zum ersten Mal. Was ist mit dir, Bull?«

»Ist mir auch neu.«

»Wirklich?«, fragte Gemma überrascht. »Ned hat mir heute erzählt, dass Adam den Mäster schon seit drei Jahren beliefert.«

»Das kann nicht sein«, widersprach Bulla energisch. »Jedenfalls nicht, solange wir hier sind, und ganz bestimmt nicht in den letzten drei Jahren. Wir würden uns doch erinnern, wenn wir die Ochsen verladen hätten. Und Sinny hätte uns sicher zur Mästerei geschickt, um nach dem Vieh zu sehen. Du weißt ja, dass er gerne alles genau kontrolliert hat, bevor das Vieh in die Schlachtung ging. Ned muss sich irren.«

Gemma machte ein nachdenkliches Gesicht. »Ja, das stimmt. Adam hat immer einen von uns mitgenommen und das Vieh in der Mast kontrolliert. Keine Ahnung, warum ich nicht selbst darauf gekommen bin.« Sie nahm einen Schluck von ihrem Getränk. »Glaubt ihr, dass Adam mit meinem Vater irgendwelche geschäftlichen Absprachen getroffen hat?«

»Wohl kaum«, antwortete Bulla, ohne zu zögern. »War wohl auch besser so. Ohne deinen alten Herrn beleidigen zu wollen, Gemma, aber man kann nicht gerade behaupten, dass Sinny und Jake die besten Freunde waren.«

Gemma nickte. Adam und ihr Vater waren sich nicht immer einig gewesen, was jedoch nicht weiter schlimm war. Schließlich teilte sie auch nicht immer die Meinung von Adams Eltern, und dennoch war ihr Verhältnis gut. Allerdings hatte Gemma manchmal den Eindruck, dass ihre Schwiegereltern Adam nicht wirklich verstanden hatten und ihnen auch nicht bewusst war, wie viel Druck sie auf ihren Sohn ausgeübt hatten.

Auf Gemmas Gesicht erschien schließlich ein Lächeln, und sie sagte: »Na ja, jedenfalls liegen wir gut im Zeitplan. Unser Vieh und das bisschen Ernte gedeihen prächtig, und wir sind gerüstet für Montag, wenn die Lämmer markiert werden. Habt ihr beiden am Wochenende schon was vor?«

»Wahrscheinlich machen wir einen kleinen Abstecher in den Pub, oder was meinst du, Gazza?«

»Ja, sieht wohl so aus. Wir wollen morgen in die Stadt, ein paar Besorgungen machen. Der Pub liegt ja auf dem Weg.«

»Gute Idee. Na, dann sehen wir uns wahrscheinlich morgen früh.«

Die Männer erhoben sich, tranken noch schnell ihr Bier aus und wandten sich zum Gehen. Bulla blieb kurz in der Tür stehen.

»Gem, pass bitte auf, jetzt, wo der neue Mann auf dem Hof wohnt. Vergiss nicht, nachts das Haus abzuschließen, okay?«

»Wozu denn, Bulla? Meinst du nicht, du übertreibst ein wenig?« Gemma lächelte ihn gerührt an.

»Ich hab schon meine Gründe. Sei einfach vorsichtig, hörst du?«, entgegnete er schroff.

»Ich bin immer vorsichtig, Bull«, sagte Gemma in besänftigendem Ton. »Bis morgen.«

»Bis morgen«, erwiderten beide Männer unisono.

Nach dem Abendessen, das aus Eiern auf Toast bestand – Gemma würde nie zugeben, dass Jess recht hatte, was ihre mangelnden Kochkünste betraf –, atmete sie tief durch und griff zum Telefon.

»Hallo? Hier ist Sarah«, erklang die fröhliche Stimme ihrer Mutter.

»Hi, Mum, ich bin's.«

»Hallo, Schatz. Wie geht es dir?«

»Gut. Und euch?«

»Ach, du weißt schon, wie immer. Dein Vater hat alle

Hände voll zu tun, jetzt in der Kalbzeit. Er liegt schon im Bett – ihm war nicht wohl. Übrigens, Leisha hat mich heute angerufen. Ihr und den Kindern geht es gut. Und weißt du was?«

»Was?« Es war schon ein paar Wochen her, dass Gemma mit ihrer Schwester gesprochen hatte.

»Zac hat eine neue Stelle in Canberra. Da verdient er mehr als in der alten Firma. Nächsten Monat wollen sie umziehen. Der Ortswechsel wird ihnen guttun. Canberra ist zwar viel kleiner als Melbourne, aber die Gelegenheit ist einmalig, und es gibt auch dort ein gutes Angebot an Schulen, die für Zoë und Kate geeignet sind. Oh, aber das Beste kommt noch – ach ja, stimmt, das darf ich dir eigentlich gar nicht erzählen. Leisha will es dir nämlich selber sagen. Vergiss es! Wie läuft es denn bei dir? Isst du auch anständig? Du bist so dünn geworden. Schade, dass du nicht öfter zum Essen vorbeikommst.«

Gemma verdrehte die Augen. »Mir geht es gut, Mum. Das ist ja super – ich meine, dass Leisha wieder schwanger ist.« Gemma wartete auf eine Reaktion.

»Ach, du hast schon mit ihr gesprochen? Sind das nicht tolle Neuigkeiten?«

»Nein, Mum, ich habe nicht mit ihr gesprochen – ich habe einfach nur geraten.«

»Oh, Gemma, du durchschaust mich immer wieder. Aber sag deiner Schwester bloß nicht, dass du es von mir weißt. Eigentlich habe ich ja gar nichts verraten. Oh, ich muss aufhören, dein Vater ruft nach mir. Der Ärmste war vorhin so erledigt, dass ich ihn ins Bett geschickt habe. Ich wünsche dir noch einen schönen Abend. Tschüss!«

»Tschüss, Mum.« Gemma legte auf und schüttelte

lächelnd den Kopf. Dann schrieb sie eine kurze E-Mail, um Ned mitzuteilen, dass sie noch nicht mit ihrem Vater hatte sprechen können. Danach hüpfte sie unter die Dusche und machte es sich anschließend mit einem Buch, das sie bereits angefangen hatte, im Bett gemütlich.

Jack nahm wieder einen Schluck aus der Rumflasche und starrte aus dem Fenster in seinem Zimmer in der Schlafbaracke. Kurze Zeit später zog er sich an und schnappte sich seine Taschenlampe. Leise öffnete er die Tür nach draußen und lauschte in die Dunkelheit. Es war nichts zu hören – vielleicht war heute Nacht eine günstige Gelegenheit, das Haus der Witwe zu durchsuchen. Er schlich über die Wiese, und als er am Zwinger vorbeikam, redete er leise auf die Hunde ein, die ihm mit einem Knurren antworteten. Vor der Haustür verharrte er kurz und blickte sich um, während er wieder in die Stille horchte. Nichts rührte sich. Seine Hand lag auf dem Türknauf, und er drehte ihn vorsichtig. In diesem Moment begannen die Hunde im Zwinger, wild zu kläffen. Jack ließ abrupt den Knauf los, fluchte leise und schlich rasch wieder zu seinem Quartier zurück. Dort legte er sich auf sein Bett und rauchte eine Zigarette, während er überlegte, wie er am besten vorgehen sollte, um in das Haus zu gelangen und sich dort umzusehen. Im nächsten Moment piepte sein Handy, weil eine SMS ankam.

Kapitel 6

Gemma fuhr ruckartig im Bett hoch. Was hatte sie aus dem Schlaf gerissen? Der Wecker zeigte null Uhr zwanzig an. Erst jetzt nahm sie das Klingeln des Telefons wahr. Wer zum Teufel rief denn um diese Uhrzeit noch an?

»Hallo?«

»Gem, Schatz, hier ist Mum.«

»Mum, was ist los?«

»Es ist nicht so schlimm, wie es sich anhört, Liebes. Dein Vater hatte einen leichten Herzinfarkt. Wir sind im Krankenhaus. Wir dachten, du möchtest vielleicht herkommen.«

»Was?«, stieß Gemma erschrocken aus. »Wie geht es Dad? Was heißt ein leichter Herzinfarkt? Ich fahre sofort los. Wo seid ihr?«

»Beruhige dich wieder, Schatz. Es war nur ein kleiner Infarkt. Dein Vater wird sich davon wieder erholen. Heute Nacht behalten sie ihn hier in der Klinik in Pirie, aber morgen, spätestens übermorgen wird er wahrscheinlich nach Adelaide überwiesen.«

»Ich bin in einer Stunde da.«

Gemma schlüpfte rasch in ihre Kleider, während ihre Gedanken sich überschlugen, und rannte dann hinaus zum Wagen.

Während der Fahrt durch die Dunkelheit kamen lauter Erinnerungen an ihre Kindheit hoch, als ihr Vater ihr alles über die Viehzucht beibrachte. Sie sah seine großen Hände vor sich, rau und voller Schwielen. In den feinen Hautrissen sammelte sich Dreck, dem auch noch so gründliches Schrubben nichts anhaben konnte, und trotzdem waren diese großen Hände immer sanft. Gemma erinnerte sich, wie ihr Vater einmal ein frisch geborenes Lamm behutsam an das Euter herangeführt hatte, damit es seine erste Milch trinken konnte, während er der Mutter beruhigend zuredete. Sie erinnerte sich auch, wie ihr Vater bei der Schur immer die Wolle aufsammelte und seine Hände hinterher ölig glänzten von dem Lanolin. Die Schur war die einzige Zeit, in der sich die Hände ihres Vaters weich anfühlten. Sie erinnerte sich, dass er sie damals im Urlaub, als sie noch klein war, immer ganz sanft trocken gerubbelt hatte, wenn sie aus dem Meer kam.

Gemma drückte das Gaspedal stärker durch.

Als sie eine Steigung hochfuhr, wurde sie plötzlich von einem entgegenkommenden Scheinwerferpaar geblendet, sodass sie die Augen zusammenkneifen musste. Sie stieß einen leisen Fluch aus und gab dem anderen Fahrer per Lichthupe das Zeichen, sein Fernlicht abzublenden. Im Rückspiegel sah Gemma, dass es ein Viehtransporter war.

Als sie das Ortsschild von Port Pirie erreichte, atmete sie mehrmals tief durch, um innerlich ruhiger zu werden. Sie wünschte sich, dass Adam jetzt bei ihr wäre. Gemma hatte Angst, die Situation könnte wieder außer Kontrolle geraten wie damals in jener Nacht, als Adam sie in die Klinik bringen musste, nachdem sie in der Schwangerschaft plötzlich starke Blutungen bekommen hatte. Gemma würde nie die Worte des Arztes vergessen, der ihnen sein Bedauern ausdrückte, weil er das Baby nicht hatte retten können. Aber so furchtbar diese Erfahrung auch gewesen war, wenigstens hatte sie damals noch Adam an ihrer Seite gehabt. Er hatte sie ganz fest in den Arm genommen, und sie hatten beide um ihr totes Kind geweint. Aber nun war sie auf sich alleine gestellt.

Ich werde Dad nicht verlieren, dachte Gemma entschlossen. *Nicht auch noch Dad. Er wird wieder gesund – er muss einfach.*

Kurz darauf bog sie auf den Parkplatz der Klinik. Sie schaltete den Motor aus, lehnte die Stirn gegen das Lenkrad, schloss die Augen und murmelte leise ein kurzes Gebet. Dann nahm sie ihre Geldbörse und ihr Handy und verstaute beides in ihrer Jeans, bevor sie aus dem Wagen stieg und schließlich das Krankenhaus betrat.

Der Geruch nach Desinfektionsmitteln, der Gemma entgegenschlug, verursachte ihr Übelkeit. In der grellen Beleuchtung musste sie zunächst die Augen zusammenkneifen, die noch an die weiße Fahrbahnmarkierung in der Dunkelheit gewöhnt waren. Zum Glück war auf der Unfallstation nicht viel los. Die Nachtschwester blickte auf, als Gemma hereinkam, und lächelte sie freundlich an.

»Hallo, Gemma, ich habe dich erwartet. Keine Angst, dein Vater kommt wieder auf die Beine.«

Gemma sah die Schwester irritiert an, die jetzt lachte. »Habe ich mich so sehr verändert in all den Jahren? Vermutlich ja, vor allem mit den streng nach hinten gebundenen Haaren.«

»Paige? Paige Nicholls?« Die Nacht nahm allmählich surreale Züge an. »Ich habe schon gehört, dass du wieder in der Stadt bist. Was machst du hier? Geht es Dad auch wirklich gut?«

Paige lachte erneut. »Ich arbeite hier, und ja, deinem Vater geht es gut.« Ihr Ton wurde ernst. »Ich habe das mit Adam gehört. Es tut mir sehr leid, Gem. Das muss für dich sehr schlimm gewesen sein.«

»Ja, aber es geht mir gut«, sagte Gemma. »Ich würde zwar sehr gerne mit dir weiterplaudern, aber ich muss zuerst zu Dad. Lass uns später in Ruhe reden, wenn sich die erste Aufregung gelegt hat.«

»Dein Vater liegt in Zimmer 32B auf der zweiten Etage. Ich gebe dir auf jeden Fall noch meine Telefonnummer, bevor meine Schicht endet.«

Gemma eilte los in die Richtung, die Paige ihr gewiesen hatte, und fuhr mit dem Aufzug in den zweiten Stock. Als die Türen aufglitten, sah sie ihre Mutter, die erschöpft an der Wand im Flur lehnte.

»Mum«, rief Gemma und lief rasch zu ihr. »Wo ist Dad? Wie geht es ihm? Was ist eigentlich passiert?«

»Deinem Vater geht es gut, Gem, keine Sorge.« Sarah nahm Gemmas Arm und führte sie zu einer Couch aus grauem Kunstleder, die neben dem Aufzug stand. »Er hat bereits am frühen Abend über Fieber und Schmerzen in der Brust geklagt. Ich habe ihm Tabletten gegeben, und danach hat er sich hingelegt. Später, als wir beide miteinander telefoniert haben, hat er es wohl vor Schmerzen nicht mehr ausgehalten und bekam kaum noch Luft. Darum hat er nach mir gerufen, ich sollte ihn ins Krankenhaus fahren. Die ärztliche Untersuchung hat ergeben, dass er einen leichten Herzinfarkt hatte. Wahrscheinlich müssen wir nach Adelaide, wo er richtig durchgecheckt werden soll. Im Moment ruht er sich aus, und sein Zustand ist stabil.«

»Oh Mum, ich habe richtig Angst um ihn. Und der Arzt meint wirklich, dass Dad wieder gesund wird?«

»Ja, so gesund man nach einem Herzinfarkt wieder werden kann. Es ist möglich, dass er einen Bypass bekommt, aber das erfahren wir erst nach den weiteren Untersuchungen.«

Gemma stand auf, sank jedoch sofort wieder auf die Couch zurück und schlang die Arme um ihre Mutter. »Und was ist mit dir? Bist du okay?«

Sarah nickte, aber Gemma entging nicht der feuchte Schimmer in den Augen ihrer Mutter, die sich nun rasch erhob mit den Worten: »Kommst du?«

Gemma stand wieder auf und begleitete ihre Mutter durch den Flur zum Zimmer. Sarah öffnete leise die Tür, und Gemma verharrte einen kurzen Moment auf der Schwelle, während sie mit ihren Emotionen kämpfte.

Sie betrat das Krankenzimmer, und ihr Blick heftete sich auf das Bett, in dem ihr Vater lag, mit geschlossenen Augen, die Hände über der Decke, die auf dem Bauch ruhten. Gemma spürte, wie sich ihre Kehle zuschnürte beim Anblick seiner Hände, die trotz der fremden Umgebung so vertraut wirkten. Ihr Vater war an der Brust und am Finger verkabelt, und die Messgeräte piepten leise vor sich hin, während grüne Wellenlinien über die Monitore flimmerten, die die Atem- und Herzfrequenz überwachten.

»Hallo, Dad«, sagte Gemma mit sanfter Stimme.

Ihr Vater öffnete die Augen, und Gemma registrierte erleichtert, dass sie ihren Glanz nicht verloren hatten, auch wenn sein Gesicht erschöpft und blass wirkte.

»Hallo, Gem. Hast du wieder irgendwelche armen Kängurus angefahren?«

Gemma ging lächelnd auf ihn zu und setzte sich auf die Bettkante. Sie nahm seine Hand und hielt sie fest. »Nein, dieses Mal nicht. Heute war ich zu schnell für die Hüpfer.«

»Ein Glück. Um mich brauchst du dir keine Sorgen zu machen. Es wird alles wieder gut.«

»Eigentlich müsste ich das zu dir sagen«, erwiderte Gemma. »Bestimmt wirst du ganz schnell wieder gesund. Schneller, als ich nach Hayelle komme, um nach dem Rechten zu sehen.«

»Es wäre trotzdem ganz gut, wenn du dort mal vorbeischaust, solange wir in Adelaide sind. Aber vergiss nicht, Fräulein, das ist immer noch mein Land!« Er grinste, um Gemma zu signalisieren, dass er sie bloß aufzog.

»Mach dir keine Sorgen wegen der Farm, Dad. Bulla, Garry und ich kümmern uns darum. Du siehst erst einmal zu, dass du wieder gesund wirst.«

»Mmm«, murmelte Jake, dem die Augen wieder zufielen. Gemma setzte sich auf einen Stuhl links vom Bett, während ihre Mutter auf der rechten Seite Platz nahm. Jede ergriff eine Hand von ihm.

»Gemma, ich muss mit dir über etwas Wichtiges reden.« Ihr Vater sprach leise, aber in ernstem Ton.

Gemma sah ihn an.

»Kann das nicht noch warten, Dad? Du musst dich jetzt ausruhen.«

In Jakes Gesicht erschien ein Ausdruck von Unentschlossenheit, während er gegen den Schlaf ankämpfte.

»Wir beide müssen uns mal dringend unterhalten, wenn

ich wieder aus Adelaide zurück bin, okay? Versprich mir, dass du dir Zeit für mich nimmst.« Der Nachdruck, der in seinen Worten lag, ließ Gemma aufhorchen.

»Sicher, Dad, wann immer du willst«, antwortete sie und blickte fragend zu ihrer Mutter hinüber. Falls Sarah wusste, worüber Jake mit Gemma reden wollte, ließ sie sich nichts anmerken.

Nachdem Jake eingenickt war, ließ sich auch Gemma von dem leisen Piepen der Monitore in den Schlaf lullen.

Gemma schreckte hoch, als es im Zimmer raschelte. Wo war sie? Nachdem sie sich über die Augen gerieben hatte, fiel ihr wieder ein, wo sie war und warum. Sie sah rasch zum Bett, aber als sie das regelmäßige Atmen ihres Vaters vernahm, entspannte sie sich sofort wieder. Jake schlief tief und fest, genau wie Sarah, deren Kopf an seiner Schulter ruhte. Ihre Eltern waren nun seit achtundzwanzig Jahren verheiratet und noch genauso verliebt wie am ersten Tag. Die Situation war für beide sicher nicht einfach.

In diesem Moment kam eine Krankenschwester ins Zimmer, warf einen prüfenden Blick auf die Monitore und fühlte Jakes Puls. Sie lächelte, als sie bemerkte, dass Gemma wach war.

»Hallo«, sagte sie im Flüsterton.

Gemma erwiderte verschlafen das Lächeln. »Hi, wie spät ist es?«

»Gleich halb fünf.«

»Falls die beiden wach werden, können Sie ihnen ausrichten, dass ich kurz wegmusste?«

»Sicher.«

Gemma schlüpfte leise aus dem Zimmer und holte ihr Handy hervor. Als sie ins Freie trat, roch sie sofort den Regen in der Luft und vernahm in einiger Entfernung das Geräusch von Reifen auf nassem Asphalt. Sie schlang die Arme um den Oberkörper, um sich zu wärmen, aber gleichzeitig genoss sie die frische Morgenkühle, die sie wieder zum Leben erweckte. Sie atmete die klare Luft tief ein und schickte sich an, die Nummer von Garry und Bulla zu wählen, überlegte es sich dann aber anders. Stattdessen beschloss sie, zu Jess zu fahren. Dort würde sie einen anständigen Kaffee bekommen, könnte duschen und sich von Jess etwas zum Anziehen borgen. Danach wäre sie in einer besseren Verfassung, um den Tag anzugehen.

Die Stadt glitzerte von dem nächtlichen Regen, und der Asphalt war noch nass. Während Gemma durch stille, baumgesäumte Straßen fuhr, wanderte ihr Blick über die kleinen Vorgärten. Sie hatte sich schon oft gefragt, wie man so dicht an dicht mit den Nachbarn leben konnte.

Als sie in Jess' Straße bog, kam ihr ein weißer Pick-up entgegen.

Ein Viehtreiber auf dem Weg zur Arbeit, vermutete Gemma, als sie den schlammverspritzten Kuhfänger und die Suchscheinwerfer auf dem Fahrzeugdach registrierte.

Gleich darauf bog sie in die Auffahrt und stellte überrascht fest, dass bei Jess bereits Licht brannte. Es sah ihrer Freundin gar nicht ähnlich, so früh schon auf den Beinen zu sein. Gemma stieg aus dem Wagen und ging zur Haustür. Sie hob die Hand, um anzuklopfen, als plötzlich die Tür aufgerissen wurde und Jess in einem durchsichtigen grünen Negligé vor ihr stand. Ihre fröhliche Stimme hallte laut in der Morgenluft: »Ich wusste, du kannst mir nicht widerstehen …« Sie verstummte, als sie Gemma erkannte. »Gem, was machst du denn hier? Alles okay? Was ist los?«

»Mein Vater hatte einen Herzinfarkt«, platzte Gemma heraus.

Jess schlug entsetzt die Hand vor den Mund, dann nahm sie ihre Freundin rasch in den Arm. »Oh Gem, wie geht es ihm?«

»So weit ganz gut, glaube ich. Jess, was kommt noch alles auf mich zu? Allmählich bekomme ich Angst.«

Jess gab keine Antwort, sondern drückte sie erneut an sich. Dann musterte sie Gemma kurz und lachte. »Schau dir das an, ich in meiner Reizwäsche und du in deiner Arbeitskluft – allerdings siehst du ziemlich zerknittert aus. Wenn ich mir nicht sofort etwas überziehe, erfriere ich. Bin gleich wieder da. Setz du schon mal Kaffee auf.«

Kurze Zeit später saßen die beiden Frauen an Jess' Küchentisch, auf dem zwei dampfende Kaffeetassen standen.

Gemma schüttelte den Kopf. »Jess, ich weiß nicht, wie es weitergeht. Ich kann keinen klaren Gedanken fassen, geschweige denn mir den nächsten Schritt überlegen. Ich fühle mich so hilflos.«

»Gönn dir mal eine Atempause, Gem«, riet Jess. »Die Sache mit deinem Vater ist gerade einmal wenige Stunden her. Du hast das noch gar nicht richtig verarbeitet. Darum hast du das Gefühl, dass dir alles über den Kopf wächst. Schließlich ist viel passiert in letzter Zeit. Nimm es einfach, wie es kommt, und gewöhne dich an die neue Situation. Du kannst nicht immer alles unter Kontrolle haben.« Gemma öffnete den Mund, um etwas zu erwidern, aber Jess hob die Hand. »Ich weiß, ich weiß. Du bist ein Mensch, der die Dinge gerne selbst in die Hand nimmt, aber dies ist eine Situation, die du nicht kontrollieren kannst. Also, tief durchatmen und locker bleiben.«

Gemma lächelte. »Ich bin froh, dass ich bei dir bin.«

»Natürlich, oder wie oft ist es dir schon passiert, dass dich jemand im Negligé empfangen hat? Am besten, du gehst jetzt unter die Dusche und fährst danach wieder in die Klinik. Ich beziehe das Gästebett und gebe dir einen Schlüssel, dann kannst du jederzeit ins Haus. Deine Mutter kann auch gerne hier übernachten, aber ich schätze, sie will lieber bei Jake bleiben.«

Als Gemma später wieder auf den immer noch feuchten Straßen unterwegs war, fühlte sie sich deutlich besser als zuvor – wieder stark genug, um ihren Eltern zur Seite zu stehen. Sie sah auf ihre Uhr und stellte fest, dass es fast sechs war. Wenn sie Bulla und Garry vor Arbeitsbeginn erreichen wollte, durfte sie nicht länger warten. Sie hielt am Bordsteinrand und wählte auf ihrem Handy die Nummer.

»Ja?«, meldete sich eine grantige Stimme.

Gemma lachte kurz auf und sagte: »Warum denn so griesgrämig? Es ist ein wunderschöner Morgen. Und es hat geregnet!«

»Verflucht, Gemma, weißt du, wie früh es ist? Schläfst du eigentlich nie, Mädchen?«, knurrte Bulla.

»Doch, aber trotzdem ist es ein herrlicher Morgen.«

»Das weiß ich erst, wenn ich meine erste Tasse Kaffee getrunken habe. Was gibt's?«

Gemma wusste, dass Bulla ein wenig Theater spielte. Wahrscheinlich war er schon vor Sonnenaufgang aufgestanden. »Ich habe schlechte Neuigkeiten. Ich bin in Pirie. Mein Vater hatte gestern Abend einen Herzinfarkt.«

Bulla fluchte am anderen Ende der Leitung.

»Es geht ihm gut – es war nur ein kleiner Infarkt –, aber du oder Gaz, einer von euch sollte heute mal nach dem Vieh auf Hayelle sehen. Ich komme wahrscheinlich erst sehr spät in der Nacht zurück, vielleicht auch erst morgen. Ich werde so lange hierbleiben, wie Dad mich braucht. Vermutlich wird er schon morgen nach Adelaide verlegt. Sie wollen dort weitere Untersuchungen mit ihm machen.«

»Okay, kein Problem, lass dir so viel Zeit, wie du brauchst. Gaz und ich kümmern uns um alles. Richte deinem alten Herrn von mir aus, dass er ganz schnell wieder gesund werden soll.«

»Danke, Bulla«, antwortete Gemma leise.

Nachdem Gemma ihren Wagen wieder auf dem Klinikparkplatz abgestellt hatte, ging sie in das Café neben dem Eingang, wo eine verschlafen aussehende junge Frau sie bediente, und besorgte frischen Kaffee für sich und ihre Mutter.

Als sie kurz darauf die Station betrat, wurde sie von einer Krankenschwester angesprochen: »Jemand hat nach Ihnen gefragt, als Sie weg waren.« Sie hielt ihr einen Zettel entgegen.

»Danke«, sagte Gemma. Sie faltete den Zettel auseinander und sah, dass die Nachricht von Paige stammte.

Liebe Gemma,
schade, dass ich dich verpasst habe. Ich hätte gerne noch ein bisschen mit dir geplaudert. Aber da ich ja jetzt wieder in der Stadt bin, können wir das vielleicht demnächst nachholen, bei einem leckeren Essen oder so. Ich habe dich in den letzten Jahren vermisst. Hoffe, wir sehen uns bald!
Liebe Grüße
Paige

Darunter stand ihre Telefonnummer.

Gemma musste an ihre gemeinsame Zeit im Internat in Adelaide denken und an ihre ehemalige Clique. Damals hatten sie sich geschworen, sich niemals aus den Augen zu verlieren. Sie waren schon seit der Grundschule Freundinnen – Paige, Jess, Kathy, Claire und sie selbst. Gemma überlegte, was aus den anderen geworden war. Ihr Kontakt zu Paige und Kathy hatte sich in all den Jahren auf ein paar Weihnachtskarten beschränkt. Das Letzte, was sie von Kathy gehört hatte, war, dass sie ins Ausland gegangen war. Kathy hatte schon immer das Reisefieber gepackt. Was Claire betraf, so würde Gemma niemals ihre Worte vergessen, die sie damals im Restaurant ihrem Freund an den Kopf geworfen hatte, bevor sie wütend abgerauscht war.

»Tim Milton, du bist ein mieses Arschloch. Ich kann nicht fassen, dass ich dich einmal wirklich geliebt habe!« Claire hatte Tim das Foto ins Gesicht geschleudert, auf dem er mit einer anderen Frau zu sehen war, während Gemma und Adam die Szene mit offenem Mund verfolgt hatten. Dann war Claire mit dem Auto davongerast. Zehn Minuten später war sie tot, nachdem ihr Kleinwagen mit einem Truck zusammengestoßen war. Ein Jahr später beging Tim Selbstmord, vor lauter Schuldgefühlen.

Gemma schüttelte den Kopf. Weg mit den schlechten Erinnerungen. Es gab ohnehin zu viele, und die schlimmsten kehrten besonders in schwierigen Zeiten zurück. Sie nahm die beiden Kaffeebecher und ging weiter zum Krankenzimmer.

Ihre Eltern waren wach. Gemma gab ihrer Mutter einen der Becher, die sie daraufhin bat, ihre Geschwister zu verständigen.

»Sicher, dann gehe ich noch mal kurz raus. Wann ist Morgenvisite?«

»Ich glaube, kurz nach acht. Wir müssen uns also noch ein wenig gedulden.«

»Okay, dann erledige ich jetzt die Anrufe. Dad, danach erklärst du mir, was auf der Farm gemacht werden muss.«

Jake nickte. Gemma fand, er sah müde und grau aus, aber wahrscheinlich war das nicht weiter ungewöhnlich nach einem Herzinfarkt.

Draußen wählte sie zunächst die Nummer ihrer Schwester.

»Hallo?« Leishas Stimme klang leicht genervt, und im Hintergrund hörte Gemma die beiden Mädchen streiten. Sie musste lächeln und stellte sich vor, wie ihre Schwester, die braunen Haare zu einem Pferdeschwanz gebunden, den Hörer zwischen Ohr und Schulter geklemmt, nebenbei damit beschäftigt war, tausend Sachen auf einmal zu erledigen.

»Hi, ich bin es. Störe ich gerade?«

»Nein. Aber versuch du mal, diese beiden Streithähne hier zur Vernunft zu bringen. Ich kapituliere. Seit dem

Aufstehen liegen sie sich in den Haaren. Egal, warum rufst du so früh an?«

Eine halbe Stunde später war alles geregelt. Leisha und die Mädchen würden Anfang nächste Woche herkommen. Ihr Bruder Patrick wollte den nächsten Flug nehmen von Brisbane nach Adelaide, wo er zunächst Jake und Sarah besuchen würde, bevor er nach Hayelle weiterfuhr, um Dad in den nächsten Wochen zu vertreten. Patrick war Gemma eine willkommene Gesellschaft.

Zum Schluss rief sie Ned an, um ihn darüber zu informieren, dass sie vor morgen nicht auf Billbinya zurück sein würde. Ned erzählte ihr, dass er gerade mit Ben und der Polizei auf dem Weg zur Kettles-Farm war. Da Gemma so viele andere Dinge im Kopf hatte, fragte sie nicht weiter nach. Allerdings beschlich sie eine dunkle Vorahnung, ohne diese genauer deuten zu können.

Kapitel 7

Am Mittwochmorgen betrat Ben das Büro von *Hawkins & Jones*, bereit für einen Tag voller Außentermine. Ned saß an seinem Schreibtisch und telefonierte. Bert Hawkings lehnte lässig an der Wand, das Handy am Ohr, und die Jungs vom Vertrieb fuhren ihre Rechner hoch, um sich an die Arbeit zu machen. Bereits am frühen Morgen herrschte in der Agentur rege Betriebsamkeit. Ben machte sich auf den Weg zur Küche, um sich einen Kaffee zu holen.

»Ben!« Neds Stimme donnerte durch den Raum. »Sofort herkommen!«

Ben wandte sich um und folgte rasch Neds Befehl. »Was ist?«

»Jake Birch hatte gestern Abend einen Herzinfarkt, und den Carters, Smiths und Kettles ist Vieh gestohlen worden – direkt vom Hof, wohlgemerkt. Alle drei Farmer haben Anzeige erstattet. Die Polizei wird heute die Nachbarn in der Umgebung befragen. Die betroffenen Höfe liegen alle nicht weiter als dreißig Kilometer von Billbinya entfernt. Gemma ist momentan hier in der Klinik bei ihrem Vater, und auf Jakes Farm ist gar keiner. Ich schlage vor, wir machen heute einen kurzen Abstecher nach Hayelle und sehen dort nach dem Rechten.«

Ben verdrängte seinen Kaffeedurst und machte sich mit Ned sofort auf den Weg. Die Viehdiebstähle gaben ihm Rätsel auf.

Ben stammte aus einer traditionellen Farmerfamilie. Vor Kurzem hatte er seine eigene Farm für drei Jahre verpachtet, weil er etwas anderes ausprobieren wollte. Er liebte das Leben als Farmer, aber seine Leidenschaft hatte sich abgekühlt, als er feststellen musste, wie einsam und zeitraubend dieser Beruf war. Über ein Jahr lang hatte er keine Zeit gefunden für seine Freunde oder irgendwelche Partys und Konzerte. Sein Kneipenabend einmal in der Woche, der ihm die unerwünschte Aufmerksamkeit der weiblichen Singles bescherte in der Kleinstadt, wo er regelmäßig verkehrte, hatte sein Bedürfnis nach Gesellschaft nicht zu stillen vermocht, weshalb er beschloss, eine Auszeit zu nehmen vom Farmerleben. Der Kontakt zu Ned war zustande gekommen durch Bens Viehagenten unten im Süden. Da Ben sich mit der Viehwirtschaft gut auskannte und seinen Erfahrungsschatz als Farmer mitbrachte, war er eine wertvolle Verstärkung für Neds Team.

»Ist Jake außer Lebensgefahr?«, fragte er Ned, der es offenbar eilig hatte, nach Billbinya zu kommen.

»Ja, sieht so aus, als hätte er Glück gehabt. Für Gemma bedeutet das allerdings noch mehr Stress, wenn sie sich auch noch um Hayelle kümmern muss. Aber vorhin am Telefon meinte sie, dass ihr Bruder Patrick eigens aus Queensland herfliegt, um auszuhelfen.«

»Was macht ihr Bruder in Queensland?«

»Oh, irgendwas mit Pferden – ich glaube, er ist Zureiter. Hab's vergessen. Netter Kerl, aber ich sehe ihn nur noch selten, seit er aus seinen Kinderschuhen gewachsen ist.«

»Ned, warum rasen Sie so? Wollen Sie unbedingt vor der Polizei ankommen? Warum versuchen Sie, Gemma zu schützen?«

»Glauben Sie, auf Billbinya ist letzte Nacht auch Vieh gestohlen worden? Und als Ben den Kopf schüttelte, sagte Ned: »Ich auch nicht. Gemma ist ein gutes und fleißiges Mädchen. Wenn Jake und Sinny nicht mehr auf sie aufpassen können, dann muss es eben ein anderer tun, und das bin ich. Dieser mysteriöse Herdenzuwachs auf Billbinya gefällt mir gar nicht, und mit diesem Vertrag ist auch etwas faul, weil Gemmas Bestand das nicht deckt. Wo will sie die dreihundert Mastochsen hernehmen? Ich möchte mich daher gerne mit Bulla und Gaz unterhalten, bevor die Polizei auftaucht. Mir sind nämlich neulich ein paar Hammel mit fremden Ohrmarken aufgefallen. Vielleicht sind sie vom Nachbargrundstück ausgebüxt, und bisher hat sie keiner vermisst. Und vielleicht hat der Nachbar die Schafe ja bei einem fremden Züchter gekauft. Ich weiß ganz sicher, dass Sinny sein Vieh ausschließlich über Bert und mich bezogen hat. Die Schafe sind nicht von uns, sonst hätte ich die Ohrmarken erkannt. Ich glaube auch nicht, dass sie von einem hiesigen Züchter sind. Aber woher stammen sie dann, und wie sind sie hierhergekommen? Verstehen Sie, das Beste wird sein, ich unterhalte mich mal mit Gemmas Viehtreibern und höre mir an, was sie dazu meinen. Außerdem bin ich so direkt vor Ort, falls Gemma mich braucht.«

Ben hatte schweigend zugehört. Das war die längste Rede, die Ned bisher gehalten hatte, und Ben wunderte sich über den ängstlichen Unterton in Neds Stimme. Was beunruhigte ihn? Ohrmarken waren zwar wichtig – um die eigene Zucht von der des Nachbarn zu unterscheiden –, aber es bestand doch auch die Möglichkeit, dass Schafe von fremden Züchtern auf Billbinya weideten. Die

Farm war schließlich riesengroß, und Ben war sich sicher, dass Gemmas Muttertiere den Bestand nicht alleine aufrechterhalten konnten. Also musste Vieh vom Züchter zugekauft werden, was die unterschiedlichen Ohrmarken erklären würde. Zudem sind Schafe dafür bekannt, dass sie gerne mal ausbüxen, indem sie über Zäune springen oder wenn sie ein unverschlossenes Gatter entdecken. Vielleicht waren die fremden Hammel ja einfach von einer der Nachbarfarmen herübergewandert. Wie dem auch sein mochte, Ben würde sich einfach anhören, was die Leute dazu meinten. Vielleicht konnte er sich dann einen Reim auf das alles bilden.

Auf dem Hof von Billbinya wurde an diesem Morgen eifrig gewerkelt. Garrys Füße ragten unter einem Jeep hervor, an dem er gerade herumschraubte, während Bulla Material und Werkzeug auf den anderen Wagen lud. Jack erhielt seine Anweisungen und schwang sich auf das Motorrad. Er setzte seinen Helm auf und fragte: »Wo steckt eigentlich Gemma? Ich glaube, ich habe sie mitten in der Nacht wegfahren hören.«

»Sie ist bei ihrem Vater. Dem geht es nicht gut«, antwortete Bulla ausweichend und verschwieg, dass Gemmas Rückkehr unter Umständen noch ein paar Tage dauern konnte. Kurze Zeit später rumpelte er in seinem alten gelben Pick-up vom Hof, während Jack in die entgegengesetzte Richtung aufbrach, um die Weiden abzuklappern.

Garry war unterwegs nach Hayelle, als ihm Jim Carter entgegenkam. Im nächsten Augenblick erwachte sein Funkgerät zum Leben.

»Hallo Gaz, hast du Zeit für ein kurzes Schwätzchen?«, meldete sich Jim.

»Sicher, Kumpel.« Garry verlangsamte das Tempo und wendete auf der Straße. Dann parkte er hinter Jim am Straßenrand und stieg aus. Die beiden Männer lehnten sich gegen die Motorhaube von Garrys Wagen.

»Und, wie läuft's?«, fragte Jim.

»Ganz gut. Und bei euch?«

»Tja, wir haben ein kleines Problem. Uns fehlen ein paar Mastlämmer.«

»Was?«, stieß Garry überrascht aus. »Wie viele denn?«

»Ungefähr dreihundert Stück. Ich weiß, für euch ist das ein Klacks, aber ich bin auf jedes einzelne Tier angewiesen, seit die Wollpreise im Keller sind.« Jim kratzte sich mit besorgter Miene am Kopf und fuhr dann mit der Hand über sein Gesicht. »Das Dumme ist, ich glaube, das war nicht das erste Mal. Vermutlich sind schon früher Lämmer von meinem Grundstück verschwunden, ohne dass ich es bemerkt habe. Aber dieses Mal gibt es keinen Zweifel. Wer auch immer dahintersteckt, die Diebe scheinen jedenfalls ziemlich abgebrüht zu sein. Die Lämmer waren im Gehege neben dem Stall, und diese verdammten Mistkerle klauen die Herde einfach mitten vom Hof. Starkes Stück. Heute Morgen bin ich rüber zum Stall, um nachzusehen, ob alles vorbereitet ist, weil wir die Lämmer kupieren wollten, und dann war die ganze Herde wie vom Erdboden verschluckt!« Jim schüttelte den Kopf. »Auf dem Hof waren Spuren von Zwillingsreifen, aber keine Hufabdrücke. Das bedeutet, die Herde ist nicht ausgebrochen und zur Straße gelaufen. Nein, das war dreister Diebstahl. So was ist mir in meinem ganzen Leben noch nicht untergekommen!«

»Teufel noch mal«, stieß Garry entsetzt hervor. »Hast du die Polizei verständigt?«

»Ja, die ist schon auf dem Weg zu uns. Aber das Beste kommt erst noch. Sam Smith und John Kettle sind vergangene Nacht ebenfalls Lämmer gestohlen worden – auch mitten vom Hof, genau wie bei uns. Die hatten auch die Lämmer reingeholt zum Kupieren.«

»Machst du Witze? Wer konnte schon wissen, dass ihr alle drei eure Lämmer am selben Tag auf den Hof holt? Ist ja nicht so, dass das häufig vorkommt.«

»Ich habe nicht die leiseste Ahnung, Gaz. Wenn du irgendetwas hörst, dann sag mir Bescheid, okay? Ich muss jetzt los, Sam und John einsammeln. Wir fahren zurück zum Hof. Die Polizei möchte mit uns die Koppeln abfahren. Vielleicht finden wir ja was.«

»Ich nehme an, du bist der Reifenspur gefolgt?«

»Ja, bin ich«, antwortete Jim. »Aber auf der Zufahrtstraße verliert sie sich, sobald das geteerte Stück beginnt.«

»Wenn wir irgendwas für euch tun können, melde dich«, sagte Garry. »Gem ist gestern mitten in der Nacht in die Stadt gefahren, vielleicht ist ihr unterwegs was aufgefallen. Ich werde sie bei der nächsten Gelegenheit mal fragen.«

»Ja, das wäre gut. Danke, Kumpel.« Jim klopfte Garry zum Abschied auf den Rücken und ging dann zu seinem Wagen.

Garry machte wieder kehrt in Richtung Hayelle, um nach dem Vieh zu sehen. Aber am liebsten wäre er auf der Stelle nach Hause gefahren und hätte mit Bulla geredet.

Bulla überprüfte gerade einen der Grenzzäune, als er in einiger Entfernung eine Lammherde auf der Koppel entdeckte. Die Tiere machten den Eindruck, als wären sie eben erst auf die Weide gebracht worden, da sie offenbar nach Wasserstellen und den besten Futterplätzen suchten.

Seltsam, dachte Bulla, eigentlich müsste die Koppel leer sein. Er wendete seinen Wagen und fuhr zurück zu der einspurigen, geteerten Straße, wo sich der Zugang zur Koppel befand. Als er von der Straße abbog, entdeckte er Reifenspuren, die zum Gatter führten, und er sah, dass das Vorhängeschloss offen war. Die Koppeln, die nur unregelmäßig belegt waren oder weitab vom Hof lagen, wurden normalerweise zur Sicherheit immer abgesperrt. Billbinya hatte eine riesige Grundfläche, an der mehrere öffentliche Straßen vorbeiführten. Als Adams Eltern die Farm noch leiteten, waren sie immer wieder auf fremde Leute gestoßen, die auf ihrem Land campten oder mit Fangnetzen durch den Busch stapften, um Flusskrebse zu fangen.

Als Bulla auf die Koppel fuhr und sich der Herde näherte, sah er, dass es fremde Lämmer waren, die nicht zu Billbinya gehörten. Was ging hier vor sich?

Bulla wartete vor dem Stall, als Garry zurückkam. Dieser sprang aus dem Wagen und fragte sofort: »Hast du schon gehört? Es sind wieder Schafe verschwunden.«

»Was für Schafe?«, entgegnete Bulla.

»Jim Carter, Sam Smith und John Kettle wurden gestern Abend Lämmer vom Hof gestohlen, die heute kupiert werden sollten. Die Diebe sind kackfrech mit einem Transporter vorgefahren und haben die Tiere direkt aus dem Gehege geklaut. Ist das zu fassen?«

Bulla zog die Augenbrauen hoch und rieb sich das

Kinn. »Das ist ja interessant«, sagte er bedächtig. »Irgendwer hat nämlich an die tausend Lämmer auf unserer Weide ausgesetzt. Genauer gesagt, auf der Reimer-Koppel.«

Garry machte ein erschrockenes Gesicht. »Verdammt, was wird hier eigentlich gespielt?«, fragte er bestürzt.

»Wer weiß?«, sagte Bulla und gab Garry Neds Visitenkarte. Offenbar war Ned heute schon einmal hier gewesen, hatte aber niemanden angetroffen. »Vielleicht weiß Ned ja mehr.«

Sie hörten in der Ferne ein Motorrad knattern und wussten, dass Jack gleich zurückkommen würde. »Kein Wort zu niemandem. Ich kümmere mich darum«, sagte Bulla zu Garry.

»Alles in Ordnung?«, rief er Jack zu, als dieser von der Maschine stieg.

»Nein, kann ich nicht sagen«, antwortete Jack, nahm seinen Helm ab und fuhr mit den Fingern durch seine Haare. »Auf der Nordseite ist der Zaun kaputt. Ich fahre später noch mal raus und repariere ihn. Allerdings brauche ich dafür einen Wagen, um das Material und das Werkzeug zu transportieren. Außerdem sind zwei Herden durcheinandergeraten. Keine Ahnung, wie wir es anstellen sollen, die Kälber den richtigen Müttern zuzuordnen.« Jack zog ein kleines grünes Notizbuch aus der Hosentasche und las vor, was er sich bei seiner Kontrollfahrt noch alles notiert hatte.

»Der Zementtank auf der Middleton-Koppel hat ein ziemlich großes Leck, und die Windmühle muss auch repariert werden. Die Auffangbehälter verlieren Wasser. Im Mackay-Graben steckt eine Kuh fest – wahrscheinlich benötigen wir den Traktor, um sie herauszuziehen. Und zu allem Überfluss ist auch noch eine Hammelherde auf das Grundstück der Woolfords ausgerissen. Sieht aus, als hätten sie in Panik den Zaun niedergetrampelt. Wahrscheinlich sind sie vor einem Dingo oder einem Känguru geflüchtet.«

»So ein Mist«, fluchte Bulla. »Gut, na schön, Jack, am besten, du fährst gleich nach der Mittagspause wieder raus. Nimm Garrys Wagen, dann kannst du den kaputten Zaun flicken. Vielleicht gelingt es dir ja auch, unsere Hammel vom Nachbargrundstück zurückzutreiben. Gaz, du nimmst den Traktor und ziehst die Kuh aus dem Graben, während ich zur Windmühle fahre. Bestimmt muss der Zementtank neu abgedichtet werden. Ich lasse jemanden kommen, der ihn repariert.«

Als Jack sich in Richtung Baracke entfernte, um seine Mittagspause zu machen, hörte er Bulla zu Garry sagen: »Eigentlich hatte ich vor, die fremden Lämmer reinzuholen und dann Jim Carter zu verständigen. Aber es ist wohl besser, wenn wir uns zuerst um die dringenden Sachen kümmern. Ich rufe nach Feierabend mal die Polizei an. Die werden mir schon sagen, was wir tun sollen.«

Jack grinste. Der Plan vom Boss ging auf.

Die Arbeiten, die Jack arrangiert hatte, würden die Männer den ganzen Tag beschäftigen, sodass sie keine Zeit hätten, sich über die fremden Lämmer Gedanken zu machen – und morgen früh würde die Herde bereits wieder verschwunden sein.

Kapitel 8

Das Haus und die Nebengebäude lagen ruhig da, als Gemma gegen zwei Uhr nachmittags auf den Hof fuhr, der einen verwaisten Eindruck machte. Obwohl sie gar nicht so lange fort gewesen war, fühlte sie sich verschwitzt und erschöpft und sehnte sich nach einer Dusche und ihrem Bett. Der Arzt hatte gesagt, dass ihr Vater vorerst nicht arbeitsfähig sei und frühestens in vier Wochen auf die Farm zurückkehren dürfe. Gemma brauchte dringend Schlaf, bevor sie sich mit diesem neuen Problem auseinandersetzte …

Es hämmerte laut an der Tür, und Gemma schielte auf den Wecker neben dem Bett. Es war kurz vor vier Uhr. Sie stand auf, ging zur Tür und blinzelte verschlafen die beiden Polizisten an, die vor ihr standen.

»Hallo«, sagte Gemma überrascht. Dann setzte ihr Erinnerungsvermögen ein, und sie fragte panisch: »Es ist doch nichts mit meinem Vater, oder?«

»Mrs. Sinclair?«, fragte einer der beiden Männer.

»Ja, was gibt es? Ist was passiert?«

»Ich bin Geoff Hay, und das hier ist mein Kollege Ian Paver. Wir sind von der Bereitschaftspolizei in Port Pirie. Dürfen wir kurz hereinkommen? Wir haben ein paar Fragen an Sie bezüglich der Viehdiebstähle.«

»Oh, okay.« Gemma stieß die Tür weit auf. »Bitte, treten Sie ein. Mein Vater hatte gestern einen Herzinfarkt, und ich war bis vor Kurzem noch bei ihm im Krankenhaus. Darum dachte ich zuerst, Sie wären wegen ihm hier«, erklärte sie, während sie die Beamten in die Küche führte. »Nehmen Sie Platz. Ich bin sofort wieder bei Ihnen.«

Gemma verschwand kurz im Bad, wo sie sich eiskaltes Wasser ins Gesicht spritzte, um einen klaren Kopf zu bekommen. Es war ein bisschen viel auf einmal, so plötzlich aus dem Schlaf gerissen zu werden und nun zwei Polizisten im Haus zu haben, die sie zu den Viehdiebstählen befragen wollten. Sie spürte, wie Tränen in ihre Augen stiegen, aber sie zwinkerte sie ungeduldig weg und kehrte schließlich in die Küche zurück.

»Kann ich Ihnen etwas zu trinken anbieten?«, fragte sie die beiden Männer und füllte den Wasserkocher.

»Ja, einen Kaffee, bitte – mit Milch, ohne Zucker«, antwortete der Officer, der offenbar das Sagen hatte. Er war groß und schlank, Ende vierzig und hatte ein ernstes Gesicht, aber seine braunen Augen wirkten freundlich.

»Für mich einen Tee, bitte, ohne alles«, antwortete der zweite Officer, der dem ersten erstaunlich ähnlich sah, nur dass er ein paar Jahre jünger war. Das liegt wahrscheinlich an den Uniformen, dachte Gemma.

Sie kümmerte sich um die Getränke und setzte sich anschließend zu den beiden Männern an den Tisch. »Wie kann ich Ihnen behilflich sein?«

Geoff Hay ergriff wieder als Erster das Wort. »Wir haben heute Morgen einen Anruf von Ihrem Nachbarn erhalten, Jim Carter. Offenbar wurden ihm dreihundert Mastlämmer gestohlen, direkt vom Hof, am späten Abend.

Dasselbe ist auf den Farmen von Sam Smith und John Kettle passiert.«

»Machen Sie Witze? Wer war das? Haben Sie das Vieh schon gefunden?«, fragte Gemma entsetzt.

»Hallo? Ist jemand zu Hause?«, ertönte plötzlich eine Stimme an der Tür.

»Ned!«, rief Gemma erleichtert aus. »Wir sind in der Küche.«

Gleich darauf erschien Ned auf der Bildfläche, zusammen mit Ben. »Ach, Sie schon wieder, guten Tag«, sagte Ned zu den beiden Polizisten. Ben nickte zur Begrüßung und lehnte sich gegen den Türrahmen.

»Guten Tag«, erwiderte Geoff. »Bedauerlicherweise haben wir Mrs. Sinclair aus dem Bett gescheucht. Wir sprechen gerade über die Vorkommnisse in der vergangenen Nacht.«

»Ned, du weißt bereits von den gestohlenen Lämmern?«, sagte Gemma ungläubig. »Warum hast du mir nichts gesagt?«

»Ach komm, Gemma, ich wollte dich nicht noch zusätzlich beunruhigen, als du bei Jake im Krankenhaus warst. Außerdem wissen wir es auch erst seit heute Morgen. Ben und ich sind gleich als Erstes nach Billbinya rausgefahren, um zu sehen, ob unsere Hilfe gebraucht wird. Da wir aber keinen angetroffen haben, sind wir weiter nach Hayelle, bloß da war auch niemand. Wir hatten gehofft, Garry oder Bulla dort zu finden. Einer muss ja nach dem Vieh sehen und die Hunde versorgen.«

Gemma stand auf, um Ned und Ben einen Kaffee anzubieten. Sie stellte zwei weitere Tassen auf den Tisch und bedeutete den beiden, Platz zu nehmen.

»Gut«, sagte Gemma zu den Polizisten, nachdem sie sich wieder gesetzt hatte. »Was möchten Sie mich fragen?«

»Um wie viel Uhr sind Sie letzte Nacht nach Pirie aufgebrochen?«, begann Geoff.

»Ich glaube, das war so gegen halb eins. Ich weiß noch, dass ich auf die Uhr geschaut habe, als meine Mutter angerufen hat, und da war es zwanzig nach Mitternacht. Ich bin sofort danach losgefahren.«

»Ist Ihnen unterwegs auf der Straße ein Fahrzeug oder irgendetwas Verdächtiges aufgefallen?«

»Ich kann von Glück sagen, dass ich die Straße überhaupt wahrgenommen habe! Ich hatte nur einen Gedanken. Ich wollte so schnell wie möglich bei meinem Vater in der Klinik sein.«

»Haben Sie in letzter Zeit irgendetwas über Viehdiebstähle gehört – über Schafe oder Rinder, die spurlos verschwunden sind?«

»Nein, mir ist nichts zu Ohren gekommen. Seit dem Tod meines Mannes komme ich selten weg von der Farm. Und in die Stadt fahre ich auch nicht mehr gerne. Gewöhnlich bitte ich Ned, mir Sachen aus Pirie mitzubringen, oder ich lasse sie mir liefern.«

»Und warum meiden Sie die Stadt?«, fragte der jüngere Officer neugierig.

Gemma blickte Ian an, der sich nebenher Notizen machte. »Die Leute dort reden über mich«, antwortete sie offen. »Viele denken, ich sollte die Farm aufgeben und verkaufen, nachdem Adam tot ist.« Aus dem Augenwinkel sah sie, wie Ned kurz zusammenzuckte. Sie wusste, dass Ned immer versuchte, sie zu beschützen und solche

Dinge von ihr fernzuhalten, genau wie ihre Familie, aber sie war weder blind noch taub.

»Ist Ihnen jemals Vieh gestohlen worden?«

»Nicht dass ich wüsste. Allerdings hat Adam sich immer um die Geschäftsbücher gekümmert. Bis zu seinem Tod hatte ich praktisch nichts zu tun mit dem Schriftkram. Aber er hätte mir sicher etwas gesagt, wenn uns Vieh gefehlt hätte.«

»Ja«, pflichtete Ned ihr bei. »Adam war nicht der Typ, der so etwas für sich behalten hätte.«

»Haben Sie auf Ihrem Grundstück schon einmal fremdes Vieh entdeckt?«

»Wie bitte? Niemals! Was wollen Sie denn damit andeuten?« Gemma blickte Geoff verärgert an.

»Ich will überhaupt nichts andeuten. Tut mir leid, ich wollte Sie nicht kränken«, beteuerte Geoff. »Wir müssen Ihnen diese Fragen stellen, um uns ein besseres Bild von den Vorfällen in dieser Gegend machen zu können.«

»Auf unserer Farm ist kein fremdes Vieh.«

»Gut, und wie sieht es mit Tieren aus, die sich von den Nachbarfarmen auf Ihr Grundstück verlaufen? Sind Ihre Grenzzäune alle intakt?«

»Wenn wir Vieh vom Nachbarn finden, treiben wir es auf den Hof und geben dem Besitzer kurz Bescheid, dass er seine Ausbrecher abholen kann. So halten wir das seit eh und je, und umgekehrt machen es die Nachbarn genauso, wenn sich unser Vieh auf deren Gelände verirrt. Aber das kommt nicht sehr oft vor, weil wir die Zäune in Schuss halten.«

Geoff stieß einen Seufzer aus. »Wir werden wohl die Hilfe der Kollegen vom Sonderdezernat in Western Australia benötigen. Die sind auch für uns hier in South Australia zuständig.«

»Sie können mit meiner vollen Unterstützung rechnen.« Gemma war die Erschöpfung anzusehen.

Ned wandte sich an Geoff. »Können Sie vielleicht ein anderes Mal wiederkommen? Gemma sieht ziemlich mitgenommen aus. Kein Wunder bei der ganzen Aufregung in den letzten vierundzwanzig Stunden.«

»Ja, sicher, wir haben alle Informationen, die wir im Moment benötigen. Wir fahren jetzt zur Wache zurück und setzen uns mit den Sonderermittlern in Verbindung. Falls Ihnen noch etwas einfällt, Mrs. Sinclair, können Sie uns gerne anrufen.« Geoff zog eine Visitenkarte hervor und legte sie auf den Küchentisch. »Danke, dass Sie sich für uns Zeit genommen haben. Wir bleiben in Kontakt.«

Ben begleitete die Polizisten hinaus zu ihrem Wagen, während Ned bei Gemma in der Küche blieb und sich nach Jakes Zustand erkundigte.

Ben stieß die Eingangstür zu der Eckkneipe auf. Er hatte den Tipp bekommen, dass man hier sehr gut essen konnte, und er freute sich schon auf ein ordentliches Steak und ein kühles Bier. Er bestellte und nahm an der Theke Platz, neben einer Gruppe Männer in seinem Alter. In dem warmen, von Stimmengewirr erfüllten Gastraum begann Ben sich zu entspannen, als plötzlich Gemmas Name fiel. Er drehte den Kopf zu der Männerrunde, um zu sehen, wer gerade sprach.

Ein großer, kräftiger, attraktiver Mann sagte: »Schließlich ist allgemein bekannt, dass in den letzten zwei, drei Jahren immer wieder Vieh verschwunden ist. Die meisten von uns haben wohl gedacht, das hört nach Sinnys Tod wieder auf. Aber offenbar stellt Gemma sich nicht weniger geschickt an.«

»Klar, Mann«, unterbrach ein anderer höhnisch. »Gemma hat doch von so was gar keine Ahnung. Außerdem hat sie mehr als genug mit der Farm zu tun. Wie soll sie denn da noch gestohlenes Vieh verschieben?«

»Und was, wenn Bulla und Gaz ihr dabei helfen?«, meinte ein Dritter.

»Ach was, niemals«, ergriff der große Mann wieder das Wort. »Eines weiß ich ganz sicher, Gemmas Viehtreiber sind so ehrlich, wie der Tag lang ist. Nee, nee, wenn überhaupt, dann zieht Gemma das alleine durch.«

»Du musst es ja wissen – immerhin bist du mit ihrer besten Freundin zusammen, oder nicht? Die Rothaarige, wie heißt sie noch gleich?«

Ben rückte unauffällig ein Stück näher, um die Unterhaltung weiterverfolgen zu können, während der große Mann sagte: »Ihr kennt mich doch, Jungs – ich bin nun mal kein Kostverächter. Mit Jess kann man richtig viel Spaß haben, aber trotzdem hocken wir nicht ständig aufeinander.« In diesem Moment piepste das Handy an seinem Gürtel. Ben beobachtete, wie er es in die Hand nahm und die neue Nachricht las. »Hier, Jungs, die nächste Runde geht auf mich«, sagte er dann und legte einen Fünfzigdollarschein auf den Tresen. »Ich bin gleich wieder da.« Dann verschwand er in Richtung Herrentoilette.

Eigentlich schade, dass damit die Unterhaltung beendet war …

Ben hob die Hand, um das nächste Bier zu bestellen,

und wandte sich dann an die Runde. »Hallo zusammen, ich bin Ben Daylee. Ich arbeite seit Kurzem für Ned Jones und Bert Hawkins. Wie geht's denn so?«

»Gut, Mann. Ich bin Scott Forrester – aber die anderen nennen mich alle Frost, und diese Jungs hier sind Shadow, Pusher, Jonesy und Floro.«

»Freut mich, euch kennenzulernen«, sagte Ben und schüttelte jedem die Hand. »Kann ich euch was zu trinken spendieren?«

»Nein danke, wir haben noch«, antwortete Frost. »Hey, wenn Sie für Ned arbeiten, dann wissen Sie doch bestimmt alles über die Viehdiebstähle gestern Abend. Ich habe gehört, dass insgesamt zweitausend Tiere von fünf verschiedenen Farmen verschwunden sind.«

Ben schüttelte den Kopf und lächelte. Schon erstaunlich, wie schnell Fakten verdreht und aufgebauscht wurden. »Ich denke, es waren nicht ganz so viele, aber stimmt schon, auf mehreren Farmen wurde Vieh gestohlen. Seid ihr Jungs alle selber Farmer?«

»Das nicht, aber in unserem Footballteam spielen ein paar Farmer mit, und die reden von nichts anderem mehr. Das hat sich wie ein Lauffeuer in der ganzen Stadt verbreitet«, sagte Jonesy.

In diesem Moment kehrte der große Mann an die Theke zurück und steckte sein Handy wieder in den Gürtel. »Hallo.« Er nickte Ben zur Begrüßung zu.

»Brad, das ist Ben Daylee – wobei ich finde, Tom Dooley würde auch gut zu ihm passen.« Der Mann namens Pusher machte eine kurze Pause. »Ihr wisst schon, Daylee, Dooley ...« Pusher verstummte wieder, während die anderen ihn ausdruckslos ansahen. »Wurscht, jedenfalls arbeitet er für Ned und Bert, die Viehhändler unten auf der Straße.«

Brad und Ben gaben sich die Hand.

»Wirklich?«, sagte Brad. »Ich bin Agraringenieur. Dann werden sich unsere Wege in nächster Zeit wohl öfter kreuzen.«

»Ja, schon möglich.« Ben nahm einen Schluck von seinem Bier. »Okay, ich muss jetzt was essen. Hat einer von euch Lust, sich mir anzuschließen?«

Die Männer schüttelten die Köpfe, bis auf Brad. »Ja, ich leiste Ihnen gerne Gesellschaft. Dann kann ich Ihnen ein paar Geschichten über die hiesigen Farmer erzählen, falls Sie Interesse haben.«

»Gerne.«

Während Ben und Brad auf ihre Steaks mit Pommes frites und Salat warteten, plauderten sie über dieses und jenes, bis Brad dann während des Essens unvermittelt fragte: »Ned hat Sie doch sicher schon mit Gemma Sinclair bekannt gemacht, oder?«

Ben kaute schweigend weiter und überlegte sich eine Antwort. »Ja, ich war schon ein paarmal bei ihr draußen.«

»Ich hab was mit ihrer besten Freundin, Jess Rawlings. Gemma kenne ich zwar noch nicht persönlich, aber ihr Ruf eilt ihr weit voraus.«

»Wie habe ich das zu verstehen?«

»Sie wissen schon, Gemmas Mann hatte doch diesen spektakulären Unfall, und seitdem managt sie die Farm alleine. Die Frau hat offensichtlich Power.«

»Mhm«, antwortete Ben zurückhaltend. »Hab davon gehört.«

»In der Stadt wird gemunkelt, dass die Sinclairs hinter den Viehdiebstählen stecken, aber es gibt keine handfesten Beweise. Keine Ahnung, ob an dem Gerücht etwas dran ist, aber wo Rauch, da ist auch Feuer, oder nicht?«

Ben lehnte sich zurück, schob seinen leeren Teller zur Seite und forderte Brad mit einem Nicken auf weiterzureden.

»Also gut, ich sag Ihnen mal was.« Brad beugte sich über den Tisch. »Es gehört sich zwar nicht, schlecht über die Toten zu reden, aber es ist schon auffällig, dass immer dann, wenn Vieh gestohlen wurde, die Besitzer bei den Sinclairs eingeladen waren. Natürlich kann das ein Zufall sein, aber ich trau dem Braten nicht. Sinny war nämlich ein Schlitzohr.«

»Kannten Sie ihn gut?«

»Ich habe ihn hin und wieder im Pub getroffen. Wir haben uns ganz gut verstanden, aber sonst hatte ich keinen Kontakt zu ihm.«

»Das war alles sehr interessant«, sagte Ben. »Tja, ich denke, ich mache mich jetzt besser auf den Weg. Ich habe morgen wieder reichlich zu tun. Freut mich, dass wir uns kennengelernt haben. Wir sehen uns sicher bald wieder.«

»Ja, hat mich auch gefreut. Ach, übrigens, Sie spielen nicht zufällig Football? Wir suchen noch einen Stürmer.«

»Ich habe früher mal gespielt, aber inzwischen dürfte ich etwas eingerostet sein. In dieser Saison stand ich noch kein einziges Mal auf dem Platz.«

»Wenn Sie Lust haben, bei uns mitzukicken, nächsten Samstag haben wir ein Heimspiel. Kommen Sie einfach vorbei, bringen Sie Ihre Kickschuhe mit, und ich stelle Sie der Mannschaft vor. Training ist immer Dienstag und Donnerstag.«

»Okay«, sagte Ben. »Hört sich gut an.«

Als er kurz darauf nach Hause schlenderte, ließ er die Geschehnisse des Tages in Gedanken Revue passieren. Die Viehdiebstähle hatten sich rasend schnell herumgesprochen und waren das Hauptgesprächsthema in der Stadt. Ben dachte an die Männerrunde im Pub – sie hatten alle einen rechtschaffenen Eindruck gemacht. Nur Brad war ihm irgendwie unsympathisch. Die Art, wie er über Adam Sinclair redete und Verdächtigungen streute, hatte etwas Gehässiges. Ben nahm sich vor, in Zukunft auf seine Worte zu achten, wenn er sich mit Brad unterhielt.

Kapitel 9

Gemma starrte Bulla entgeistert an. »Was soll das heißen, du hast fremde Lämmer auf unserer Weide entdeckt, und jetzt sind sie wieder weg?« Sie stand mit ihren Viehtreibern vor dem Eingang der Scheune, wo sie sich jeden Morgen trafen, um die Aufgaben des Tages zu besprechen, bevor sie sich in alle vier Himmelsrichtungen aufmachten. Aber es kam selten vor, dass Gemma mit solch bizarren Neuigkeiten konfrontiert wurde.

Bulla kratzte sich am Kopf. »Nun, gestern Mittag war ich draußen auf der Reimer-Koppel, und da war eine fremde Herde von etwa tausend Lämmern. Aber gestern hatten wir den ganzen Tag richtig viel zu tun, also konnte ich erst heute Morgen wieder rausfahren. Aber die Herde hat sich in Luft aufgelöst.«

Gemma begann zu zittern. Was zum Teufel hatte das zu bedeuten? Sie atmete tief ein und wieder aus, um sich zu beruhigen. »Gut, ich muss es trotzdem der Polizei melden. Wir haben ja nichts verbrochen, also haben wir auch nichts zu befürchten, oder?«

»Ja, wahrscheinlich nicht«, sagte Bulla unsicher.

Die Polizeiwache in Port Pirie war offenbar nicht besetzt, also hinterließ Gemma eine Nachricht auf dem Anrufbeantworter. Sie wollte gerade wieder aus dem Haus gehen, als das Telefon klingelte.

»Hallo?«

»Hi, Süße, wie geht es dir?«, erklang die fröhliche Stimme ihrer Freundin.

»Jess, du wirst nicht glauben, was alles passiert ist. Du hast einfach ein Gespür für das richtige Timing.« Gemma versagte beinahe die Stimme.

»Was ist los? Es ist doch nichts mit deinem Vater, oder?«

»Nein, diesmal nicht.« Gemma schilderte Jess, was in den letzten vierundzwanzig Stunden passiert war.

Jess schwieg zunächst, bevor sie sagte: »Okay, ich schlage vor, du kommst am Wochenende zu mir. In der Stadt findet gerade das Outback-Festival statt, und im Weinkeller wird Jazz gespielt. Wir können draußen unter dem Sternenhimmel sitzen, und bei einem leckeren Essen und einem guten Tropfen die Musik genießen. Samstag gehen wir zum Football und feuern Brads Mannschaft an. Es wird dir guttun, mal wieder ein paar nackte Männerbeine in kurzen Hosen zu sehen.«

»Ich weiß nicht, Jess …« Gemma unterbrach sich kurz. »Ich muss erst Bulla und Garry fragen, ob sie mich am Wochenende vertreten, sonst kann ich nicht weg von der Farm. Das weißt du doch.« Nach kurzer Überlegung fügte sie hinzu: »Ich könnte auch Jack fragen.«

»Na also, dann wäre das geklärt. Wir sehen uns am Freitag … Keine Widerrede. Freitagabend stehst du spätestens um halb sechs bei mir auf der Matte. Und wehe, du bist nicht pünktlich!«

Kaum hatte Gemma aufgelegt, klingelte das Telefon erneut, und sie zuckte zusammen.

»Ja, hier Gemma Sinclair?«, sagte sie in der Annahme, dass es die Polizei war, die sich zurückmeldete.

»Hallo, Schwesterherz, du klingst aber sehr geschäftsmäßig. Wie geht es dir?«

Gemma erkannte sofort die vertraute Stimme ihres Bruders.

»Patrick, wie schön, dass du anrufst! Bist du schon in Adelaide?«

»Nein, aber ich fliege noch heute Abend. Ich habe mit Mum telefoniert, offenbar ist alles so weit in Ordnung. Dad hat noch ein paar Untersuchungen vor sich, aber es geht ihm gut. Vorerst besteht kein Grund zur Sorge.«

»Und wie kommst du nach Pirie?«

»Zuerst wollte ich einen Wagen mieten, aber ich kann ja auch den Bus nehmen. Auf Hayelle stehen schließlich genügend Fahrzeuge herum. Kannst du mich in Pirie abholen?«

»Sicher, kein Problem. Das passt mir sogar ganz gut. Jess hat mich nämlich dazu überredet, auf ein Jazzfestival zu gehen. Ich bin am Wochenende sowieso in der Stadt. Wann kommst du?«

»Wahrscheinlich am Sonntag. Ich möchte gerne ein bisschen Zeit mit unseren alten Herrschaften verbringen.«

Voller Vorfreude legte Gemma den Hörer auf. Trotz ihrer ganzen Sorgen heiterte sie allein schon die Aussicht auf, Patrick mit seiner unbekümmerten und verlässlichen Art in nächster Zeit um sich zu haben.

Jacks Handy klingelte, als er gerade den letzten Rest Rum in sein Glas goss. »Scheiße!«, fluchte er laut, da er vor Schreck die bernsteinfarbene Flüssigkeit auf seine Jeans kleckerte.

»Ja?«

»Wie läuft's denn so, Jack?«

»Gut. Ich wollte dich später auch anrufen. Die Witwe fährt am Wochenende weg. Ich darf so lange auf die Farm aufpassen. Die anderen beiden kümmern sich um die Farm vom Alten. Die können mir also nicht in die Quere kommen. Die perfekte Gelegenheit, mich mal ungestört im Haus umzuschauen.«

»Gut. Melde dich danach bei mir. Du weißt ja, wonach du suchen musst, oder?«

»Ich bin ja nicht blöd.«

Jack soff das ganze Wochenende durch. Gleich nachdem Gemma am Freitag weggefahren war, wollte er sich das Haus vornehmen, aber er kam nicht hinein. Scuba knurrte ihn drohend an und bellte sofort wütend los, wenn Jack die Hand an den Türknauf legte. Am nächsten Tag, als er bereits wieder eine Viertelflasche Rum intus hatte, bekam er Sehnsucht nach dem jungen Cowgirl, das ihm beim Saufen in nichts nachstand. Da Jack nicht besonders viel Verantwortungsgefühl besaß, verließ er die Farm, ohne groß zu überlegen, und fuhr die einstündige Strecke nach Norden. Er kehrte erst am Montagmorgen wieder zurück.

Kapitel 10

Gemma und Jess erlebten einen wunderbaren Abend. Der Weinkeller, direkt am Bachufer gelegen, war urgemütlich. Am Strand brannten Lagerfeuer, und dazwischen standen alte Weinfässer, die in der Mitte zerteilt worden waren und nun als Pflanzenkübel für Schmucklilien und andere Zierblumen dienten. Ein kleines Stück weiter beleuchteten Scheinwerfer zwei alte Eukalyptusbäume, und die von unten angestrahlten, gespenstisch wirkenden Baumkronen verliehen der ganzen Atmosphäre etwas Magisches.

Die Bühne für die Jazzband war hell erleuchtet.

»Wow«, staunte Gemma angesichts der unzähligen bunten Lichter.

»Komm«, sagte Jess. »Suchen wir uns einen freien Platz.«

Auf der Wiese wimmelte es von Menschen, die ihre Decken ausbreiteten und ihre Campingstühle aufklappten. Manche hatten Picknickkörbe dabei, und zwischen der Wiese und den Verkaufsständen herrschte ein ständiges Kommen und Gehen. Die Luft vibrierte von der Vorfreude auf einen besonderen Abend.

Kaum hatten Gemma und Jess ihre Campingstühle neben einem großen Felsbrocken aufgestellt und den ersten Schluck Wein probiert, als sie plötzlich von hinten eine Stimme hörten.

»Gem, Jess, hallo!«

Sie drehten sich um und sahen Paige Nicholls am Arm eines großen, blonden Mannes.

Gemma lächelte freundlich. »Hallo, Paige, heute keine Nachtschicht?«

»Zum Glück nicht. Daniel und ich sind schon ganz gespannt auf die Band. Als wir noch in Melbourne gewohnt haben, waren wir oft auf Jazzkonzerten. Darum können wir es kaum erwarten, dass es endlich losgeht. Übrigens, darf ich vorstellen, das ist Daniel McDavis.« Paige kuschelte sich eng an ihren Begleiter, der nickte, ohne zu lächeln. »Wie geht es dir, Jess?«, fragte sie.

»Danke, gut«, antwortete Jess kühl.

Paiges Lächeln gefror. »Okay, schön, euch beide gesehen zu haben. Daniel und ich sollten uns jetzt einen Platz suchen. Ach übrigens, Jess, ich habe neulich deinen Freund kennengelernt. Brad heißt er, nicht wahr? Er ist ein guter Kerl. Wenn ich du wäre, würde ich an ihm festhalten.« Paige winkte zaghaft zum Abschied, und das Paar schlenderte weiter.

»Dass die sich traut, wieder hier aufzutauchen«, zischte Jess wütend. »Immerhin hat sie Claire und Tim auf dem Gewissen. Ich kann immer noch nicht glauben, dass sie mit Tim eine Affäre hatte, direkt vor unserer Nase, und trotzdem die ganze Zeit so tat, als wäre sie Claires beste Freundin. Dieses Biest ist bei mir unten durch.«

»Jess, das ist doch lange her«, sagte Gemma in besänftigendem Ton. »Ich bin mir sicher, hätte Paige gewusst, was das für ein Ende nimmt, hätte sie von Tim die Finger gelassen. Außerdem darfst du nicht vergessen, dass sie Tim geliebt hat. Ich finde es ganz schlimm, was damals passiert ist, und ich vermisse Claire bis heute – aber stell dir mal vor, was Paige durchgemacht haben muss.«

Jess lächelte. »Du warst schon immer die Nachsichtigere von uns beiden.«

»Aber damals nicht, weißt du noch? Ich habe Paige schlimme Vorwürfe gemacht und sie sogar eine Hure genannt. Aber wenn man einen geliebten Menschen verliert, sieht man die Dinge in einem anderen Licht.«

»Weißt du, was Paige zurzeit macht?«

»Habe ich dir das nicht erzählt? Sorry. Sie arbeitet als Krankenschwester hier in Pirie. Sie hatte Nachtdienst, als ich zu Dad in die Klinik gefahren bin.«

»Tja, ich weiß nicht, einmal Luder, immer Luder«, sagte Jess und stand auf. »Ich muss mal auf die Toilette. Kannst du uns zwei neue Gläser Wein besorgen? Ich hoffe, dass dieses hinterhältige Luder Brad nur flüchtig kennt. Sonst könnte ich sehr unangenehm werden!«

Einer plötzlichen Eingebung folgend, wandte Jess sich nochmals um und fragte Gemma: »Hat die Polizei eigentlich zurückgerufen?«

Gemma schüttelte den Kopf. »Keine Ahnung, was das zu bedeuten hat. Bis jetzt habe ich jedenfalls nichts von denen gehört. Vielleicht sind die gestohlenen Schafe mittlerweile aufgetaucht, und alles ist wieder gut. Wer weiß?«

Kurz darauf bahnte Gemma sich einen Weg durch die Menschenansammlung in Richtung Bar. Wenn sie in der Menge ein bekanntes Gesicht entdeckte, begnügte sie sich mit einem freundlichen Nicken, ohne stehen zu bleiben. Auf dem Rückweg machte sie einen Abstecher zum Büfett und füllte zwei Teller mit gegrilltem Schweinefleisch und Salat.

»Brauchst du jemanden, der dir beim Tragen hilft?«

Gemma drehte sich um und erblickte Ned mit seiner Frau Rose. »Ned, was machst du denn hier? Ist dir heute Abend etwa nach ein wenig Kultur?« Gemma beugte sich vor und gab Rose ein Küsschen auf die Wange. »Wie geht es dir, Rose?«

»Du hast gut reden. Du hockst doch sonst auch jeden Abend zu Hause. Was hat dich denn hierhergetrieben?«, konterte Ned grimmig.

Rose gab ihm einen sanften Klaps auf den Arm. »Ned, wo bleiben deine Manieren? Wie geht es dir, Gemma? Schön zu sehen, dass du dich mal wieder unter die Leute traust.«

»Ja, der Abend scheint sehr vielversprechend zu werden. Ich bin mit einer alten Freundin hier, Jess Rawlings. Jess ist der Meinung, ich sollte öfter ausgehen, darum hat sie mich mitgeschleift. Hier geht es ziemlich gesittet zu, verglichen mit den Partys, die ich von früher gewohnt bin, aber irgendwann muss man ja schließlich erwachsen werden.«

Gemma verabschiedete sich kurz darauf von Ned und Rose und kehrte zurück an ihren Platz, wo Jess bereits auf sie wartete. Als Gemma von dem Fleisch kostete, stöhnte sie genussvoll auf. »Ich kann mich gar nicht erinnern, wann ich das letzte Mal Spießbraten gegessen habe.«

»Du isst ja auch nicht richtig«, stichelte Jess. Plötzlich flammten auf der Bühne die Spotlights rhythmisch auf, das Zeichen, dass die Show losging.

Das Stimmengewirr wurde leiser, als die Band die ersten Töne anstimmte. Gemma spürte, wie die ganze Last der letzten Monate von ihr abfiel, und beobachtete fasziniert die Musiker, deren Finger virtuos über Tasten und Gitarrensaiten flogen.

In der Pause bot Gemma sich an, neue Getränke zu holen. Während sie sich in die Schlange einreihte und wartete, starrte sie in die Glut eines heruntergebrannten Feuers, in Gedanken noch bei dem Auftritt der Band. Sie bemerkte Ben erst, als er sie von hinten ansprach.

»Ohne Ihre Arbeitskluft hätte ich Sie fast nicht erkannt«, bemerkte er in ruhigem Ton. Gemma wirbelte herum und starrte direkt auf seine Brust. Sie hob den Kopf und blickte in seine braunen Augen, die sie neugierig musterten.

»Hallo«, stammelte sie überrascht. »Was machen Sie denn hier? Mögen Sie auch Jazz?«

»Eigentlich nicht, aber ich dachte, ich könnte hier ein paar Leute kennenlernen.«

»Gute Idee. Sieht so aus, als wäre heute Abend nicht nur fast die ganze Stadt samt Umgebung hier, sondern auch viele Leute aus Adelaide und von außerhalb. Offenbar sind Feste in der Provinz zurzeit sehr beliebt, wenn sogar die Städter aufs Land fahren, um zu feiern.«

»Allerdings.« Bens Blick wanderte über Gemmas Schulter, und sie spürte einen leichten Schubser von hinten.

»Hi«, sagte Jess, die hinter Gemma stehen blieb. »Wen haben wir denn da?«

Ben blickte fragend Gemma an, die ein unschuldiges Lächeln aufsetzte.

»Äh, ich bin Ben.« Er wirkte leicht verunsichert. »Und wer sind Sie?«

»Ich bin Jess Rawlings, Gemmas beste Freundin, Partybegleiterin und Vertraute. Freut mich sehr.«

»Ah, ich habe schon von Ihnen gehört. Neulich Abend habe ich Ihren Freund Brad im Pub kennengelernt. Er hat mich überredet, morgen in seinem Team mitzuspielen.«

»Das ist klasse, die brauchen nämlich dringend Verstärkung. Ich hoffe doch sehr, Sie können Football spielen. Brads Team ist nämlich die schlechteste Mannschaft, die ich je gesehen habe. Ich glaube, die haben in dieser Saison noch kein einziges Spiel gewonnen. Sind Sie gut im Toreschießen?«

Gemma hörte Jess amüsiert zu. Kein Wunder, dass Jess so schnell mit Menschen Kontakt schloss, bei ihrer offenen und freundlichen Art.

Jess ergriff Gemmas Arm. »Ich habe eine super Idee. Da wir uns nun alle persönlich kennen, mit Ausnahme von Gem und Brad, schlage ich vor, dass wir vier morgen Abend zusammen ausgehen. Wir könnten das neue Restaurant an der Strandpromenade ausprobieren. Dort soll es die beste Pasta der Stadt geben. Bis jetzt hatte ich noch keine Gelegenheit, mir den Laden von innen anzusehen. Ist der neueste Kult hier.«

»Kult? In Pirie? Das muss ich sehen!«, sagte Ben und lachte, angesteckt von Jess' Enthusiasmus.

»Ich auch«, schloss sich Gemma an.

»Gut! Dann ist es also abgemacht. Wir treffen uns morgen Abend. Was ist?«, fragte Jess, als sie sah, dass Ben den Kopf schüttelte.

»Morgen Abend habe ich schon was vor. Wie wäre es denn nächstes Wochenende?«

»Auch gut. Aber jetzt muss ich Gem dringend an die Bar entführen, sonst verdursten wir noch und können nächstes Wochenende nicht dabei sein, geschweige denn bei dem Heimspiel morgen. Ich wünsche Ihnen noch einen schönen Abend, Ben.«

»Ich melde mich nächste Woche, Gemma, falls wir uns morgen beim Spiel nicht sehen«, sagte Ben, bevor er die Hand hob und in der Menge verschwand.

Mit beschwingten Schritten machten sich die beiden Frauen auf zur Bar, während Jess Gemma mit Fragen bombardierte. »Wer ist das? Woher kommt er? Warum hast du mir nichts von ihm erzählt? Gott, ist der süß!«

Gemma ließ ihre Freundin weiterplappern und blickte sich unter den vielen Menschen um in der Hoffnung, Ben zu entdecken. Er sah heute Abend wirklich umwerfend aus in seiner schwarzen Lederjacke, dem blauen Hemd und der Moleskin-Hose. Aber nun schien er sich im Rauch der Lagerfeuer aufgelöst zu haben. Gemmas Blick blieb kurz an einem Paar hängen, und bevor sie sich wieder abwandte, erkannte sie, dass es Ned und Paige waren. Ned stand im Schatten eines Baums. Gemma konnte sein Gesicht nicht richtig erkennen, aber Paige wirkte sehr aufgebracht. Gemma beobachtete die beiden und fragte sich, woher sie sich kannten. Dann wandte sie sich achselzuckend ab. Pirie war eben eine Kleinstadt. Sie drehte sich zu Jess um und sagte: »Wenn du mehr über Ben erfahren möchtest, dann halt endlich die Klappe und hör zu!«

Das restliche Wochenende verging wie im Flug. Gemma kam es vor, als würde sie zum ersten Mal auswärts essen, weil es schon so lange her war. Auch das Footballspiel am Samstag weckte Erinnerungen an alte Zeiten. Wie früher parkten die Wagen der Zuschauer um das ovale Spielfeld herum, und nach jedem Tor ertönte ein lautes Hupkonzert. Und wie früher standen die Mädchen aufgestylt hinter der Absperrung und warteten darauf, die Aufmerksamkeit der Männer auf sich zu ziehen. Gemma war überrascht über die Freundlichkeit, mit der man ihr begegnete. Sie traf einige Farmer und auch etliche Leute aus der Stadt, die sie von früher kannte und mit denen sie ein paar Worte wechselte. Aber keiner wagte zu fragen, ob sie ihr Land verkaufen mochte.

Gemma lernte auch endlich den famosen Brad kennen, der genau so war, wie Jess ihn beschrieben hatte. »Brad, das ist meine allerbeste Freundin, Gemma Sinclair. Gem, das ist Brad – der beste Mann in meinem Leben, jedenfalls im Moment!«

»Hallo, Brad, ich habe schon viel von Ihnen gehört. Schön, dass wir uns endlich kennenlernen.«

»Die Freude ist ganz meinerseits, Gemma.« Brad gab ihr die Hand und lächelte. »Wie ich gehört habe, leiten Sie erfolgreich eine große Farm. Ich wollte schon längst einmal auf Billbinya vorbeischauen und mich persönlich vorstellen, aber ich komme beruflich nur selten in Ihre Ecke. Dann sehen wir uns also nächsten Samstag? Ich bin schon sehr gespannt darauf, Sie näher kennenzulernen.«

Am Sonntagnachmittag wartete Gemma am Bahnhof auf Patricks Ankunft. Mit steifen Beinen stieg er aus dem Bus. »Hallo, Schwesterherz! O Mann, ich wusste während der ganzen Fahrt nicht, wohin mit meinen langen Haxen«, stöhnte er und umarmte Gemma zur Begrüßung. Sie musterte seine knapp zwei Meter Körperlänge und die langen blonden Ponyfransen, die er sich aus den blauen Augen strich.

»Ich habe schon immer gesagt, du bist zu groß.«

»Und ich habe schon immer gesagt, du bist zu klein.« Patrick grinste sie erwartungsvoll an. Es war ein gewohnter Schlagabtausch zwischen ihnen aus alten Kindertagen.

»Ich bin nicht klein«, gab Gemma schmollend zurück. »Ich bin mittelgroß!« Sie brachen in Lachen aus und umarmten sich erneut.

Während der Fahrt durch die grün bewachsenen Flinders Ranges unterhielten sie sich über Patricks Arbeit in Queensland, wo er Pferde zuritt. Als Gemma in die Rochden Road abbog, verfielen sie in Schweigen, bis sie Hayelle erreichten. Dort würde Patrick in der nächsten Zeit wohnen. Er lächelte, als die Zufahrt auftauchte. »Home sweet home«, murmelte er leise. Gemma lenkte den Wagen durch das Tor, und wenig später kam das alte Farmhaus in Sicht, idyllisch an einem Wasserloch gelegen. Die sanft geschwungene Hügellandschaft, die sich dahinter erhob, war gewöhnlich braun und verdorrt, aber nach dem vielen Regen in diesem Winter leuchtete sie nun in einem satten Grün, durchzogen von fliederfarbenen Blütenteppichen – sogenannter Natternkopf –, und dazwischen wuchs wilder Hopfen, der rot blühte.

Sie hielten vor dem Nebengebäude aus Stein, das als Garage und Waschküche diente. Von dort gelangte man über einen Trampelpfad durch eine große Wiese zum Wintergarten, der an die Küche angebaut worden war.

Patrick ließ seine Tasche auf den Küchenboden fallen und öffnete zuerst den Kühlschrank. Gemma musste lächeln. Das war eine uralte Angewohnheit von ihm, seit er laufen konnte. Der Kühlschrank war gewöhnlich immer voll mit Sarahs leckerer Hausmannskost, und Patrick brachte einen gesunden Appetit mit. Er machte den Kühlschrank wieder zu und öffnete als Nächstes den Einbauschrank, wo er im oberen Fach die Keksdose entdeckte.

»Und, was steht auf dem Plan?«, fragte Patrick, nachdem er festgestellt hatte, dass es um die Essensvorräte nicht gerade üppig bestellt war. »Wie kann ich mich nützlich machen?«

»Nun, es wäre gut, wenn du hier nach dem Rechten siehst, dann kann ich mich um meine eigene Farm kümmern.«

»Kein Problem. Was hältst du davon, wenn wir eine Tour über die Weiden machen und du mich nebenbei auf den neuesten Stand bringst?«

»Einverstanden. Wie lange kannst du eigentlich bleiben, Pat?«

»Na ja, ich bin mein eigener Chef, also kann ich es mir aussuchen. Allerdings verdiene ich natürlich kein Geld, solange ich hier bin. Wir schauen einfach mal, wie es läuft, okay? Warten wir erst einmal Dads Untersuchungen ab, dann können wir weiter entscheiden. Aber ich kann natürlich nicht ewig hierbleiben, Schwesterherz.« Patrick sah sie eindringlich an.

Gemma nickte verständnisvoll.

»In Ordnung. Lass uns losfahren.«

Es war schon eine Weile her, dass Gemma Hayelle besichtigt hatte, und ihr blieb der schlechte Zustand der Farm nicht verborgen. Die Zäune mussten dringend repariert werden, die Kälber hatten noch keine Ohrmarken, und an den Wasserstellen gab es ebenfalls reichlich zu tun. Es war nämlich wichtig, dass die Dämme dicht waren, um noch den kleinsten Regentropfen aufzufangen und kostbares Trinkwasser zu sammeln. Rinder hatten einen viel höheren Flüssigkeitsbedarf als Schafe. Auf Billbinya gab es glücklicherweise keinen Wassermangel, weil die Farm über ausreichend Grundwasser verfügte. Bei Trockenheit war Gemmas größtes Problem, das Vieh mit genügend Futter zu versorgen.

Es war sehr eigenartig, Hayelle in diesem Zustand vorzufinden. Jake war ein Perfektionist, besonders was seine Zuchtstiere betraf, und spätestens als Gemma sah, dass selbst die Jungbullen auf der Weide noch keine Ohrmarken trugen, wusste sie, dass hier etwas faul war. Ohne Kennzeichnung ließ sich nicht mehr bestimmen, welches Jungtier von welcher Kuh und von welchem Zuchtbullen abstammte.

»Das ist ein bisschen merkwürdig, Pat«, sagte Gemma. »Dads Farm war sonst immer bestens in Schuss.«

»Ja«, stimmte Patrick ihr zu. »Damit habe ich auch nicht gerechnet. Es gibt hier jede Menge zu tun.«

»Okay, lass uns zum Haus zurückfahren und bei einem Kaffee die Arbeiten besprechen.«

Als Gemma später nach Billbinya zurückfuhr, fragte sie sich, welche Hiobsbotschaften sie nun wohl wieder erwarteten. Aber es gab weder eine Nachricht auf dem Anrufbeantworter noch eine E-Mail und auch keine Notiz von Bulla oder Garry, wie Gemma erleichtert feststellte. Sie machte sich zum Abendbrot einen Toast und ging anschließend ins Bett.

Was für ein herrliches Wochenende, dachte sie. Keine

Pflichten, keine Plackerei. Nicht zum ersten Mal fragte sie sich, wie es wohl wäre, eine kleinere Farm zu bewirtschaften, ohne Schulden und ohne finanziellen Druck.

Gemma fragte sich auch, warum Hayelle in letzter Zeit so vernachlässigt worden war. Schaffte ihr Vater die Arbeit nicht mehr alleine? Stand es ernster um ihn, als er zugeben wollte? Ihr kam das alles ziemlich merkwürdig vor. Merkwürdig war auch, dass die Polizei sich immer noch nicht bei ihr zurückgemeldet hatte. Es sah so aus, als hätte sich das ganze Problem von selbst gelöst.

Kapitel 11

Auf der Polizeiwache in Port Pirie waren Ian Paver und Geoff Hay gerade erst aus Adelaide zurückgekehrt, wo sie die Sonderermittler Dave Burrows und Craig Buchanan abgeholt hatten. Während der dreistündigen Rückfahrt sprachen die Männer über die jüngsten Viehdiebstähle. Ian und Geoff erzählten von den Gerüchten, die sie bei ihren Ermittlungen aufgeschnappt hatten, und auch von dem anonymen Anruf auf der Wache, den Ian entgegengenommen hatte.

»Ich denke, Kollegen, wir haben es hier mit organisiertem Viehdiebstahl zu tun«, sagte Geoff. »Es gibt eine Reihe unbestätigter Aussagen, wonach in den letzten zwei Jahren immer wieder kleinere Viehherden verschwunden sind von Farmen, die alle in unserem Distrikt liegen. Die Täter scheinen immer nach demselben Schema vorzugehen. Sie suchen gezielt die Farmen auf an Abenden, an denen die Eigentümer abwesend sind. Das Vieh wird direkt auf dem Hof in einen Transporter verladen. In den meisten Fällen wurden Schafe gestohlen, hin und wieder auch Rinder. Offenbar planen die Täter sehr genau im Voraus. Ich kann mir beim besten Willen nicht vorstellen, dass jemand mit so einer Dreistigkeit handelt, ohne sich am Tatort auszukennen und ohne genau zu wissen, dass die Luft rein ist.«

»Ja, das sehe ich genauso«, stimmte Dave Burrows zu.

»Sie haben vorhin erwähnt, dass es einen Verdächtigen gibt. Haben Sie ein Profil von ihm erstellt?«

Geoff gab ihm eine rote Aktenmappe. »Ja, allerdings gibt es ein kleines Problem. Unser Verdächtiger lebt nicht mehr – aber er hatte sicher Komplizen, da einer allein so ein großes Ding nicht durchziehen kann. Adam Sinclair, ein hiesiger Farmer – oder Sinny, wie er von seinen Freunden genannt wurde –, ist am neunundzwanzigsten Januar mit seinem Flugzeug tödlich verunglückt.« Geoff warf einen Blick auf seine Notizen. »Seine Frau, Gemma Sinclair, hat nach seinem Tod die Leitung der Farm übernommen. Wir sind uns nicht sicher, ob sie in die Diebstähle verwickelt ist. Zu Beginn unserer Ermittlungen sind wir nach Billbinya rausgefahren – so heißt die Farm der Sinclairs. Gemma Sinclair schien aufrichtig erschrocken, als wir sie mit den Diebstählen konfrontierten. Wir haben auch die Leute von den Nachbarfarmen befragt und erfahren, dass einigen wohl früher schon Vieh abhandengekommen ist, ohne dass sie es zur Anzeige gebracht haben, weil sie sich nicht hundertprozentig sicher waren, ob es nicht einen anderen Grund für das Verschwinden der Tiere gab.

»Gemma Sinclair hat uns Donnerstag letzte Woche eine Nachricht hinterlassen. Sie hat nicht den Grund ihres Anrufs genannt, sondern lediglich um Rückruf gebeten. Wir sind ihrer Bitte aus drei Gründen nicht nachgekommen. Erstens«, Geoff zählte an seinen Fingern ab, »ging zuvor dieser anonyme Hinweis bei uns ein. Wir sind uns ziemlich sicher, dass es sich bei dem Anrufer um einen Mann handelt, obwohl die Stimme stark verfremdet war. Jedenfalls muss dieser Mann über Insiderwissen verfügen, denn er hat behauptet, dass Adam Sinclair an den Viehdiebstählen beteiligt war, indem er die Farmen ausspionierte und die Informationen anschließend weitergab. Der zweite Grund, warum wir uns bei Mrs. Sinclair nicht zurückgemeldet haben, ist, dass wir die paar Tage bis zu eurer Ankunft abwarten wollten, da wir nicht wussten, wie wir mit ihr verfahren sollen. Glaubt man unserem anonymen Tippgeber, ist sie ebenfalls dringend tatverdächtig, was der dritte und ausschlaggebende Grund war, warum wir uns zurückgehalten haben. Seit dieser nächtlichen Raubserie besteht kein Zweifel, dass hier professionelle Diebe am Werk sind. Die Tiere wurden aus den Hofgehegen gestohlen, das heißt, wir können Fehler beim Zählen oder beim Viehtrieb ausschließen. Adam Sinclair ist tot, wer steckt also hinter diesem dreifachen Coup?«

Dave verschränkte die Arme und lehnte sich nachdenklich auf seinem Stuhl zurück. »Gute Frage. Sobald wir das herausgefunden haben, wissen wir auch, welchen Part Adam Sinclair gespielt hat, sollte er zu der Bande gehört haben. Ich denke, es kann nicht schaden, wenn Craig und ich uns mal die Gegend und ihre Bewohner aus der Nähe anschauen. Wo ist hier der größte Viehumschlagplatz?«

»Für Lebendvieh in Dublin, das liegt ungefähr eine Dreiviertelstunde nördlich von Adelaide. Großschlachtereien gibt es in Lobethal, Murray Bridge und hier in Pirie. Außerdem schlachten viele Metzgereien noch selbst für den Ladenverkauf und für Nischenmärkte. In der Gegend von Spalding und Murray Bridge gibt es große Mastbetriebe. Dort werden hauptsächlich Rinder angekauft.

Bis jetzt habe ich hier noch keinen Mäster ausfindig machen können, der Schafe zukauft. Die haben alle ihre eigene Zucht.«

»Okay. Gibt es noch weitere Informationen?«, fragte Dave.

»Im Moment nicht.«

»Also gut. Craig, du wirst zunächst verdeckt ermitteln. Sieh dich auf dem Viehmarkt in Dublin um und klappere ein paar Schlachthöfe ab. Ich mache mich derweil mit den hiesigen Örtlichkeiten vertraut und unterhalte mich mit den geschädigten Farmern«, sagte Dave.

»Warum soll Craig verdeckt ermitteln?«, fragte Geoff.

»So kann er schneller Kontakt zu den Einheimischen aufbauen. Da Craig der Jüngere von uns beiden ist und die Frauen auf seine Muckis stehen, findet er immer sehr rasch Anschluss. Vielleicht erhalten wir auf diesem Weg wertvolle Informationen«, erklärte Dave.

»Ich bin nur der nette Tourist, der sich hier amüsieren will.« Craig lächelte und zeigte seine strahlend weißen Zähne, während seine blauen Augen leuchteten. Geoff nahm sich vor, seine neunzehnjährige Tochter in der nächsten Zeit von den Pubs fernzuhalten.

Am Mittwochabend, als Gemma gerade Essen kochte für sich und ihren Bruder, den sie jeden Moment erwartete, klingelte das Telefon.

»Hallo?«

»Mrs. Sinclair, hier spricht Dave Burrows vom WA Sonderdezernat. Wie geht es Ihnen?«

»Danke, gut. Wie kann ich Ihnen behilflich sein?«

»Gemma, ich kontaktiere gerade sämtliche Viehzüchter aus der Gegend, weil ich um ein persönliches Gespräch bitten möchte, nach Möglichkeit in den nächsten paar Tagen. Es geht um die Raubserie in der vergangenen Woche, die gestohlenen Mastlämmer. Ich möchte Sie alle gerne persönlich kennenlernen, damit ich Ihren Namen Gesichter zuordnen kann. Außerdem hätte ich noch ein paar Fragen an Sie.« Dave sprach in einem sehr beiläufigen Ton.

»Sicher. Wann passt es Ihnen?«

»Könnte ich gleich morgen bei Ihnen vorbeikommen, oder ist das zu kurzfristig?«

»Nein, morgen ist okay.«

»Was halten Sie von sechzehn Uhr?«

»In Ordnung. Also dann, bis morgen.« Als Gemma den Hörer auflegte, schlugen draußen die Hunde an. Patrick war gekommen. *Hätte ich diesem Dave Burrows das mit den fremden Lämmern auf unserer Grenzkoppel sagen sollen?*, überlegte sie. Nein, entschied sie. Morgen reichte es auch noch, diese unangenehme Sache zur Sprache zur bringen.

»Na, Schwesterherz, alles im Lot?« Pats Standardbegrüßung drang zu ihr ins Haus, während er seine Stiefel vor der Tür auszog.

»Ah, da bist du ja. Wie läuft es auf Hayelle?«

»Ich rede erst von der Arbeit, wenn ich etwas Anständiges im Magen habe. Was kochst du uns denn Feines?«

»Einen herzhaften Rinderschmorbraten. Bist du damit einverstanden? Außerdem habe ich mich mal wieder an einem Kuchen versucht. Ich glaube, er ist sogar genießbar!«

»Den esse ich auch, wenn er ungenießbar ist. Für selbst

gemachten Kuchen könnte ich sterben. In Mums Küchenschrank habe ich nur Kekse aus dem Laden gefunden. Sie lässt nach auf ihre alten Tage.«

Während des Essens plauderten die Geschwister ungezwungen. Erst beim gemeinsamen Abwasch sagte Patrick unvermittelt: »Ich habe eine Verlobte.«

»Was?« Gemma ließ die Hände sinken und sah ihn verblüfft an. »Wer ist es?«

»Kate.«

Gemma machte eine ungeduldige Geste. »Etwas genauer, bitte.«

»Kate und ich kennen uns schon von früher aus dem Internat. Irgendwann sind wir uns in Queensland wiederbegegnet, und seitdem sind wir ein Paar. Wie lange ist das her, acht Jahre? Kate reitet auch Pferde zu, so wie ich. Das mit uns ist eine ernste Sache.«

»Acht Jahre? Acht Jahre lang hast du uns kein Wort davon gesagt? Was hast du dir dabei gedacht?«, fragte Gemma vorwurfsvoll.

»Na ja, ich wollte euch nichts sagen, solange ich mir nicht sicher war.« Patrick zuckte lässig mit einer Schulter. »Eigentlich möchten wir erst nächstes Jahr heiraten, aber jetzt warten wir erst einmal ab, wie schnell sich unser alter Herr wieder erholt. Ich hätte ihn nämlich gerne an meiner Hochzeit dabei. Notfalls sind wir auch bereit, den Termin vorzuverlegen.«

»Pat, das sind ja tolle Neuigkeiten. Ich freue mich sehr für dich. Ich kann es gar nicht erwarten, deine zukünftige Frau kennenzulernen. Obwohl du eine Tracht Prügel verdient hättest, weil du sie uns so lange vorenthalten hast. Und wo wird die Trauung stattfinden?«

»Wahrscheinlich in Queensland, Kates Heimat. Aber genug von mir. Was gibt es bei dir Neues?«

Gemma seufzte. »Lass uns den Tee im Salon trinken. Dann erzähle ich dir die ganze Geschichte.«

Kapitel 12

Gemma setzte sich auf die Couch, nahm die Beine hoch und machte es sich bequem. »Ich habe bis jetzt mit niemandem darüber gesprochen, Pat, noch nicht einmal mit Jess. Ich habe so ein ungutes Gefühl bei der Sache.« Sie starrte auf ihre Teetasse, dann fuhr sie fort: »Ich habe mit eigenen Augen gesehen, wie Adam abgestürzt ist. Wir haben gemeinsam den Viehtrieb gemacht, er aus der Luft, ich am Boden im Pick-up. Er hat mich per Funk dirigiert, wenn es Ausreißer gab oder so. Und plötzlich ist seine Maschine abgestürzt. Ohne jede Vorwarnung und ohne dass er vorher einen Notruf über Funk abgegeben hat, was an sich schon seltsam ist. Wie dem auch sei, jedenfalls war ich in seinen letzten Minuten bei ihm an der Absturzstelle. Ich habe alles versucht, um die Cockpittür aufzukriegen, aber sie war blockiert. Ich habe gesehen, dass Adams Brustkorb zwischen dem Sitz und dem Steuerhebel eingeklemmt war und dass er aus dem Mund blutete. Er bekam nicht richtig Luft.« Gemma unterbrach sich und atmete tief durch. »Dann hat Adam gesprochen, aber durch die Scheibe konnte ich ihn zuerst nicht verstehen. Also kam ich auf die Idee, den Vorschlaghammer aus dem Wagen zu holen und damit das kleine Seitenfenster einzuschlagen. Adam rang röchelnd nach Luft und presste hervor, dass er es nicht schaffen würde und dass er ziemlichen Ärger hätte und dass die sich nach seinem

Tod an mich halten würden und dass ich die Farm verkaufen soll. Ich habe den ganzen Hof abgesucht – das Haus, die Schuppen, die Scheune – auf der Suche nach irgendeinem Hinweis, aber ich habe nichts gefunden. Vor Kurzem habe ich von Ned erfahren, dass Adam einen Vertrag unterschrieben hat, wonach ich verpflichtet bin, im Oktober dreihundert Mastochsen zu liefern, die ich nicht habe. Dann werden von den Höfen der Kettles, der Carters und der Smiths in ein und derselben Nacht Mastlämmer gestohlen, insgesamt um die tausend Stück, und kurz darauf erhalte ich Besuch von der Polizei, die mich fragt, ob ich das gestohlene Vieh zufällig auf meinem Land gesehen habe. Und am Morgen darauf erfahre ich von Bulla, dass er draußen auf der Reimer-Koppel um die tausend fremde Lämmer entdeckt hat. Allmählich beginne ich mich ernsthaft zu fragen, was für Geschäfte Adam hinter meinem Rücken gemacht hat. Hinzu kommt, dass sich ein Sonderermittler aus Western Australia für morgen bei mir angekündigt hat, um mir weitere Fragen zu stellen. Findest du das alles nicht auch ziemlich merkwürdig?«

Pats Augenbrauen zuckten nach oben. »Das kannst du verdammt noch mal laut sagen.«

Sie schwiegen nachdenklich.

»Okay«, sagte Pat schließlich. »Wie sind die tausend Lämmer auf deine Weiden gekommen? Diese Frage lässt mir keine Ruhe. Ich meine, nehmen wir mal nicht gleich das Schlimmste an. Vielleicht wollte Adam ja nur den Steuerprüfer ärgern oder so. Wahrscheinlich hat er nichts Schlimmes verbrochen – obwohl, Sinny hatte es schon immer faustdick hinter den Ohren. Trotzdem, das fremde

Vieh auf deinem Grundstück rückt dich in kein gutes Licht. Ist es denn noch da? Hast du dem Sonderermittler was davon gesagt?«

»Zweimal nein. Übrigens, was soll das heißen, Adam hatte es faustdick hinter den Ohren? Bulla ist am nächsten Morgen wieder zur Koppel rausgefahren, um die Lämmer zum Hof zu treiben, aber da waren sie schon verschwunden. Ich wollte das morgen dem Sonderermittler erzählen.«

»Hast du Mum und Dad etwas gesagt?«

»Nein, ich habe von der ganzen Geschichte erst nach Dads Herzinfarkt erfahren. In der Nacht, als Dad in die Klinik musste, wurden auch die Lämmer gestohlen.«

»Ich glaube, du solltest dir einen Anwalt nehmen.«

Gemma blickte Pat erschrocken an. »Ich habe nichts verbrochen!«, beteuerte sie laut.

Pat schüttelte den Kopf. »Das spielt keine Rolle, Schwesterherz. Fakt ist, auf deinem Grundstück war Diebesgut gelagert. Die können dich wegen Beihilfe oder so drankriegen. Ich habe keine Ahnung.« Pat stand auf und wanderte im Zimmer auf und ab. »Ich glaube, du hast den Ernst der Lage noch nicht erkannt.« Er blieb stehen und sah Gemma an.

»Ich habe nichts verbrochen«, wiederholte sie, leiser diesmal.

»Das ist völlig egal. Wenn du deine Unschuld nicht beweisen kannst, steckst du knietief in der Jauchegrube. Kennst du einen guten Anwalt?«

»Nein! Ich habe noch nie einen gebraucht. Ob du mir glaubst oder nicht, aber normalerweise halte ich mich an die Gesetze.«

»Okay, Jess kennt bestimmt einen Anwalt. Du rufst sie gleich morgen früh an, noch bevor der Sonderermittler hier aufkreuzt. Du beantwortest seine Fragen erst, nachdem du mit einem Anwalt gesprochen hast.« Pat sah auf seine Uhr. »Ich bleibe heute Nacht hier. Und morgen früh überlegen wir uns, wie es weitergeht. Kann ich im Gästezimmer schlafen?«

»Natürlich. Ich bezweifle, dass ich heute Nacht ein Auge zubekomme.«

»Mir geht es ähnlich, aber trotzdem sollten wir versuchen zu schlafen.« Pat blickte Gemma ins Gesicht. »Keine Angst, Schwesterherz, das kriegen wir schon hin.« Er tätschelte kurz ihre Schulter, bevor er den Salon verließ.

Wenig später saß Pat in Gemmas Gästezimmer auf dem Bett und dachte nach. Adam war schon ein ziemliches Schlitzohr gewesen. Dabei war es nicht so, dass Pat sich nicht mit ihm verstanden hätte, ganz im Gegenteil, vor allem wenn sie früher gemeinsam die Pubs unsicher machten. Allerdings war die Freundschaft eingeschlafen, als Pat nach Queensland umzog, und später bei seinen Besuchen in der Heimat hatten Kneipentouren und Partys ihre Anziehungskraft verloren. Gemma hatte dann Adam geheiratet und sich bis über beide Ohren verschuldet. Eine fatale Situation, vor allem angesichts hoher Kreditzinsen und niedriger Marktpreise für Vieh und Wolle. Bei seinen letzten Besuchen auf Hayelle und Billbinya vor gut einem Jahr war Patrick aufgefallen, dass Adam sich verändert hatte. Er konnte diese Veränderung nicht richtig einordnen, aber Adam hatte sich noch großspuriger verhalten als sonst. Als wüsste er etwas, was sonst keiner wusste. Jess war das ebenfalls aufgefallen, wie Pat nun wieder einfiel. Aber damals hatte er ihre Bedenken nicht ernst genommen. Gemma zuliebe war Jess immer freundlich zu Adam gewesen, obwohl sie ihn nie richtig leiden konnte. Patrick fragte sich, ob er nicht schon viel früher hätte reagieren müssen.

Am nächsten Tag stand Patrick bei Tagesanbruch auf. Nach dem gemeinsamen Frühstück mit Gemma machte er sich direkt auf den Weg nach Hayelle, versprach jedoch, rechtzeitig zurück zu sein, bevor der Sonderermittler eintraf.

Kaum war ihr Bruder weg, lief Gemma vorbei am Hundezwinger zu ihrem Pick-up und setzte sich ans Steuer. Sie hatte das dringende Bedürfnis, dem Haus zu entfliehen, hinaus in das offene Weideland. Sie sah nach den Färsen und anschließend nach den Mutterschafen mit ihren Milchlämmern, die sie in der vergangenen Woche gekennzeichnet hatten, bevor sie schließlich zum Bach weiterfuhr. Dort angekommen, setzte sie sich auf einen Felsen und betrachtete still die Landschaft, während die Gedanken in ihrem Kopf sich überschlugen. Patrick und Kate, Hochzeit, Adam, gestohlene Lämmer, Sonderermittler. Ihre Gedanken ergaben keinen Sinn, und in ihrem Kopf herrschte ein riesiges Durcheinander.

»Was hat Adam getan? War er wirklich in krumme Geschäfte verwickelt?« Gemma starrte in die Landschaft, ohne etwas wahrzunehmen. Ihre Augen wurden schmal, während sie angestrengt überlegte. Hätte ihr an Adams Verhalten etwas auffallen müssen? Ihr fiel nichts ein.

Adam war der fürsorgliche, liebevolle Ehemann, der er immer gewesen war. Immer beschäftigt? Ja, wie alle Farmer. Zerstreut? Manchmal schon, ein bisschen. Vertrauenswürdig? Absolut. Adam hatte immer dafür Sorge getragen, dass noch das winzigste Lamm seinem Eigentümer zurückgegeben wurde, wenn sich mal wieder ein Tier von den Nachbarfarmen auf ihre Weiden verirrt hatte. Gemma schüttelte den Kopf. Adam hatte sich nicht anders verhalten als sonst auch. Es war unmöglich, dass er sich an illegalen Machenschaften beteiligt hatte. Dafür war er viel zu ehrlich.

Bald jedoch begannen die gute Luft und die friedliche Umgebung, auf Gemma ihren Zauber zu entfalten. Sie nahm nun den Gesang der Flötenvögel wahr und das Blöken der Schafe, die nach ihren Lämmern riefen. Sie lehnte sich dankbar zurück, schloss die Augen und genoss die Sonne auf ihrer Haut, während die Wärme sie langsam durchrieselte.

Als Gemma gegen Mittag auf den Hof zurückkehrte, traf sie zu ihrer Überraschung Bulla an, der vor den Ställen auf sie wartete.

»Hallo! Ich dachte, du wärst oben auf der Nordseite, um die Kälber hereinzutreiben, damit wir sie markieren können«, sagte Gemma.

»Da wir uns seit letzter Woche nicht mehr gesehen haben, wollte ich mal hören, was es Neues gibt. Hat die Polizei sich bei dir gemeldet?«

»Ja, gestern Abend hat mich ein Sonderermittler angerufen. Er kommt heute Nachmittag um vier, dann sage ich ihm das mit den fremden Lämmern.«

»Gaz und ich bleiben auf dem Hof, falls er Fragen an uns hat. Soll Jack auch in der Nähe bleiben?«

»Ja, das ist wahrscheinlich besser. Kann ja sein, dass die Polizei sein Alibi überprüfen will.« Gemma grinste über ihren eigenen Scherz.

»Ich geb ihm Bescheid. Kommst du gleich mal raus zum Gehege? Wir könnten deine Hilfe gebrauchen.«

»Ich esse nur schnell eine Kleinigkeit, dann bin ich bei euch.«

Gemma verbrachte die nächsten Stunden damit, die Kälber in den Treibgang zu scheuchen, wo Bulla ein Tier nach dem anderen in die Fangbox schubste. Sobald das Kalb fixiert war und nicht mehr treten oder beißen konnte, klemmte Gaz mit geübter Hand die Hoden mit einem Gummiring ab und knipste anschließend jedem Tier eine Marke ins Ohr, die es als eigene Zucht von Billbinya kennzeichnete. Danach öffnete Jack die Fangbox, und die Kälber sprangen meckernd heraus und galoppierten hinüber auf die große Wiese zu ihren brüllenden Müttern, die ihren Nachwuchs schon sehnsüchtig erwarteten.

Nachdem schließlich alle Kälber kastriert und markiert waren, sah Gemma auf ihre Uhr. »Mist«, fluchte sie, »schon so spät. Wir sehen uns nachher auf dem Hof.« Erst auf dem Rückweg fiel ihr ein, dass sie vergessen hatte, Jess anzurufen und nach einem Anwalt zu fragen. Sie zuckte mit den Achseln. Wahrscheinlich brauchte sie ohnehin keinen.

Als Gemma den Hof erreichte, parkte vor dem Haus ein schlammverschmierter weißer Jeep, an dessen Kühlerhaube ein Mann lehnte. Sie fuhr durch das Tor und hielt hinter dem Wagen des Besuchers. Dann stieg sie aus und ging mit ausgestreckter Hand auf den großen Fremden zu.

»Entschuldigen Sie die Verspätung. Ich bin Gemma Sinclair.«

Der Besucher gab ihr die Hand und erwiderte: »Kein Problem. Ich bin Dave Burrows von der Spezialeinheit. Danke, dass Sie sich Zeit für mich nehmen.«

»Haben Sie gut hierhergefunden? Ich wollte Ihnen eigentlich noch eine Wegbeschreibung geben. Kommen Sie herein.« Gemma führte Dave ins Haus.

»Geoff und Ian, die beiden Kollegen, die letzte Woche bei Ihnen waren, haben mich gut instruiert. Es ist anfangs immer schwierig, sich in einer fremden Gegend zurechtzufinden. Ohne Karte wäre ich aufgeschmissen.« Dave ließ ein Lächeln aufblitzen.

Während Gemma Kaffee aufsetzte, musterte sie verstohlen den Sonderermittler, der an ihrem Küchentisch Platz nahm. Er trug ein hellblaues Hemd mit einem Polizeiabzeichen und Jeans. Seine dunkelbraunen Stiefel hatte er vor der Tür ausgezogen. Seine schwarzen Haare waren millimeterkurz rasiert, und seine Haut war tief gebräunt, ein Zeichen, dass er sich oft im Freien aufhielt. Sein Notizblock lag aufgeklappt vor ihm auf dem Tisch, und Gemma registrierte, dass er bei seinen Besuchen auf den Nachbarfarmen fleißig mitgeschrieben hatte. Als sie den Kaffee auf den Tisch stellte, stachen ihr zwei Begriffe ins Auge, die in den Aufzeichnungen dick unterstrichen waren, und sie versuchte, die Großbuchstaben auf dem Kopf zu entziffern. Entsetzt las sie den Namen »Adam Sinclair«.

Scheiße, Scheiße, Scheiße, dachte Gemma. Wo zum Henker blieb Patrick nur? Sie zwang sich zu einem Lächeln und sagte zu Dave: »Würden Sie mich bitte kurz entschuldigen?« Dann ging sie hinüber ins Büro, wo sie hektisch Pats Handynummer wählte, aber er ging nicht dran. Gleich darauf bemerkte sie, dass der Anrufbeantworter blinkte. Sie drückte auf »Play«, und Pats Stimme erklang im Raum.

»Hallo Schwesterherz. Ich werde hier aufgehalten. Muss einer Kuh beim Kalben helfen. Ich komme, so schnell ich kann.«

Gemma stieß einen leisen Fluch aus.

Auf Pats Nachricht folgte eine zweite, gesprochen von einer unsicheren weiblichen Stimme. »Ähm, hi, Gemma, hier ist Paige. Ich wollte fragen, ob du Zeit hast und wir uns mal treffen können, zum Brunch oder so. Du hast ja meine Nummer. Ich dachte, ich melde mich mal. Äh, bis bald.«

Gemma nahm sich vor, Paige am Abend anzurufen. Sie kehrte zurück in die Küche.

»Also, wie kann ich Ihnen helfen?«, fragte sie Dave, setzte sich an den Tisch und nahm ihre Kaffeetasse in die Hand.

»Ich habe heute bereits mit einigen Ihrer Nachbarn gesprochen und ein paar Informationen eingeholt. Vielleicht können Sie mir ja noch den einen oder anderen nützlichen Hinweis geben. Ich versichere Ihnen, ich bin nur hier, um Ihnen allen zu helfen und diese Viehdiebstähle aufzuklären.«

Gemma schenkte ihm ein zaghaftes Lächeln.

»Okay«, fuhr Dave fort, »Sie haben letzte Woche den

Kollegen gesagt, dass Sie mit Ihrem Fahrzeug unterwegs waren in der Nacht, als die Lämmer gestohlen wurden. Ist das richtig?«

»Ja, ich bekam spätnachts einen Anruf von meiner Mutter, weil mein Vater einen Herzinfarkt hatte. Ich habe mich sofort auf den Weg nach Pirie gemacht. Aber auf der Fahrt ins Krankenhaus habe ich nicht wirklich auf die Umgebung geachtet. Ich fürchte daher, ich kann Ihnen nichts Neues sagen.«

»Geht es Ihrem Vater wieder besser?«

»Ja, aber er wurde nach Adelaide überwiesen und muss vorerst dort bleiben. Mein Bruder Patrick kümmert sich so lange um Hayelle, so heißt die Farm meiner Eltern. Ich habe hier auf Billbinya schon mehr als genug zu tun.«

»Wie lange leben Sie schon auf Billbinya?«

»Oh, fast neun Jahre. Als Adam und ich geheiratet haben, bin ich hier eingezogen. Nach seinem Tod habe ich beschlossen, die Farm alleine weiterzuführen. Ich kann mir nichts Schöneres vorstellen als ein Leben auf der Farm. Ich brauche die Weite und die Natur. Außerdem stamme ich aus der Gegend. Die Farm meiner Eltern liegt ungefähr fünfzig Kilometer südlich von hier.«

Dave lächelte. »Das kann ich nachvollziehen. Trotzdem muss es ganz schön schwer sein für Sie, die Farm alleine zu leiten. Vor allem wenn man sich die aktuellen Preise für Vieh und Wolle ansieht, die auch schon mal besser waren.«

Daves freundliche Art machte Gemma etwas lockerer. »In der Tat, es ist kein leichtes Brot, aber es ist mein Leben. Ich wurde dazu erzogen, nicht gleich die Flinte ins Korn zu werfen, wenn Schwierigkeiten auftauchen.

Noch ist es meine Farm, und ich hoffe, das kann ich auch noch in ein paar Jahren behaupten.«

»Sie leben also bereits seit Ihrer Kindheit in dieser Gegend. Haben Sie jemals mitbekommen, dass hier schon früher Vieh gestohlen wurde?«

Gemma schüttelte den Kopf. »Nein, das ist das erste Mal. Es tut mir sehr leid für die Betroffenen. Das ist eine schlimme Sache. Ich kenne die Leute ja alle persönlich – lauter nette Nachbarn.«

»Wie gut kennen Sie die geschädigten Farmer?«

»Nun, die Kettles kenne ich schon seit meiner Kindheit. Wir stehen uns nicht besonders nahe, aber wir haben ein gutes nachbarschaftliches Verhältnis. Früher haben wir sie hin und wieder abends zu uns eingeladen.«

»Wie lange ist das her?«

»Oh, ich glaube, das war sogar noch im letzten Jahr. Ich kann gerne in meinem Kalender nachsehen. Wenn das Treffen geplant war, habe ich bestimmt was eingetragen. Aber manchmal hat Adam auch spontan Nachbarn eingeladen, die er auf der Straße getroffen hat oder bei denen er zu Besuch war, und hat sie unangemeldet mitgebracht. Das war für mich dann immer purer Stress. Ich bin nämlich keine gute Köchin und eigentlich nicht auf unverhoffte Gäste eingerichtet.«

»Sie hatten also regelmäßig privaten Kontakt mit Ihren Nachbarn?«

»Nun, vor ungefähr anderthalb Jahren hat Adam eine Interessengemeinschaft gegründet, der sich viele Farmer aus der Gegend angeschlossen haben. Wir haben uns ungefähr einmal im Monat getroffen und uns über die Arbeit ausgetauscht. Oft wurden zum Beispiel Innovationen besprochen, und man hat gemeinsam beratschlagt, welche Farmen dafür geeignet waren. Ja, man kann durchaus sagen, dass wir regelmäßig Kontakt zu unseren Nachbarn hatten.«

»Würden Sie mir Ihren Kalender zur Verfügung stellen, damit ich ihn mir in Ruhe ansehen kann? Das wäre mir eine große Hilfe.«

Gemma zuckte mit den Schultern, da sie den Sinn dieser Bitte nicht ganz erfasste. »Selbstverständlich.«

»Fällt Ihnen denn sonst noch etwas ein, was für uns wichtig sein könnte?«

Gemma rutschte nervös auf ihrem Stuhl herum. »Ja, da gibt es noch was. Ich wollte es schon letzte Woche der Wache in Pirie melden, aber ich habe niemanden erreicht.«

Dave blickte gespannt von seinem Notizblock auf.

»Nach meiner Rückkehr aus der Klinik in Pirie hat Bulla, mein Viehtreiber, mich informiert, dass er ungefähr tausend fremde Lämmer auf unserer nördlichen Grenzkoppel entdeckt hat.« Daves Augenbrauen schossen in die Höhe. »Aber als wir die Herde hereinholen wollten, war sie spurlos verschwunden. Wie gesagt, ich habe versucht, die Polizei zu benachrichtigen. Und ich möchte ausdrücklich betonen, dass ich für jeden meiner Mitarbeiter die Hand ins Feu …«

Dave fiel ihr ins Wort. »Handelte es sich um die gestohlenen Mastlämmer?«

»Das kann ich nicht sagen. Bulla kam nicht nah genug an die Herde dran, um die Ohrmarken zu lesen. Jedenfalls waren es definitiv nicht unsere Schafe, sonst hätte Bulla sie erkannt.«

»Kann ich mit Bulla sprechen?«

»Ja, die Männer müssten jetzt auf dem Hof sein. Wir haben vorhin die Kälber markiert, aber inzwischen dürften alle wieder zurück auf der Koppel sein.«

»Gut, eins nach dem anderen. Haben Sie eine Karte von Billbinya?«

Gemma ging kurz ins Büro und kam mit einer Karte zurück. Sie zeigte Dave, wo die Grenzkoppel war, auf der die fremde Lammherde geweidet hatte, und beschrieb die Entfernungen zu den nächsten bewohnten Unterkünften. Auf Daves Bitte holte Gemma eine zweite Karte, auf der sämtliche Farmen im Distrikt eingezeichnet waren.

Sie setzte nochmals Kaffee auf, und bis Sonnenuntergang hatte sie eine Unmenge an Fragen wahrheitsgemäß beantwortet.

Zum Schluss sagte Dave: »Gut, ich glaube, das war alles. Lassen Sie mich kurz zusammenfassen. Sie beschäftigen drei Männer. Die Namen habe ich notiert. Alle drei haben Schlüssel für die Tore an der Grundstücksgrenze sowie für sämtliche Koppeln. Sie wissen nicht, ob Jack Marshall vorbestraft ist, aber bei den anderen beiden schließen Sie es aus. Ihr Vieh verkaufen Sie über Ned Jones von der Viehagentur *Hawkins & Jones*. Seit Kurzem werden Sie von einem neuen Mitarbeiter betreut, Ben Daylee, der sich bereits persönlich vorgestellt hat. Gemma, ich muss Ihnen nun die folgende Frage stellen: Besteht die Möglichkeit, dass Ihr Mann mit den Viehdieben gemeinsame Sache machte oder Kontakte zu diesem Milieu hatte? Es tut mir leid, dass ich Sie das fragen muss, aber Sie werden sicher verstehen, dass Billbinya nun eine zentrale Rolle bei unseren Ermittlungen spielt. Ich will damit nicht sagen, dass Sie etwas mit der Sache zu tun haben, und ich möchte auch Ihren Arbeitern nichts unterstellen, aber wir müssen nun einmal jede Möglichkeit in Betracht ziehen.«

Gemma holte tief Luft. »Nein«, antwortete sie. »Es ist ausgeschlossen, dass Adam seine Nachbarn bestohlen hat.«

»Gut, dann lassen Sie uns zu den Männern auf den Hof gehen.«

Gemmas Arbeiter waren im Geräteschuppen und bastelten an den Fahrzeugen.

Gemma machte Dave mit Bulla und Garry bekannt und blickte sich dann um.

»Wo ist Jack?«, fragte sie ihre Männer.

»Dem ist übel. Der sah aus, als müsste er gleich kotzen. Ist aufs Klo gerannt.«

»Hoffentlich kein Virus, das würde uns gerade noch fehlen«, stöhnte Gemma. »Gut, Dave, ich lasse Sie jetzt mit den beiden alleine. Ich nehme an, meine Anwesenheit ist hier nicht erwünscht, damit Sie ungestört reden können.«

Dave grinste. »Sie sehen zu viele Krimis. Ich führe hier kein Verhör durch, sondern lediglich eine Befragung.« Er wandte sich an Bulla. »Ich würde gerne die Koppel besichtigen, auf der Sie die fremden Lämmer entdeckt haben. Ist das weit von hier?«

»Jedenfalls zu weit, um heute noch rauszufahren. Bis wir dort sind, ist es bereits zu düster, um noch was zu sehen.«

»Gut, wie wäre es dann mit morgen?«

»Okay«, sagte Bulla.

»Können Sie mir etwas über die fremden Schafe sagen? Konnten Sie sehen, wem sie gehören?«

»Nein, dafür war ich nicht nah genug dran. Ich bin zwar um die Herde herumgefahren, aber da Schafe selten still stehen, konnte ich die Ohrmarken nicht lesen. Aber ich weiß genau, dass das nicht unsere waren.«

»Und woher wissen Sie das so genau?«

»Ich erkenne unser Vieh eben sofort. Kann ich nicht erklären.«

»Na schön, ich denke, für heute habe ich genug gehört. Ich würde gerne morgen wiederkommen, um mich mit Jack zu unterhalten und mir die Koppel anzusehen.« Dave blickte Gemma fragend an und wartete auf ihre Zustimmung.

»Sicher, kein Problem. Ich begleite Sie zu Ihrem Wagen.«

»Bis morgen, Männer.« Dave hob die Hand zum Abschied.

Bulla und Garry nickten und machten sich wieder an ihre Arbeit.

»Vielen Dank, Gemma, dass Sie so kooperativ sind. Die Polizei ist auf die Mithilfe der Bevölkerung angewiesen«, sagte Dave.

»Gerne. Wie ich bereits zu Bulla sagte, ich habe nichts verbrochen, also habe ich auch nichts zu verbergen.«

Als sie den Jeep erreichten, wandte Dave den Kopf und musterte Gemma. Es erstaunte ihn immer wieder, wie gut man in fremden Gesichtern lesen konnte, wenn man darin ausgebildet war. Allerdings war es zu dunkel, um viel zu erkennen. Dennoch, etwas ließ ihm keine Ruhe.

Zeigte Gemma sich nicht ein wenig zu hilfsbereit? Kurz entschlossen traf er eine Entscheidung. »Wenn ich es mir recht überlege, möchte ich meinen Besuch morgen doch lieber um ein paar Tage verschieben. Ich muss zuerst meine ganzen Notizen bearbeiten. Besser, ich verschaffe mir erst einmal einen Gesamtüberblick und melde mich danach wieder. Ist das okay?«

»Sicher«, sagte Gemma. »Sie haben ja meine Nummer.«

Dave stieg in den Wagen, startete den Motor und schaltete das Licht ein. »Bis bald. Und nochmals vielen Dank für Ihre Unterstützung.«

»Bis dann«, sagte Gemma. Sie starrte auf Daves Rücklichter, die immer kleiner wurden, und plötzlich blitzte eine Erinnerung in ihr auf … Rücklichter … im Rückspiegel … War ihr nicht ein Viehtransporter entgegengekommen in jener Nacht, als sie zum Krankenhaus unterwegs war? Vielleicht sollte sie das Dave sagen. Gemma überlegte kurz. Dann zuckte sie mit den Achseln. Wahrscheinlich war es nicht so wichtig. Sie konnte es ihm auch noch später sagen, wenn er sich wieder bei ihr meldete.

Jack musste nicht mehr erbrechen, aber er fühlte sich hundeelend. Er lag auf seinem Bett und zündete sich eine Zigarette an, während er versuchte seine Magenkrämpfe zu ignorieren. In diesem Moment klingelte sein Handy. »Fahr zur Hölle«, sagte er laut und ließ es weiterklingeln. Dann herrschte für kurze Zeit Stille, bevor der Anrufer es erneut probierte. Jack schnappte sich das Handy und sah auf das Display. Er hob ab und blaffte sofort los: »Verfluchte Kacke, was war in den Scheißpillen? So beschissen habe ich mich in meinem ganzen Leben noch nicht gefühlt!«

Der Anrufer stieß ein boshaftes Kichern aus. »Schwierige Zeiten erfordern eben schwierige Maßnahmen, kleiner Bruder. Aber ich habe gute Neuigkeiten für dich. Die Witwe fährt am kommenden Wochenende wahrscheinlich wieder in die Stadt. Dann hast du sturmfreie Bude und kannst ungestört rumschnüffeln.«

»Gut. Scheiße, muss schon wieder kotzen.« Jack warf das Handy aufs Bett und stürzte zur Toilette. Währenddessen klappte der Anrufer sein Handy zu und lachte leise. Armer Jack – aber das Opfer würde sich lohnen. Sein Gesicht nahm harte Züge an, als er an Gemma dachte und an das Leid, das sie seiner Familie unwissentlich zugefügt hatte.

Kapitel 13

Während der Rückfahrt trommelte Dave Burrows mit den Fingern auf dem Lenkrad. Gemmas treuherziges Geständnis, dass auf Billbinya fremdes Vieh gesichtet worden war, gab ihm Rätsel auf. Verhielt sie sich nur so hilfsbereit, um die Polizei zu täuschen und den Verdacht von sich zu lenken? Oder hatte sie wirklich keine Ahnung, wie die Lämmer auf ihr Grundstück geraten waren?

Eins war sicher. Auch wenn die zahlreichen Hinweise der Nachbarn noch nicht ausgewertet waren, deutete bereits jetzt schon einiges darauf hin, dass Adam Sinclair mit den Viehdieben gemeinsame Sache gemacht hatte. Ob Gemma Mitwisserin war, blieb abzuwarten.

Die Scheinwerfer des Wagens erfassten etwas Helles in der Dunkelheit. Dave verlangsamte das Tempo und erspähte am Straßenrand fünf Schafe, die ihn verwundert anstierten.

»Das glaub ich nicht«, murmelte Dave. Er hielt an, um zu wenden. Dann schaltete er die Suchscheinwerfer an, rollte langsam am Straßenrand entlang und entdeckte schließlich die Stelle, wo der alte, rostige Maschendrahtzaun von den Tieren niedergetrampelt worden war. Die Schafe in der Umzäunung drängten nach draußen zur Straße. Dave schüttelte den Kopf. »Und ich dachte die ganze Zeit, wir haben es hier mit organisiertem Viehdiebstahl zu tun. Dabei handelt es sich um kollektiven Ausbruch!«

Er drückte auf die Hupe. Die Schafe erstarrten augenblicklich. Dave schaltete um auf Standlicht und hupte erneut, woraufhin die Ausreißer kehrtmachten und in den Pferch zurückdrängten. Dave schnappte sich die große Zange, hüpfte aus dem Jeep und marschierte hinüber zu dem kaputten Zaun, um ihn provisorisch zu flicken, aber der Draht war bereits so durchgerostet, dass er sofort brach.

In der Stille der Nacht dröhnte der Dieselmotor lauter als sonst. Dave ging zurück und schaltete die Zündung aus. Bevor er sich wieder um den Zaun kümmerte, hielt er kurz inne und lauschte in die Nacht. Es war unheimlich still, bis auf das Rascheln der Schafe im Gras und das Malmen ihrer Zähne. Er sah hinaus in die dunkle Landschaft. Wie würde er vorgehen als Viehdieb? Der Mond stand im ersten Viertel und verbreitete einen zarten Schimmer. Da weit und breit kein Licht zu sehen war, schloss Dave daraus, dass das Gebiet unbewohnt war. Lärm würde hier keinen stören. Die Gegend lag so abgeschieden, dass das Risiko, entdeckt zu werden, sehr gering war. Man benötigte lediglich gute Ortskenntnisse, einen Pferch, ein paar Hunde und Vollmond. Zuerst kesselte man die Herde im Pferch ein, dann konnte man sie problemlos auf einen Transporter verfrachten. Rinder waren gewöhnlich schwieriger einzufangen als Schafe, aber auch das ließ sich bewerkstelligen. Alles in allem war es im Grunde ein Kinderspiel, in dieser Gegend selbst große Tierherden verschwinden zu lassen.

Aus seiner Berufspraxis wusste Dave, dass es einen großen Schwarzmarkt für Vieh gab. Er hatte in zahlreichen Fällen gegen Viehräuber und Schlachthofbesitzer ermittelt. Oft kamen die Diebe ungeschoren davon, außer sie wurden auf den Viehmärkten erwischt oder waren bereits zuvor der Polizei ins Netz gegangen. Eine neue Variante, die Dave vor Kurzem begegnet war, bestand darin, gezielt Schafe in voller Wolle zu entwenden, zu scheren, die Wolle zu verkaufen und anschließend die nackte Herde zurück auf ihre Weide zu bringen. Das war an Dreistigkeit kaum zu überbieten, aber es hatte schon ein, zwei Fälle dieser Art gegeben.

Dave gab es auf mit dem Zaun, ging zurück zum Wagen und warf einen Blick auf den Kilometerzähler. Er hatte sich sämtliche Strecken notiert, die er heute zurückgelegt hatte, damit er nach seiner Rückkehr in Pirie ein Zeitschema ausarbeiten konnte. Er hoffte, mithilfe des Kilometerstands später auf der Karte die Stelle zu finden, wo er sich gerade befand, und zu ermitteln, wem die Schafe im Pferch gehörten, damit er gleich morgen früh den Besitzer verständigen konnte. Er drehte den Zündschlüssel, ließ die Kupplung kommen und wendete den Wagen wieder in Richtung Port Pirie.

Als Gemma das Haus betrat, hörte sie das Telefon klingeln. Sie verließ sich auf den Anrufbeantworter und ging direkt unter die Dusche, weil sie es kaum erwarten konnte, den anstrengenden Tag von sich abzuwaschen. Keine zehn Minuten später klopfte es an der Badtür. Patrick war gekommen.

»Ich bin gleich fertig«, rief Gemma.

»Was gibt es zum Abendessen? Ich habe Kohldampf!«, rief Pat zurück.

»Das weiß ich noch nicht.«

Wenige Minuten später betrat Gemma die Küche, während sie mit einem Handtuch ihre Haare trocken rubbelte. »Jess!«, stieß sie freudestrahlend aus, als sie ihre beste Freundin am Küchentisch entdeckte, wo sie gerade auf Pat einredete. »Schön, dich zu sehen, aber was zum Henker machst du hier?«

Jess stand auf und kam hinter dem Tisch vor, um Gemma zu umarmen. »Wie, darf ich nicht einfach vorbeikommen und meiner besten Freundin guten Tag sagen?«

»Doch, natürlich, trotzdem ist das ziemlich ungewohnt. Aber wenn du schon einmal hier bist, kannst du uns gerne bekochen.«

Jess öffnete daraufhin den Kühlschrank und machte eine einladende Geste. »Schon erledigt. Ich habe selbst gemachte Lasagne mitgebracht. Die muss nur aufgewärmt werden, und dazu mache ich einen frischen Salat. Und, was gibt es Neues bei dir?«

»Ich wollte dich gerade dasselbe fragen«, sagte Gemma und sah Pat und Jess abwechselnd an. Beide wichen ihrem Blick aus.

»Ich habe momentan Urlaub«, antwortete Jess. »Ich habe mir ein paar Wochen freigenommen, um mal wieder die gute Landluft zu schnuppern.«

»Verstehe«, sagte Gemma und verschränkte die Arme vor der Brust, ohne die geringsten Anstalten zu machen, sich an den Tisch zu setzen. »Netter Versuch.«

Pat und Jess wechselten einen Blick.

»Na schön, also gut, ich sag's ihr«, stieß Jess kläglich hervor.

»Was willst du mir sagen?«, fragte Gemma.

»Setz dich erst mal hin. Gem, ich wollte dir das schon bei meinem letzten Besuch sagen, aber irgendwie habe ich nicht den richtigen Zeitpunkt gefunden und ...« Jess verstummte.

»Dann sag es mir jetzt.« Gemmas Stimme klang streng, aber ihr Gesicht war blass geworden, und in ihren Augen lag ein ängstlicher Ausdruck. Sie legte sich das Handtuch um den Hals, zog einen Stuhl heran und setzte sich.

»Gemma, in Pirie geht das Gerücht um, dass Adam zu den Viehdieben gehörte.« Jess holte tief Luft und fuhr dann fort: »Die Leute munkeln schon länger. Manche denken sogar, dass Adams Flugzeugabsturz kein Unfall war, sondern ein Mordanschlag, weil Adam aussteigen wollte.«

»Das glaube ich nicht!«, stieß Gemma hervor. »Adam ist tot und kann sich nicht mehr gegen diese Gerüchte wehren. Ich weiß ja, Jess, dass du ihn nie besonders gut leiden konntest, aber ich hätte nie von dir gedacht, dass du so tief sinkst und diesen absoluten Bullshit über ihn verbreitest.« Gemma sprang wütend von ihrem Stuhl auf und stapfte zur Tür. Pats Stimme brachte sie abrupt zum Stehen.

»Schwesterherz, ich weiß, es ist nicht leicht für dich, aber trotzdem solltest du dir das anhören – das war nämlich noch nicht alles. Außerdem müssen wir uns was einfallen lassen wegen der fremden Lämmer auf deinem Grundstück.«

Gemma lehnte sich gegen den Türrahmen und verschränkte wieder die Arme vor der Brust. Sie kämpfte mit den Tränen. »Ich musste mit ansehen, wie mein Mann gestorben ist. Mein Vater hatte vor Kurzem einen Herzinfarkt. Ich versuche, ohne finanzielle Rücklagen eine riesige Farm zu bewirtschaften und nebenbei den Kredit an Adams Eltern abzubezahlen, weil die Farm unser gemeinsamer Lebenstraum war. Wenn ich Billbinya aufgebe, gebe ich Adam auf. Und nun muss ich mir auch noch von meiner besten Freundin und meinem eigenen Bruder Lügen über meinen Mann anhören.«

Jess und Pat blickten sie schweigend an. Jess stand schließlich auf, ging zu Gemma und umfasste das Gesicht ihrer Freundin mit beiden Händen. »Gemma, du bist meine beste Freundin. Ich will dir nicht wehtun. Eigentlich versuche ich seit Adams Tod, für dich da zu sein, so gut es geht, wenn auch hauptsächlich am Telefon. Du hast recht, ich konnte Adam nie besonders gut leiden, aber glaub mir, das tut nichts zur Sache. Wir reden hier von organisiertem Viehdiebstahl. Die Angelegenheit ist ernst, Gem, und wir müssen der Sache auf den Grund gehen. Pat hat mir von den fremden Schafen auf deiner Koppel erzählt. Zusammen mit den Gerüchten in der Stadt ergibt das kein gutes Bild.« Während ihres leidenschaftlich vorgetragenen Plädoyers blickte Jess Gemma fest in die Augen.

Gemma drehte sich langsam von Jess weg. Mit gekränkter und befremdeter Miene kehrte sie zurück an den Tisch, setzte sich auf ihren Stuhl und stützte den Kopf in die Hände. »Also schön, sagt mir, was ihr wisst.«

Pat und Jess wechselten einen Blick, und Pat nickte Jess auffordernd zu. Sie nahm auch wieder Platz und begann gleich darauf, in ruhigem Ton zu sprechen.

»Die Gerüchteküche im Distrikt brodelt schon seit einiger Zeit, Gem. Ich kann nicht genau sagen, wann das Gerede angefangen hat, vielleicht vor einem Jahr, vielleicht auch schon früher. Zuerst habe ich nichts darauf gegeben. Du weißt ja selbst, dass auf dem Land gerne getratscht wird. Du und Adam, ihr wart erfolgreich. Ihr habt diese riesige Farm von seinen Eltern übernommen und wirklich etwas daraus gemacht. Ihr habt neue Grassorten gepflanzt, ihr hattet den größten Viehbestand im gesamten Distrikt, und ihr habt offenbar genug erwirtschaftet, um die Hypothek problemlos abzubezahlen.«

»Irgendwann kamen die ersten Gerüchte auf, weil immer mal wieder kleinere Schafherden verschwanden. Beim Scheren oder wenn die Lämmer markiert werden sollten, fiel dann auf, dass die Anzahl der Tiere nicht stimmte. Auch bei den Kälbern gab es einen leichten Schwund. Zunächst hat sich keiner etwas dabei gedacht. Ich meine, welcher Farmer verzählt sich nicht schon mal bei seinem Vieh? Außerdem gab es ja noch die Möglichkeit, dass es sich nur um Ausreißer handelte, die irgendwann von einem Nachbarn entdeckt werden würden. Aber es meldete sich nie ein Nachbar.

Du darfst nicht vergessen, ich arbeite in einer Bank. Ich vergebe Kredite an die Geschäftsleute in der Stadt, aber zu meinen Kunden zählen auch viele Farmer aus der Umgebung. Ich habe Einsicht in die Jahresbilanzen meiner Kunden, in denen zum Beispiel auch die Viehbestände aufgeführt sind. Manche Farmer haben im Vergleich zum Vorjahr zehn Prozent von ihrem Vieh verloren. Das ist sehr viel, wenn man sich ohnehin nur knapp über Wasser halten kann.«

Gemma fiel Jess ins Wort. »Na und? Das beweist noch lange nicht Adams Schuld.«

»Das ist richtig, aber erinnerst du dich noch an unser Gespräch, als wir am Bach gecampt haben? Du hast mir erzählt, die Zahlen in den Büchern würden nicht stimmen. Du hast gesagt, der Schafbestand ist deutlich höher, aber dafür fehlen dir dreihundert Ochsen, die du an den Mäster liefern musst. Du musst doch selbst zugeben, dass das verdächtig ist. Außerdem hat die Polizei einen anonymen Tipp bekommen, der Adam belastet – frag mich bitte nicht, woher ich das weiß. Und es gibt noch eine unerfreuliche Nachricht, Gemma. Brad kannte Adam offenbar schon, bevor er mir begegnet ist. Anscheinend haben sie sich öfter im Pub getroffen. Ist Adam auch mal alleine nach Dawns Rest gefahren, ohne dich mitzunehmen?«

Gemma rutschte unruhig auf ihrem Stuhl herum. Es war tatsächlich öfter vorgekommen, dass Adam erst spätnachts von den Treffen der Agrargemeinschaft nach Hause kam. Er mochte es, mit den Jungs gepflegt ein Fässchen zu leeren, wie er es einmal ausgedrückt hatte. Gemma nickte widerstrebend.

»Dachte ich's mir doch«, sagte Jess. »Brad hat mir erst neulich erzählt, dass er und Adam sich schon länger kannten. Adam hat sich wohl gerne damit gebrüstet, wie leicht es wäre, aus der Viehzucht richtig Kapital zu schlagen, wenn man nur die richtigen Leute kennt.«

Jess' Worte stießen auf eisernes Schweigen. Nach ein paar Sekunden räusperte sich Patrick und sagte: »Verstehst du nun, warum wir uns Sorgen machen? Und warum wir denken, dass du Hilfe brauchst?«

Gemma gab immer noch keinen Ton von sich.

»Gem, wir haben dich sehr lieb, und es tut uns leid, dass du das alles ausgerechnet von uns erfahren musst«, sagte Jess mit sanfter Stimme.

»Mhm«, antwortete Gemma. Erschöpft strich sie mit den Händen über ihr Gesicht. »Tja, tolle Geschichte. Mir fällt es zwar schwer, sie zu glauben, aber ich sehe durchaus, dass es viele Indizien gibt, die gegen Adam sprechen. Trotzdem möchte ich jetzt nicht weiter darüber reden, okay? Ich muss erst mal in Ruhe nachdenken. Jess, ich richte dir das andere Gästezimmer her. Ihr könnt euch ja so lange um das Abendessen kümmern.« Gemma schob ihren Stuhl zurück und verließ die Küche ohne ein weiteres Wort.

Nach dem Essen, das in unbehaglichem Schweigen verlief, wünschte Gemma den anderen beiden eine gute Nacht und zog sich ins Büro zurück. Der Anrufbeantworter blinkte. »Hallo, Gemma, hier ist Ben Daylee. Ich wollte fragen, ob es Ihnen passt, wenn ich morgen vorbeikomme. Ich möchte gerne mal wieder Hallo sagen und ein paar geschäftliche Dinge mit Ihnen besprechen. Ich habe nämlich eine gute Kauforder hereinbekommen, die für Sie interessant sein könnte. Äh, okay, Sie haben ja meine Nummer. Ich bitte um Rückruf. Danke.« Gemma löschte die Nachricht und ging anschließend ins Bett.

Nach dem Abwasch verzog sich Jess ins Bad, während Patrick in sein Zimmer ging. Er ließ sich auf das Bett fallen, sprang jedoch nach wenigen Sekunden wieder auf. Er hatte nicht die innere Ruhe, um still zu liegen. Er blätterte flüchtig durch ein paar Bücher, die auf einem niedrigen Regal standen, dann öffnete er den Schrank. Darin hingen Adams Kleider.

»Gemma hat die Sachen wohl hierherverfrachtet, um sie nicht immer sehen zu müssen«, vermutete Pat. Bei dem Gedanken an seine Schwester und ihre Trauer überkam ihn ein ungutes Gefühl. Er wollte gerade die Schranktür wieder schließen, als er plötzlich eine innere Eingebung hatte. Er nahm sämtliche Kleider heraus und legte sie aufs Bett. Dann begann er, systematisch die Taschen abzusuchen. Als es klopfte, zuckte er zusammen. Im nächsten Moment steckte Gemma den Kopf durch die Tür.

»Was um alles in der Welt machst du da? Was soll das?«, fragte sie.

»Tut mir leid, Schwesterherz, ich konnte nicht schlafen und da habe ich … äh … Hast du Adams Kleider schon durchsucht?«

»Was? Nein, ich habe sie nur ins Gästezimmer verfrachtet und dann vergessen.«

»Gut, dann hilf mir. Vielleicht finden wir ja was.« Patrick drehte sich wieder zu dem Kleiderhaufen auf dem Bett und nahm sich das nächste Stück vor.

In diesem Augenblick erschien Jess im Pyjama auf der Bildfläche. »Was macht ihr denn da?«

»Pat meint, es könnte sich lohnen, Adams Kleider zu durchsuchen«, antwortete Gemma.

»Hoppla, was haben wir denn da«, sagte Patrick und hielt ein wunderschön geschnittenes Jackett mit passender Hose hoch. »Wofür hatte Adam denn so einen feinen Anzug?«

»Für besondere Gelegenheiten, wie zum Beispiel Leishas Hochzeit.«

»Willst du mich veralbern? Da hatte ja nicht einmal ich einen Anzug an.«

»Ja, Pat, so bist du eben …« Bevor Gemma weiterreden konnte, zauberte Patrick ein schwarzes Handy aus der Innentasche des Jacketts hervor.

»Was ist das?«, flüsterte Gemma.

»Adams Handy.« Pat wandte den Kopf zu ihr und bemerkte ihren Gesichtsausdruck. »Besaß Adam überhaupt ein Handy?«

»Ja, er hatte eins, aber ein anderes als das hier.« Gemma streckte die Hand aus, und Patrick gab ihr das Handy. Sie drückte eine Taste und stellte überrascht fest, dass der Akku nach so vielen Monaten noch funktionierte. Sie blätterte durch die Anruflisten – sowohl die gewählten als auch die eingegangenen Nummern waren ihr alle unbekannt. Sie wechselte zu den gespeicherten Mitteilungen und begann zu lesen.

Johnson. 200 Ham. 3 Wo.

Die nächste SMS.

Tunnley. 350 träch Mus. 2 Wo.

Und noch eine.

Hock. 20 Jungoc. 3 Wo.

Gemma las auch die anderen Nachrichten und fühlte sich wie betäubt. Hier war der Beweis, dass der Mann, dem sie blind vertraut hatte, den sie aus tiefstem Herzen geliebt hatte, nicht der gewesen war, für den sie ihn hielt.

Wie benommen rief Gemma die gesendeten Nachrichten auf.

Johnson. Tea Pub. ab 8. Gehege li v Haus. Ank Bill nach 3.

Tunnley. 2 Fr Vollmo. Kop 9. Ank Bill vor 2.

Hock. Grenzkop an Str. Grillen Vereinsheim bis 24. Reimer.

Gemma ließ das Handy fallen, kreidebleich im Gesicht, und rannte hinüber ins Büro. Ohne wahrzunehmen, dass Patrick und Jess ihr gefolgt waren und Fragen stellten, durchsuchte sie das Regal, bis sie den Kalender von letztem Jahr entdeckte, nachdem sie vergessen hatte, ihn Dave mitzugeben. Sie blätterte rasch durch die Seiten und hielt inne beim 26. April, einem Samstag. In Adams kräftiger Handschrift war eingetragen: *Johnsons, Tea Palace Pub, 19 Uhr.*

»Nein«, stöhnte Gemma auf.

»Sag uns jetzt endlich, was los ist, verdammt«, brummte Patrick. Er hielt Adams Handy in der Hand.

Gemma ignorierte ihn und blätterte weiter zum 19. Mai. Wieder die kräftige Handschrift: *Tunnleys, Billbinya, 18.30 Uhr.* Schließlich, am 20. September: *Grillfest Vereinsheim, Hocks abholen, 17.30 Uhr.*

»Oh, Jessie«, sagte sie mit kläglicher Stimme. »Er hat es getan.«

Kapitel 14

Gemma wurde von dem fröhlichen Gezwitscher eines Gartenfächerschwanzes geweckt. Sie fühlte Wut, Angst und Traurigkeit, ohne sich zunächst an den Grund zu erinnern. Ihre Augen brannten und fühlten sich wie ausgetrocknet an, als hätte sie viel geweint.

Chit, chit, chit, trällerte der Vogel auf ihrem Fenstersims und wackelte wild mit seinem Fächerschwanz.

»Nein«, stöhnte Gemma leise, als die Erinnerung an den vergangenen Abend zurückkehrte. »O Adam, was zum Teufel hast du dir bloß dabei gedacht?« Ihre Augen füllten sich mit Tränen.

Sie schlug die Bettdecke zurück und ging zum Schrank, um ihre Turnschuhe herauszuholen. Dann schlüpfte sie in ihre Trainingshose und streifte ein Sweatshirt über. Sie öffnete das Fliegengitter, stieß das Fenster ganz weit auf, kletterte über den Sims und landete mit einem dumpfen Geräusch auf dem Boden.

In lockerem Schritttempo lief sie zu dem Pfad, der am Bach entlangführte, und machte nebenher ein paar Dehnübungen zum Aufwärmen. Dann spurtete sie los. Sie rannte, als würde es um ihr Leben gehen, als könnte sie vor all den Fragen davonlaufen, die unablässig in ihrem Kopf kreisten: *Wie konnte das passieren? Warum habe ich nichts davon bemerkt? Wie konnte ich so blind sein?* Irgendwann ging ihr schließlich die Puste aus, und sie sank auf die Knie. Keuchend wischte sie sich den brennenden Schweiß aus den Augen und musste plötzlich würgen. Sie fuhr sich mit der Hand über den Mund und wartete ab, bis ihr Puls sich wieder einigermaßen beruhigt hatte. Dann ging sie an das Bachufer, wo sie sich gegen einen Eukalyptusbaum lehnte und die erste Morgenröte beobachtete. Die Flötenvögel trällerten ihre Lieder, die in der Stille laut widerhallten. Über ihr in der Baumkrone saß ein großer Schwarm Rosakakadus, die geräuschvoll an den Zweigen pickten. Eine Rinderherde lag ganz in der Nähe, und die ersten Frühaufsteher grasten bereits auf der Wiese.

Wie kann das Leben hier draußen ganz normal weitergehen, obwohl ich nun weiß, dass mein Leben in den letzten acht, neun Jahren auf einer Lüge beruhte?, fragte sich Gemma stumm. Sie hob einen Stein vom Boden auf, warf ihn hoch und fing ihn auf, wieder und wieder, während sie nachdachte. Plötzlich stieg Wut in ihr hoch, und sie schleuderte den Stein mit voller Kraft gegen den nächsten Baum.

»Adam Sinclair, du elender Scheißkerl«, brüllte sie laut. »Was hast du bloß getan?« Die Kakadus stoben mit schrillem Kreischen aus der Baumkrone empor.

Gleich darauf landete der nächste Stein an dem Baum, und noch einer, jeder Wurf begleitet von einem lauten »Du Scheißkerl!« Irgendwann tat Gemma der Arm weh, und sie hörte auf. Ihre Wut wich allmählich der wilden Entschlossenheit, aus dieser Geschichte heil herauszukommen. Sie würde bestimmt nicht den Kopf hinhalten für Adams Machenschaften.

Patrick und Jess saßen am Küchentisch bei Kaffee und Müsli, als Gemma zurückkehrte.

»Morgen«, sagte sie im Vorübergehen. »Ich springe nur rasch unter die Dusche und fahre danach gleich raus.« Sie kam sich in ihrem eigenen Haus wie eine Fremde vor. Ihr Leben war eine Illusion.

In diesem Moment klingelte im Büro das Telefon. »Ich geh schon.«

Froh, den mitleidigen Blicken von Pat und Jess zu entkommen, ging Gemma hinüber ins Zimmer und nahm den Hörer ab. »Hallo?«

»Hallo, Gemma, hier ist Ben Daylee. Ich hoffe, ich habe Sie nicht geweckt.«

»Keine Angst, um diese Uhrzeit bin ich schon längst auf. Ich habe Ihre Nachricht gestern abgehört, aber da war es schon sehr spät. Tut mir leid.« Gemma staunte darüber, wie normal ihre Stimme klang, angesichts ihrer momentanen Verfassung.

»Schon okay. Wie läuft es denn bei Ihnen da draußen?«

Ohne Vorwarnung bildete sich in Gemmas Kehle plötzlich ein Kloß. »Ah …« Sie brachte keinen weiteren Ton heraus.

»Gemma, ist alles in Ordnung?«

Wieder spürte sie die Tränen hochsteigen, aber sie kämpfte dagegen an und holte dann tief Luft. »Äh, nein, eigentlich nicht. Ich habe gestern ein paar schlimme Dinge erfahren und stehe immer noch leicht unter Schock.«

»Ich hoffe doch, dass es nicht Ihren Vater betrifft.«

»Nein, nein, Dad geht es gut. Nein, es betrifft meinen

verstorbenen Mann. Es sieht nämlich ganz so aus, als wäre er in krumme Geschäfte verwickelt gewesen, von denen ich bisher nichts geahnt habe.« So. Nun war es raus. Es war gut möglich, dass sie auf die Hilfe von Ned und Ben angewiesen sein würde. Daher bestand kein Grund, den beiden die Sache zu verheimlichen.

»Ich verstehe«, sagte Ben.

»Sie klingen nicht besonders überrascht.«

»Um die Wahrheit zu sagen, ich bin es auch nicht. Mir sind nämlich ein paar Gerüchte zu Ohren gekommen, aber ich konnte nicht einschätzen, ob an ihnen was dran ist.«

»Sie wissen ja: Die Ehefrau erfährt es immer als Letzte. Sind Sie und Ned heute zufällig in unserer Gegend? Ich würde nämlich gerne ein paar Dinge mit Ihnen bereden.«

»Ich weiß nicht genau, was Ned heute geplant hat, aber wenn Sie mit ihm sprechen wollen, kommt er bestimmt raus. Schließlich liegen Sie ihm sehr am Herzen.«

Gemma lächelte. »Ned ist mir eine große Stütze seit Adams Tod. Ich brauche dringend seinen Rat.«

»Ich sehe, was ich machen kann.«

Nachdem Gemma geduscht hatte, gesellte sie sich mit müdem Gesicht, aber dennoch erfrischt zu den beiden anderen in die Küche. Jess stand auf, um sie kurz zu umarmen, und goss ihr einen Kaffee ein.

»Danke … Ich habe nachgedacht«, begann Gemma in sanftem Ton. »Wenn das hier wirklich so eine große Sache ist, wie ihr beide denkt, und wenn Adam daran beteiligt war, dann müssen wir aufpassen, was wir zu wem sagen. Das war eben Ben am Telefon …«

»Welcher Ben?«, unterbrach Patrick sie.

»Ben arbeitet seit Kurzem für Ned. Ich habe ihn gebeten, heute mit Ned vorbeizukommen, damit wir sie einweihen können. Ned hat mir vor ein paar Wochen geholfen, den gesamten Viehbestand von Billbinya zu zählen, weil Adams Zahlen nicht mit denen im Computer übereinstimmten und auch nicht mit dem Ergebnis von Bulla und Gary. Ich möchte Ned gerne fragen, ob ihm beim Zählen irgendetwas Ungewöhnliches aufgefallen ist. Ich erkenne unsere Tiere nur an den Ohrmarken, aber die Männer können fremdes Vieh schon von Weitem unterscheiden.«

»Das ist eine gute Idee, Gemma«, sagte Jess. »Vielleicht sollten wir ihnen auch von der fremden Lammherde auf deiner Koppel erzählen. Viehagenten kommen schließlich viel in der Gegend herum und kriegen allerlei mit. Diese Männer sind wandelnde Enzyklopädien und kennen sämtliche Farmen im Distrikt in- und auswendig.«

»Jess, ich habe mir überlegt, du könntest dir mal die Geschäftsbücher vornehmen. Vielleicht fällt dir ja etwas auf. Ich als Laie kann mit den Zahlen wenig anfangen. Außerdem muss ich mich um wichtigere Dinge kümmern. Nächste Woche beginnt die Schur.«

»Ja, sicher, Gem. Du weißt, das mache ich gerne für dich.«

»Pat, ich möchte, dass Mum und Dad vorerst nichts erfahren. Sie machen sich sonst nur unnötig Sorgen. Okay?« Gemma blickte ihren Bruder fragend an.

»Kein Problem, Schwesterherz.«

»Ich denke, wir sollten auch den Detective informieren, aber zuerst möchte ich mit Ned sprechen.« Plötzlich zuckten alle drei zusammen, weil es klopfte.

»Morgen, Jack«, sagte Gemma, nachdem sie die Tür geöffnet hatte, und schenkte ihm ein Lächeln. »Wie geht es dir? Die Männer haben gesagt, du wärst krank.«

Jack zog eine Grimasse. »Ja, gestern ging's mir echt beschissen. Ist auch noch nicht ganz ausgestanden. Ich wollte deshalb fragen, ob ich heute freihaben kann.«

»Ja, das geht in Ordnung, Jack. Brauchst du was? Ich glaube, ich habe noch Cola im Haus. Die hilft bei so Magen-Darm-Geschichten.«

»Nee danke, geht schon, ich muss mich bloß ein wenig ausruhen. Morgen stehe ich wieder pünktlich auf der Matte.«

»Ja, ruh dich aus. Und gib Bescheid, wenn du was brauchst.«

Jack eilte zurück zur Baracke, so schnell es sein Magen erlaubte, und wählte dabei eine Nummer auf seinem Handy.

»Ich war grad drüben, um mich krankzumelden. Mir geht's nämlich immer noch zum Kotzen. Hab ein bisschen an der Tür gelauscht«, sagte er sofort, als sein Gesprächspartner dranging.

»Ach ja? Und?«

»Die Witwe hat zwei Gäste. So 'ne Rothaarige und ein blonder Hüne. Ich glaube, das ist der Bruder aus Queensland, der sich momentan um die Farm vom Alten kümmert. Jedenfalls habe ich gehört, dass die Witwe die Rothaarige beauftragt hat, die Bücher zu prüfen. Außerdem hat sie die Viehhändler herbestellt. Sie will Ned fragen, ob ihm irgendetwas Ungewöhnliches aufgefallen ist, als er ihr beim Zählen geholfen hat. Offenbar hat einer von den Viehtreibern die Lämmer gesehen. Sie wussten nämlich alle darüber Bescheid und wollten als Nächstes Ned einweihen.«

»Aha, dann weiß sie es also. Wie trägt sie es?«

»Wie trägt sie was?«

Der Mann am anderen Ende der Leitung stieß ein ungeduldiges Schnauben aus. »Was macht die Witwe für einen Eindruck? Hat sie Schiss gekriegt? Oder ist sie sauer?«

»Nö, die war ganz normal, wie immer. Hat mir sogar Cola angeboten, um meinen Magen zu kurieren.«

»Okay. Gute Arbeit. Bis bald.«

Nachdem der Mann am anderen Ende der Leitung aufgelegt hatte, starrte Jack einige Minuten in die Ferne. Langsam kam Bewegung in die Sache. Und wie ging es nun weiter? Er wählte eine Nummer.

»Ja?«

»Ich bin's«, sagte er.

»Ich weiß. Dein Name erscheint im Display.«

»Du fehlst mir.«

»Gut so. Gibt's was Neues?«

»Ja, Gemma weiß von den gestohlenen Lämmern auf ihrer Koppel. Und sie hat Jess gebeten, die Geschäftsbücher durchzuchecken. Außerdem erwartet sie heute noch Ned, um ihn einzuweihen.«

»Okay. Halt mich weiter auf dem Laufenden.«

»Bekommt man in dieser Stadt auch irgendwo einen anständigen Kaffee?«, sagte Craig Buchanan zur Begrüßung, als er an diesem Morgen auf der Polizeiwache eintraf.

Dave hatte mitbekommen, dass Craig erst nach der Sperrstunde ins Motel zurückgekehrt war.

»Du hättest sicher bessere Laune, wenn du gestern nicht die halbe Nacht gesoffen hättest«, antwortete Dave.

»Hey, du hast doch selbst gesagt, ich soll mich unters Volk mischen und meine Lauscher aufsperren. Ich habe nur meinen Auftrag erfüllt«, rechtfertigte sich Craig. »Ich habe gar nicht gemerkt, wie spät es geworden ist.«

»Geschweige denn, wie viele Gläser Bier es geworden sind.«

Craig erwiderte nichts darauf. »Bist du sauer?«, fragte er nach einer Weile.

»Nein, ich habe nur tausend Dinge im Kopf. Was hältst du davon, wenn ich dir meine Notizen vorlese, und du schreibst ein paar Stichworte an die Tafel. Ich möchte mir einen Überblick verschaffen. Vielleicht finden wir ja einen roten Faden.« Dave blätterte durch seine Notizen, bis er gefunden hatte, was er suchte. »Okay, der erste Termin war auf der Brathen Farm, die von Ken und Judy Brathen betrieben wird. Sie haben angegeben, dass sie in den letzten zwölf Monaten ungefähr dreihundert Mutterschafe verloren haben. Nicht alle auf einmal – hier mal zehn, da mal zwanzig. Allerdings gab es nichts, was auf Diebstahl hindeutete. Die Brathens kennen Adam und Gemma Sinclair nur vom Sehen. Ihre Farm liegt knapp hundert Kilometer von Billbinya entfernt.« Dave hob den Kopf. »Ich bin mir sicher, dass Billbinya eine zentrale Rolle spielt. Nicht zu vergessen unser anonymer Tippgeber, der Adam Sinclair schwer belastet hat – darum habe ich allen die Frage gestellt, ob sie mit den Sinclairs bekannt sind. Außerdem habe ich erfahren, dass Adam

Sinclair vor anderthalb Jahren eine Interessengemeinschaft für Farmer gegründet hat. Du weißt schon, so eine Art Diskussionszirkel, die momentan an jeder Ecke aus dem Boden sprießen. Jedenfalls gab dies Adam einen Vorwand, um nach Belieben auf den anderen Farmen unangemeldet aufzutauchen. Aber jetzt kommt der Clou: Gestern Nachmittag habe ich von Gemma Sinclair erfahren, dass einer ihrer Viehtreiber eine fremde Lammherde auf Billbinya entdeckt hat.«

Craig stieß einen leisen Pfiff aus. »Da kommt ja ganz schön was zusammen. Denkst du, dass die Leute untereinander reden werden, weil du sie explizit nach den Sinclairs gefragt hast?«

»Normalerweise bitte ich vor jeder Befragung, über das Gesprochene Stillschweigen zu bewahren, um die laufenden Ermittlungen nicht zu gefährden. Aber du weißt ja, wie die Leute auf dem Land sind. Wenn keiner die Wahrheit kennt, reimt man sich eben was zusammen. Dagegen können wir nicht viel machen. Als Nächstes war ich auf Pleasant Park. Die Besitzer heißen Mark und Karen Neverby. Sie haben angegeben, dass sie in den letzten zwei Jahren zwischen drei- und vierhundert Jungschafe verloren haben. Auch hier gab es keinen Hinweis auf Diebstahl. Die Neverbys kennen die Sinclairs nicht persönlich, sondern nur vom Hörensagen. Pleasant Park liegt rund hundertfünfundzwanzig Kilometer von Billbinya entfernt.

»Der dritte Termin war auf Carter Downs, das von Jim und Mary Carter geführt wird. Carter Downs zählt zu den drei Farmen, wo das Vieh direkt vom Hof gestohlen wurde. Sie liegt dreiunddreißig Kilometer von Billbinya entfernt. Wichtig ist in diesem Zusammenhang auch, dass den Carters vor ungefähr sechs Monaten zehn Jungochsen abhandenkamen. Ned Jones, der Viehagent, hat beim Wiegen und Zählen geholfen, und als die Ochsen verladen wurden, fehlten zehn. Jim Carter ist die ganze Farm abgefahren, ohne sie zu finden. Da die Zäune alle intakt waren, geht er davon aus, dass die Tiere gestohlen wurden. Er kennt die Sinclairs persönlich und gehört der Agrargemeinschaft an, die Adam ins Leben gerufen hat. Er und seine Frau waren ein paarmal abends zum Essen eingeladen auf Billbinya.

»Der vierte Termin war bei Sam und Kylie Smith auf der Netherbee Farm. Die Smiths sind mit den Sinclairs persönlich bekannt und haben sich im vergangenen Jahr einige Male mit ihnen privat getroffen. Die Netherbee Farm ist sechzig Kilometer von Billbinya entfernt. Den Smiths wurden dreihundert Lämmer vom Hof gestohlen. Sie sind sich nicht sicher, ob noch mehr Vieh fehlt.« Dave machte eine Pause, während Craig seine Stichworte auf der Tafel studierte.

»Alle Farmer, die du befragt hast, hatten also im Zeitraum der letzten zwei Jahre einen unerklärlichen Viehschwund, und alle Farmen liegen in einem Radius von rund hundert Kilometern um Billbinya«, stellte Craig fest.

»Ja, und ich habe noch ein halbes Dutzend mehr solcher Aussagen«, antwortete Dave und wedelte mit seinem Notizblock. »Aber lass uns zunächst die Fragen stellen, auf die wir eine Antwort brauchen. Wenn Adam Sinclair tatsächlich mit von der Partie war, woher wusste er so genau über die Viehtriebe Bescheid? Das ist ein entscheidender Punkt. Immerhin war er nicht mit allen geschädigten Farmern persönlich bekannt. Woher hatte er die genauen Ortskenntnisse auf den fremden Farmen? Woher wusste er, wie die Koppeln belegt waren? Ich bin mir sicher, dass er niemals das Risiko eingegangen wäre, aufs Geratewohl loszuschlagen. Außerdem brauchte er ja einen Ort, wo er das gestohlene Vieh hinbringen konnte. Wie ist es ihm gelungen, die Farmen auszuspionieren, ohne dass die Besitzer es merkten? Wer hat den Coup durchgezogen, wenn er die Opfer auf Billbinya bewirtete? Im Moment gibt es noch zu viele offene Fragen. Wir können zwar davon ausgehen, dass Adam Sinclair einer der Täter war, aber wir kennen weder die Methoden noch sein Motiv.«

»Ja, ich verstehe. Womit fangen wir an?«

»Am besten, wir überprüfen als Erstes das Vorstrafenregister von denen, die auf Billbinya leben.«

Kapitel 15

Jess und Gemma sprachen gerade über die Bilanzen, die vor ihnen ausgebreitet lagen, als es klopfte und Bulla eintrat. Patrick war nach Hayelle zurückgefahren, um nach dem Vieh zu sehen, und danach wollte er Jake und Sarah in Adelaide besuchen.

»Hey, Bulla«, sagte Gemma überrascht und sah auf ihre Uhr. »Verdammt – tut mir leid, Bulla, ich habe ganz die Zeit vergessen. Du brauchst mich bestimmt, um die Schafe reinzuholen.«

»Nein, das schaffe ich auch alleine mit den Hunden.« Bullas Hunde waren erstklassig abgerichtet. »Ich wollte nur fragen, ob hier am Wochenende was Besonderes ansteht, wenn du weg bist.«

»Wochenende? Was ist heute für ein Tag?«, fragte Gemma. »Donnerstag?«

»Freitag«, antwortete Jess lächelnd. »Wir sind morgen Abend zum Essen verabredet, schon vergessen? Ich schlage vor, wir fahren schon heute Abend in die Stadt.«

»Meinst du wirklich, ich kann hier weg? Dieser Sonderermittler wollte noch mal vorbeikommen.«

»Aber er hat nicht gesagt, wann«, entgegnete Jess. »Außerdem glaube ich kaum, dass er am Wochenende arbeitet. Ich bin dafür, dass wir heute aufbrechen.«

»Also gut. Bulla, die Scherer sind für Dienstag bestellt. Ich denke, wir holen als Erstes die Zweijährigen rein für die Schur. Die Wolle sieht nämlich sehr gut aus. Ben Daylee wollte demnächst einen Käufer hier vorbeibringen, und bis dahin können die Schnittwunden verheilen. Ich werde nachher zu der hinteren Rinderkoppel rausfahren und mir die Weide ansehen. Wir müssen uns bald etwas wegen der Mastochsen einfallen lassen. Ich glaube, der Liefertermin ist im Oktober«, sagte Gemma. »Übrigens, Bulla, tut mir leid, dass ich heute bei der Morgenbesprechung gefehlt habe. Ich hatte gestern keinen guten Tag, und ich konnte euch einfach nicht unter die Augen treten. Wir treffen uns heute Nachmittag auf dem Hof, dann erkläre ich euch alles, okay? Ned und Ben werden auch da sein.«

Bulla nickte. »Ja, in Ordnung. Als ich heute Morgen den Wagen von Jess vor dem Haus gesehen habe, dachte ich mir schon, dass was im Busch ist. Gem, hat es irgendwas mit Sinny zu tun?«

Gemma brauchte einen Augenblick, um ihre Antwort zu formulieren. »Ja, hat es«, sagte sie schließlich und senkte den Blick auf ihre Hände.

Bulla nickte und verließ das Haus.

Gemma schwieg kurz, während Jess in den Ordnern mit den Rechnungen blätterte, die Gemma aus dem Büro geholt hatte.

»Komm mit, Jess«, sagte Gemma plötzlich und sprang auf. »Lass uns zur Scheune rübergehen und dort sauber machen, für die Schur nächste Woche.«

»Und was ist mit …«

»Der Papierkram kann warten. Komm, machen wir uns an die Arbeit.«

Sie schnappten sich Eimer, Schrubber, Besen und Putzmittel und gingen damit zur Scheune.

»Ich weiß nicht, warum, aber ich habe ein besonderes Faible für Scherschuppen«, sagte Gemma. »Schon als Kind habe ich mich auf Hayelle abends nach der Schur am liebsten in die Scheune gesetzt und gelesen und dabei den Geruch der Schafe eingeatmet.«

»Ja, ich weiß, was du meinst. Ich kann mich erinnern, dass mein Vater mich früher immer auf den Sortiertisch gesetzt und Karussell gespielt hat. Wir hatten so einen alten, runden Tisch, der im Boden einzementiert war und den man drehen konnte, um die Vliese zu säubern«, erzählte Jess.

Gemma nickte begeistert. »Ja, ich erinnere mich. Wenn keiner hinsah, hast du immer mit voller Kraft gedreht, und die Flusen sind uns um die Ohren geflogen. Dein Vater war immer stinksauer, wenn er dich dabei erwischt hat, weil die Schurhelfer das nächste Vlies auflegen wollten, aber erst warten mussten, bis der Tisch sich nicht mehr drehte. Schon seltsam, wie verschieden wir sind«, sagte Gemma nachdenklich. »Ich meine, du bist auf einer Farm aufgewachsen, genau wie ich, aber trotzdem war dir schon sehr früh klar, dass du eines Tages weggehen wirst. Dich hat die Stadt gereizt. Jetzt hast du beides: Du lebst in der Stadt, wo du genügend Abwechslung hast, und wenn du dich erholen willst, fährst du einfach raus aufs Land. Ist doch optimal.«

Sie erreichten die Scheune und gingen die Stufen hoch. Das einzige Geräusch, das zu hören war, stammte von Bulla und seinen Hunden drüben bei den Gehegen. »Zurück, Roady, los, los! Hol sie!«

»Wuff, wuff.«

Fliegen kreisten summend an der Decke, und die Sonnenstrahlen schienen durch die Fenster und die winzigen Löcher in den Blechwänden. Bis auf das Klappern des Dachs im Wind war es still in der Scheune. Schweigend blickten Gemma und Jess sich um. Es war aufgeräumt, aber das Wollwachs von der letzten Schur hatte sich in den Holzdielen festgesetzt, sodass der Boden ganz klebrig war. Er musste ordentlich geschrubbt werden, bevor die Schurkolonne anrückte. Außerdem mussten die Spinnweben entfernt werden, genau wie die übrig gebliebenen Wollflusen vor und in den Holzcontainern. Adam hatte kurz vor seinem Tod die Flockcare-Zertifizierung erhalten, ein Gütesiegel, wonach bestimmte Qualitätstandards eingehalten werden mussten. Er hatte sich davon einen höheren Preis für die Wolle versprochen. Allerdings waren dadurch die Vorbereitungen für die Schur um einiges aufwendiger.

»Na los, du Büromensch«, sagte Gemma, und ihre Stimme hallte laut in der hohen Scheune wider. »Krempel die Ärmel hoch. Ich gehe kurz raus und mache Feuer für den Wasserkessel. Du kannst ja schon mal den Besen schwingen.«

»Du glaubst wohl, ich habe alles verlernt, was? Her damit.« Jess nahm Gemma den Besen ab und begann, den Boden zu kehren.

»Und mach auch in den Ecken gründlich sauber«, rief Gemma über ihre Schulter hinweg, als sie auf dem Weg nach draußen war.

»Ja, ja«, murmelte Jess. »Gib der Frau den kleinen Finger, und sie nimmt die ganze Hand.«

Gemma und Jess schrubbten jeden Zentimeter in der Scheune. Sogar die Fenster wurden geputzt – die Idee kam von Jess.

»Ich glaube kaum, dass die Scherer Wert auf saubere Fenster legen, Jess. Die kommen gar nicht dazu, die Aussicht zu genießen«, hatte Gemma eingewandt, aber Jess war nicht davon abzubringen. Die Container wurden sorgfältig von den kleinsten Faserresten befreit, die an dem Holz klebten, und der Boden wurde gründlich gekehrt, bis schließlich draußen über dem Feuer das Wasser in dem alten Kessel kochte, der zweihundert Liter fasste. Die Frauen schleppten eimerweise heißes Wasser in den Schuppen, das sie auf dem Boden ausschütteten, und anschließend streuten sie Scheuerpulver darüber und begannen zu schrubben. Der Schweiß tropfte ihnen von der Stirn, während sie still und konzentriert arbeiteten. Jack, der gleich nebenan in der Baracke war, sah gelegentlich herein und bot seine Hilfe an, aber Gemma schickte ihn wieder fort. »Nein, ruh dich aus und sieh zu, dass du bald wieder fit bist«, sagte sie. »Wir brauchen dich nächste Woche.«

Nach und nach löste sich der Lanolinfilm von den Dielen, und das Kiefernholz begann durchzuschimmern. Zum Schluss gingen Gemma und Jess in die Hocke und begutachteten ihr Werk.

»Tja, sollte hier jemand zur Kontrolle vorbeikommen, habe ich wohl nichts zu befürchten«, sagte Gemma.

»Gut«, antwortete Jess. »Mir knurrt der Magen. Kein Wunder, Mittag ist schon längst vorbei. Was hältst du davon, wenn du hier alles zusammenräumst und ich hinübergehe und uns was zu essen mache?«

»Bist du jetzt der Chef hier oder was?«, spottete Gemma, die Hände in die Hüften gestemmt.

»Nö, ich bin bloß hungrig«, antwortete Jess und

lächelte, froh darüber, dass Gemma wieder zu Scherzen aufgelegt war.

In Wahrheit hatte Gemma ein flaues Gefühl im Magen. Sie war sich nicht sicher, wie sie Bulla, Gaz, Ned und Ben die unangenehmen Neuigkeiten beibringen sollte und wie die Reaktionen ausfallen würden. Sie vermutete, dass Bulla bereits Verdacht geschöpft hatte, seit er die fremden Lämmer vergangene Woche entdeckt hatte. Allerdings wusste sie nicht, wie weit sein Verdacht reichte.

Craig Buchanan hatte genug davon, auf der Wache herumzusitzen. Über Zeitschemas, Karten und Computern zu brüten, war nicht gerade seine Lieblingsbeschäftigung, obwohl er seinen Job liebte. Aber er schob eben nicht gerne Innendienst. Lieber mischte er sich unter die Leute. Vielleicht sollte er heute Abend mal die Jewel Bar ausprobieren …

Craig beugte sich über die Tastatur und gab Bullas vollen Namen ein. *Kein Treffer*, erschien auf dem Bildschirm. Craig seufzte und tippte als Nächstes *Jack Charles Marshall* und das Geburtsdatum *19.07.1970* in die Suchmaske. Der Computer ratterte. Plötzlich erschien auf dem Monitor *1 Treffer*. Craig klickte auf »Details« und rechnete insgeheim mit einer Vorstrafe wegen Trunkenheit am Steuer oder Geschwindigkeitsübertretung. Doch das Ergebnis übertraf seine Erwartungen.

»Hey, Dave«, rief er durch die offene Tür. »Wir haben einen Treffer. Komm mal her und sieh dir das an.«

Dave war sofort zur Stelle. »Was gefunden?«

Craig las den Eintrag laut vor, während sein Partner ihm über die Schulter sah.

»Jack Charles Marshall hat 2003 sechs Monate wegen Viehdiebstahl gesessen. Er hat drei Jungochsen geklaut, sie schlachten lassen und das Fleisch auf dem Schwarzmarkt verkauft. Tatort war … Queensland«, sagte Craig, während er rauf- und runterscrollte. »2005 wurde Marshall wegen schwerer Körperverletzung verurteilt. Er hat eine Frau misshandelt. Wenn das mal kein Volltreffer ist!«

»Freu dich nicht zu früh«, warnte Dave. »Marshall arbeitet noch nicht lange auf Billbinya. Trotzdem wirft das natürlich ein völlig neues Licht auf die Situation. Gut, wir behalten das im Hinterkopf. Marshall kann sich ausrechnen, dass wir irgendwann sein Vorstrafenregister überprüfen. Vielleicht hat er sich ja deshalb gestern vor mir versteckt. Allerdings meinten die anderen Männer, er wäre krank, und ich hatte nicht den Eindruck, als würden sie für ihn lügen. Außerdem«, fügte Dave nach kurzer Überlegung hinzu, »möchte ich ihn nicht direkt verhören. Vielleicht versucht er gerade einen Neuanfang. Bestimmt war es nicht leicht für ihn, Arbeit zu finden, und ohne begründeten Verdacht möchte ich das nicht aufs Spiel setzen.«

Gegen sechzehn Uhr machten sich Ned und Ben auf den Weg nach Billbinya. Während der Fahrt sprachen sie kaum. Ned war schon den ganzen Tag schlecht gelaunt, und Ben verlor allmählich die Geduld mit ihm.

»Was ist los?«, hatte Ben ihn mehr als einmal gefragt.

»Nichts«, hatte die knappe Antwort gelautet. Ben vermutete, dass Ned sich Sorgen um Gemma machte, also bohrte er nicht weiter. »Erzählen Sie doch mal, was Sie über die Viehdiebstähle wissen«, forderte Ben ihn auf und streckte auf seinem Sitz die Beine aus.

Zunächst blieb Ned stumm, sodass Ben bereits dachte, er würde die Frage ignorieren. Dann jedoch begann der ältere Mann zu reden: »Es fing vor ungefähr zwei Jahren an, als in der Nähe von Dawns Rest eine Schafherde verschwunden ist. Ich meine, die Tunnleys waren die ersten Opfer. Es ging damals um insgesamt eintausendfünfzig trächtige Mutterschafe, die verkauft werden sollten und die bereits alle tierärztlich untersucht worden waren. Daher waren die Tunnleys sich sicher, dass die Zahl stimmte. An dem Tag, an dem ich mit dem Käufer die Schafe begutachten wollte, erhielt ich kurz davor einen Anruf von Clem Tunnley. Er klang richtig panisch, weil ihm plötzlich Vieh fehlte. Damals habe ich mir nichts dabei gedacht. Clems Zäune sind alt und schon x-mal geflickt, weshalb ich annahm, dass die Schafe ausgebüxt waren. ›Ausgeschlossen‹, war Clems Reaktion. Also schlug ich ihm vor, er soll die Mutterschafe auf den Hof treiben, damit wir sie zählen können, sobald ich da bin. Und tatsächlich fehlten dreihundertfünfzig Tiere. Aber selbst dann kam ich nicht auf die Idee, dass sie gestohlen worden waren. Ich vermutete vielmehr, dass Clem die Herde draußen auf der Weide übersehen hatte. Clems Farmgelände ist sehr hügelig und hat einen hohen Baumbestand. Wir haben schließlich die restlichen siebenhundert Schafe an den Interessenten verkauft, und das war's dann. Damit war die Sache erledigt. Etwas später habe ich mitbekommen, dass von einer anderen Farm eine kleine Jungochsenherde verschwunden ist. Ich glaube, es waren so um die zwanzig Tiere, wenn ich mich recht erinnere.

Und da bin ich zum ersten Mal stutzig geworden. Es kursierten damals schon viele Gerüchte. Und jeder erfand noch was dazu, wenn Sie verstehen, was ich meine.«

Ben nickte.

»Dann sprach sich herum, dass Sinny im Pub damit geprahlt hatte, dass er angeblich eine lukrative neue Geschäftsmethode entdeckt hatte. Sinny trank gerne Bier, und der Alkohol lockerte immer seine Zunge. Wie dem auch sei, jedenfalls hat irgendwer eins und eins zusammengezählt. Ich vermute, so hat es angefangen. Und ein paar Monate später war Adam tot, und jetzt haben wir den Salat. Ob Adam wirklich mit den Viehdieben gemeinsame Sache gemacht hat, weiß ich nicht. Eigentlich glaube ich das nicht. Adam war ein Mann, dem man vertrauen konnte. Ein anständiger Kerl. Aber jetzt ermittelt das Sonderdezernat, und ich habe ein wenig Angst, dass Gemma als Tatverdächtige ins Visier rückt. Keine Ahnung, was da alles auf uns zukommt, aber es könnte in den nächsten Wochen sehr spannend werden.«

»Es gibt also zahlreiche Indizien, aber keine echten Beweise, richtig?«, fragte Ben, als sie in die Zufahrt von Billbinya bogen.

»Richtig.«

Kurz darauf hielten sie vor den Ställen. Gemma kam gerade mit Eimern und Besen beladen aus der Scheune. Ihr Gesicht war verschmutzt, und ihr Pferdeschwanz hatte sich gelockert, aber Ben fand sie dennoch hinreißend. Er musste sich immer wieder vor Augen halten, dass diese Frau eine Kundin war und er daher erst gar nicht über sie nachdenken sollte, aber es fiel ihm verdammt schwer.

Lächelnd nickte Gemma den beiden Männern zu und

marschierte zum Haus, um die Putzutensilien wegzuräumen.

»Jess, sie sind da«, rief sie.

Ned und Ben stiegen aus dem Wagen und gingen hinüber zu den Gehegen, wo Bulla mittlerweile von Garry Gesellschaft bekommen hatte. Der erste Schwung Schafe für die Schur war bereits hereingetrieben worden, und im Gehege herrschte unruhiges Gedränge.

»Tag«, grüßte Bulla die beiden Viehhändler.

»Hallo zusammen. Wo ist Jack?«

»Immer noch malad.«

Die vier Männer lehnten sich an das Gehege, ohne ein weiteres Wort zu wechseln. Gleich darauf waren auch schon Gemma und Jess im Anmarsch.

»Hallo Männer, ich nehme an, ihr kennt alle Jess«, begann Gemma. Die Angesprochenen nickten, und Ben schenkte ihr ein strahlendes Lächeln zur Begrüßung.

»Okay, da wären wir also …« Gemma suchte nach dem richtigen Einstieg. »Ich weiß nicht so recht, wie ich anfangen soll. Gestern hatte ich Besuch von der Kriminalpolizei.«

Gemma blickte in die erwartungsvollen Gesichter. Diese Menschen waren ihre Freunde, sie konnte ihnen vertrauen und sich auf sie verlassen.

»Es gibt wohl einige Gerüchte und Indizien, die darauf hindeuten, dass Adam in Viehdiebstähle verwickelt war. Dieser Detective Dave Burrows will der Sache unbedingt auf den Grund gehen. Ich habe ihm bereits alles gesagt, was ich weiß, aber das ist nicht viel. Was auch immer bei der ganzen Geschichte herauskommen mag, ich habe jedenfalls nichts damit zu schaffen – aber das wisst ihr ja. Ned …«

Ned hob den Kopf.

»Merkwürdigerweise hat Bulla vor ein paar Tagen eine fremde Lammherde auf einer unserer Koppeln entdeckt. Es waren an die tausend männliche Tiere.«

Ned nickte, blieb jedoch stumm.

»Es ist möglich, dass das die gestohlenen Mastlämmer waren, allerdings habe ich keine Ahnung, wie sie auf unser Grundstück gelangt sind. Trotzdem wird die Polizei ihre Ermittlungen nun auf Billbinya konzentrieren. Ist dir etwas aufgefallen, als du uns beim Zählen geholfen hast?«

»Nicht dass ich wüsste, Gemma. Ich kann mich nur noch an diesen seltsamen Vertrag erinnern, den Adam mit dem Mäster abgeschlossen hat. Und ich weiß auch noch, dass sich beim Zählen herausgestellt hat, dass dein Viehbestand unerklärlicherweise größer geworden ist. Aber mir sind keine fremden Ohrmarken aufgefallen. Allerdings habe ich mich auch auf das Zählen konzentriert. Vielleicht habe ich was übersehen.«

Neds Antwort überraschte Gemma. Er kannte sich hervorragend aus in seinem Metier, und sie hatte eigentlich erwartet, dass er fremde Tiere in ihrem Bestand sofort erkennen würde. Der Arme war wirklich urlaubsreif.

»Gemma, was denkst du, hat Adam tatsächlich krumme Dinger gedreht?«, fragte Bulla.

»Hättest du mir diese Frage gestern Abend gestellt, hätte ich mit Nein geantwortet. Aber Pat hat inzwischen ein Handy von Adam gefunden, und die gespeicherten SMS lassen nichts Gutes vermuten. Ich möchte hier jetzt nicht ins Detail gehen. Was auch immer passiert, es ist auch in meinem Interesse, dass die Sache aufgeklärt wird.

Es gefällt mir nämlich nicht, dass auf unserem Grundstück vermeintliches Diebesgut war.«

Ein nachdenkliches Schweigen entstand.

»Wie dem auch sei«, sagte Gemma schließlich, »ich fahre heute Abend in die Stadt. Jess und ich wollen uns ein nettes Wochenende machen. Morgen Abend sind wir mit Freunden zum Essen verabredet.« Gemma sah Ben an, und er konnte nicht anders, als sie anzulächeln.

»Mir war nur wichtig, dass ihr es von mir erfahrt. Schließlich arbeiten wir nicht nur zusammen, ihr seid auch meine Freunde. Ich möchte vermeiden, dass ihr in die Sache hineingezogen werdet. Darum müsst ihr wissen, was los ist.«

»So ein verfluchter Mist, Gemma«, sagte Ned mitfühlend. »Wie können wir dir helfen?«

»Ich glaube, im Moment könnt ihr nichts tun. Jetzt heißt es einfach abwarten. Hoffen wir, dass kein fremdes Vieh mehr auf Billbinya ist.«

»Und dass auch keins mehr wie aus dem Nichts auftaucht«, fügte Jess hinzu.

Während Ned und Ben zurück zu ihrem Wagen gingen, sagte Gemma zu Bulla und Garry: »Ich bin heute nicht dazu gekommen, nach den Mastochsen zu sehen. Könnt ihr am Wochenende mal rausfahren und das Futter kontrollieren?«

»Klar, kein Problem«, antwortete Bulla. »Wahrscheinlich sind wir morgen in Dawns End, um ein paar Einkäufe zu erledigen und mal wieder im Pub zu essen, aber sonst werden wir hier sein. Wir machen das Gehege voll, damit die Scherer am Dienstag direkt loslegen können.«

»Danke, Männer. Okay, dann bis Montag.«

Kapitel 16

Zusammengekauert unter einem Fenster in der Scheune, wartete Jack ungeduldig darauf, dass die Gruppe vor dem Gehege sich auflöste. Er musste dringend den Boss verständigen. Endlich gingen alle wieder ihrer Wege. Jack raste die Treppe hinunter, rannte hinüber zur Baracke in sein Zimmer und wählte die Nummer.

»Ich bin's«, sagte er und zündete sich eine Zigarette an.

»Was gibt's?«

»Die Witwe weiß, dass Sinny mitgemischt hat. Ich habe gehört, wie sie den anderen erzählt hat, dass sein Handy gefunden worden ist. Offenbar sind ein paar Nachrichten darauf gespeichert.«

»Scheiße. Nein, warte, ist nicht weiter schlimm. Sinny hatte ein Prepaid-Handy. Auf dem lassen sich die Anrufe nicht zurückverfolgen. Wann fährt die Witwe in die Stadt?«

»Ich glaube, heute Abend.«

»Gut. Sobald sie weg ist, gehst du ins Haus und versuchst, dieses Handy zu finden. Wenn du es hast, schmeiß es weg. Die nächste Tour findet wie geplant morgen Abend statt. Danach hat die Witwe ein echtes Problem. Wir laden das Vieh bei den anderen Ochsen auf der Koppel ab, oder?«

»Ja, allerdings besteht die Gefahr, dass es ziemlich schnell auffällt, weil Gemma ihren Viehtreibern den Auftrag gegeben hat, am Wochenende die Ochsenweide zu checken. Aber ich nehme an, Bulla wird dort gleich morgen früh nach dem Rechten sehen, bevor er mit Gaz nach Dawns Rest aufbricht. Schätze, danach haben wir erst einmal Ruhe vor den beiden.«

»Okay, das Risiko müssen wir eben eingehen. Ich komme morgen Abend mit dem Transporter. Du siehst zu, dass du im Haus fündig wirst. Notfalls stellen wir morgen die Hütte gemeinsam auf den Kopf.«

»Hast du morgen Abend nichts vor?«

»Doch, eine Hausdurchsuchung, mit dir. Bis dann.«

Nach dem Anruf von Jack wählte der Boss die Nummer, die er schon am Vormittag gewählt hatte.

»Du sollst doch nicht ständig anrufen«, bekam er zu hören.

»Sie weiß Bescheid über Adam. Sie hat wohl sein Handy gefunden und die SMS gelesen.«

»Ist dein bescheuerter Halbbruder eigentlich zu irgendetwas nütze? Er sollte sich doch darum kümmern, alle Beweise verschwinden zu lassen.«

»Ich glaube, er hatte dazu keine Gelegenheit. Sie ist ja meistens in der Nähe.«

»Bring das in Ordnung.« Klick. Die Leitung war tot.

»Hopp, hopp«, rief Jess energisch. »Beeil dich. Du hast noch nicht mal deine Tasche gepackt. Lass uns endlich losfahren!«

Gemma stopfte hastig ein paar Kleider in ihre Tasche und zog kurz darauf die Haustür hinter sich zu.

»Hey, mir fällt gerade ein, Paige Nicholls hat vor ein

paar Tagen angerufen. Wir könnten uns ja am Wochenende mit ihr treffen. Hast du Lust?«

Jess blieb stehen und warf Gemma einen skeptischen Blick zu. »Ich weiß nicht. Was denkst du?«

»Ich finde, wir sollten ihr eine Chance geben. Schließlich ist der Unfall schon lange her.«

»Lass uns später noch mal darüber reden. Hey, hast du die Ordner eingepackt? Vielleicht komme ich ja am Wochenende mal dazu, einen Blick auf die Zahlen zu werfen. Ich schlage vor, wir fahren beide mit unserem eigenen Wagen«, sagte Jess. »Dann muss ich dich am Sonntag nicht zurückbringen, sondern kann am Montag in die Bank gehen und spätestens Dienstagmorgen wieder zu dir rausfahren.«

»Du willst doch nur einen weiteren Abend in der Stadt herausschinden, um dich mit deinem Lover zu treffen«, spottete Gemma. Ihre Stimmung war besser, seit sie reinen Tisch gemacht hatte. Sie spürte die Unterstützung ihrer Freunde, und die Last auf ihren Schultern war leichter geworden.

Jack beobachtete, wie die beiden Pick-ups vom Hof fuhren. Kurz darauf schlenderte er zum Haus hinüber. Die Hunde knurrten ihn an, aber da Gemma ihm nicht in die Quere kommen konnte und Bulla und Garry wahrscheinlich schon auf dem Weg zum Pub waren, ließ Jack sich nicht aufhalten. Er zog die Fliegengittertür auf und drückte dann gegen die Tür aus massivem Holz, die, wie auf den hiesigen Farmen üblich, nicht abgeschlossen war. Nachdem er das Haus betreten hatte, schaltete er das Licht an. Er suchte systematisch alle Räume nach einem möglichen Versteck ab. Er stöberte in der Holzkiste neben dem Kamin und zwischen den Videokassetten und DVDs im Fernsehschrank. In den Gästezimmern tastete er die oberen Regalbretter der Einbauschränke ab und sah unter jede Matratze. Nichts. Er konnte keinen Aufgang zum Dachboden finden, und auch keine Kellertreppe, was ungewöhnlich war für so ein altes Haus. Er überprüfte, ob sich unter den Teppichen eine Falltür verbarg, erneut Fehlanzeige.

Jack glaubte nicht, dass Adam so dumm war, belastendes Material im Haus zu verstecken. Okay, sein Handy war gefunden worden, aber es gab hier sicher keine geheimen Unterlagen. Jack hatte bisher vergeblich nach dem Handy gesucht, was ihm jedoch keine Sorgen bereitete. Schließlich bekam er morgen Abend Verstärkung.

Während Jack weiter das Haus durchsuchte, kam ihm plötzlich ein Gedanke. Was war eigentlich mit dem Flugzeugwrack geschehen? Er überlegte, ob Adam vielleicht die Unterlagen an Bord versteckt hatte, da außer ihm niemand die Maschine flog. Aber gleich darauf verwarf er die Idee wieder. Das Wrack war sicher gründlich von der Polizei durchsucht worden, um die Absturzursache zu ermitteln. Trotzdem, es konnte nicht schaden, seinen Bruder darauf hinzuweisen.

Als Nächstes nahm Jack sich das Büro vor und durchsuchte flüchtig die Aktenschränke und sämtliche Schubladen, aber er fand nichts Ungewöhnliches. Er stieß auf die Kontoauszüge vom Vorjahr und blätterte sie flüchtig durch. Er entdeckte nichts, was ihm verdächtig vorkam.

Danach suchte Jack Gemmas Schlafzimmer auf. Er

blieb im Türrahmen stehen und ließ den Blick durch den Raum schweifen. Er spürte ein sexuelles Verlangen. Ihm war bewusst, dass diese Begierde ständig unter seiner Oberfläche schlummerte und ihn immer wieder in Schwierigkeiten brachte. Dabei strengte er sich sehr an, um sie unter Kontrolle zu halten. Das war auch der Grund, warum er sich mit dem Cowgirl eingelassen hatte. Gemmas Bett war gemacht, aber das Zimmer sah aus, als wäre sie in aller Eile aufgebrochen – überall lagen Kleider verstreut, und die Schranktüren standen offen. Jack betrat das Zimmer und atmete Gemmas Geruch ein; die Seife, die sie verwendete, ihre Kosmetikartikel, das alles ergab einen Duft, den Jack mochte.

Er warf sich auf das Bett und vergrub sein Gesicht in Gemmas Kopfkissen.

Du kranker Wichser, schoss es ihm durch den Kopf, als er seine Erregung spürte. Aber Gemma war eben ein richtiger Leckerbissen, und er könnte ihr ein paar richtig nette Dinge zeigen. Und danach könnte er mit Sicherheit seine Sachen packen. Jack brannte vor Verlangen und Wut, weil ihm bewusst war, dass er bei einer Frau wie Gemma nicht die geringste Chance hatte, und das kotzte ihn an. Er rutschte vom Bett herunter und begann die Schubladen zu durchsuchen. Dabei entdeckte er Gemmas Wäsche. Er vergrub sein Gesicht darin und stöhnte leise. Im nächsten Augenblick riss er sich zusammen und beschloss, sich auf den Weg zu seinem Cowgirl zu machen. Er löschte alle Lichter im Haus und zog die Tür sorgfältig zu. Dann setzte er sich in den Wagen und fuhr los. Es spielte keine Rolle, dass er das Haus nicht gründlich auf den Kopf gestellt hatte.

Er war sich ziemlich sicher, dass es dort nichts zu finden gab. Außerdem musste er ein dringendes Verlangen stillen.

Nachdem sie bei Jess einen Happen zu Abend gegessen hatten, beschloss diese, mit Gemma einen Abstecher ins Jewel zu machen.

»Jess, eigentlich habe ich keine Lust auszugehen«, wandte Gemma ein. Am liebsten hätte sie sich direkt ins Bett verkrümelt, um schnell einzuschlafen und alles zu vergessen, was in den letzten Tagen auf sie eingeprasselt war. Allein schon die lange Fahrt in die Stadt hatte Gemmas Stimmung einen Dämpfer versetzt.

Es gab so viele unbeantwortete Fragen. Sie konnte immer noch nicht glauben, dass Adam kriminell geworden war. Ihr Mann war ein anständiger und ehrlicher Mensch gewesen. Ja, Adam war gerne ausgegangen, hatte hin und wieder um Geld gewettet und auch mal einen über den Durst getrunken, aber Gemma hätte ihm niemals zugetraut, dass er sich an illegalen Machenschaften beteiligte. Entweder er war unschuldig, oder er war irgendwie in die Sache hineingeschlittert und nicht wieder herausgekommen. Was jedoch nicht die Nachrichten auf dem Handy und die wilden Gerüchte erklärte, von denen sie durch Jess erfahren hatte. Wenn sie genauer darüber nachdachte, hatten Bulla und Garry nicht sonderlich überrascht gewirkt, als sie ihnen die Neuigkeiten eröffnete. Kannten die beiden die Gerüchte schon, ohne ihr etwas davon gesagt zu haben? Fragen über Fragen …

»Gem, es wird dir dort bestimmt gefallen.« Jess ließ nicht locker. »Du brauchst ein wenig Abwechslung.«

Widerwillig stieg Gemma etwas später in das Taxi ein, das sie und Jess zur Jewel Bar brachte.

Nach dem Abendessen hatte Craig die Bar ebenfalls aufgesucht, wo er nun an der Theke saß, den Eingangsbereich in seinem Blickfeld, und mit der Barfrau plauderte. Er trank seine Cola aus einem Longdrinkglas, um zu verbergen, dass er heute abstinent war. Gestern hatte er ein paar Bier zu viel erwischt, davon musste er sich erst erholen. Das Lokal füllte sich allmählich. Von seiner neuen Freundin hinter der Theke wusste Craig, dass es freitagabends erst ab neun Uhr richtig losging. Der erste Gästeansturm erfolgte am frühen Abend, wenn die Banken, Kanzleien und Büros zum Wochenende schlossen. Danach wurde es ein wenig ruhiger, wenn die Leute nach Hause gingen, um sich für den Abend umzuziehen. Die meisten trudelten ab neun wieder ein.

Während Craig nach einem bekannten Gesicht Ausschau hielt, eines, das er aus den Akten kannte, verschluckte er sich plötzlich fast an seiner Cola, da er Gemma Sinclair in Begleitung einer hinreißenden Rothaarigen im Eingang entdeckt hatte.

Craig kannte Gemma nur von Fotos, aber er wusste sofort, dass sie es war, als sie den Pub betrat. Die hübsche Rothaarige war ihm jedoch fremd, aber das ließ sich ändern – was sich allein schon wegen ihres Aussehens lohnte.

»Hey«, rief er der Barfrau zu. Er nickte in Richtung Eingang. »Wer ist das?«

Die Barfrau grinste, als ihr Blick auf Jess fiel. »Die Rothaarige ist Jess Rawlings, die größte Partyqueen in ganz

Pirie. Normalerweise kommt sie immer in männlicher Begleitung – ich glaube, ihr Freund heißt Brad. Jess ist in Ordnung, aber nur die wenigsten können mithalten, wenn sie in Feierlaune ist. Dabei hat sie einen stinknormalen Job in einer Bank. Wenn das kein Widerspruch ist, dann weiß ich auch nicht. Die andere kenne ich nicht …« Die Barfrau sah genauer hin. »Hey, ich schätze, das ist Gemma Sinclair. Die hat vor 'ner Weile ihren Mann bei einem Flugzeugabsturz verloren. Hey, Kath, ist das da drüben Gemma Sinclair?«, fragte sie ihre Kollegin, die gerade mit einem vollen Tablett vorbeirauschte. Ohne eine Antwort abzuwarten, fuhr sie fort: »Die sieht man sonst nie in der Stadt. Seit sie Witwe ist, führt sie wohl ein ziemliches Einsiedlerleben.« Die Barfrau beugte sich zu Craig über die Theke und flüsterte ihm verschwörerisch zu: »Es wird gemunkelt, dass ihr Mann was mit den Viehdiebstählen zu tun hatte. Das ist im Moment *das* Thema in der Stadt. Er soll wohl im Hintergrund die Fäden gezogen haben.«

»Wirklich?« Craig mimte den Erstaunten. »Aber warum gehen die Diebstähle dann weiter, jetzt, wo er tot ist und nicht mehr die Fäden ziehen kann?«

Die Barfrau zuckte mit den Achseln und ließ ihn wegen eines anderen Gastes stehen, der bestellen wollte.

Jess bahnte sich einen Weg zur Theke und kam neben Craig zum Stehen. Sie schenkte ihm ein freundliches Lächeln und bestellte zwei Gläser Champagner. Craig erwiderte ihr Lächeln und versank in ihren grünen Augen.

Kurz darauf kehrte Jess an den Tisch zurück, wo Gemma auf sie wartete, und gab ihr ein Champagnerglas. Craig beobachtete, dass Gemma angewidert die Nase rümpfte und etwas sagte. Er versuchte ihr von den Lippen abzulesen und reimte sich den Satz zusammen: »Ich mag keinen Champagner.« Dann sah er, wie Jess grinste und etwas erwiderte – vielleicht: »Hab dich nicht so.«

Craig fand, Jess war eins der hübschesten Mädchen, das er je gesehen hatte. Sie entsprach nicht dem gängigen Schönheitsideal, aber ihre grünen Augen funkelten schelmisch, und die roten Haare stachen von ihrer hellen, sommersprossigen Haut ab. Sie sah aus wie »das Mädchen von nebenan«, das sich beim ersten Wiedersehen nach Jahren in einen Schwan verwandelt hatte. Sie hatte eine tolle Ausstrahlung. Craig ging auch gerne feiern. Damit hatten Jess und er schon etwas gemeinsam.

Eine Weile und ein paar Drinks später beobachtete Craig, dass Jess einen ärgerlichen Blick auf ihre Uhr warf und ihr Handy hervorholte. Im Pub war es jetzt richtig voll und sehr laut, und Gemma machte einen angestrengten Eindruck. Craig ging hinüber zu den beiden und setzte sich an einen frei gewordenen Tisch daneben.

»… anrufen, dann erfahre ich ja, wo er steckt«, hörte er Jess zu Gemma sagen.

»Jess, ich möchte jetzt wirklich nach Hause«, antwortete Gemma.

»Aber wir sind doch mit Brad verabredet.«

»Nein, *du* bist mit Brad verabredet. Ich glaube nicht, dass er mit mir rechnet. Gibst du mir den Schlüssel, damit ich nach Hause kann? Du kannst ruhig noch bleiben, ich habe damit kein Problem.«

»Du hast recht«, gab Jess nach. »Lass uns von hier verschwinden. Scheiß auf Brad.« In diesem Augenblick wandte Craig sich zu den beiden Frauen um und sprach sie an.

»Hallo, Ladys«, begann er lächelnd. »Habt ihr einen netten Abend?«

»Wir wollen gerade gehen«, sagte Gemma und stand auf.

Jess musterte Craigs attraktives Gesicht und vergaß darüber ihre Wut auf Brad. »Auch hallo«, sagte sie mit einem strahlenden Lächeln.

Gemma verdrehte die Augen. »Komm schon, Jess, lass uns gehen.«

Craig streckte die Hand aus und sagte: »Ich heiße Craig, und ihr?«

»Jess«, antwortete die Rothaarige und schlug ein. Ihre helle Hand verschwand in seiner gebräunten. »Und das ist meine Freundin Gemma, der Partymuffel.«

Craig hob die Hand. »Warum bleibt ihr nicht noch ein Weilchen? Ich gebe euch einen aus.«

Jess sah Gemma an, die plötzlich scheinbar irgendetwas Interessantes auf dem Fußboden entdeckt hatte.

»Können wir das auf ein andermal verschieben, Craig? Ich würde die Einladung gerne annehmen, aber nicht heute Abend.«

»Kein Problem, dann holen wir es eben nach.«

Die beiden Frauen verabschiedeten sich und brachen auf. Craig wartete ein paar Minuten, bevor er ihnen folgte. Es wäre interessant zu erfahren, wo sie die Nacht verbrachten.

Auf dem Nachhauseweg sagte Gemma: »Du hast immer noch eine unglaubliche Anziehungskraft auf Männer, ohne dass du es darauf anlegst, stimmt's? Beneidenswert. Mir würde das nie passieren.«

»Ja«, erwiderte Jess ohne jegliche Arroganz. So war es schon immer gewesen, dabei fand sie sich selbst gar nicht so hübsch. »Mir ist das ein Rätsel. Ich mache ja gar nichts.«

Gemma lächelte ihre Freundin liebevoll an. »Ich verstehe das schon«, sagte sie. Diese Anziehungskraft war auf Jess' Ausstrahlung zurückzuführen. Auf ihre fröhliche und freundliche Art, die niemanden ausschloss. Auf ihre Lebensfreude, die sich in ihren Augen widerspiegelte. »Das liegt daran, dass du so bist, wie du bist.«

Jess warf ihr einen sonderbaren Blick zu. »Alles okay mit dir?«

»Ja, ich bin nur müde.«

Zu Hause angekommen, gingen die beiden Frauen direkt ins Bett, aber es dauerte sehr lange, bis Gemma einschlief. Und als es dann endlich so weit war, plagten sie furchtbare Albträume.

Kapitel 17

Der Samstagmorgen begann frisch und bewölkt.

»Haut ab«, beschwor Jess im Halbschlaf die Wolken, als sie kurz an das Footballspiel am Mittag dachte.

Gemma steckte zu einer unchristlichen Stunde den Kopf in Jess' Schlafzimmer.

»Ich mache kurz ein paar Besorgungen für die Farm«, sagte sie leise.

»Mmm«, murmelte Jess. Da sie nun wach war, tastete sie nach ihrem Handy auf dem Nachttisch. Wo zur Hölle war Brad? Gestern Abend hatte sie es unzählige Male bei ihm versucht, aber er war nicht drangegangen, oder sein Handy war zwischendurch ausgeschaltet. Jess wurde langsam sauer. Brad spielte nicht zum ersten Mal den Unerreichbaren, wenn es auch nicht oft vorkam. Ein sonderbares Verhalten, nachdem sie im letzten Dreivierteljahr so gut wie jede freie Minute miteinander verbracht hatten. Gab es eine andere? Jess hoffte nicht. Die Augen noch halb geschlossen, drückte sie auf Wiederwahl.

»Hallo. Sie sind verbunden mit der Mailbox von Brad Manstead von Manstead Agronomy. Bitte hinterlassen Sie Ihren Namen und Ihre Rufnummer, und ich werde mich möglichst rasch zurückmelden. Vielen Dank für Ihren Anruf.« Jess nahm das Handy kurz vom Ohr und starrte ungläubig darauf. Der Piepton der Mailbox war zu hören.

»Brad, ich bin es«, begann Jess mit leicht kratziger

Morgenstimme. »Verdammt, wo steckst du? Ich dachte eigentlich, wir waren gestern Abend verabredet. Falls du Wert darauf legst, den heutigen Abend mit mir zu verbringen, Gem, Ben und ich werden so ab sieben in dem neuen Strandrestaurant sein. Ich finde dein Verhalten nicht gut, Brad.« Jess beendete die Verbindung und sank zurück ins Bett, wobei sie innerlich kochte.

Gleich darauf klingelte ihr Handy. Auf dem Display erschien Brads Name. Sie klappte das Handy auf.

»Hallo, Brad«, sagte sie kühl.

»Es tut mir furchtbar leid, Baby«, erklang Brads raue Stimme in der Leitung. »Aber ich wurde gestern bei der Arbeit aufgehalten, und danach hat Justin Downey mich zu einem Bier eingeladen, und so ergab sich eben eins nach dem anderen. Es tut mir wirklich sehr leid.«

Schweigen.

»Jess?«

»Du hättest dich wenigstens mal melden können.«

»Ja, ich weiß. Sorry.« Brads Bedauern klang aufrichtig, und Jess spürte, wie ihre Wut sich legte. Sie konnte ihm einfach nie lange böse sein.

»Dann kommst du also heute Abend?«, fragte sie.

»Ja, ihr könnt fest mit mir rechnen. Und was habt ihr heute noch so vor?«

»Gem ist gerade unterwegs und kauft ein paar Sachen für die Farm. Ich warte hier auf sie. Nachher gehe ich zum Platz und schaue mir das Spiel an. Ich glaube, Gemma hat keine richtige Lust mitzukommen.«

Brads Stimme senkte sich zu einem heiseren Flüstern. »Wie lange wird sie weg sein?«

Jess lächelte in den Hörer. »Lange genug.«

»Bis gleich.«

Jess lächelte immer noch. Das hatte sich nicht so angehört, als hätte Brad das Interesse an ihr verloren.

Während Gemma sich vor dem Spiegel betrachtete, fiel es ihr schwer, sich auf den Abend zu freuen. Allerdings war sie gespannt darauf, Ben näher kennenzulernen. Sie hatte ihn am Morgen zufällig beim Einkaufen getroffen, als sie die letzten Besorgungen für die Schur machte. Sie und Ben waren ins Gespräch gekommen und hatten sich über die Rinderzucht unterhalten. Gemma war von Bens Fachwissen und seiner Begeisterung für Angus-Rinder beeindruckt. Sie teilte diese Begeisterung, auch wenn sie in letzter Zeit stark nachgelassen hatte, seit Gemma keinen mehr hatte, mit dem sie fachsimpeln konnte. Ben hatte zum Schluss sogar vorgeschlagen, sich vor dem Essen auf ein, zwei Gläser zu treffen und die Diskussion fortzuführen.

Auf wen Gemma sich nicht freute, war Brad. Obwohl er Charme besaß, hatte sie sich bei ihrer ersten Begegnung am Wochenende zuvor irgendwie unbehaglich gefühlt – sie hatte fast den Eindruck, als könnte Brad sie nicht leiden. Wahrscheinlich war er ein wenig eifersüchtig auf sie, weil er Jess mit niemandem teilen wollte. Bei all dem, was Gemma im Moment um die Ohren hatte, war ihr nicht wirklich danach, Zeit mit Menschen zu verbringen, die sie anstrengten. Und sie hatte das Gefühl, dass dies heute Abend so sein würde.

Jack wartete auf die Nachricht, dass der Transporter unterwegs war, aber stattdessen erhielt er von seinem Bruder die folgende SMS: *Handbremse klemmt. Sitze fest.*

Jess öffnete Ben die Tür. Sie hatte sich sehr für Gemma gefreut, als sie von Bens Einladung erfuhr. »Ein toller Mann«, hatte sie gesagt. »Der wäre wahrscheinlich genau der Richtige für dich.«

Gemma hatte sie tadelnd angesehen. »Erstens kenne ich ihn kaum, und zweitens suche ich keinen Mann. Es ist gerade einmal acht Monate her, dass Adam gestorben ist. Ich liebe ihn über seinen Tod hinaus.«

»Offensichtlich, aber wieso, das weiß nur der liebe Gott.«

»Jess!«

»Tut mir leid, Süße.«

»Herein, herein«, sagte sie nun, griff Bens Arm und zog ihn über die Türschwelle. »Gut, Ben, bevor ich Sie mit Gemma gehen lasse, muss ich Ihnen ein paar Fragen stellen.«

Ben grinste. »Ich verspreche, ich trinke keinen Alkohol, ich habe keinen Mundgeruch, und wir sind pünktlich um sieben im Restaurant.«

»Sehr gut! Ich hatte schon ernsthafte Bedenken, vor allem wegen des Mundgeruchs. Sorry, dass ich vorhin auf dem Platz nicht mal rübergekommen bin, um Hallo zu sagen. Aber dafür habe ich Ihr Tor kurz vor der Halbzeit gesehen. Tolle Leistung.«

»Brad hat mir gesagt, dass Sie da sind, aber ich konnte Sie nirgendwo entdecken.«

»Ja. Brad ist nach dem Spiel mit den Jungs einen trinken gegangen. Wir treffen ihn heute Abend im Restaurant. Und wohin werden Sie Gem entführen?«

»In den Pub. Es wird nicht lange dauern. Wir haben eine Streitfrage zum Thema Rinderzucht zu klären, und ich muss nur noch ein wenig Überzeugungsarbeit leisten.«

Jess verzog das Gesicht. »Viel Erfolg. Ich persönlich kenne niemanden, der sich in Streitfragen zum Thema Rinder bei Gemma durchsetzen konnte.«

»Wir können Sie nachher gerne abholen, Jess, wenn Brad direkt zum Restaurant kommt.«

»Ich streite doch gar nicht«, sagte Gemma, die in diesem Augenblick um die Ecke kam. Einen kurzen Moment lang herrschte Schweigen, während Jess und Ben sie musterten. Sie trug einen engen Jeansrock, ein weißes Top und eine rote Jacke. Ihre Haare waren offen, und ein dezentes Make-up ließ ihre Haut schimmern. Sie sah bezaubernd aus, aber Jess blieb die Anspannung in Gemmas Gesicht nicht verborgen. Sie wünschte sich, diese ganze Geschichte ungeschehen machen zu können, aber sie rechnete mit Schlimmerem.

»Für ein Landei siehst du ziemlich schick aus«, sagte Jess. »Aber ich empfehle dir dringend eine Maniküre. Das sind richtige Arbeiterhände, die du da hast.«

Gemma warf Jess einen halb verdrießlichen, halb verlegenen Blick zu und schob die Hände in die Jackentaschen. »Du hast gut reden, du sitzt ja den ganzen Tag nur am Schreibtisch …«

Jess schob die beiden zur Tür hinaus und sagte zum Abschied: »Bis später. Danke für das Angebot, Ben, aber ich nehme ein Taxi. Ciao!« Sie knallte die Tür zu.

Ben schüttelte erstaunt den Kopf. »Ist sie immer so?«

»Ja, Jess ist schwer auf Zack!«

Als sie den Wagen erreichten, hielt Ben ihr die Tür auf, was Gemma erröten ließ. *Das ist schon so lange her*, dachte sie und kämpfte gegen das Bedürfnis an, zurück ins

Haus zu flüchten. *Worüber soll ich bloß mit ihm reden?* Es herrschte ein ungemütliches Schweigen, als Ben den Motor startete und losfuhr. Kurz darauf stieß er ein Räuspern aus und sagte: »Ich habe mir überlegt, wir fahren in eine gemütliche Kneipe. Einverstanden?«

»Ja, sicher.« Gemma fingerte nervös an ihrem Rocksaum herum.

»Okay, welche Rinderrassen …«, begann Ben.

»Woher stammen Sie eigentlich?«, platzte Gemma laut dazwischen. Sie mussten beide lachen, und Ben überließ mit einer Geste Gemma das Wort.

»Woher kommen Sie, und woher kennen Sie Ned?«

»Ich stamme aus einer Farmerfamilie unten im Süden. Vor einigen Jahren habe ich ungefähr zwanzig Kilometer von meiner Heimat entfernt Land gekauft. Am Anfang fand ich es riesig, eine Farm ganz allein nach meinen Vorstellungen zu bewirtschaften und mein eigener Chef zu sein. Aber es ist doch ein recht einsames Leben. Also beschloss ich, etwas zu ändern, ohne die Farm aufgeben zu müssen. Von einem ehemaligen Schulkameraden habe ich erfahren, dass Ned einen Viehagenten sucht, und nun bin ich hier. Meine Farm habe ich verpachtet. Ich bin noch nicht bereit, sie ganz aufzugeben. Aber ich brauchte dringend eine Pause.«

»Und wie lange werden Sie hierbleiben?«

»Ich bin doch erst angekommen. Wollen Sie mich schon wieder loswerden?«

Gemma lächelte. »Keineswegs, schließlich muss ich Ihnen ja noch einiges über die Rinderzucht beibringen.«

Ben hielt vor dem Pub. »Warten Sie«, sagte er, als Gemma aussteigen wollte.

»Das ist ein total komisches Gefühl, wissen Sie«, gestand sie ihm, als er ihr wieder die Tür aufhielt.

»Aber nur, weil Sie es nicht gewohnt sind. Am Ende des Abends werden Sie es genießen.« Ben nahm Gemmas Arm und geleitete sie in den Pub.

»Was möchten Sie trinken?«

»Cola-Rum, bitte«, antwortete sie und nahm an einem freien Tisch Platz. Sie sah Ben nach, während er zur Theke ging und die Getränke bestellte. Er war wirklich ein sehr attraktiver Mann. Gemma bekam plötzlich ein schlechtes Gewissen. *Ich bin verheiratet. Nein, bist du nicht, du bist verwitwet.*

Die Unterhaltung mit Ben verlief sehr angeregt, und Gemma stellte überrascht fest, wie viele Gemeinsamkeiten sie hatten. Sie mochten dieselbe Musik, Country natürlich, und sie schwärmten beide für Ausflüge unter freiem Himmel. Ben hatte einige beeindruckende Touren gemacht, zum Beispiel durch die Bungle Bungles und zu anderen Naturwundern, von denen Gemma bisher nur träumen konnte. Und beide liebten das Farmerleben.

»Warum brauchen Sie eine Pause von der Farm?«, fragte Gemma.

»Ich habe mich einsam gefühlt«, gestand Ben. »Es ist nicht immer leicht, wenn man ganz alleine ist und keinen zum Reden hat, niemanden, mit dem man mal so richtig fachsimpeln kann. Ich hatte es satt, jeden Freitagabend im Pub immer dieselben Gesichter zu sehen und immer dieselben Geschichten zu hören. Außerdem waren die Damen sehr zudringlich.« Ben errötete leicht, als ihm bewusst wurde, was er gesagt hatte. »Tut mir leid, das klang wahrscheinlich ziemlich machomäßig. Aber ich hatte tatsächlich ein paar sehr hartnäckige Verehrerinnen, die ich nicht loswurde. Ich wünsche mir durchaus eine Partnerschaft, aber die Frau sollte schon zu mir passen.« Ben unterbrach sich, als er Gemma nicken sah.

»Ich weiß genau, was Sie meinen.« Aus Gemma sprudelten die Worte nur so heraus. »Keiner, mit dem man sich nach getaner Arbeit unterhalten kann, keiner, den man fragen kann: ›War die Entscheidung richtig, oder sollten wir es beim nächsten Mal doch lieber anders machen?‹ Solche Sachen eben.«

»Sie können ja selbst ein Lied davon singen«, sagte Ben. »Tut mir leid, das hatte ich kurz vergessen.«

Gemma lächelte traurig. »Tja, davon kann ich wirklich ein Lied singen.« Sie sah auf ihre Uhr. »Wir sollten uns besser auf den Weg machen, wenn wir nicht zu spät kommen wollen.«

Auf der Fahrt zum Restaurant gestand Gemma Ben ihre Bedenken wegen des bevorstehenden Abends.

»Wahrscheinlich bilde ich mir nur ein, dass Brad mich nicht leiden kann, aber bei unserem ersten Kennenlernen hat er mich ziemlich kühl und distanziert behandelt. Jess hat es in ihrer Begeisterung nicht mitbekommen, und ich könnte es ihr auch niemals sagen.«

»Machen Sie sich keine Gedanken«, riet Ben. »Versuchen Sie einfach, den Abend zu genießen. Ich kenne Brad zwar nur flüchtig, aber er scheint in Ordnung zu sein. Vielleicht ein bisschen vorlaut und von sich eingenommen, aber im Grunde ein anständiger Kerl.«

Als sie das Restaurant betraten, saß Jess alleine am Tisch.

»Entschuldige die kleine Verspätung«, sagte Gemma und setzte sich neben sie.

»Kein Problem. Brad ist auch noch nicht da.« Jess zwang sich zu einem Lächeln. »Und, hattet ihr eine schöne Zeit?«

»Ja, hatten wir. Allerdings konnte ich Ben nicht davon überzeugen, dass es in dieser Region ratsam ist, kleine Rinderrassen zu züchten. Große Rassen brauchen nämlich viel mehr Futter, um Gewicht zuzulegen, und das geben die Weiden hier nicht her.«

»Da kann ich nicht mitreden«, sagte Jess und grinste. »Habt ihr euch eigentlich auch über etwas anderes unterhalten als nur über die Viehzucht? Ich versuche schon seit einer Ewigkeit, dieser eingefleischten Farmerin hier beizubringen, dass es noch andere schöne Dinge gibt auf der Welt. Können Sie mir nicht dabei helfen, Ben?«

»Ich bezweifle sehr, dass gerade ich der Richtige dafür bin. Gemma hat mir übrigens erzählt, dass Sie auch gerne am Lagerfeuer übernachten. Haben Sie einen Lieblingsplatz, Jess?«

»Ja, also ...« Jess begann von einem Zelturlaub mit ihren Eltern vor fünfzehn Jahren zu erzählen und geriet dabei ins Schwärmen.

»Das Farbenpanorama war einfach unbeschreiblich, und man durfte nur an bestimmten Stellen zelten, wo man sicher war vor den Krokodilen ... Die Landschaft ist noch richtig urwüchsig, manche sagen sogar prähistorisch, aber sie kann schließlich nicht älter sein als der Kontinent, oder? Mir hat es dort super gefallen, auch wenn man mit meinen Eltern nicht gerade wilde Partys feiern kann. Aber es war trotzdem sehr schön, mal einen ruhigen Urlaub mit meinen Leuten zu verbringen und das Top End zu erkunden. So eine Abgeschiedenheit habe ich nie wieder erlebt. Ah, da ist er ja«, sagte Jess plötzlich und schwenkte die Arme, um Brad auf sich aufmerksam zu machen, der gerade hereingekommen war. »Sieht aus, als wäre er betrunken. Dann kriegt er immer so rote Wangen, richtig süß.«

Die Blicke von Ben und Gemma trafen sich über den Tisch hinweg. Ben zog eine Braue hoch und schenkte ihr ein aufmunterndes Lächeln.

»Hallo zusammen, wie ist die Stimmung? Ah, da ist ja meine bezaubernde Traumfrau.« Brad beugte sich herunter und gab Jess ein Küsschen auf die Wange. Dann ging er um den Tisch herum und schüttelte Ben die Hand. »Dein Einsatz auf dem Platz heute war große klasse. Wir hatten nämlich in letzter Zeit eine kleine Torflaute«, sagte er.

Dann wandte er sich an Gemma. »Mrs. Sinclair«, begrüßte er sie höflich. »Wie reizend, Sie wiederzusehen.« Er nahm ihre Hand und beugte sich herunter zu einem Handkuss.

Gemma zog sachte ihre Hand zurück und verbarg ihr Unbehagen hinter einem Lächeln. »Ich freue mich auch, Brad. Wie war das Spiel?«

»Nicht schlecht, gar nicht so schlecht. Leider haben wir wieder verloren, darum brauche ich jetzt dringend was zu trinken. Noch jemand?« Die anderen verneinten.

Nachdem sie das Essen bestellt hatten, kreiste das Gespräch um die lokale Farmwirtschaft. Brad ließ sich über die hiesigen Farmer aus, die er in gute und schlechte einteilte. Für seine Beurteilung schien ausschlaggebend zu sein, wer seine Beratung zu Weidehaltung und -bepflanzung annahm und wer nicht. Je länger Brad erzählte, desto stärker wuchs Gemmas Unbehagen. Sie sah zu Jess, die bereits einen genervten Eindruck machte. Ben hörte Brad still zu.

Nachdem der Espresso bestellt war, lehnte Brad sich auf seinem Stuhl zurück und streckte die Beine aus. »Und, Gemma, wie finden Sie das Farmerleben, jetzt, wo Sie auf sich alleine gestellt sind?«

»Es ist okay. Bulla und Garry, meine beiden Viehtreiber, sind mir eine große Hilfe. Ich wüsste nicht, was ich ohne sie tun würde.«

»Und wann werden Sie verkaufen?«

»Das geht dich überhaupt nichts an, Brad«, warf Jess ein, bevor Gemma antwortete: »Oh, ich habe nicht vor zu verkaufen.«

»Wissen Sie, ich denke aber, genau das sollten Sie tun.« Die Anspannung am Tisch war für jeden spürbar, außer für Brad, der unbekümmert weiterredete. »Es ist doch besser, die Farm jetzt zu verkaufen, solange sie noch Gewinn abwirft, bevor die Bank den Geldhahn zudreht. Hören Sie endlich auf, uns allen etwas vorzumachen.«

Gemma verschlug es die Sprache. Sie spürte Bens Hand, die er tröstend auf ihr Knie legte. Ihre beste Freundin sah aus, als würde sie jeden Moment explodieren.

Jess schob ihren Stuhl zurück und stand auf, mit wutverzerrtem Gesicht und eisiger Stimme. »Brad, dein Benehmen ist unverzeihlich. Wie kannst du so etwas zu Gemma sagen, wo du sie doch erst zum zweiten Mal siehst? Ich denke, der Abend ist hiermit beendet. Ich nehme an, Brad, du übernimmst die Rechnung? Gut. Am besten, du gehst nach Hause und schläfst deinen Rausch aus. Und ruf mich vorerst nicht an. Ben, würden Sie Gemma und mich nach Hause bringen? – Wunderbar.«

Nach der schweigsamen Rückfahrt bat Jess Ben auf einen Kaffee herein, aber er lehnte ab. Jess stürmte ins Haus, bevor Gemma aus dem Wagen gestiegen war. Sie beugte sich vor zu Ben und bedankte sich für die Fahrt, als er plötzlich ihre Hand festhielt.

»Nicht jeder denkt so wie Brad, Gemma. Ich finde, Sie machen Ihre Arbeit gut, trotz der schwierigen Umstände.«

Gemma lächelte schwach. »Nochmals vielen Dank für den Abend. Den ersten Teil habe ich zumindest sehr genossen. Ich schätze, wir sehen uns bald wieder auf Billbinya.«

»Ja, nächste Woche komme ich vorbei und bringe einen Käufer mit, der die Wolle begutachten möchte, und danach komme ich noch mal mit dem Spediteur«, sagte Ben.

Kaum hatte Gemma das Haus betreten, kam Jess auf sie zu. »Gem, es tut mir furchtbar leid, ich habe keine Ahnung, was in Brad gefahren ist. So kenne ich ihn gar nicht. Normalerweise ist er immer sehr zuvorkommend und höflich. Sein Benehmen vorhin ist mir völlig fremd. Ich möchte mich dafür entschuldigen.«

Gemma winkte ab. »Mach dir keinen Kopf, Jess. Immerhin war das Essen sehr lecker. Findest du nicht auch? Ich bin pappsatt. Ich glaube, ich geh gleich ins Bett. Gute Nacht.«

Gemma lag noch lange wach und grübelte, warum Brad sie so vehement angegriffen hatte und womit sie seine Abneigung verdiente.

Kapitel 18

Jack erhielt schließlich doch noch die Nachricht, dass der Transporter auf dem Weg war. Er stieg in seinen Wagen und fuhr los. An der Nordgrenze von Billbinya, abseits der Schotterpiste, an einer geschützten Stelle im Busch, war Jacks Versteck für seine beiden Hunde, wo er auch Hürden, Pfähle und Draht lagerte. Das war seine Diebesausrüstung. Fast täglich machte er während der Arbeitszeit einen Abstecher dorthin, um die Hunde zu füttern und ihnen frisches Wasser zu geben.

»Bewegt euch, ihr Köter«, sagte Jack und ließ die Hunde von der Kette. Dann lud er die Ausrüstung auf den Pick-up. »Es gibt Arbeit.«

Die Nacht war kalt und dunkel, während am Himmel ein gelber Mond schien. Jack parkte den Wagen hinter einem Gebüsch, ein gutes Stück von der Koppel entfernt. Den restlichen Weg würde er zu Fuß zurücklegen. Es war einfacher, hinter einem Busch in Deckung zu gehen, als erklären zu müssen, was er um diese Uhrzeit hier draußen zu suchen hatte. Er wollte vermeiden, dass jemand, der zufällig vorbeifuhr, seinen Wagen erspähte.

Die Bäume und Büsche warfen unheimliche Schatten, die über den Boden krochen, aber Jack bewegte sich sicher und lautlos durch die Dunkelheit, ohne ins Stolpern zu geraten. Dies hier war seine Welt.

Die Atemwolken der Hunde schimmerten hell in der

Nacht, während sie an Büschen schnüffelten und gelegentlich das Bein hoben. Als ein Nachtvogel schrie, erstarrten sie kurz und spitzten die Ohren, um sich gleich darauf wieder in Bewegung zu setzen, genauso lautlos wie Jack. Wenig später machte er hinter einem Busch halt und wartete auf den Transporter. Er würde ihn einwinken, wenn er rückwärts an den Koppeleingang setzte, um seine Fracht abzuladen. Die Hunde würden die Herde zusammenhalten, und der Job wäre erledigt. Es gab hier weit und breit keinen Bewohner, der den Lärm hören konnte. Schließlich machte nicht nur der Dieselmotor Krach, sondern auch das Vieh beim Entladen, wenn die Hufe dumpf auf den feuchten Boden trommelten.

Bingo, dachte Jack. Gemma kriegt ihre Mastochsen, die sie noch braucht. Die wird vielleicht blöd aus der Wäsche schauen.

Jack hörte den Truck, bevor er die Lichter sah. Die Hunde stellten die Ohren auf und begannen, leise zu jaulen. Jack legte jedem eine Hand auf den Kopf, und sie verstummten wieder. Als der Truck sein Ziel fast erreicht hatte, setzte Jack sich in Bewegung und öffnete das Koppelgatter. Er und der Fahrer wechselten nicht einmal einen Gruß, während das Entladen begann. Die Ochsen trampelten ungestüm die Laderampe hinunter und jagten auf die Koppel. Die Luft war erfüllt vom Trommeln der Hufe auf der Erde, während die Tiere nervös hin und her liefen, um sich zu orientieren. Jack schickte seine Hunde los, um die Herde zusammenzutreiben und zum Stehen zu bringen. Sie verrichteten ihre Aufgabe leise und schnell, wie schon viele Male zuvor. Wenig später herrschte Ruhe auf der Weide.

Nachdem der Transporter wieder abgefahren war, nahm Jack einen abgebrochenen Ast und verwischte mit dem Laubwerk die Reifenabdrücke im Sand. Nun gab es keine Spuren mehr, die auf den Truck schließen ließen. Natürlich konnte sich jeder ausrechnen, dass die Spuren beseitigt worden waren, aber das spielte keine Rolle. Wenn die Polizei hier aufkreuzte, würde sie nichts finden, was auf den Transporter hindeutete.

Jack hockte sich wieder hinter den Busch und lauschte eine Weile der Herde. Er zündete sich eine Zigarette an, und die Glut leuchtete in der Dunkelheit auf. Die Ochsen waren immer noch etwas unruhig und ständig in Bewegung, während sie schnaubend die neuen Gerüche ein- und ausatmeten. Hin und wieder hörte man eines der Tiere brüllen, aber in ein paar Stunden würde Ruhe herrschen. Die Jungtiere waren von der langen Fahrt erschöpft, und sobald sie gefressen hätten, würden sie schläfrig werden. Jack stand auf und schlug den Rückweg ein.

Der Sonntagmorgen begann sonnig und hell, und der strenge Winterwind hatte nachgelassen. Gemma war auf dem Weg nach Hause. Jess hatte sich erneut für Brads Verhalten entschuldigt und versucht Gemma zum Bleiben zu überreden, um gemeinsam die Bücher durchzugehen. Doch Gemma hatte abgelehnt, weil es ihr letzter freier Tag war, bevor die dreiwöchige Schur begann.

Gemmas Pick-up war vollbeladen mit Säcken für die Wolle, Sackverschlüssen, Läusebekämpfungsmittel und Hundefutter. Sie machte einen kurzen Zwischenstopp in Dawns Rest, wo sie die Lebensmittelvorräte für die Schurkolonne besorgte. Sie hoffte, dass diesmal ein guter Koch dabei war.

Vor drei Jahren waren Gemma und Adam von einem betrunkenen Koch, der mehr Gehalt forderte, mit einem abgebrochenen Flaschenhals bedroht worden. Adam war es gelungen, den Mann zu beruhigen, bevor Bulla und Garry zu Hilfe kamen. Zuerst hatten sie ihm den Flaschenhals weggenommen, dann den Job. Nachdem er mit dem Postwagen, der ihn in die Stadt brachte, den Hof verlassen hatte, entdeckte Gemma in der Küche der Schererbaracke, dass die Fleischvorräte offen auf dem Tisch lagen und von Maden befallen waren. In den zwei Tagen, seit die Kolonne hier war, hatte der Koch es nicht geschafft, das Fleisch und die anderen Lebensmittel in den Kühlschrank zu packen, und überall stapelte sich das dreckige Geschirr. Die Scherer drohten bereits mit Streik, gaben jedoch nach, als Gemma anbot, das Kochen zu übernehmen. Nach Gemmas erstem Versuch drohten sie prompt wieder mit Streik! Gemma lächelte. Trotz allen Kummers ließen Erinnerungen wie diese ihr Herz höher schlagen.

Während der Rückfahrt nach Billbinya ging Gemma in Gedanken die Organisation der Schur durch. Es war nicht damit getan, die Schafe von den Weiden zu holen und zu scheren. Zuvor mussten sie vierundzwanzig Stunden lang auf Futterentzug gesetzt werden, damit Blase und Darm sich vollständig entleerten. Es gab nichts Schlimmeres für einen Scherer, als von einem Schaf angepinkelt zu werden. Die Tiere mussten streng nach Altersklassen getrennt werden und durften nicht durcheinandergeraten. Die Schur war vor allem eine logistische Herausforderung – Schafe, die ins Gehege zum Futterentzug mussten, Schafe, die auf die Sortierbuchten verteilt wurden, bereit zur Schur für den nächsten Tag, und Schafe, die von Weide zu Weide Richtung Hof getrieben wurden, um für ständigen Nachschub zu sorgen. Waren die Tiere geschoren, mussten sie gegen Parasitenbefall behandelt – Läuse minderten die Qualität der Wolle – und anschließend zurück auf ihre Koppeln gebracht werden. Eine arbeitsreiche Zeit stand bevor.

Zurück auf Billbinya lud Gemma ihre Einkäufe aus und brachte zunächst die Lebensmittel in die Schererbaracke. Während sie die Sachen in der Küche verstaute, steckte Jack den Kopf durch die Tür, um Hallo zu sagen.

»Wie geht es dir?«, fragte Gemma.

»Schon viel besser. Mann, mir ging's vielleicht dreckig! So üble Magenschmerzen hatte ich schon lange nicht mehr.«

»Dann bist du also wieder voll einsatzfähig?«

»Ja, schließlich wartet mit der Schur jede Menge Arbeit auf uns. Kann ich dir beim Einräumen helfen?«

»Nein, Jack, danke. Ich bin fast fertig. Wir sehen uns dann morgen früh, okay?«

Einige Zeit später hockte sich Gemma nieder und betrachtete ihr Werk, nachdem sie nicht nur den Kühlschrank ausgeputzt, sondern sämtlichen Staub und Dreck entfernt hatte, der durch die Ritzen in den Holzwänden der Küche hereingedrungen war. Tisch und Bänke schimmerten, der Boden glänzte, und Gemma war geschafft. Jack hielt zwar einigermaßen Ordnung, aber eine Küche benötigte nun einmal eine weibliche Hand.

Bei der Vorstellung, dass wieder ein einsamer Abend vor ihr lag, stieß Gemma einen Seufzer aus. Die Gesellschaft von Patrick und Jess, wenn sie auch nicht von langer Dauer war, hatte ihre Einsamkeit gelindert, die ihr zuvor gar nicht so bewusst gewesen war. Endlich mal wieder Leben im Haus, endlich jemanden, mit dem man sich unterhalten, eine Kaffeepause machen konnte. Gemma hatte sich dabei ertappt, dass sie nachts auf die Geräusche ihrer Gäste horchte, wenn jemand auf die Toilette musste oder sich was zu trinken besorgte. Es waren tröstende Geräusche, und sie hatte sich weniger einsam gefühlt. Vorhin im Auto war Gemma mit Schrecken bewusst geworden, dass sie eigentlich gar keine Lust hatte, nach Billbinya zurückzukehren. Dort war sie von der Außenwelt isoliert, und seit die Polizei wegen der Viehdiebstähle ermittelte, spürte sie eine leise Angst im Nacken.

Gemma wusste, dass die bevorstehende Arbeit und die vielen Menschen auf dem Hof ihre Laune heben würden, aber sie fragte sich trotzdem, wie sie den Abend alleine überstehen sollte. Plötzlich kam ihr eine Idee.

»Jack?«, rief sie laut. »Bist du noch da?«

»Ja«, kam es gedämpft zurück.

»Ich habe mir überlegt, Bulla und Gaz anzurufen und sie zum Abendessen einzuladen. Wir könnten grillen und auf eine erfolgreiche Schur anstoßen. Hast du Lust?«

»Ja, klingt gut.«

»Prima, dann bis später.« Gemma packte ihre Putzsachen zusammen und ging hinüber ins Haus, um Bulla und Garry anzurufen.

Gemma erhob ihr Glas und brachte einen Toast aus: »Auf eine erfolgreiche Schur, auf eine erstklassige Wolle und auf anständige Wollpreise. Cheers.«

»Cheers«, erwiderten die Männer. Das Fleisch brutzelte auf dem Grill, die Salate waren bereits angerichtet und standen auf dem Tisch. Zum Glück kümmerte sich Bulla um das Fleisch.

Jack hielt sich ein wenig abseits und beobachtete die anderen. Er sah, dass Gemma in Garry und Bulla zwei liebevolle Beschützer gefunden hatte. Er wusste, dass er in diesen engen Kreis nicht vordringen oder ihnen irgendwelche Informationen über Adam entlocken konnte. In Jacks Anwesenheit wurde selten über Adam gesprochen.

Jack war es gewohnt, ein Außenseiter zu sein. Schon in der Schule stand er immer abseits und hatte nie richtige Freunde. Umso größer war seine Aufregung, als er von seinem Bruder erfuhr. Er hatte einen Bruder! Jemanden, mit dem man auf die Jagd gehen konnte und zum Saufen. Oder auf Diebestour. Jack war bei der Polizei bereits einschlägig bekannt, als sein Bruder in sein Leben trat. Jacks Mutter hatte ihren Sohn längst abgeschrieben, und sein Vater hatte sich schon vor langer Zeit aus dem Staub gemacht.

Nachdem sein Bruder ihn ausfindig gemacht hatte, war Jack geradezu überwältigt von der Tatsache, dass er noch Familie hatte, jemanden, der für ihn da war. Es dauerte nicht lange, und die beiden Halbbrüder hatten eine enge Beziehung aufgebaut. Aber es war Jack, der dies am meisten genoss.

Kapitel 19

Craig liebte den Geruch auf Tiermärkten und das geschäftige Treiben. Es gab dort immer so viel zu sehen. Hunde, die bellten, Ausstellungsvieh, das in die Gehege getrieben wurde, Gittertore, die sich klirrend hinter den Tieren schlossen, Auktionatoren, die mit den Händlern vor Verkaufsbeginn plauderten, sowie die beiden obligatorischen alten Männer, die garantiert irgendwo auf einem Gitter saßen und über die Saison und die Preise diskutierten. Craig konnte schon gar nicht mehr zählen, wie oft er im Vorbeigehen den Satz gehört hatte: »Damals, als ich noch ein junger Bursche war …«

Er beobachtete, wie die Rinder abgeladen und in das Gehege getrieben wurden. Laut schnaubend und brüllend rannten die Tiere durch die Schleuse über das Steinpflaster, auf der Suche nach einem Ausweg oder einem offenen Tor. Craig hörte jemanden rufen: »Pass auf, Mann«, und drehte gerade noch rechtzeitig den Kopf, um zu sehen, wie ein junger Mann auf der Flucht vor einem Brahman-Bullen in letzter Sekunde auf das Gitter hochkletterte.

»Das sind bestimmt wilde Stiere aus dem Norden«, bemerkte ein Mann, der neben Craig stand.

»Jedenfalls war das knapp«, antwortete Craig und ging weiter. Er benutzte die Leiter, die zu den Laufstegen über den Gehegen führte. Auf Viehmärkten waren solche

Stahlgerüste üblich, damit die Verkäufer und die Interessenten die Tiere begutachten konnten, ohne Unruhe in die Herden zu bringen. Craig folgte dem Laufsteg, sah sich das Vieh von oben an und machte sich Notizen in seinem Block. Als Sonderermittler war er darauf trainiert, sich auf die Gespräche in seiner Umgebung zu konzentrieren. Es bestand schließlich immer die Möglichkeit, die eine oder andere nützliche Information aufzuschnappen, mit deren Hilfe Verbrecher überführt oder Hintermänner aufgedeckt werden konnten. Vielleicht würde er hier Neues über die Viehdiebstähle erfahren. Während Craig die Herdengrößen in seinem Block festhielt, näherte er sich dem Auktionator und verwickelte ihn in ein kurzes Gespräch über die Veranstalter, die angemeldeten Teilnehmer und die Verkaufszahlen in South Australia.

Als Craig Essensduft in die Nase stieg, knurrte sein Magen laut. Er spazierte hinüber zum Imbisswagen, wo er sich ein Bacon-Ei-Sandwich und einen Farmers Union Iced Coffee holte, das Standardfrühstück an einem kalten Morgen auf dem Viehmarkt. Er lehnte sich gegen einen Baum, als ihn plötzlich jemand grüßte. Craig drehte den Kopf und erblickte Ben Daylee, der ebenfalls ein Bacon-Ei-Sandwich in der Hand hielt.

»Morgen«, sagte Craig. »Was machen Sie denn hier?«

»Ich bin mit einem Käufer hier, der sich ein paar Mastrinder anschauen möchte. Und Sie?«

»Ich bin gerade auf dem Rückweg von Adelaide und dachte mir, ich lege hier einen kurzen Zwischenstopp ein und sehe mir die Auktion an. Wenn ich schon mal in der Gegend bin, darf ich mir eine solche Attraktion nicht entgehen lassen«, improvisierte Craig schnell.

Ben sah ihn stumm an, dann fragte er: »Wie lange arbeiten Sie eigentlich schon bei der Polizei?«

Craigs Augenbrauen schossen in die Höhe, und er suchte nach einer Antwort.

Mit einem Grinsen zeigte Ben mit dem Finger auf ihn. »Erwischt, Kumpel!«

»Verflucht, wie zum Henker …?«

Ben lachte immer noch. »Ich habe Sie neulich gesehen, als Sie mit Dave Burrows das Motel verlassen haben. Ist schon ein bisschen auffällig, wenn plötzlich zwei fremde Typen in der Stadt auftauchen, die im selben Motel wohnen und gemeinsam zur Polizeiwache fahren. Aber keine Sorge. Ich bin selbst noch ziemlich neu in der Stadt und weiß nicht, wem ich hier trauen kann. Also halte ich lieber den Mund.«

»Sehr anständig von Ihnen«, brachte Craig hervor.

»Also dann, bis bald.« Ben wandte sich zum Gehen, zögerte jedoch kurz. »Wie wär's, wenn wir mal ein Bier zusammen trinken? Vielleicht sehen wir uns heute Abend im Pub?«

»Ja, vielleicht.«

Ben verschwand in der Menge, während Craig verdrossen in sein Sandwich biss und sich über die Begegnung mit Ben ärgerte.

»Achtung, Achtung«, rief der Auktionator in diesem Moment. »Die Versteigerung ist eröffnet. Vorab einen Dank an alle Aussteller, die heute diese prächtigen Tiere hier anbieten. Gut, wie lautet das erste Gebot für diese Angus-Herde? Das erste Gebot lautet sechshundert, ich höre sechshundert, sechshundert sind geboten. Sechshundertfünfzig, der Herr dort drüben bietet sechshundertfünfzig.« Er deutete auf einen Mann in einem grünen Hemd. »Das Gebot steht bei sechshundertfünfzig. Bietet jemand siebenhundert? Ja, Sie da drüben, siebenhundert. Für siebenhundert gehören die Ochsen Ihnen.« Der Auktionator klatschte in die Hände und rief: »Verkauft an Hyland Butchers.« Craig vergaß die Begegnung mit Ben wieder, während er der Versteigerung folgte und sich Notizen zu den Schlachtern, Mästern und Privatkäufern machte, die an diesem Tag boten. Nach seiner Rückkehr in Port Pirie hatte er eine stattliche Liste abzuarbeiten.

Gemmas Herz schlug schneller, als der erste Wagen der Schurkolonne eintraf. Er hielt vor der Baracke, und sie sah eine Frau aussteigen – die Köchin. Gemma verließ das Gehege, wo sie die Schafe nach Wolltypen sortiert hatte, und ging hinüber zu der Köchin, um sie zu begrüßen und einzuweisen. Nach und nach trudelte der Rest der Kolonne ein. Gekommen waren vier Scherer, ein Sortierer, drei Helfer, ein Mann für die Wollpresse und ein »Schleuser«. Bis um fünf waren die Sortierbuchten in der Scheune mit Schafen belegt und die Zimmer in der Baracke von der Kolonne bezogen. Nun standen die Scherer in der Scheune, um die Tiere zu begutachten, die morgen als Erste dran waren.

Gemma machte sich ebenfalls auf zur Scheune, um die Männer zu begrüßen. Manche der Scherer hatten schon oft auf Billbinya gearbeitet und waren fast so was wie alte Bekannte. Die Truppe war ein bunt gemischter Haufen – drei ältere Männer, die bereits kahl oder ergraut waren, und ein junger Praktikant. Unterstützt wurden sie von zwei jungen Frauen, die aussahen, als könnten sie genauso gut einstecken wie austeilen, und einer älteren Frau, die die Lebensgefährtin von Buster war, dem zweitschnellsten Scherer in der Kolonne. Der Mann an der Presse und der Schleuser hätten auch gut in einer Heavy Metal Band spielen können mit ihren langen Haaren und Spitzbärten.

»Die Tiere sehen gut aus, Gemma«, sagte Kenny, der Chef der Kolonne und selbst ein Scherer. »Die Jungs und ich müssten jeder hundertfuffzig am Tag schaffen. Schätze, in zwei Wochen sind wir durch. Was meinst du?«

»Ja, Kenny, das kommt hin«, antwortete Gemma. »Das macht etwa dreitausend in einer Woche, und insgesamt sind es sechstausend Hammel.«

Nachdem die Scherer die Schafe und die Scheune inspiziert hatten, legten sie ihre Ausrüstung für den nächsten Tag bereit, Schermaschinen, Kammaufsätze und Ersatzmesser sowie ein Radio, bevor sie sich in ihre Quartiere zurückzogen. Gemma, Bulla, Garry und Jack besprachen sich für den nächsten Tag. Jack sollte das Vieh reintreiben, was je nach Entfernung der Weiden schon einmal einen ganzen Tag dauern konnte. Danach war es ein Leichtes, die Tiere in das Gehege zu verfrachten und sie für die Schur einen Tag lang auf Futterentzug zu setzen. Garry war für die Maschinen zuständig und würde in der Nähe der Scheune bleiben, um bei einem Ausfall sofort zur Stelle zu sein. Bulla und Gemma würden im Auslassgehege die geschorenen Schafe gegen Parasiten behandeln und anschließend auf die Koppel lassen.

Als Bulla und Garry sich auf den Heimweg machten, ging Gemma hinüber zu den Gehegen. Sie stellte die Wasserpumpe an, deren Tank voll war, und richtete den

Schlauch auf die umzäunte Fläche. Obwohl Winter war, war der Boden staubig und trocken. Die vielen Lämmer, die zuletzt das Gehege durchlaufen hatten, um ihre Ohrmarken zu bekommen, hatten den Dung und Dreck zu einer feinen Staubschicht pulverisiert. Der Wasserschlauch pulsierte in Gemmas Händen, und Dreckspritzer landeten in ihrem Gesicht. Morgen würde der Boden matschig sein, aber lieber Matsch als dieser rote Staub. Nachdem Gemma das Gehege gründlich gewässert hatte, schaltete sie die Pumpe wieder aus und ging in die Scheune, wo sie vier Kanister mit Lausmittel herausschleppte. Sie stellte sie auf die Arbeitsplatte im Unterstand, an dem der Treibgang vorbeiführte, kontrollierte dann die Spritzpistole und stellte die Dosierung ein. Danach ging sie das gesamte Gehege ab und überprüfte die mit Ketten gesicherten Gatter, um sicherzugehen, dass sie richtig verschlossen waren und die Tiere nicht ausbüxen konnten oder sich unter eine andere Herde mischten.

Anschließend ging Gemma wieder in die Scheune und machte einen letzten Kontrollgang. Sie vergewisserte sich, dass in der Wollpresse ein leerer Container stand für das erste Vlies am nächsten Morgen. Die Säcke und Verschlüsse lagen in unmittelbarer Reichweite. Die Haken, mit denen die riesigen Wollballen angehoben wurden, baumelten an der Presse, und an der Wand hingen die Stempel zum Markieren der Säcke. Gemmas Schritte hallten dumpf auf den Holzdielen wider, und bis auf ein gelegentliches Blöken und Klirren, wenn ein Schafhuf gegen das Gitter schlug, war es ruhig in der Scheune.

Als Nächstes sah sich Gemma die Werkbank an, die sich über eine ganze Wand erstreckte, und kontrollierte den Schleifstein und den Vorrat an Schmirgelpapier. Hier schärften die Scherer am Abend ihre Messer für den nächsten Tag. Danach überprüfte sie, ob die Klappen der Sortierbuchten, die auf die Rampe führten, richtig verschlossen waren. Es war nämlich schon einige Male vorgekommen, dass eine Klappe vergessen wurde beziehungsweise nicht richtig gesichert war und die Tiere in der Nacht ausbrachen. Am nächsten Morgen bot sich ihnen dann der Anblick einer zugekoteten Rampe, wüst verteilter Wolle und lauter Schafe, die sie verwundert anglotzten.

Gemma wollte nichts dem Zufall überlassen. Dies war die erste Schur, die sie alleine organisierte, und sie war fest entschlossen, sich keinen Patzer zu erlauben.

Als sie über den Hof ging, hörte sie aus der Schererbaracke laute Stimmen und Gelächter dringen. Sie sah auf das einsame Haus und traf eine spontane Entscheidung. Sie ging zum Zwinger und holte zwei Hunde heraus, die glücklich um ihre Beine herumsprangen und ihr die Hände ableckten. Gemma kraulte sie am Kopf und an den Ohren und sprach leise mit ihnen, bevor sie kurz im Haus verschwand, um ihre Turnschuhe anzuziehen. Dann lief sie in der Abenddämmerung los, die Hunde an ihren Fersen. Sie lief, bis sie nichts mehr sehen konnte, dann kehrte sie wieder um und rannte zurück zum Haus.

Am nächsten Morgen war Gemma bereits um sechs wieder im Gehege für einen letzten Kontrollgang. Der Wind schien aufzufrischen, und sie war froh, dass sie am Vorabend den Boden gewässert hatte. Ihre Treibhunde im Zwinger jaulten ungeduldig und warteten darauf, von der

Kette losgemacht zu werden, aber sie mussten sich bis zum Arbeitsbeginn gedulden. Die Schererbaracke erwachte langsam zum Leben, wie man draußen hören konnte. Zu Beginn der Schur waren alle immer voller Elan und Tatendrang, aber je näher das Ende rückte, desto mehr verstummten das fröhliche Geplauder und die flotten Sprüche, weil alle nur noch fertig werden wollten. Gemma hörte, wie die Männer in der Küche eine der Helferinnen aufzogen. Offenbar war sie am letzten Einsatzort in flagranti erwischt worden mit einem Farmarbeiter, und nun ließen die Männer ihren Spott an ihr aus.

In diesem Moment trafen Bulla und Garry ein, und Gemma wurde bewusst, dass Jack schon losgefahren sein musste. Das Motorrad stand nicht im Schuppen, und die Gatter der Hofkoppel waren geöffnet und warteten auf den nächsten Schwung Schafe. Gemma hatte heute früh nicht mitbekommen, dass Jack aufgebrochen war, und sie wunderte sich, dass er noch vor ihr zu arbeiten begonnen hatte. Aber wenigstens wusste sie nun, dass bald Nachschub kam, auch wenn es für Jack sicher nicht einfach sein würde, gegen den Wind zu arbeiten.

Zusammen mit Bulla und Garry betrat Gemma die Scheune, wo gerade die ersten Schafe aus den Sortierbuchten gezerrt wurden und die Schermaschinen summend zum Leben erwachten. Während Gemma Kenny dabei zusah, wie er sich das erste Tier schnappte, das Messer an der Unterseite ansetzte und gleich darauf die Bauchwolle an den Rand der Rampe warf, wo die Helferinnen es einsammelten, verspürte sie eine seltsame Mischung aus Euphorie, Traurigkeit und gespannter Vorfreude. Die Wolle war ihre wichtigste Einnahmequelle.

Sie warf den größten Ertrag ab. Wie hoch würde er in diesem Jahr ausfallen? Würde sie damit genug Geld verdienen, um die Ratenzahlung an Adams Eltern aufzubringen und zugleich den laufenden Betrieb auf Billbinya zu sichern? Gemma betete stumm, dass die Schur einen guten Erlös bringen würde.

Jess ging am Montag zur Arbeit, aber in der Bank wartete nichts Dringendes auf sie. Sie führte lediglich ein paar Telefonate und beantwortete ein paar E-Mails, bevor sie beschloss, den restlichen Tag Gemmas Büchern zu widmen.

Am nächsten Morgen, Dienstag, saß Jess mit einer Tasse Kaffee am Küchentisch, Gemmas Unterlagen vor sich ausgebreitet, und hatte ein sehr ungutes Gefühl. Sie hatte sich bereits einige Fragen notiert, die sie Gemma stellen wollte. Wieder blätterte sie die Kontoauszüge des Vorjahrs durch. Auf den Seiten, die sie an Gemmas PC ausgedruckt hatte, waren sämtliche Einnahmen und Ausgaben aufgelistet, aber dennoch fehlte etwas. Jess nahm sich von Neuem den Kontoauszug von letztem September vor und ging die Abbuchungen durch. Gemma hatte ihr gesagt, dass die Rate an Adams Eltern einmal im Jahr fällig war. Adam hatte das Geld immer im September überwiesen.

Doch im letzten Jahr war die Zahlung offenbar ausgesetzt worden, aber Jess war sich sicher, dass Gemma in diesem Fall darüber informiert worden wäre, wenn nicht von Adam, dann von seinen Eltern. Sollte die Rate also tatsächlich bezahlt worden sein, dann nicht vom Geschäftskonto.

Jess griff zum Telefon und wählte Gemmas Nummer, wobei ihr von vornherein klar war, dass sie nur den Anrufbeantworter erwischen würde.

»Hallo, Süße, wie läuft die Schur? Kannst du mich in der Mittagspause mal zurückrufen? Bis später!«

Jess konnte nicht viel tun, ohne mit Gemma vorher Rücksprache zu halten. Sie nahm erneut den Hörer in die Hand und wählte Brads Nummer, legte jedoch vor dem ersten Klingeln wieder auf. Dabei hätte sie gerne gewusst, warum Brad so grob zu ihrer besten Freundin gewesen war. Sonst hatte er immer aufrichtig interessiert gewirkt, wenn sie ihm von Gemma erzählte, und sie sogar ermuntert, Gemma nach Kräften zu unterstützen. Allerdings musste Jess sich eingestehen, dass es nicht das erste Mal war, dass Brad über die Stränge schlug. So hatte er sie mehr als einmal hängen lassen, obwohl sie Gäste eingeladen hatte, und er hatte auch mehr als einmal einen über den Durst getrunken und sich zum Gespött der Leute gemacht. Jess hatte das alles wortlos hingenommen, weil sie Brad nicht verlieren wollte, aber sein Benehmen am Samstagabend hatte das Fass zum Überlaufen gebracht. Dieses unhöfliche und arrogante Auftreten konnte sie nicht tolerieren. Brad hatte sich seitdem nicht mehr gemeldet, und wenn er sich bis jetzt nicht entschuldigt hatte, war damit auch nicht mehr zu rechnen.

Zum Teufel mit ihm, dachte Jess und warf ihren Stift auf den Tisch. Es war Zeit, die Beziehung mit Brad zu beenden. Sie nahm rasch den Hörer in die Hand, bevor sie es sich wieder anders überlegte, und wählte von neuem Brads Handynummer.

»Hi, Baby, wie geht's?«, sagte Brad zur Begrüßung.

Jess war fassungslos. Wie konnte er so unbefangen tun, nachdem er ihr den Samstagabend versaut und sich dann drei Tage lang nicht gemeldet hatte?

»Hallo«, sagte Jess. »Und bei dir?«

»Alles bestens. Ich will gleich los zu den Polkmans. Der Winterweizen muss auf Schädlingsbefall kontrolliert werden. Und du, was hast du heute vor?«

»Ich, äh …«, stammelte Jess. Hatte sie sich den derben Fauxpas am Samstagabend nur eingebildet? Sie dachte an ihren Entschluss. Mit wie sie hoffte fester Stimme sagte sie schließlich: »Ich rufe nur an, um dir zu sagen, dass es aus ist. Ich bin entsetzt über dein Verhalten am Samstagabend. Du hast nicht nur meine Freundin beleidigt – meine beste Freundin«, betonte Jess, »sondern auch mich. Und außerdem hast du dich vor Ben blamiert, also sozusagen vor einem Kollegen. Ihr arbeitet ja schließlich in derselben Branche. Das war's, Brad. Es ist Schluss.« Jess holte tief Luft und wartete auf eine Reaktion. Schweigen. »Brad?«

»Tja, dein Pech, Baby. Bis die Tage.« Und Jess hörte nur noch das Besetztzeichen.

Der will mich wohl verarschen!, dachte sie wütend. *Wie kann man nach acht Monaten Beziehung so auf eine Trennung reagieren?* Jess starrte auf den Tisch und fühlte sich ein wenig verloren. Aber nur wenige Sekunden später schüttelte sie energisch den Kopf. »Du kannst mich mal, Freundchen. Dein Pech, nicht meins«, sagte sie laut. Sie konzentrierte sich wieder auf die Unterlagen, die Gemmas Steuerberater zusammengestellt hatte, und wischte sich eine Träne aus dem Gesicht.

Kapitel 20

Dave und Craig besprachen ihren nächsten Besuch auf Billbinya.

»Wir fahren gleich morgen früh raus«, sagte Dave. Es machte keinen Sinn, Craig weiterhin undercover ermitteln zu lassen, nachdem Ben Daylee ihm auf die Schliche gekommen war.

»Ich rufe Gemma Sinclair an und kläre das mit ihr ab. Danach könnten wir noch ein paar weitere Farmen abklappern. Ich habe vor allem an Sam und Kylie Smith ein paar Fragen. Sie waren im vergangenen Jahr wohl am häufigsten zu Gast auf Billbinya.«

Craig nickte, immer noch sauer darüber, dass seine Tarnung aufgeflogen war. Dave klopfte seinem Partner tröstend auf die Schulter, weil er ihm den Frust ansah.

»Mach dir nichts draus, mein Freund. Du kannst immer noch die Auktionen inkognito besuchen. Schließlich kennt dich in Adelaide niemand. Und wahrscheinlich wird es auch noch ein wenig dauern, bis sich das hier in Pirie rumgesprochen hat.«

»Dave, ist dir der Name Jess Rawlings ein Begriff?«

»Nein, sollte er?«

»Ich habe dir doch erzählt, dass ich Freitagabend Gemma Sinclair mit einer Freundin im Jewel gesehen habe.«

Dave nickte.

»Nun, diese Freundin heißt Jess Rawlings und lebt hier in Pirie.«

»Gut, du kannst gerne Erkundigungen über sie einholen. Allerdings weiß ich nicht, ob sie für unsere Ermittlungen relevant ist. Oder doch?«

»Zuerst habe ich ihr auch keine Bedeutung beigemessen, bis ich von der Barfrau im Jewel erfahren habe, dass diese Jess in einer Bank arbeitet. Das hat mich stutzig gemacht. Ich weiß zwar nicht, was genau sie dort macht, aber vielleicht lohnt es sich ja, das herauszufinden.«

»Ja, gute Idee. Bank, Geldwäsche … Ja, vielleicht ist das eine heiße Spur. Was ist sie für eine Frau?«

Craig sah wieder Jess' grüne Augen und ihr umwerfendes Lächeln vor sich.

»Äh, groß, schlank, rothaarig. Sehr schöne grüne Augen.«

»Du hast sie dir aber ziemlich genau angesehen!«, spottete Dave. »Gute Arbeit.«

»Ja, ja.«

Dave schickte sich an, das Büro zu verlassen, verharrte jedoch an der Tür. »Lass uns doch zur Sicherheit ein paar weitere Namen durch das Vorstrafenregister jagen. Ich denke da an die Sinclairs, die Viehagenten Ned Jones und Ben Daylee – da ist noch ein Dritter im Bunde, ich glaube, sein Name ist Bert Hawkins. Dann diese Jess Rawlings und alle, die wir befragt haben. Vielleicht kommt ja was dabei heraus.« Dave verschwand in seinem Büro und griff zum Telefonhörer. Während er Gemmas Nummer wählte, dachte er darüber nach, was Craig eben gesagt hatte. Wenn Adam und Gemma eine Freundin in der Bank hatten, dann war es ein Kinderspiel, das Schwarzgeld aus den Viehdiebstählen zu verstecken.

»Gemma, hier ist Dave Burrows von der Spezialeinheit. Ich rufe an, weil ich gerne morgen Vormittag mit meinem Partner bei Ihnen vorbeischauen möchte. Sollten Sie diese Nachricht erst spät abhören, können Sie mich im Hotel erreichen. Die Nummer steht auf der Karte, die ich Ihnen gegeben habe. Wir werden wahrscheinlich morgen früh als Erstes zu Ihnen rausfahren.« Dave legte auf und starrte mit leerem Blick auf das Telefon. Schon erstaunlich, wie sich die vielen kleinen Informationsschnipsel zu einem großen Ganzen zusammenfügten. Adam Sinclair … Großgrundbesitz … Flugzeugabsturz … Jess Rawlings … Bank … Geldwäsche. *Es muss einen Zusammenhang geben*, dachte Dave. *Wir müssen nur noch Beweise finden.*

Gemma sah ehrfürchtig den Scherern bei der Arbeit zu. Ihr Hund Scoota saß still neben ihr und behielt die Schafe im Auge, für den Fall, dass eines einen Fluchtversuch wagte.

Die schwere Arbeit sah bei den Scherern so einfach aus. Gemmas Vater hatte einmal gesagt, dass man einen guten Scherer daran erkannte, dass ihm die Arbeit scheinbar leicht von der Hand ging. Kenny kam nicht einmal richtig ins Schwitzen. Er zog das nächste Schaf zwischen seine Beine und setzte die Maschine unter dem Hals an, rasierte Bauch und Schoß, bevor er an der Keule hochfuhr, wo die lange Oberwolle begann. Währenddessen holte Paula, eine der Helferinnen, mit der Schippe die Bauchwolle von der Rampe und kippte sie mit einer schwungvollen Bewegung in einen Holzcontainer. Dann schwenkte sie die Schippe wieder in Richtung Rampe und nahm die restlichen Locken auf, bevor sie zum nächsten Scherer weiterging.

Kennys Schaf hielt ganz still. Er hatte es zwischen seine Beine geklemmt und presste sofort die Knie zusammen, wenn das Tier sich bewegte, damit es wusste, wer hier der Boss war. Jamie, ein junger Scherer, der noch nicht so viel Erfahrung hatte, tat sich besonders schwer mit den großen Exemplaren. Sie zappelten herum und wollten nicht auf ihrem Hintern sitzen bleiben. Sobald Jamie den Druck seiner Beine lockerte, witterten die Hammel eine Chance und begannen, mit den Hinterhufen auf den Holzboden zu schlagen und den Kopf wild hin und her zu werfen, bis sie schließlich auf dem Rücken lagen und Jamie fluchte.

Lisa, die junge, blonde Helferin, die von den Männern am Morgen aufgezogen worden war, kümmerte sich um das Vlies auf der Rampe. Sie packte die Zipfel und raffte es zu einem Bündel zusammen, dann trug sie es auf den Armen zum Sortiertisch. Mit einer geschickten Bewegung warf sie das Vlies so ab, dass es flach auf dem Tisch landete, wo es von Jackie berissen und klassifiziert wurde. Kleine Wollflusen, die aus dem Vlies geschüttelt wurden, schwebten auf den Boden wie Schneeflocken. Paula kratzte mit der Schaufel über den Boden, um die restliche Wolle aufzusammeln.

Das Radio plärrte zu dem lauten Summen der Schermaschinen. Kenny beugte sich kurz zu Jamie hinüber, aber Gemma konnte nicht hören, was er sagte. Die anderen Scherer brachen in lautes Lachen aus, woraufhin

Jamie, der vor lauter Anstrengung bereits einen roten Kopf hatte, Kenny ansah und etwas erwiderte. Kenny lachte, klopfte ihm auf die Schulter und schnappte sich das nächste Schaf.

Lisa bewegte sich im Takt der Musik, in Stoffschuhen und Shorts, die ihre gebräunten Beine betonten, und einem Top, das der Fantasie keinen Spielraum ließ. Ihr blonder Pferdeschwanz schwang im Rhythmus ihres Körpers. Sie sang die Lieder im Radio mit, sammelte die Vliese auf, kehrte die Locken zusammen und stand keine Sekunde lang still. Die goldene Regel während der Schur lautete: Bleibe immer in Bewegung, denn Verschnaufpausen sind gefährlich.

Gemma beobachtete den Rest der Kolonne – die dritte Helferin, den Mann an der Wollpresse und den Schleuser. Sie unterschieden sich von den anderen. Sie waren alle deutlich jünger und verrichteten ihre Arbeit ziemlich lustlos. Auf Gemma machten sie einen zwielichtigen Eindruck, aber ihr war bewusst, dass es heutzutage nicht einfach war, Helfer für die Schur oder die Ernte zu finden. Die harte, körperlich anstrengende Arbeit schreckte offenbar viele ab. Zudem verdiente man als Scherer, Farmarbeiter oder Farmverwalter längst nicht so gut wie im Bergbau, und die jungen Leute zog es nun einmal dorthin, wo das meiste Geld lockte. Gemma vermutete, dass Kenny nicht wählerisch sein durfte, um ein Team zusammenzubekommen. Aber wichtig war nur, dass die Schur lief wie am Schnürchen. Im Radio wurde eins von Gemmas Lieblingsliedern gespielt. Summend verließ sie die Scheune und ging zu den Zählklappen, um die geschorenen Tiere herauszulassen und zu desinfizieren. Als die ersten Schafe aus dem Halbdunkel der Scheune in das helle Tageslicht hinausdrängten, blieben sie zunächst geblendet stehen, sodass die Nachhut auflief, bis sie sich an die Helligkeit gewöhnt hatten und das offene Tor erspähten, das ins Gehege führte. Gemmas Reaktion war ähnlich; ihre Augen mussten sich erst an das schimmernde Weiß der nackten Tierleiber gewöhnen, nachdem die Wolle ab war. Sie musste ein paarmal zwinkern.

»Scoota, lauf!«, befahl Gemma. Ihr schwarzer Kelpie stürzte bellend auf die Schafe los. Die Herde flüchtete in die entgegengesetzte Richtung und rannte direkt in das Gehege. »Guter Junge. Sitz.« Gemma schloss das Gatter und scheuchte die Tiere in Richtung Treibgang. Sie pfiff nach Scoota, steckte den ersten Kanister mit Lausmittel in den Rucksack, hievte ihn sich auf den Rücken und befahl ihrem Hund wieder: »Lauf!« Die Hammel, überreizt nach der Schur, bockten und schlugen mit den Hufen aus, während sie in den Treibgang drängten. Sie rannten durch, bis sie merkten, dass es plötzlich nicht mehr weiterging, und versuchten dann abzubremsen. Die ersten drei Schafe krachten gegen das Auslasstor, während die anderen Tiere von hinten aufliefen, sodass es einen Ziehharmonikaeffekt gab. Nachdem alle Schafe drin waren, schloss Gemma das Eingangstor und ging dann den Treibgang entlang, während sie die hellblaue Flüssigkeit auf die Tierrücken sprühte. Nachdem sie alle Schafe behandelt hatte, öffnete sie das Auslasstor, das auf die große Koppel führte, wo die geschorenen Tiere auf den Rest der Herde warteten, während Gemma den nächsten Schwung Schafe aus der Scheune ließ.

Am Abend kehrte sie erschöpft, aber glücklich zum Haus zurück. Die Schafe hatten pro Tier durchschnittlich sechs Kilo Wolle erbracht, und die Menge der gefüllten Wollsäcke übertraf bereits am ersten Tag Gemmas Erwartungen. Sie hatte während der Arbeit immer wieder im Kopf überschlagen, wie viel ihr die Wolle einbringen würde, und wenn es so weiterging, blieb zum Schluss sogar ein kleiner Gewinn übrig. Wie schön wäre es, alle Rechnungen bezahlen zu können und am Schluss sogar noch Geld übrig zu haben! Gemma spürte Zuversicht. Sie ging ins Büro und hörte den Anrufbeantworter ab. Sie notierte sich die Namen, damit sie keinen vergaß zurückzurufen. Die erste Nachricht stammte von Jess, die zweite von Dave Burrows. Die dritte war von ihrem Steuerberater, und danach hatte Patrick zweimal auf Band gesprochen.

Gemma ging ins Bad, um sich zu waschen, und überlegte, was sie sich zu essen machen sollte. Dann begann sie in der Küche mit den Vorbereitungen und erledigte nebenbei ihre Telefonate. Als Erstes sprach sie mit Dave, der um ihre Erlaubnis bat, am nächsten Morgen mit seinem Partner vorbeizukommen und sich ein paar Tage auf Billbinya umzusehen. Gemma war einverstanden, dass die beiden Ermittler auf ihrem Grundstück kampierten. Den Steuerberater würde sie ohnehin erst morgen zu den üblichen Bürozeiten erreichen, also versuchte sie es als Nächstes bei Patrick auf Hayelle.

»Hey, Pat, was gibt's Neues?«, fragte Gemma, als ihr Bruder sich meldete.

»Ah, Schwesterherz, du bist es. Wie ist die Schur gelaufen?«

»Großartig. Ich bin ganz begeistert. Wir hatten heute im Schnitt sechs Kilo pro Tier.«

»Das ist gut.«

»Und wie war es in Adelaide?«

»Na ja, die Stimmung könnte besser sein. Dad ist ein bisschen niedergeschlagen und hat wohl Angst, dass er jeden Moment tot umfallen könnte. Er hat Mum mit seiner Panik angesteckt. Seitdem lässt sie ihn nicht mehr aus den Augen. Leisha findet die beiden ziemlich anstrengend. Ich denke, mit der Zeit werden sie sich wieder einkriegen, aber im Moment ist es nicht leicht mit ihnen.«

»Wahrscheinlich ist es ganz normal, dass man nach einem Herzinfarkt Angst hat. Plötzlich wird einem bewusst, dass man sterblich ist. Haben sie dir die Ohren vollgejammert? Bist du klargekommen?«

»Ich war froh, als ich wieder raus war aus der Stadt«, gestand Patrick. »Aber dafür sind unsere Nichten einfach toll. Wenn diese beiden Sonnenscheine es nicht schaffen, ihre Großeltern ein wenig aufzuheitern, dann weiß ich auch nicht.«

Gemma lächelte. Sie konnte sich bildlich das Chaos vorstellen mit zwei lebhaften Kindern, einer gestressten Mutter, die wieder schwanger war, einem herzkranken Großvater und einer besorgten Großmutter.

»Ich wette, die beiden sind ein gutes Stück gewachsen, seit ich sie das letzte Mal gesehen habe. Du hast recht, das sind tolle Kinder. Hast du eigentlich Lust, morgen mal vorbeizukommen und ein bisschen länger zu bleiben?« Gemma versuchte, nicht allzu hoffnungsvoll zu klingen.

»Schwesterherz, das geht leider nicht. Dad hat mir eine

ellenlange Aufgabenliste mitgegeben. Ich weiß zwar nicht, warum ihm das alles gerade jetzt einfällt, wo er doch andere Sorgen hat, aber ich muss mich zuerst um Hayelle kümmern. Schließlich bin ich ein pflichtbewusster Sohn.«

»Hast du schon genug, Pat? Willst du wieder zurück in den Norden?«

»Ja, irgendwann demnächst. Ich habe Sehnsucht nach der Sonne und nach Kate. Aber ich warte noch ab, wie es mit Dad weitergeht und mit dir.«

»Dave Burrows von der Kriminalpolizei will morgen mit seinem Kollegen vorbeikommen und sich auf Billbinya umsehen. Sie werden auf dem Gelände übernachten. Ich hoffe sehr, dass diese unselige Geschichte bis Ende der Woche aufgeklärt ist, damit ich Mum und Dad in Adelaide besuchen kann. Und sobald alles wieder seinen geregelten Gang geht, schaffen meine Männer und ich das schon mit Billbinya und Hayelle«, sagte Gemma in der Hoffnung, dass es so kommen würde.

Nachdem sie sich von Patrick verabschiedet hatte, richtete sie ihre Aufmerksamkeit auf den Herd, rührte die Dosenspaghetti im Topf um und wendete den Toast. Sie würde Jess nach dem Essen anrufen. Kaum hatte sie sich an den Tisch gesetzt, klingelte das Telefon.

»Hallo?«

»Hallo, Gemma, hier ist Paige Nicholls.«

»Hi, Paige«, sagte Gemma erfreut. »Dich wollte ich heute Abend auch noch anrufen. Tut mir leid, dass ich mich nicht gemeldet habe. Bei uns hat die Schur begonnen, darum hatte ich in den letzten Tagen viel zu tun. Wie geht es dir?«

»Oh, kein Problem, ich weiß ja, dass du auf der Farm immer stark eingespannt bist. Mir geht es gut. Ich habe auch gut zu tun, in der Klinik und so. Du weißt ja, wie das ist.«

Auf Gemmas Frage hin erklärte Paige kurz, warum sie Krankenschwester geworden war.

»Ich gehe voll in meinem Beruf auf«, schwärmte sie. »Es ist schön, anderen Menschen zu helfen und so viel Dankbarkeit zurückzubekommen. Ich genieße das.«

»Das freut mich sehr, Paige. Schön, dass du deinen Traumberuf gefunden hast. Viele Leute gehen nur arbeiten, weil sie Geld verdienen müssen. Es ist nicht selbstverständlich, dass man Spaß hat an seinem Job. Nach Adams Tod habe ich festgestellt, dass die Arbeit auf der Farm ohne ihn längst nicht so viel Spaß macht. Aber es läuft immer besser, und heute hatten wir einen richtig guten Start bei der Schur. Ich bin sogar ein bisschen stolz auf mich, weil ich zum ersten Mal alles alleine organisieren musste, und bis jetzt gab es keine Probleme. Das beflügelt mich richtig!«

»O ja, das kann ich verstehen. Wie kommst du denn überhaupt so zurecht, seit Adam …?« Paige beendete den Satz nicht.

»Tot ist? Du kannst es ruhig aussprechen, Paige. Die Arbeit ist natürlich hart, aber ich kann von Glück sagen, dass ich zwei fabelhafte Viehtreiber habe. Sie haben schon auf Billbinya gearbeitet, als die Farm noch von Adams Eltern bewirtschaftet wurde. Die beiden sind mir eine große Stütze. Allerdings musste ich noch einen Farmhelfer einstellen. Der Mann ist erst seit ein paar Monaten bei uns, und ich kann nichts gegen seine Arbeit sagen, er macht sie ordentlich, aber trotzdem finde ich ihn irgendwie seltsam. Er ist ein richtiger Einzelgänger.«

»Ich freue mich jedenfalls, dass es bei dir läuft. Ich habe viel an dich gedacht. Mir sind nämlich ein paar abenteuerliche Geschichten über Viehdiebstähle zu Ohren gekommen«, sagte Paige.

Gemma fiel plötzlich wieder ein, dass Paige gerne tratschte, eine Eigenschaft von ihr, die sie nicht mochte. Paige gehörte zu den Menschen, die sich gerne wichtig machen, indem sie intime Details über andere weitertragen. Rief sie nur an, um Gemma auszuhorchen und es hinterher in der Stadt zu verbreiten?

Gemma wählte ihre Worte mit Bedacht. »Ja, in der Tat abenteuerlich. Ich weiß aber nichts Genaues. Die Polizei war hier und hat mir ein paar Fragen gestellt, aber das war's auch schon.«

»Das ist ein gutes Zeichen«, sagte Paige. »Okay, du musst morgen bestimmt wieder früh raus. Ich lasse dich jetzt besser schlafen. Vielleicht können wir uns ja mal zum Essen treffen, wenn du das nächste Mal wieder in der Stadt bist.«

»Ja, gute Idee, Paige.« Gemma konnte es plötzlich kaum abwarten, das Gespräch zu beenden. »Wir hören voneinander, okay? Tschüss.« Erleichtert legte Gemma auf. Sie pickte an ihrem Abendessen, das mittlerweile kalt war, und schob den Teller schließlich angewidert weg. Kalte Spaghetti mit Toast. Bäh.

Gemma machte sich stattdessen eine heiße Schokolade und mummelte sich dann im Bett ein, bevor sie Jess' Nummer wählte. Als der Anrufbeantworter ansprang, spürte sie einen leisen Stich der Enttäuschung. Wie gerne hätte sie jetzt die fröhliche Stimme ihrer Freundin gehört und sich von ihrem Lachen anstecken lassen. Sie hinterließ eine kurze Nachricht, dann legte sie wieder auf. Vielleicht war Ben ja erreichbar …

Kapitel 21

*D*ave warf seinen Schlafsack auf den Dachgepäckträger, wo bereits Craigs Ausrüstung lag. Er sicherte die Ladung mit einem Seil und prüfte anschließend den Öl- und Wasserstand, während Craig die Lebensmittel und die Spezialausrüstung in dem Geländewagen verstaute.

Craig öffnete die Kiste aus rostfreiem Stahl, in der sich die Spezialausrüstung befand. »Okay, wir haben eine Videokamera, ein Satellitenhandy, einen Ohrmarkenscanner, Ferngläser, Nachtsichtgeräte … Was hast du gesagt, wie lange werden wir dort draußen bleiben?«

»Vielleicht zwei Tage und zwei Nächte. Kommt darauf an, was wir finden.«

»Mit der Ausrüstung können wir wochenlang draußen bleiben.«

»Ich glaube, wir haben dort Handyempfang. Eigentlich brauchen wir das Satellitentelefon nicht«, räumte Dave ein.

»Vorsicht ist die Mutter der Porzellankiste, nicht? Könnte ja sein, dass wir in ein Funkloch geraten. Mann, ist das vielleicht eine Saukälte.« Craig rieb sich die Hände und blies in die hohle Faust.

»Warte erst mal, bis wir draußen auf Billbinya sind, dann weißt du, was eine Saukälte ist. Gut, bist du so weit? Können wir ankuppeln?«

»Ja.« Craig dirigierte Dave rückwärts an den Anhänger,

auf dem ein Quad stand, das sie für einen möglichen Viehtrieb benötigten. Nachdem Craig den Anhänger an der Kupplung befestigt und die Beleuchtung angeschlossen hatte, stieg er zu Dave in den Wagen. Er drehte den Regler am CB-Gerät und fragte: »Hast du schon den Funk abgehört?«

»Ja, aber es gibt nichts Neues in Sachen Viehdiebstähle. Allerdings hat es sich unter den Truckern wohl herumgesprochen, dass wir vor Ort ermitteln.«

Während der Fahrt nach Billbinya besprach Dave mit Craig das weitere Vorgehen.

»Ich möchte gerne eine Bestandsaufnahme von sämtlichen Viehherden auf Billbinya machen. Wir lassen uns von Gemma die Bestandslisten und eine Karte von der Farm geben und klappern eine Koppel nach der anderen ab. Wir werden uns die Herden genau ansehen. Du überprüfst die Ohrmarken, ich zähle das Vieh. Wenn wir bis morgen Abend nicht durch sind, hängen wir noch eine Nacht und einen Tag dran. Sollten wir auf etwas Ungewöhnliches stoßen, verlangen wir Einsicht in die Bücher. Gemma Sinclair hat mir erzählt, dass Ned Jones für das Halbjahresergebnis den kompletten Viehbestand gezählt hat. Die Zahlen müssten also ziemlich aktuell sein.«

»Schätze, es kann auch nicht schaden, wenn wir uns mal mit den Viehagenten unterhalten«, sagte Craig. »Normalerweise müssen sie Kopien haben von allen Verträgen der letzten Jahre, die sie für die Sinclairs abgeschlossen haben. Diese könnten wir mit Gemma Sinclairs Unterlagen abgleichen.«

»Ja, gute Idee«, antwortete Dave. »Darum sollten wir uns gleich kümmern, sobald wir wieder zurück in Pirie sind. Hat die Suche im Vorstrafenregister eigentlich etwas ergeben? Wahrscheinlich nicht, sonst hättest du es mir bestimmt gesagt.«

»Jedenfalls nichts Wichtiges. Ned Jones ist ein paarmal mit Alkohol am Steuer aufgefallen, aber sonst habe ich nichts gefunden. Glaubst du, Gemma Sinclair steckt in der Sache mit drin?«

Dave dachte kurz nach. »Nein, eher nicht. Allerdings gibt es zahlreiche Indizien, die auf eine Mittäterschaft von Adam Sinclair hinweisen. Ob er nun der Kopf der Bande war oder bloß ein Mitläufer, kann ich noch nicht beurteilen. Zumindest können wir ausschließen, dass er das Ding alleine durchgezogen hat. Trotzdem passt Gemma als seine Komplizin irgendwie nicht recht ins Bild. Ich bin mir einfach nicht sicher. Vielleicht sollten wir die Kontoauszüge der Sinclairs beschlagnahmen und auf verdächtige Zahlungen überprüfen. Aber womöglich kommt nichts dabei heraus, und wir tappen weiterhin im Dunkeln, wer die Abnehmer für das gestohlene Vieh sind, falls es überhaupt verkauft wird. Ich denke, Ned Jones hätte es uns gesagt, wenn er im Auftrag der Sinclairs fremdes Vieh verkauft hätte. Verstehst du, was ich meine?«

Craig nickte. »Ja, bin ganz deiner Meinung. Wäre das Diebesgut auf offiziellem Weg verkauft worden, hätte Ned das sicher mitbekommen. Weißt du, was ich allerdings nicht verstehe? In früheren Fällen hatten wir es immer mit Farmern zu tun, die die Zähne nicht auseinanderbekamen. Aber dieses Mal fliegen uns die Informationen nur so zu. Ich meine, nehmen wir nur einmal unseren anonymen Tippgeber, dem wir ein paar wichtige Hinweise verdanken. Und als du die Tour über die Farmen gemacht hast, bist du überall mit offenen Armen empfangen worden, und man hat dir bereitwillig Auskunft gegeben. Das ist wirklich höchst eigenartig.«

»Ja, du hast recht, das ist in der Tat ungewöhnlich, aber ich denke, die Leute haben einfach genug davon, dass die Viehdiebe ihr Unwesen treiben. Schließlich bestreiten sie ihren Lebensunterhalt von der Zucht. Und in wirtschaftlich schwierigen Zeiten wie diesen hat keiner was zu verschenken. Da mittlerweile klar ist, dass es sich um Serientäter handelt, und da der vermeintliche Drahtzieher tot ist, denken die Farmer, sie brauchen keine Rücksicht zu nehmen. Allerdings«, fügte Dave nachdenklich hinzu, »verstehe ich nicht, dass keiner sieht, dass Gemma Sinclair dadurch belastet wird, ob sie nun schuldig ist oder nicht.«

Schweigend fuhren sie weiter, und Craig dachte an Jess. Sie war ihm in den letzten Tagen ständig im Kopf herumgespukt, und er hoffte sehr, sie bald wiederzusehen. Sie war einfach umwerfend …

»Träumst du?«, fragte Dave.

»Was?« Craig wurde aus seinen Gedanken gerissen.

»Woran hast du gerade gedacht?«

»Unwichtig. Ich habe nur überlegt, welchen Part Jess Rawlings in dieser Geschichte spielt.«

»Ach ja?« Dave schenkte seinem Partner einen skeptischen Blick.

»Was?«, fragte Craig ungeduldig.

»Ich möchte dich nur warnen. Du weißt sicher noch, was damals passiert ist, als du dich in eine Tatverdächtige verknallt hast. Die Frau wurde schuldig gesprochen, stimmt's? Gut, zwischen dir und dieser Jess ist noch nichts gelaufen, aber lass bitte nicht wieder deine Hormone über deinen Verstand siegen, okay?«

Craig gab keine Antwort. Er hasste es, an diese Geschichte zu denken, und er hasste es noch mehr, daran erinnert zu werden. Er nickte kurz, um Dave zu signalisieren, dass er verstanden hatte, und konzentrierte sich dann auf die Umgebung draußen.

Von der Schotterpiste stoben rötliche Staubwolken empor, und Craig blickte auf das Buschwerk, das die Farbe von Kängurus hatte. Der alte Maschendrahtzaun am Feldrand sah aus, als hätte er schon einmal bessere Tage gesehen.

»Kein Wunder, dass hier ständig Vieh verschwindet, bei den maroden Zäunen«, bemerkte Craig.

»Ich habe dir ja bereits von meiner nächtlichen Begegnung mit den ausgebrochenen Schafen erzählt, oder?«, sagte Dave.

Craig nickte und sah wieder aus dem Fenster, während von Neuem Schweigen einkehrte.

Um halb sechs schreckte Gemma aus dem Schlaf hoch, weil das Telefon klingelte. Während sie überlegte, wer um alles in der Welt das sein konnte so früh am Morgen, kletterte sie rasch aus dem Bett und betete insgeheim, dass mit ihrem Vater alles in Ordnung war.

»Hallo?«

»Morgen, Gem.« Es war Jess.

»Jess! Was machst du denn schon so früh auf den Beinen?«, fragte Gemma erstaunt.

»Ich brauche ein paar Angaben von dir, und ich weiß

ja, dass du immer mit den Hühnern aufstehst. Wie läuft die Schur?«

»Gut, sogar richtig gut«, antwortete Gemma und erzählte Jess von dem erfolgreichen ersten Tag und ihrer Hoffnung, dass nach Abzug aller Kosten ein kleiner Gewinn übrig blieb.

Während Jess zuhörte, spielte sie nebenbei mit einem Stift, der vor ihr auf dem Tisch lag. »Klingt ja super, Gem. Okay, ich habe ein paar Fragen zu deinen Finanzen. Hast du kurz Zeit?«

»Ja, schieß los.«

»Wann genau ist die jährliche Überweisung an deine Schwiegereltern fällig?«

»Äh, normalerweise im September. Das hängt davon ab, wann die Schur zu Ende ist. Erst wenn die ganze Wolle verkauft ist und ich abschätzen kann, wie viel ich verdient habe, kann ich die Rate überweisen.«

»Okay. Ist die Rate im letzten Jahr bezahlt worden?«

»Soviel ich weiß, ja. Ich nehme es an, sonst hätten sich meine Schwiegereltern sicher gemeldet. Warum?«

»Nun, ich bin eure Kontoauszüge durchgegangen, aber ich kann im Vorjahr keine entsprechende Buchung finden. Wie bezahlt ihr das Geld? Per Barscheck? Oder bezahlt ihr in Wolle? Das würde erklären, warum ich nichts gefunden habe.« Jess wartete und hoffte auf eine positive Antwort.

Gemma sagte in bedächtigem Ton: »Soweit ich weiß, wurde das Geld immer überwiesen. Wir haben damals vereinbart, dass Adam die Überweisung macht, sobald wir wissen, wie viel die Schur eingebracht hat. Wenn wir einen großen Gewinn erzielten, haben wir mehr überwiesen als die vereinbarten fünfzigtausend, und in schlechten Jahren konnten wir die Summe bis auf zwanzigtausend reduzieren.« Gemma spielte nervös an ihrem Telefonkabel und wappnete sich innerlich, da sie nichts Gutes ahnte.

»Okay.« Gemma konnte förmlich hören, wie Jess' Verstand auf Hochtouren arbeitete. »Gem, ich bin mir sicher, dass in den letzten zwei Jahren keine derart hohe Summe von eurem Geschäftskonto abgebucht wurde.«

»Seit zwei Jahren nicht?«, stieß Gemma entsetzt aus. »Du willst mich wohl veralbern. Ian und Joan hätten es Adam niemals durchgehen lassen, zwei Jahre lang die Rate auszusetzen.«

»Stimmt, aber die Raten sind ja auch bezahlt worden. Ich habe mir eure Steuerunterlagen angesehen, die du mir gegeben hast. Dort sind die Raten als Betriebsausgabe aufgeführt und abgesetzt worden. Ich frage mich daher, ob es vielleicht ein zweites Konto gibt oder einen Aktienfonds oder irgendeine andere Geldanlage, mit der Adam den Kredit getilgt hat.«

»Das wäre mir neu«, sagte Gemma in bestimmtem Ton.

»Gut, vielleicht sollten wir der Sache genauer auf den Grund gehen. Ich weiß jedenfalls, dass in den letzten beiden Jahren die Raten definitiv bezahlt wurden, jeweils sechzigtausend Dollar. Dafür muss man eine Menge Wolle verkaufen. Gem, ich weiß, du hörst das nicht gerne, aber Adam muss noch irgendeine andere Einnahmequelle gehabt haben. Die hundertzwanzigtausend sind nicht vom Geschäftskonto bezahlt worden. Eure Einnahmen hätten diese hohe Summe nicht einmal annähernd abgedeckt.

Um ehrlich zu sein, ich wundere mich, dass du dich überhaupt noch über Wasser halten kannst. Deine finanzielle Lage ist viel ernster, als du sie mir beschrieben hast. Außerdem frage ich mich, wie du in Zukunft noch Kredit von der Bank bekommen willst, wenn die Schur mal nicht so gut ausfällt.«

»Jess, sprich nicht in diesem Banker-Ton mit mir«, unterbrach Gemma. »Ich weiß sehr wohl, wie ernst die Lage ist. Ich erlebe es ja tagtäglich. Aber die Schur verspricht in diesem Jahr richtig gut zu werden. Hast du mir nicht zugehört?«

»Sorry, Süße, ich bin es eben gewohnt, mit meinen Kunden streng umzugehen. Aber im Ernst, du musst dringend etwas unternehmen, sonst ist der Ofen bald aus. Ich habe auch schon ein paar Ideen, wie du dir zusätzliche Einnahmen verschaffen könntest, aber da reden wir später drüber, wenn ich zu dir rauskomme. Einverstanden?«

»Ich bin immer offen für Vorschläge, das weißt du.«

»Gut. Okay, zurück zum eigentlichen Thema. Halt dich fest, denn das wird dir sicherlich auch nicht gefallen. Ich glaube, Adam hat an den Viehdiebstählen mitverdient. Wir wissen ja, dass er irgendwie darin verwickelt war. Wir haben sein Handy als Beweis.«

Gemma verzog das Gesicht. Wenn sie Jess jetzt zustimmte, würde sie indirekt eingestehen, dass sie ihren Mann für schuldig hielt. Sie dachte an die gespeicherten Nachrichten auf Adams Handy, und ihr war klar, dass es im Grunde keinen Zweifel gab, sosehr sie sich auch das Gegenteil wünschte.

»Gem?«, fragte Jess.

»Ja, okay«, gab Gemma seufzend nach. »Ja, ich denke, du hast recht.«

»Ich wünschte, ich könnte dich jetzt in den Arm nehmen, Süße«, sagte Jess voller Mitgefühl. »Es tut mir leid, dass ich dir das alles am Telefon sagen muss, aber die Sache duldet keinen Aufschub. Ich möchte Gewissheit haben, bevor ich zu dir rausfahre.«

»Keine Sorge, ich verstehe das schon. Im Moment habe ich ohnehin so viel zu tun, dass ich gar nicht weiter zum Nachdenken komme«, sagte Gemma mit kläglicher Stimme.

»Hast du irgendeine Idee, wo Adam seine privaten Unterlagen versteckt haben könnte? Hätte er sie überhaupt aufbewahrt, oder hätte er sie sofort vernichtet?«

»Oh, Adam hat alles aufbewahrt«, antwortete Gemma. »Ich kenne niemanden mit so einer Sammelleidenschaft. Aber ich habe schon das ganze Haus auf den Kopf gestellt – ohne genau zu wissen, was ich suche. Eigentlich dachte ich immer, ich kenne Adam in- und auswendig. Dann gab es plötzlich diese Abweichungen beim Zählen, und kurz darauf erfahre ich von Ned, dass ich noch in diesem Jahr dreihundert Mastochsen liefern muss, ohne zu wissen, wo ich sie hernehmen soll. Und jetzt ermittelt auch noch die Kriminalpolizei, die sich für heute wieder bei mir angekündigt hat. Offenbar hat mein Mann ein Doppelleben geführt, von dem ich nichts ahnte. Ich habe das Gefühl, ich weiß gar nichts mehr. Ich meine, die Nachrichten auf Adams Handy sprechen ganz klar gegen ihn, aber trotzdem kann ich nicht anders, als Adam in Schutz zu nehmen. Ich liebe ihn noch immer. Wir waren neun Jahre lang verheiratet!«

»Ich weiß, Gem, ich weiß.« Jess' Stimme klang sehr ruhig. »Aber vergiss Adam mal für einen Augenblick. Mich beunruhigt vielmehr, dass die Polizei dich verdächtigt. Die konzentrieren ihre Ermittlungen jetzt natürlich auf Billbinya, nachdem die fremden Lämmer bei euch aufgetaucht sind. Wir müssen deine Unschuld beweisen. Das ist jetzt das Einzige, was zählt, okay? Aber dazu müssen wir erst Adams Versteck finden. Denk nach, Gem, wo könnten die Papiere sein?«

»Hm«, sagte Gemma bedächtig. »Spontan fällt mir das Flugzeug ein. Adam war der Einzige, der damit geflogen ist. Ich sitze nicht gerne in so kleinen Maschinen. Aber in dem Wrack wurde nichts gefunden. Ich habe ein paar persönliche Sachen von Adam zurückerhalten, die unversehrt geblieben sind, aber es waren keine Papiere dabei. Ich habe wirklich keine Ahnung, wo er das Zeug versteckt haben könnte, Jess. Ich muss noch mal genauer darüber nachdenken und alles absuchen.«

»Gut, tu das. Okay, du hast eben gesagt, die Sonderermittler kommen heute bei dir vorbei?«

»Ja, dieser Dave Burrows hat mich gestern angerufen, weil er sich die Farm genauer ansehen möchte.«

»Pass auf, was du der Polizei erzählst, Gem. Wir brauchen erst ein paar Beweise für deine Unschuld, bevor wir mit denen reden können. Vergiss nicht, für die bist du eine Verdächtige. Am besten, du sagst denen gar nichts.«

»Bist du sicher, Jess, dass das nötig ist? Immerhin habe ich nichts verbrochen. Die Fakten werden für mich sprechen.«

»Gem, hör mir zu. Der Fakt, dass die Raten an deine Schwiegereltern aus unbekannter Quelle bezahlt wurden, spricht schon einmal gegen dich. Zudem wird jedem, der einen Blick in deine Geschäftsbücher wirft, klar sein, wie angespannt deine finanzielle Situation ist. Adam hatte einen Weg gefunden, um zu verhindern, dass er Billbinya an die Bank verliert. Du kannst nicht beweisen, dass du nichts davon wusstest. Im Gegenteil, es gibt massenhaft Indizien, dass du genau gewusst hast, was vor sich ging. Ich meine, das soll jetzt kein Vorwurf sein, Gem, aber die meisten Farmerfrauen haben Einblick in die Geschäftskonten und wären an deiner Stelle stutzig geworden. Nun war es bei euch so, dass Adam sich alleine um die Buchführung gekümmert hat und du keine Ahnung hattest von euren Finanzen. Du hast ihm blind vertraut und alles unterschrieben, was er dir hingelegt hat. Das könnte dir jetzt zum Verhängnis werden.«

Gemma hatte das Gefühl, dass der Boden unter ihr schwankte. Wie konnte sie in solche Schwierigkeiten geraten, wo sie doch nichts verbrochen hatte?

»Gut«, brachte sie schließlich hervor. »Ich glaube, ich muss jetzt rüber zur Scheune. Die Arbeit ruft.«

»Gem, ich sage dir das alles nur, damit du das Ausmaß begreifst.«

»Ich weiß, Jess. Danke.«

»Wo ist Adams Handy eigentlich abgeblieben?«, fragte Jess rasch, bevor Gemma auflegen konnte.

»Immer noch in dem Jackett, wo Pat es gefunden hat.«

»Bewahre es gut auf, okay? Sobald wir wissen, was die Sonderermittler mit dir vorhaben, übergeben wir es entweder ihnen oder einem Anwalt.«

»Du hast dir gründlich Gedanken gemacht, nicht wahr?«

»Ich denke an nichts anderes mehr, seit ich mir deine Ordner vorgenommen habe. Okay, hör zu, ich schlage vor, ich rede mal mit eurem Steuerberater. Vielleicht lässt sich ja über ihn zurückverfolgen, woher das Geld stammt, das Adam an seine Eltern gezahlt hat. Allerdings benötige ich dafür eine Vollmacht von dir. Bist du damit einverstanden?«

»Ja, sicher. Unser Steuerberater ist Rodney Woods in Adelaide. Kennst du ihn zufällig?«, fragte Gemma.

»Nein. Kannst du ihm ein Fax schicken, in dem du ihm kurz erklärst, worum es geht und dass ich ihn heute noch kontaktieren werde?«

»Okay.«

»Gut, Süße, ich drücke dir die Daumen, dass es auch heute reichlich Wolle gibt. Pass auf dich auf«, sagte Jess und legte auf.

Gemma ließ den Hörer sinken und fühlte sich wie betäubt. Ein Versteck. Sie ließ den Blick durch die Küche wandern in der Hoffnung, irgendetwas zu entdecken, was sie in den letzten neun Jahren übersehen hatte. Sie legte das Telefon weg und lief von Zimmer zu Zimmer auf der Suche nach etwas, das ihr zuvor entgangen war. Irgendein Versteck, zum Beispiel ein Geheimfach in einer Kommode. In ihrem Schlafzimmer zog sie sämtliche Schubladen heraus und drehte sie auf den Kopf, wobei sie auf dem Boden eine Spur aus Wäschestücken hinterließ. Sie bückte sich unter jedes einzelne Möbelstück, um zu überprüfen, ob irgendwelche Papiere an der Unterseite festgeklebt waren, und schaute hinter die Bilderrahmen an den Wänden. Nichts. Was war mit dem Bad? Nichts. Einen Keller gab es nicht. Auch keinen Speicher. Ungewöhnlich für so ein altes Haus. Vielleicht gab es ja einen Keller, von dem sie nichts wusste. Mit steigender Panik kroch Gemma über den Teppichboden in der Diele und zupfte an den Rändern, um zu sehen, ob er sich irgendwo löste. Wieder nichts. Dann ging sie in den Salon und blickte wild um sich. Ah, die Luke an der Decke. Vielleicht würde sie dort fündig werden. Sie lief rasch in die Waschküche, schnappte sich die Leiter und eilte damit zurück in den Salon. Gerade als sie die Leiter an die Wand stellen wollte, klopfte es an der Tür. Vor Schreck ließ sie die Leiter los, die daraufhin scheppernd auf den Boden krachte. Gemma gab sich innerlich einen Ruck und atmete tief durch. Es klopfte erneut.

»Ich komme«, brüllte sie. Wie viel Uhr war es? Kam sie zu spät zur Schur? Überrascht stellte sie fest, dass es erst Viertel nach sechs war. Sie schüttelte sich kurz, um den Kopf freizubekommen, dann ging sie in die Küche und öffnete die Tür. Es war die Köchin.

»Guten Morgen, Helen«, sagte Gemma und bemühte sich, möglichst normal zu wirken. »Wie geht's? Alles okay?«

»Morgen, Gemma. Die Milch ist ausgegangen. Hast du vielleicht ein bisschen Pulver für uns übrig?«

»Ja, sicher. Komm rein. Ich hole es dir.« Sie kramte in der Speisekammer nach einer Dose Milchpulver und gab sie Helen. »Soll ich euch nachher frische Milch besorgen?«

»Nein danke. Ich habe gestern nur vergessen, ein paar Sachen aus der Tiefkühltruhe zu nehmen, die für das Frühstück eingeplant waren. Ich gebe dir am Freitag meine Einkaufsliste für die kommende Woche.«

Die pragmatische Art der Köchin brachte Gemma dazu, sich wieder auf das Wesentliche zu besinnen. Ihr wurde bewusst, dass sie immer noch im Schlafanzug war, und sie sagte: »Tja, ich sollte mich mal besser anziehen. Bin heute etwas spät dran.«

»Ja, ich auch – die Leute warten auf ihr Frühstück. Danke für die Milch.« Helen hielt die Dose hoch. »Bis später.«

»Ja, bis dann«, antwortete Gemma. Sie ging zurück in den Salon, hob die Leiter auf und lehnte sie gegen die Wand. Das würde bis zum Abend warten müssen. Sie musste sich zuerst um die Schur kümmern.

Kapitel 22

Gemma war draußen am Treibgang und behandelte die geschorenen Schafe, als sie auf der Zufahrt eine Staubwolke bemerkte, die sich dem Hof näherte. Nervös sah sie dem Fahrzeug entgegen und rechnete damit, dass es die Sonderermittler waren, aber gleich darauf erkannte sie zu ihrer Erleichterung den Wagen von Ben Daylee. Bei dem ganzen Trubel am frühen Morgen hatte sie glatt vergessen, dass Ben sich für heute mit einem Wollkäufer angekündigt hatte. Gemma empfing die beiden Besucher am Scheunenaufgang und ging die Stufen voran. Er hatte sich gefreut, sie wiederzusehen, und Gemma umgekehrt genauso. Das Telefonat mit Ben neulich Abend war ihr eine willkommene Ablenkung gewesen.

Während Gemma den Scherern bei der Arbeit zusah, verspürte sie wieder Optimismus. Die Wolle war reichlich und von guter Qualität. Jackie, die Sortiererin, hatte gesagt, es sei die beste Wolle, die sie in diesem Jahr hier im Distrikt verarbeitete. Der Käufer sah sich die Wolle gründlich an. Er zog Proben aus den Containern, musterte die Fadenlänge und nahm mit Daumen und Zeigefinger Maß. Dann begann er eine Unterhaltung mit Jackie, die ihm das Wollbuch zeigte, in dem die Wolle nach Qualität, Anzahl der Ballen und Gewicht beschrieben war.

Ben nahm Gemma zur Seite. »Wie geht es Ihnen?«,

fragte er in so besorgtem Ton, dass Gemma fast in Tränen ausbrach.

»Furchtbar«, gestand sie. »Jess hat mich heute Morgen angerufen, weil mit den Geschäftsbüchern was nicht stimmt. Ich hoffe, sie kommt bald, damit wir alles in Ruhe besprechen können. Außerdem erhalte ich heute Besuch von Dave Burrows und seinem Kollegen von der Spezialeinheit. Sie wollen ein paar Tage bleiben und das Farmgelände erkunden.«

»Haben Jess und Brad sich wieder versöhnt?«

Entgeistert stieß Gemma hervor: »O Gott, danach habe ich gar nicht gefragt. Im Moment bin ich wahrlich keine gute Freundin, weil ich nur mit meinen eigenen Sorgen beschäftigt bin. Wie gedankenlos von mir.«

Ben legte tröstend die Hand auf Gemmas Schulter. »Machen Sie sich keine Vorwürfe. Jess kann das mit Brad sicher alleine regeln. In Wahrheit bin ich heilfroh, dass sich ihr Zorn gegen Brad gerichtet hat und nicht gegen mich!« Ben schenkte Gemma ein aufmunterndes Lächeln, ohne seine Hand von ihrer Schulter zu nehmen. Gemma blickte sich kurz um, um sich zu vergewissern, ob sie von den anderen beobachtet wurden. Dann wandte sie sich wieder Ben zu und kostete einen Moment lang seine Berührung aus, die ihr Trost und Sicherheit spendete, bevor sie sich sanft aus seinem Griff befreite.

»Sieht aus, als hätten Sie Besuch«, sagte Ben und deutete auf den Eingang der Scheune, wo Dave stand und darauf wartete, von Gemma wahrgenommen zu werden. Hinter ihm war ein fremder Mann, wahrscheinlich Daves Partner.

»Ich bin gleich wieder da«, sagte Gemma und sah ängstlich zu den beiden Detectives.

»Soll ich mitkommen?«, fragte Ben. Gemma zögerte, weil sie das Angebot zunächst verlockend fand, aber dann straffte sie sich und schüttelte den Kopf.

»Nein danke, geht schon«, antwortete sie und ging hinunter zu den Besuchern.

Nachdem Dave Gemma mit Craig bekannt gemacht hatte, erklärte er ihr: »Wir möchten gerne alle Koppeln auf Billbinya besichtigen und die Herdengrößen zählen, um sie mit Ihren Bestandslisten zu vergleichen. Wir werden uns auch die Ohrmarken genau anschauen. Sollten wir etwas Ungewöhnliches entdecken, werden wir es mit der Kamera dokumentieren. Außerdem muss ich Sie vorwarnen. Für den unwahrscheinlichen Fall, dass wir auf fremdes Vieh stoßen, werden Sie uns Ihre Bilanzen, Rechnungsunterlagen und Kontoauszüge zur Verfügung stellen müssen.«

»In Ordnung. Wofür ist das Quad?«

»Sollten wir tatsächlich fremdes Vieh entdecken, werden wir es zum Hof treiben. Dann kommt es darauf an, ob Sie nachweisen können, dass Sie die Tiere rechtmäßig erworben haben, beispielsweise durch einen Kaufvertrag. Denn wenn Sie das nicht können, müssen wir die Tiere beschlagnahmen und wieder dem rechtmäßigen Besitzer zuführen.«

Gemma nickte und wandte sich in Richtung Gehege. »Hey, Bulla«, rief sie laut. Ihr Viehtreiber hob den Kopf, und sie winkte ihn her. »Bulla wird Ihnen für alles Weitere zur Verfügung stehen. Ich muss wieder nach oben und mich um einen Käufer kümmern. Er wartet auf mich.« Gemmas Blick richtete sich auf Bulla, der nun dazustieß. »Bulla, bist du so nett und gibst den beiden Herren von der Polizei eine Karte der Farm und eine Übersicht der Bestände auf den einzelnen Koppeln? Außerdem möchte ich dich bitten, Mr. Burrows und Mr. Buchanan für sämtliche Fragen zur Verfügung zu stehen. Sie möchten das Gelände abfahren und nach Auffälligkeiten Ausschau halten. Ach ja, und erkläre ihnen auch, welche Herden Jack für die Schur reinholt, damit sie nicht gleich einen Schrecken bekommen, wenn sie eine leere Koppel antreffen oder den Schafen beim Abtrieb begegnen. Okay?«

»Sicher, kein Problem«, antwortete Bulla.

Gemma wandte sich wieder an Dave und Craig. »Wenn Sie irgendwelche Fragen haben, wenden Sie sich an Bulla. Falls Sie heute noch persönlich mit mir sprechen wollen, am Nachmittag habe ich wieder ein bisschen Luft.«

»Okay«, sagte Dave. »Danke für Ihre Hilfe. Bis später.« Craig nickte ihr zu, und Gemma überlegte, woher sie sein Gesicht kannte, während sie sich rasch wieder in die Scheune verzog. Die Sonderermittler folgten Bulla in den Geräteschuppen, um ihre Auskünfte zu bekommen.

Craig und Dave sahen Bulla zu, während er mit langsamer und bedächtiger Hand die Koppelbestände auflistete und den Viehtrieb skizzierte. Craig hob den Kopf und sah draußen Ben Daylee zusammen mit dem Wollkäufer und Gemma aus der Scheune kommen.

»Bin sofort wieder da«, sagte er.

Er verließ den Schuppen und näherte sich bis auf dreißig Meter der kleinen Gruppe in der Hoffnung, dass Ben auf ihn aufmerksam wurde. Es klappte. Ben murmelte eine Entschuldigung und kam dann zu ihm herüber.

»Hallo, wie geht's?«, sagte Craig.

»Guten Morgen. Sie sehen gar nicht mehr aus wie ein Undercover-Agent.«

Craig zeigte ein zerknirschtes Grinsen. »Sie haben ja meine Deckung auffliegen lassen. Ich musste es dem Chef sagen.« Er nickte in Richtung Geräteschuppen, wo Dave ein Blatt Papier studierte und sich mit Bulla und Garry unterhielt, der, einen Schraubenschlüssel in der Hand, mittlerweile dazugestoßen war. »Wir bleiben ein paar Tage auf der Farm, aber vielleicht können wir uns mal treffen, wenn ich wieder in der Stadt bin«, sagte Craig.

»Sicher. Wir können ja zusammen ein Bier trinken gehen«, antwortete Ben.

»Ja, das klingt gut. Allerdings habe ich ein paar Fragen an Sie, was die Verträge der Sinclairs betrifft, wenn Sie damit einverstanden sind.«

Ben nickte bekümmert. Ihm war klar gewesen, dass Craig ihn befragen wollte, aber er hoffte, der Polizei nicht die Unterlagen aushändigen zu müssen. Würde er Gemma auch nur ansatzweise für schuldig halten, hätte er sie schon längst ans Messer geliefert. Aber Ben hatte ihren Gesichtsausdruck gesehen, als Ned ihr von dem Vertrag mit dem Mäster und den erhöhten Viehbeständen erzählt hatte. Gemmas Verblüffung war nicht gespielt gewesen. Nein, Ben war sich sicher, dass Gemma absolut nichts mit den Viehdiebstählen zu tun hatte.

Jess suchte im Telefonbuch die Nummer von Rodney Woods heraus und griff anschließend zum Hörer.

»Kanzlei Woods und Partner«, meldete sich eine schneidige Stimme.

»Guten Morgen«, sagte Jess und schlug einen professionellen Ton an. »Mein Name ist Jessica Rawlings. Ich möchte bitte mit Rodney Woods sprechen.«

»Einen Moment, ich verbinde.«

Tick, tick, tick.

»Rodney Woods«, brummte es in der Leitung.

»Hallo, Mr. Woods, hier spricht Jessica Rawlings«, begann Jess. »Ich rufe im Auftrag von Gemma Sinclair an. Ich prüfe gerade ihre Geschäftsbücher und habe von ihr die Vollmacht bekommen, Ihnen ein paar Fragen zu stellen.«

»Ich weiß nichts von einer Vollmacht.«

»Gemma hat im Moment alle Hände voll zu tun mit der Schur, aber sie hat mir versprochen, heute noch eine Vollmacht an Sie zu faxen. Ich würde mich gerne mit Ihnen über die Hypothekenkreditraten an Ian und Joan Sinclair unterhalten.«

»Sie erhalten von mir keine Auskunft, solange mir nicht die schriftliche Ermächtigung von Mrs. Sinclair vorliegt«, antwortete Rodney.

»Ich verstehe. Darf ich Ihnen trotzdem schon einmal sagen, welche Information ich benötige? Und wenn Gemmas Fax angekommen ist, wären Sie dann so freundlich, mich zurückzurufen und meine Fragen zu beantworten?« Jess' Stimme troff vor Liebenswürdigkeit.

»Ich werde nichts unternehmen, bevor ich nicht das Fax erhalten habe«, beharrte der Steuerberater. »Ich habe allerdings auch eine Frage an Sie, Miss Rawlings. Warum lässt Mrs. Sinclair ihre Bücher prüfen?«

»Ich fürchte, darüber kann ich Ihnen keine Auskunft geben, Mr Woods. Aber ich beantworte Ihre Frage gerne, sobald ich die Information habe, die ich benötige.«

Schweigen.

»Touché, Miss Rawlings. Was möchten Sie wissen?«

»Es geht um die Ratenzahlungen an Ian und Joan Sinclair in den letzten beiden Jahren. Ich habe Ihnen die Unterlagen bereits gefaxt, aus denen Sie ersehen können, dass die Zahlungen jeweils im September als Betriebsausgabe verbucht worden sind. Allerdings kann ich nicht herausfinden, woher das Geld stammte.«

»Ah«, sagte Rodney in bedeutungsvollem Ton. »Könnten Sie mir vielleicht kurz erläutern, warum Sie diese Information benötigen?«

»Ich prüfe im Auftrag von Gemma die Bilanzen von Billbinya, und ich kann in den Kontoauszügen keine Abbuchungen in dieser Größenordnung finden.«

»Wie lautet Ihre Nummer, Miss Rawlings?«

Jess gab Rodney ihre Telefonnummer, bedankte sich und legte auf. »Arrogantes Arschloch«, murmelte sie. Nun konnte sie nichts weiter tun, als abzuwarten und zu hoffen, dass Gemma in der Mittagspause daran dachte, die Vollmacht zu faxen.

Dave und Craig brachen in Richtung Norden auf. Craig studierte die Karte, während Dave am Steuer saß. Sie folgten einem Feldweg, der sich am Wasser und an Cassiabäumen entlangschlängelte, bis sie auf abgezäuntes Weideland stießen. Das Gras auf dem felsigen roten Untergrund war gut fünf Zentimeter hoch. Dave wusste, dass dies hier raues Land war, selbst wenn der Boden fruchtbar war. Im Sommer kletterte das Thermometer häufig über die Fünfundvierziggradmarke, und im Winter konnte es auch mal Frost geben.

Die Gerstenähren und Grashalme wiegten sich sanft im Wind. Dave hielt an einer Windmühle an, neben der ein Wassertank und eine Tränke standen. Er musterte vom Wagen aus die Tränke und entdeckte frische Hufabdrücke auf dem Boden. Wenn er eins beim Sonderdezernat gelernt hatte, dann, wie man Spuren las. Damals war eigens ein Aborigine damit beauftragt worden, die Beamten zu Fährtenlesern auszubilden. Dave stieg aus dem Wagen und ließ den Blick über die Landschaft schweifen. Heute schien die Sonne, und der Himmel leuchtete in einem strahlenden Blau, das man in der Stadt nur selten zu sehen bekam. Vor der zerklüfteten Hügelkette, die den nördlichen Teil von Billbinya durchzog, wirkte die Landschaft, als wäre die Zeit stehen geblieben.

»Anhand der frischen Spuren würde ich sagen, dass hier vor Kurzem eine Schafherde war und ihren Morgendurst gestillt hat«, bemerkte Dave. »Heute ist es zwar warm, aber nicht heiß. Es ist also fraglich, ob die Herde wiederkommt. Vielleicht sollten wir zu der bewachsenen Anhöhe dahinten fahren. Womöglich hat die Herde dort Schatten gesucht.«

»Die Windmühle ist gut in Schuss, und die Tränke ist sauber. Ich würde sagen, sie wurde erst kürzlich gereinigt«, meinte Craig.

»Für die Instandhaltungsarbeiten ist wohl Garry zuständig. Nicht auszudenken, was für katastrophale Folgen es hätte, wenn die Anlagen kaputt sind, vor allem im Sommer. Stell dir vor, die Tränke trocknet aus.« Dave schauderte bei der Vorstellung von durstigem Vieh, das sich bei vierzig Grad Hitze um die leere Tränke scharte. »Ich glaube, Jack ist so eine Art Mädchen für alles und reinigt zum Beispiel die Tränken oder repariert die Zäune. Bulla scheint wohl der Vorarbeiter zu sein, der für das Vieh verantwortlich ist, und bei Bedarf gehen ihm die anderen beiden zur Hand.« Dave nahm sein Fernglas hoch und schwenkte es über die mit Eukalyptusbäumen bewachsene Anhöhe. »Von hier aus kann ich nicht viel sehen. Komm, wir schauen uns das mal aus der Nähe an.« Sie stiegen wieder in den Wagen, und Dave startete den Motor. Craig übernahm das Fernglas und suchte jeden Zentimeter der Landschaft ab.

»Hey, Dave, sieh mal dort drüben, auf elf Uhr. Sieht aus wie ein altes, verfallenes Gebäude. Sollen wir uns das mal genauer anschauen?«

Dave lenkte den Wagen in Richtung Ruine.

»Schau dir mal diese Felsen an. Die sind ja riesig.« Dave schüttelte den Kopf. »Es ist mir ein Rätsel, wie die ersten Siedler es geschafft haben, dieses Land zu zähmen.«

Wenig später erkundeten die beiden Männer das verfallene Gemäuer und bewunderten die Bauweise. Das Fundament, das nur aus Lehm bestand, war immer noch erhalten. Die Ruine wurde offenbar als Ruheplatz benutzt, wie Dave an dem Schafdung feststellte, der sich in beiden Räumen über den Boden verteilte.

Dave ging ein paar Schritte weiter und blickte zu den Wipfeln der Eukalyptusbäume empor. Sie mussten bereits mehrere hundert Jahre alt sein. Die Rosakakadus in den Baumkronen stießen hin und wieder ein leises Krächzen aus, und in der Ferne hörte Dave ein Schaf blöken. Er wandte sich in die Richtung, aus der das Blöken kam, und entdeckte eine Schafherde, die sich von Weitem auf ihn zubewegte. Vorsichtig schlich er zurück zu der Ruine, wo Craig immer noch herumstöberte, und versteckte sich hinter einem Mauerstück. Dann gab er Craig das Zeichen, in Deckung zu gehen, nahm das Fernglas hoch und beobachtete die Herde. Craig ging neben ihm in die Hocke und sah ebenfalls durch sein Fernglas. Die Schafe liefen gemächlich auf einem Trampelpfad an einem Wasserlauf entlang, ohne dass ihnen bewusst war, dass sie beobachtet wurden. Ein paar Lämmer hüpften voraus, andere hielten sich dicht bei ihren Müttern. Die meisten Tiere marschierten brav in einer Reihe, nur vereinzelt wanderten welche abseits des Pfades, blieben jedoch in unmittelbarer Nähe. Die Herde verhielt sich ruhig bis auf ein gelegentliches Blöken, wenn ein Mutterschaf nach ihrem Jungen rief. Dave konnte es nicht fassen, wie einfach es war, die Tiere zu zählen. Zwei, vier, acht, zehn, fünfzehn … Als das Ende der Herde auftauchte, fragte Craig: »Wie viel sind fünfhundertdreizehn plus achtzehn?«

Dave grinste und stand auf. »Gut, jetzt weiß ich wenigstens, dass ich richtig gezählt habe. Fünfhunderteinunddreißig. Die Ohrmarken waren in Ordnung, sowohl bei den Muttertieren als auch bei den Lämmern, und die Herdengröße stimmt mit Bullas Angaben überein. Auf dieser Weide gibt es nichts zu beanstanden.«

»Dave, sieh dir das mal an.« Craig deutete auf einen Zigarettenstummel. »Sieht so aus, als wäre erst kürzlich jemand hier gewesen …«

Dave ging in die Hocke und nahm die Kippe in Augenschein, dann ließ er den Blick schweifen, auf der Suche nach einer Spur. »Wahrscheinlich hat es nichts zu bedeuten – bestimmt stammt sie von einem der Farmarbeiter.

Schauen wir uns trotzdem ein bisschen genauer um, wer weiß, was wir noch finden ...« Er unterbrach sich, als Craig auf eine kleine Rumflasche deutete, die in einer Felsspalte steckte. »Interessant«, sagte Dave mit hochgezogenen Augenbrauen.

Kapitel 23

Jack erspähte die beiden Sonderermittler, bevor diese ihn wahrnahmen. Sie saßen an einem Lagerfeuer und hatten Fleisch gegrillt, das sie mit Brot aßen. Jack hatte die Wahl. Entweder er tat so, als hätte er sie nicht bemerkt, und trieb seine Herde einfach weiter in Richtung Westen, oder er stellte sich den beiden vor. Eigentlich eine gute Gelegenheit, um mal kurz Hallo zu sagen. Er brauchte sich ja nicht lange mit den beiden aufzuhalten, schließlich hatte er die praktische Ausrede, weiterarbeiten zu müssen. Jack drehte mit dem Motorrad von der Herde ab und fuhr hinüber zu dem Lagerplatz der Männer.

»Offenbar sind wir zur richtigen Zeit am richtigen Ort«, sagte Craig.

Jack hielt am Lagerfeuer und nahm den Helm ab. »Hallo, ich bin Jack Marshall«, sagte er. »Ich nehme an, Sie sind die Männer von der Polizei. Gemma hat erzählt, dass Sie sich die Farm genauer anschauen möchten.« Er blieb auf seinem Motorrad sitzen und verzichtete auf einen Handschlag. Die Sonderermittler blieben ebenfalls sitzen, in den Händen ihre Sandwiches.

»Hallo, Jack. Ja, ich bin Detective Dave Burrows, und das ist mein Partner Craig Buchanan. Sie kümmern sich um den Viehtrieb?« Dave deutete mit einem Nicken auf die grasende Schafherde.

»Ja, sie sollen zurück auf die Reimer-Koppel.«

»Vorhin ist hier eine Herde mit gelben Ohrmarken vorbeigekommen«, rief Craig, als Jack den Anlasser wieder startete. Jack winkte kurz, um zu signalisieren, dass er Craig verstanden hatte, und brauste dann zurück zu seiner Herde, während er die Blicke der beiden Männer im Rücken spürte.

Es war kurz vor fünf. Jess wanderte unruhig in ihrer Küche auf und ab, als das Telefon klingelte.

Sie stürzte an den Hörer. »Jess Rawlings?«

»Hallo, Miss Rawlings, hier spricht Rodney Woods. Ich habe inzwischen die Vollmacht von Mrs. Sinclair erhalten und die entsprechenden Unterlagen herausgesucht. Bitte stellen Sie mir Ihre Fragen, und ich werde mich bemühen, sie nach Möglichkeit zu beantworten.«

»In Ordnung, Rodney. Ich denke, ich sollte Sie zunächst mit der aktuellen Situation kurz vertraut machen. Vielleicht haben Sie in Adelaide nichts von den Anschuldigungen gegen Adam Sinclair mitbekommen. Er soll in eine Serie von Viehdiebstählen verwickelt gewesen sein ...«

»Das ist völlig absurd«, fiel Rodney Jess ins Wort. »Adam Sinclair war eine ehrliche Haut, vom Scheitel bis zur Sohle.«

Jess' Augenbrauen wanderten in die Höhe. »Nun, es scheint mittlerweile Beweise zu geben, die das Gegenteil implizieren. Wie dem auch sei, das ist eigentlich nebensächlich, schließlich lebt Adam nicht mehr. Es geht vor allem um Ungereimtheiten im Zusammenhang mit der jährlichen Hypothekenrate an Adams Eltern. Bis vor zwei Jahren wurde sie immer vom Geschäftskonto überwiesen. Aber danach floss das Geld aus einer anderen Quelle, denn die Zahlungen an Ian und Joan Sinclair sind pünktlich erfolgt. Meine Vermutung lautet, dass Adam in finanziellen Schwierigkeiten steckte und sich auf kriminelle Machenschaften eingelassen hat. Er brauchte Geld, um seine Eltern zu bezahlen, und so ist er irgendwie an diese Schieberbande geraten. Seinen Anteil hat er wahrscheinlich auf einem anderen Konto deponiert, von dem die Raten für Billbinya abgebucht wurden. Ich muss wissen, woher das Geld stammte, damit wir entlastende Informationen haben, sollte Gemma von der Polizei verhört werden. Offenbar gilt sie als tatverdächtig. Aus diesem Grund prüfe ich gerade ihre Bücher.«

Am anderen Ende der Leitung herrschte längeres Schweigen, da Rodney diese Neuigkeiten erst verdauen musste.

»Ich bin entsetzt«, sagte er schließlich. »Ich hielt Adam Sinclair immer für einen Ehrenmann. Er strahlte so viel Kraft und Vitalität aus. Und er hatte einen außergewöhnlichen Riecher für die Entwicklungen in der Viehindustrie. Allerdings …« Rodney räusperte sich, und Jess konnte sich bildlich vorstellen, wie er seine Krawatte gerade zog und auf seinem Stuhl Haltung annahm, bevor er mit der Sprache herausrückte. »Nun, äh, es gibt tatsächlich ein zweites Konto, von dem die Überweisungen an Ian und Joan Sinclair getätigt wurden.«

Jess hätte am liebsten einen Luftsprung gemacht, aber sie hielt gespannt den Atem an. Ganz so einfach war es bestimmt nicht.

Rodney räusperte sich erneut. »Ihnen ist sicherlich bekannt, dass ich in meiner Eigenschaft als Steuerberater dazu verpflichtet bin, die Kapitalanlagen meiner Kunden detailliert zu dokumentieren, zum Beispiel Wertpapierkennnummern und so weiter. Vor ungefähr zwei Jahren hat Adam Sinclair mein Büro aufgesucht, um mir mitzuteilen, dass er eine große Geldsumme geerbt hatte. Ich habe mir sehr wohl notiert, bei welchem Kreditinstitut das Geld angelegt war sowie die Höhe der Summe, allerdings habe ich es versäumt, die Depotnummer festzuhalten. Ich bedaure, dass ich Ihnen diese Information nicht liefern kann.«

»Augenblick«, unterbrach Jess. »Haben Sie gerade gesagt, Adam hat eine große Erbschaft gemacht und damit den Kredit an seine Eltern abbezahlt?«

»Das ist korrekt. Und da auf diese Erbschaft keine Steuer zu entrichten war, habe ich darauf verzichtet, die Unterlagen einzusehen. Es war nicht erforderlich. Ich habe Adam nach dem Zinsertrag der Kapitalanlage gefragt und zur Antwort erhalten, dass er das Geld fest angelegt hätte, in einen Investmentfonds mit einer Laufzeit von vier Jahren. Ich habe ihn gebeten, mir die Unterlagen zu dem Fonds nachzureichen, aber die habe ich nie erhalten.« Der Steuerberater stieß einen Seufzer aus. »Es fällt mir schwer zu glauben, dass Adam in unsaubere Geschäfte verwickelt war. Trotzdem könnte Ihr Verdacht zutreffen, zumal ich nur lückenhafte Informationen über dieses Depot besitze.«

Jess schrieb eifrig auf ihrem Block mit, während Rodney redete. Bevor sie etwas sagen konnte, fuhr er fort: »Miss Rawlings, ich hege die allergrößte Hochachtung und Anerkennung für Mrs. Sinclair und für das, was sie leistet. Ich würde es sehr bedauern, wenn sie Schwierigkeiten mit der Polizei bekäme.«

Jess fühlte, wie sie ein wenig weicher wurde. Offenbar besaß Rodney doch ein Herz. »Vielen Dank für Ihre Informationen und Ihr Vertrauen. Ich werde weitere Nachforschungen anstellen und Gemma nach dieser angeblichen Erbschaft fragen. Es kann sein, dass ich noch einmal auf Ihre Hilfe zurückgreifen muss. Sind Sie damit einverstanden?«

»Sie können sich jederzeit an mich wenden.«

Jess legte geistesabwesend auf, während die Gedanken in ihrem Kopf sich überschlugen. Das war ja ein Ding! Sie sah auf die Uhr und stellte fest, dass es zu spät war, um noch heute nach Billbinya aufzubrechen, aber wiederum zu früh, um Gemma telefonisch zu erreichen. *Ich werde ihr eine Nachricht auf Band hinterlassen*, dachte sie.

Zu Jess' Überraschung hob Gemma nach dem zweiten Klingeln ab.

»Hi, Gem«, sagte Jess. »Was machst du denn um diese Uhrzeit schon im Haus? Ich dachte, du schuftest draußen bei den Schafen.«

»Jess!« Gemma klang erfreut. »Wie sieht's aus?«

»Ich habe mit Rodney gesprochen. Sag mal, hat der vielleicht ein Benimmlexikon verschluckt?«

Gemma musste lachen. »Ja, Rodney pflegt eine sehr vornehme Ausdrucksweise, nicht wahr? Ian und Joan haben ihn uns empfohlen. Keine Ahnung, wie sie auf ihn gekommen sind, aber er hat uns bei der Übernahme der Farm beraten, und Adam und ich haben ihn einfach behalten. Das hat uns den ganzen Papierkram erspart, wenn wir den Steuerberater gewechselt hätten. Rodney ist ein sehr höflicher Mensch. Ein richtiger Gentleman. Konnte er dir weiterhelfen?«

»Ja, ich musste mich zwar zuerst an sein Kauderwelsch gewöhnen, aber er hat mir in der Tat ein paar höchst interessante Dinge verraten. Hat Adam in den letzten Jahren eine größere Erbschaft gemacht? Ist irgendein reicher Verwandter von ihm gestorben?«

»Was? Sei nicht albern.« Die Frage belustigte Gemma. Im nächsten Augenblick jedoch blieb ihr das Lachen im Hals stecken. »Warum fragst du?«, hakte sie nach.

»Ich lag richtig mit meiner Vermutung. Es gibt tatsächlich ein zweites Bankkonto, zu dem nur Adam Zugang hatte. Dem Steuerberater hat er erklärt, dass er angeblich eine große Geldsumme geerbt hätte. Davon hat er die Raten an seine Eltern bezahlt.«

»Ich weiß beim besten Willen nichts von einer Erbschaft. Aber was heißt das schon? Schließlich scheine ich meinen Ehemann nicht besonders gut gekannt zu haben«, stieß Gemma bitter hervor.

»Ich glaube, Adams Anteil aus den Viehdiebstählen ist auf dieses Konto geflossen, und davon hat er die Farm abbezahlt.«

Gemma sagte: »Nun, ich nehme auch stark an, dass es diese Erbschaft niemals gegeben hat. Was dann unweigerlich zu der Frage führt, woher das viele Geld stammte – die Antwort liegt wohl auf der Hand, denke ich.«

»Ja«, sagte Jess.

Ein kurzes Schweigen setzte ein, bis Gemma sagte: »Ich glaube, ich muss jetzt raus und mich um die Schafe für morgen kümmern. Heute Morgen lag hier eine richtig dicke Tauschicht. Gut, dass wir das Vieh gestern Abend in den Unterstand gebracht haben. Feuchte Wolle kann man nicht scheren.«

»Eigentlich wollte ich heute schon zu dir rauskommen, aber ich würde gerne noch ein paar Nachforschungen betreiben wegen dieses zweiten Kontos. Es wird bei der Inland Development Bank geführt. Hast du zufällig mal einen Kontoauszug von denen herumliegen sehen?«, fragte Jess.

»Nein, da bin ich mir ziemlich sicher. Es ist mir völlig neu, dass wir dort ein Konto haben.«

»Tja, sieht aber ganz so aus. Okay, ich klemme mich gleich morgen früh dahinter. Heute kann ich ohnehin nichts mehr ausrichten.«

»Sag mal, Jess, hast du dich eigentlich mit Brad ausgesprochen?«, fragte Gemma zögernd.

»Kann man sagen. Ich habe ihn zum Teufel gejagt.«

»Oh Jess, ich hoffe bloß, das war nicht wegen mir.«

»Nein, es war auch so höchste Zeit. Ich kann keinen Mann gebrauchen, der meine beste Freundin dumm anmacht. Außerdem ging Brad mir immer mehr auf die Nerven mit seinen ständigen Marotten, weißt du? Wie zum Beispiel neulich, als er uns im Jewel versetzt hat. Oder als er mich letztens geschlagene drei Stunden hat warten lassen, obwohl wir fest verabredet waren, und lauter solche Geschichten. Der Samstagabend war nur der Tropfen, der das Fass zum Überlaufen brachte. Scheiß auf Brad. Ich kann Unzuverlässigkeit nicht leiden. Ich habe direkt am Montag mit ihm Schluss gemacht, am Telefon.«

»Am Telefon? Das ist aber ziemlich herzlos, Jess.«

»Brad schien damit kein Problem zu haben. Gut, ich muss jetzt auflegen. Wir reden morgen weiter. Bis dann.«

Jess beendete rasch das Gespräch, weil sie vor Gemma verbergen wollte, wie tief Brads flapsige Reaktion sie verletzt hatte. Gemma hatte genug eigene Sorgen, da musste sie ihr nicht auch noch mit ihrem Liebeskummer zur Last fallen.

Dave und Craig schlugen ihr Nachtlager auf. Im Laufe des Tages hatten sie fünf weitere Koppeln inspiziert, aber nichts Verdächtiges gefunden. Das Vieh machte einen gesunden und glücklichen Eindruck, die Ohrmarken stimmten. Dave lag ausgestreckt auf seinem Schlafsack, ein Bier in der Hand, und betrachtete den Sternenhimmel. Craig, der auch ein Bier in der Hand hielt, stocherte mit einem Ast im Feuer herum. Er starrte in die Flammen, die sein Gesicht erwärmten. Dann schüttelte er sich kurz und sprang auf. »Ich muss mal für kleine Jungs«, sagte er.

Außerhalb des Feuerscheins war die Nacht pechschwarz. Vom Mond war heute nichts zu sehen. Craig bewegte sich vorsichtig über das fremde Terrain. Kurz darauf zog er den Reißverschluss seiner Hose wieder zu und verharrte dann still in der Dunkelheit, während er den Geräuschen der Nacht lauschte. Irgendwo schrie ein Fleckenkauz, und ein Fuchs bellte. Aus der Ferne erklang Rindergebrüll, das jedoch wieder abrupt verstummte. Craig wollte sich gerade auf den Rückweg machen, als ein neues Geräusch seine Aufmerksamkeit weckte. Er horchte in die Nacht, bis er das Geräusch identifiziert hatte. Er ließ den Blick schweifen, aber es war weit und breit kein Licht zu sehen. Nichts rührte sich in der Dunkelheit. Craig eilte zurück zu Dave, ohne seine Aufregung verbergen zu können.

»Dave! Hey, Dave! Steh auf, ich muss dir was zeigen«, rief Craig mit heiserer Stimme.

»Was ist los?«, murmelte Dave schläfrig.

»Komm schon!«

»Ist ja gut, ist ja gut.« Dave rappelte sich auf, nahm die Taschenlampe, die neben seinem Schlafsack lag, und folgte Craig hinaus in die Dunkelheit.

Nach ungefähr fünfzig Metern blieb Craig stehen und bedeutete Dave, still zu sein.

»Ich höre nichts«, begann Dave nach einigen Sekunden zu maulen. »Du willst mich wohl verschaukeln.«

»Nein, will ich nicht. Sei still und hör genau hin.« Schweigend verharrten sie ganze fünf Minuten nebeneinander, dann hörten sie es beide. Hundegebell. Der Hof und die Viehtreiberhütte lagen zu weit entfernt, von dort konnte das Gebell nicht stammen. Der Karte nach war dies hier der entlegenste Teil von Billbinya.

»Okay, lass uns der Sache nachgehen.« Daves Stimme hatte einen drängenden Unterton. »So wie sich das anhört, sind die Hunde nur zwei, drei Kilometer von hier entfernt, maximal vier bis fünf. Hier draußen kann der Schall sehr weit dringen, vor allem in so kalten, klaren Nächten wie dieser. Kannst du dein Nachtsichtgerät und die Spurensicherungsausrüstung mitnehmen? Und vorsichtshalber auch den GPS-Empfänger, falls wir uns verirren. Ich stecke die Kamera ein. Gewehr nicht vergessen.«

Die beiden Männer rüsteten sich für den Einsatz, sicherten die Feuerstelle und marschierten anschließend in die Finsternis hinaus. Mithilfe ihrer Nachtsichtgeräte bewegten sie sich zügig durch das offene Gelände und durch einen trockenen Wasserlauf, wobei sie immer dem Hundegebell folgten. Sie mussten mehrmals stehen bleiben und zur weiteren Orientierung warten, da die Hunde zwischendurch still waren. Craig geriet ins Stolpern und fluchte laut, weil er sich bei dem Sturz das Knie aufschürfte.

»Pst«, machte Dave. Nach einer weiteren Viertelstunde Geländemarsch klang das Bellen deutlich näher. Dave hob die Hand, um Craig zu signalisieren, dass sie kurz stehen blieben, dann warteten sie wieder. Die Hunde schienen nur noch wenige hundert Meter entfernt zu sein. Craig erspähte mit dem Nachtsichtgerät ein Buschdickicht am Fuße einer Anhöhe nahe dem Wasserlauf, dem sie gefolgt waren. Er machte Dave lautlos darauf aufmerksam.

Dieser musterte sorgfältig die Umgebung, bevor er sagte: »Ich glaube nicht, dass wir fremdes Vieh entdecken werden. Das Dickicht ist viel zu dicht, um eine Herde durchzutreiben. Also haben wir es entweder mit Dingos zu tun, oder irgendwer versteckt seine Hunde dort. Folg mir, und gib mir Deckung.«

Kurz darauf betraten sie leise das Buschdickicht, die Gewehre über die Schulter gehängt. Craig sah immer wieder nach hinten und zur Seite, während er Dave vorsichtig folgte. Dieser ging plötzlich in die Hocke, und Craig tat es ihm gleich. Er spähte über Daves Schulter und sah eine freigeschlagene Lichtung. In einem provisorischen Zwinger saßen zwei Hunde, umgeben von Hürden, Drahtrollen und einem Stapel Steckpfosten. Die Ausrüstung eines Viehdiebs. Craig schnappte nach Luft, und sein Herz klopfte schneller.

Einer der gescheckten Hunde schlug plötzlich an, da er die Männer offenbar gewittert hatte, und sofort brach ein wütendes Gekläffe los, das in der Stille der Nacht widerhallte.

»Scheiße«, fluchte Dave. Er atmete ein paarmal tief durch, dann gab er Craig die Kamera und bedeutete ihm, Aufnahmen zu machen. Vorsichtig näherten sie sich der Lichtung und hielten dabei einen möglichst großen Abstand zu den Hunden. Als Dave eine ausgedrückte Zigarette erspähte, streifte er seine Einweghandschuhe über und nahm aus der Jackentasche einen Plastikbeutel. Dann griff er in seine andere Jackentasche und holte eine Pinzette hervor, mit der er die Kippe vom Boden aufklaubte. Hinter dem Hundezwinger entdeckte er eine halb leere Flasche Rum. Dave hielt sie in die Kamera. Craig zoomte näher heran, während Dave mit der freien Hand seine Taschen nach einem Lineal abtastete. Dann stellte er die Flasche auf den Boden und hielt das Lineal daneben. »Willst du auch die Fingerabdrücke nehmen?«, flüsterte Craig.

Nach ungefähr fünf Minuten, in denen sie alles gefilmt hatten, machten sie sich vorsichtig wieder auf den Rückweg. Die Hunde kläfften immer noch, und Dave wollte vermeiden, dem Besitzer über den Weg zu laufen. Eins war sicher: Wem auch immer diese scharfen Hunde gehören mochten, schlief nicht hier draußen. Es gab keine Spuren, die auf einen Schlafplatz hindeuteten oder auf ein Lagerfeuer, geschweige denn eine Campingausrüstung. Es sah vielmehr danach aus, als wären die Hunde größtenteils sich selbst überlassen und bekämen nur hin und wieder Besuch, um gefüttert zu werden.

»Sollen wir die beiden Köter mitnehmen?«, flüsterte Craig, als sie wieder aus dem Dickicht heraustraten.

»Den Teufel werden wir tun! Das sind blutrünstige Bestien. Nein, wir kehren zu unserem Nachtlager zurück und lassen hier alles so, wie es ist. Ich will nicht, dass der Hundebesitzer mitbekommt, dass wir sein Versteck entdeckt haben. Die Kollegen aus Pirie sollen später mit einem Hundeführer ausrücken, dann können sie auch gleich die Spuren sichern. Komm, lass uns verschwinden.«

»Warte, Dave, ich habe eine Idee. Warum observieren wir die Lichtung nicht? Ich kann mich morgen auf die Lauer legen und warten, ob jemand auftaucht, um die Hunde zu füttern.«

»Ja, vielleicht keine schlechte Idee. Zumindest haben wir schon mal die Aufnahmen als Beweis, sollten wir auf eine heiße Spur gestoßen sein. Lass uns darüber schlafen und morgen entscheiden, okay?«

»In Ordnung.« Zufrieden wanderte Craig mit Dave zurück zum Lager, während das GPS-Gerät sie lotste. So machte ihm die Arbeit besonders viel Spaß.

Kapitel 24

Im Halbschlaf öffnete Gemma die Augen und sah blinzelnd auf die Uhr. Es war fünf. Wie gerne würde sie liegen bleiben und weiterschlafen! Die Schur war immer sehr anstrengend, und mit den ganzen anderen Sorgen, die Gemma zusätzlich drückten, konnte sie am Ende des Tages kaum mehr die Augen offen halten. Gestern Abend hatte sie es gerade einmal geschafft, das Chaos zu beseitigen von ihrer wilden Suchaktion am frühen Morgen, bevor sie beschloss, ins Bett zu gehen und die Suche nach dem Aufstehen fortzusetzen.

Gemma stemmte sich aus dem Bett hoch, zog sich rasch etwas über und ging dann in die Küche. Nach dem ersten Koffeinkick des Tages machte sie sich auf in den Salon.

Sie atmete tief durch, bevor sie mit der Leiter zu der Dachluke hochstieg, eine Taschenlampe in der Hand. Gemma drückte von unten gegen die Klappe, aber sie bewegte sich kein Stück. Sie drückte fester. Plötzlich gab die Klappe nach, und eine Staubwolke rieselte auf sie herunter. Sie stellte sich auf die oberste Leitersprosse und spähte in die dunkle Öffnung hinein. Der Lichtkegel ihrer Taschenlampe wanderte über Spinnweben und Staub. Es hatte den Anschein, als wäre die Luke schon seit Jahren nicht mehr geöffnet worden. Gemma stieg die Leiter wieder herunter, mit Tränen der Enttäuschung in den Augen. Wieder eine Sackgasse.

Dave beschloss am Morgen, Craigs Vorschlag anzunehmen und ihn auf Beobachtungsposten zu schicken. Wenig später schlug Craig sein Lager ungefähr hundert Meter von der Lichtung entfernt unter einem Eukalyptusbaum auf, ausgerüstet mit Proviant, einem Funkgerät, einer Fotokamera mit einem Teleobjektiv und einer Videokamera. Das Kleinmaterial für die Spurensicherung war in den Taschen seines Overalls verstaut.

Craig sah sich vorsichtig um, dann stand er auf und streckte sich. Es war Zeit für einen kleinen Abstecher zu der Lichtung.

Er verließ seinen Posten und bewegte sich wachsam auf den Busch zu. Hinter einer Ansammlung von Cassia- und Kasuarinenbäumen entdeckte er einen Trampelpfad, der ziemlich stark ausgetreten war. Craig vermutete, dass er oft von den Schafen benutzt wurde und wahrscheinlich auch von dem Hundebesitzer, um nicht durch den Busch kriechen zu müssen, wie Dave und er gestern. Er folgte dem Pfad und musste immer wieder tief hängendem Geäst ausweichen, bis er die Lichtung erreichte. Er war froh, dass der Wind günstig stand und die dösenden Hunde ihn nicht witterten.

Craig sah sich nach einem Versteck um. Er erspähte in der Nähe ein dichtes Gestrüpp aus Salzbüschen und ging dahinter in Deckung. Die perfekte Tarnung. Craig holte zufrieden die Kamera heraus und wartete.

Einige Zeit später schreckte er aus dem Schlaf hoch. Shit. Er sah auf seine Uhr. Mittag. Die Hunde hatten sich inzwischen aufgesetzt und die Lauscher gespitzt, als würden sie etwas hören. Craig horchte auch, wobei er sich wünschte, ein so gutes Gehör zu haben wie die Hunde.

Schließlich glaubte er, das Knattern eines Motorrads zu hören. Er drückte zweimal die Sprechtaste an seinem Funkgerät, wartete eine Sekunde und drückte dann erneut zweimal, das Zeichen für Dave, dass die Show begann. Craig wagte kaum zu atmen aus Angst, die Hunde könnten ihn hören. Er nahm die Kamera hoch, den Finger am Auslöser, in der Hoffnung auf ein paar gute Schnappschüsse.

Das Knattern kam immer näher, und die Hunde begannen, freudig zu bellen.

»Haltet die Fresse, ihr Scheißköter.«

Craigs Puls schlug schneller, als er die Stimme erkannte. Es war Jack Marshall.

»Wie oft muss ich euch noch sagen, dass ihr mit dieser Kläfferei aufhören sollt«, fuhr Jack die Hunde an. Als er in Craigs Blickfeld erschien, drückte dieser wie wild auf den Auslöser und hoffte dabei inständig, dass Jack die Hunde nicht freiließ, damit sie sich auslaufen konnten. Jack hatte einen weißen Müllsack in der Hand, aus dem allem Anschein nach Blut tropfte, und in seinem Mundwinkel steckte eine brennende Zigarette. Er duckte sich unter einen Ast und kam dicht an Craigs Versteck vorbei. Die Hunde zogen wie toll an ihren Ketten und winselten vor Freude.

»Na, ihr?« Jack legte den Plastikbeutel auf den Boden und gab den Hunden mit den flachen Händen einen Klaps auf den Kopf, was wohl ein Tätscheln sein sollte. Dann griff er in den Plastiksack und zog die Hinterbeine eines Schafs heraus, an denen noch die Wolle war. Craig zoomte die Szene näher heran. Vielleicht klaute Jack die Schafe nicht nur, sondern tötete sie auch, um sie an die Hunde zu verfüttern.

»Ihr habt ein Glück«, sagte Jack zu den Hunden. »Normalerweise wäre ich heute nicht gekommen, aber ich muss den Grenzzaun reparieren. Befehl von der Chefin. Also dachte ich, wenn ich schon mal hier in der Ecke bin, bringe ich euch was zu fressen vorbei. Hab unterwegs 'nen Hammel für euch erledigt.«

Die Hunde geiferten vor Gier, bis Jack ihnen schließlich die Keulen zuwarf. Dann knüllte er den Plastikbeutel zusammen und stopfte ihn in seine Jacke. Nachdem er das Wasser für die Hunde kontrolliert hatte, ließ er den Blick über die Lichtung kreisen. Zufrieden, weil alles so zu sein schien, wie er es verlassen hatte, griff er nach der angebrochenen Rumflasche und nahm ein paar ordentliche Schlucke.

»Bis bald, Jungs«, sagte er dann und drückte seine Zigarette auf dem Hundezwinger aus.

Craig hatte die gesamte Szene fotografiert. Du bist fällig, Freundchen, dachte er, als Jack wieder im Busch verschwand. Sobald er hörte, wie das Motorrad sich entfernte, stand er auf. Seine Knie knackten.

Zurück auf seinem Außenposten funkte er sofort Dave an.

»Bis gleich«, sagte er zum Schluss und machte es sich unter dem Eukalyptusbaum gemütlich, während er darauf wartete, von Dave abgeholt zu werden.

Gemma spürte, dass der Wind aufgefrischt hatte, und schaute besorgt zum Himmel hoch. Im Norden brauten sich dunkle Wolken zusammen. Sie rief hinüber zu Bulla, der im Gehege arbeitete: »Meinst du, da drüben zieht ein Gewitter auf?«

Bulla wandte den Kopf nach Norden und nickte. »Ja, sieht ganz so aus. Besser, wir bringen die Nackten ins Trockene.«

Nachdem Gemma die behandelten Schafe durch den Treibgang in den Unterstand der Scheune gescheucht hatte, kümmerte sie sich um die restlichen Tiere, die sie noch mit dem Lausmittel besprühen musste. Sie hörte und roch den Regen, bevor er da war. Gemma blickte zum Horizont, wo eine schwarze Regenwand sich auf den Hof zubewegte und rasch näher kam. Ein lauter Donnerschlag löste hektische Betriebsamkeit aus. Bulla sprang mit einem Satz über das Gehege und rannte auf die Schafe zu, während er laut nach seinen Hunden pfiff.

»Los, Roady, lauf!«, befahl er.

Gemma rief Scoota bei Fuß, damit er nicht im Weg stand, und öffnete weit das Tor zum Unterstand. Die verstörten Tiere zögerten vor der dunklen Öffnung, aber dank Roadys sanfter Unterstützung kam die Herde langsam in Schwung. Nachdem alle Schafe im Trockenen waren, trieften Bulla und Gemma vor Nässe. Der Regen prasselte auf sie herab, und sie flüchteten in die Scheune.

In den Sortierbuchten standen jeweils nur noch drei Schafe, aber die Scherer hatten ihre Arbeit unterbrochen, um das Gewitter zu beobachten.

»Gut, dass schon Wochenende ist, was, Gem?«, sagte Kenny, als sie mit Bulla hereinkam. Gemma wischte sich den Regen aus dem Gesicht, schüttelte die nassen Haare und grinste. »Ich käme nie auf die Idee, mich über Regen zu beschweren, mein Freund«, sagte sie.

Die Scherer wandten sich von den Fenstern ab und nahmen ihre Schermaschinen wieder in die Hand.

»Bestimmt kommen die Gebirgsbäche runter«, rief Buster. »Wir sollten zusammenpacken und schnell abhauen, bevor wir das ganze Wochenende hier festsitzen.«

»Wenn wir heute Abend nicht fahren können, dann eben morgen«, meinte Paula achselzuckend. »Verhungern müssen wir hier jedenfalls nicht.«

»Bull, kannst du bitte in den Kühlraum gehen und Bier holen? Ich finde, die Leute haben sich das verdient, wenn sie schon die Nacht hier verbringen müssen.«

»Sicher.«

»Und erkundige dich mal nach Jack und Gaz, okay? Jack ist bestimmt draußen von dem Gewitter überrascht worden.«

Wenig später kehrte Bulla mit zwei Paletten Bier zurück, gerade als Jamie das letzte Schaf von der Rampe schob. Alle stürzten sich auf das Bier und verteilten sich dann vor den Fenstern, um den Regen zu beobachten, der sich mittlerweile zu einem Nieseln abgeschwächt hatte. Gemma begann zu zittern und zog ihren Pulloverkragen bis zur Nasenspitze hoch. Nach dem Wetterumschwung hatte die Luft sich deutlich abgekühlt. Gemma öffnete knackend ihre Bierdose und hob sie empor. »Hey, alle mal herhören. Auf eine erfolgreiche erste Woche und auf eine noch bessere zweite. Und ein Dank an Petrus für den Regen.«

»Prost!«, riefen die anderen. Lisa beugte sich zum Radio und stellte es lauter. Kenny und Buster wechselten einen Blick und verdrehten die Augen. Während die drei Jüngeren, die Gemma nicht ganz geheuer waren, beschlossen, sich vom Regen nicht aufhalten zu lassen und in den Pub nach Dawns Rest zu fahren, waren die anderen zufrieden damit, auf dem Hof zu bleiben.

Es dauerte nicht lange, und in der Scheune wurde laut und fröhlich gefeiert. Gemma spürte, dass ihre Wangen von dem Alkohol zu glühen begannen. Garry und Jack hatten sich mittlerweile auch zu der spontanen Party eingefunden, beide klatschnass vom Regen.

Lisa schnappte sich plötzlich eine Schaufel und hielt sie wie einen Mikrofonständer. »Okay, alle mal herhören«, rief sie. »Herzlich willkommen bei *Billbinya sucht den Superstar.* Buster, Garry und Jackie, ihr seid die Jury. Ihr könnt maximal zehn Punkte pro Kandidat verteilen. Die Regel lautet, jeder muss ein Lied aus dem Radio vorsingen. Oder ihr sucht euch eine CD aus.«

Lisa wurde sofort von den anderen übertönt, die sich lautstark empörten. »Das mach ich nicht.« – »Du hast sie wohl nicht mehr alle!« – »Aber sonst hast du keine Probleme, oder was?« – »Du kannst mich mal!«

Gemma stand lachend auf. »Ach, kommt schon, ihr Feiglinge, traut euch. In meinem Wagen liegen ein paar CDs, die gehe ich jetzt holen. Dann kann jeder sich ein Lied aussuchen und nach Belieben verhunzen.« Und schon war sie nach draußen verschwunden.

»Woohoo«, brüllte Lisa. Die anderen sahen sich entgeistert an. Lisa stellte sich zu Kenny. »Und, Chef, was wirst du uns vorsingen?«

Kenny blickte ratlos. »Was für ’ne Schnapsidee.«

»Ach komm, trink noch ein Bier. Hey Jamie, du könntest was von Cold Chisel singen. Auf die stehst du doch!«

»Ja, sicher, und was bekommen wir von dir zu hören, du Showtalent?«, antwortete Jamie. Lisa tänzelte hinüber zu dem Biervorrat und nahm ein Sixpack. Sie verteilte das Bier und sagte: »Hier, trinkt euch ein bisschen Mut an. Na los, auf ex!«

Nachdem Lisa eine überraschend melodische Version von Melissa Etheridges »Juliet« präsentiert hatte und Kenny zwölf Punkte von zehn möglichen holte für seine gefühlvolle Interpretation von John O'Deas »Old Rusty Ute«, war Jack mittlerweile beim siebten Bier angelangt.

Jack beobachtete Lisa. Die ist bestimmt gut im Bett, dachte er. Stramme Schenkel. Aber an Gemma kam sie nicht heran. Er blickte zu Gemma, deren Gesicht vom Alkohol und vom vielen Lachen gerötet war. Ihre Haare waren inzwischen wieder trocken und hingen offen über den Rücken. Jack stellte sich vor, wie es wäre, wenn Gemmas Haare ihn im Gesicht kitzelten. Heute Nacht, dachte er. Heute Nacht würde er zuschlagen. Danach würde er abchecken, ob die beiden Schnüffler die gestohlenen Mastochsen entdeckt hatten, und zum Schluss würde er zu seinem Cowgirl fahren und sich dort übers Wochenende einnisten. Aber zuvor würde Gemma ihm gehören, noch heute Abend.

Billbinya sucht den Superstar ging fröhlich weiter, und das Bier floss reichlich. Nach langen Diskussionen wurde schließlich Kenny zum Sieger gekürt und erhielt als Prämie ein Sixpack. Es war Zeit für das Abendessen.

Die hungrige Meute machte sich auf zur Baracke, wo Helen, die Köchin, Gemma und ihre drei Arbeiter ebenfalls an den gedeckten Tisch bat.

Eine Stunde später erhob sich Gemma, satt und zufrieden, um sich zurückzuziehen. Für heute hatte sie mehr als genug Bier, Unterhaltung und gutes Essen genossen. Höchste Zeit, um ins Bett zu gehen.

»Bis morgen, Leute. Ich hoffe, es gibt keine Überschwemmung und ihr könnt losfahren.« Gemma wandte sich zum Gehen, und die anderen wünschten ihr im Chor eine gute Nacht.

Niemand bemerkte, dass Jack kurz darauf ebenfalls verschwand.

Kapitel 25

Dave und Craig hatten den Naturgewalten getrotzt. Es war schon fast einundzwanzig Uhr, als sie endlich den Weg erreichten, der zurück zum Hof führte. Stunden zuvor hatte Dave Craig an seinem Beobachtungsposten eingesammelt. Nachdem Dave die Bilder auf der Digitalkamera gesehen hatte, berichtete er Craig von seiner erstaunlichen Entdeckung, die er am Mittag gemacht hatte. Sie saßen am Lagerfeuer, wo sie eine letzte Pause machten, bevor sie aufbrachen, und Dave berichtete, dass er auf eine fremde Rinderherde gestoßen war.

»Ich habe sie auf der Grenzkoppel entdeckt«, schilderte Dave. »Einhundertfünfzig Jungochsen, alles Herefords. Wie wir wissen, hält Gemma ausschließlich Angus. Ich habe mir daraufhin Bullas Aufstellung angesehen, aber da steht nichts von Herefords. Die Ohrmarken stimmen auch nicht überein. Ich muss mich mit der Landwirtschaftsbehörde in Verbindung setzen und eine Registerauskunft beantragen. Ich möchte nämlich wissen, wem die Ochsen gehören.«

»Komm, sehen wir sie uns mal aus der Nähe an«, sagte Craig. Sie packten ihre Sachen in den Wagen und fuhren dann auf die Grenzkoppel.

Als sie kurz darauf die Herde umrundeten, sah Craig, dass Daves Beobachtung richtig war. Die Tiere gehörten definitiv nicht zu Billbinya.

»Gemma hätte doch bestimmt was gesagt, wenn sie vor Kurzem Herefords gekauft hätte, oder?«, meinte Craig.

»Ja, schätze schon.«

»Gut, treiben wir sie ins Gehege. Und morgen werden wir hören, was Gemma dazu sagt.«

Dave blickte zum Himmel. »Da oben scheint sich ein Gewitter zusammenzubrauen. Könnte sein, dass wir direkt hineingeraten.« Craig wartete auf Daves Entscheidung. »Ach was, du hast recht. Das Gehege ist gleich auf der Koppel nebenan, richtig?«

Craig nickte.

»Gut. Holen wir das Quad vom Hänger. Du treibst die Herde zusammen, ich öffne die Tore.«

Kurze Zeit später brauste Craig mit dem Quad über die Koppel, bis er den Grenzzaun erreichte, wo er wendete und dann die Ochsen zusammentrieb, während er gleichzeitig die schwarzen Gewitterwolken im Auge behielt. Das Tageslicht begann bereits, fahl zu werden, als sich die Herde gesammelt hatte, die Dave auf einer Flanke absicherte.

Die Jungtiere waren nervös und ängstlich und rannten zuerst in die falsche Richtung los, als Craig sie vorwärtstrieb. Das laute Knattern des Quads erschreckte die Ochsen, aber Craig gelang es dennoch, die Herde zusammenzuhalten. Auf dem Weg zum Gehege fegte plötzlich eine scharfe Bö über sie hinweg, und der Wind nahm deutlich zu. Als die ersten Regentropfen herunterklatschten, ging die Herde durch. Craig wusste, wenn sie die Ochsen jetzt verloren, würde es sehr schwierig sein, sie wieder zusammenzutreiben. Er beschleunigte das Quad, stellte sich auf die Trittflächen und knallte mit der Peitsche. Es gelang ihm, die Ausreißer wieder in Richtung Gehege zu lenken. Die Tiere merkten erst, dass sie direkt in die Falle galoppiert waren, als das Tor hinter ihnen scheppernd zufiel. Dave verriegelte es mit einer Eisenkette und einem Vorhängeschloss mit Polizeisiegel und zog anschließend ein gelbes Absperrband um das gesamte Gehege. Währenddessen scheuchte Craig die Tiere zu einer überdachten Tränke, unter der auch ein alter Heuballen lag. Gleich am nächsten Morgen würden sie das Vieh mit einem Transporter abholen lassen und in Gewahrsam nehmen.

Der Regen prasselte unablässig auf sie herunter und peitschte ihnen ins Gesicht. Die beiden Männer mussten laut schreien, um sich zu verständigen. Sie einigten sich darauf, das Quad unter einen Baum in der Nähe des Geheges abzustellen und sich sofort auf den Rückweg zu machen. Sie mussten sich beeilen, bevor die Wasserläufe weiter anschwollen und alles überschwemmten.

Doch leider schafften sie es nicht rechtzeitig. Beim letzten Bachübergang saßen sie stundenlang am Ufer fest und beobachteten die schmutzige Flut, die die Stämme der Eukalyptusbäume umwirbelte und in hohem Tempo vorübertrieb. Sobald der Regen nachließ, testete Craig, ohnehin bereits völlig durchnässt, wie tief das Wasser war, indem er vorsichtig hineinwatete. Froh darüber, dass sie endlich den Bach überqueren konnten und die Nacht nicht hier draußen verbringen mussten, krochen sie schließlich im Schritttempo durch das sprudelnde Wasser und dann weiter auf der aufgeweichten, rutschigen Schlammpiste. Als sie spät in der Nacht den Hof erreichten, war er zu ihrer Überraschung hell erleuchtet. Bulla und Garry setzten mit ihren Geländewagen gerade rückwärts aus dem Schuppen.

»Was ist denn hier los?«, wunderte sich Dave.

Jack lauschte draußen an Gemmas Schlafzimmerfenster. Er hörte das Wasserrauschen der Dusche und schlich langsam um das Haus, bis er die Hintertür erreicht hatte und sie leise öffnete. Dann tappte er durch die dunkle Küche in den Salon, wo er sich einen Platz suchte, sodass er die Badtür im Blick hatte. Während er im Dunkeln wartete, ging sein Atem schneller vor Erregung. Fast hätte er laut gestöhnt, als Gemma das Bad verließ, nackt bis auf ein Handtuch, mit dem sie sich die Haare trocken rubbelte. Sie ging in ihr Schlafzimmer, und Jack konnte sie im Spiegel beobachten, während sie ihre Haare bürstete und anschließend Gesicht, Hände und Beine eincremte, bevor sie sich ein Nachthemd überstreifte. Dann ging sie in die Küche, um sich etwas zu trinken zu holen. Gleich darauf trat Jack ins Licht.

»Hallo, Gemma.«

Mit einem spitzen Schrei fuhr sie herum. »Jack, verflucht, du hast mir einen Höllenschreck eingejagt. Was ist los? Gibt es ein Problem?«

»Ja, könnte man so sagen«, entgegnete er und strich mit dem Daumen über die Wölbung, die sich deutlich unter seiner Hose abzeichnete.

Entgeistert starrte Gemma auf seinen Schoß, bis sie plötzlich eine Bewegung von Jack wahrnahm. Sie stürzte zur Hintertür, während Jack ihr dicht an den Fersen hing.

Als Bulla den Wagen von Dave und Craig erspähte, kletterte er eilig aus seinem Pick-up und lief den Detectives entgegen.

»Gemma ist überfallen worden!«, rief er laut. »Sie ist drüben in der Baracke, bei Helen und Lisa. Das war Jack. Dieses Schwein hat Gemma verprügelt und ist dann abgehauen. Wir wollten gerade los und nach ihm suchen.«

Dave und Craig wechselten einen Blick.

»Ich bleibe hier draußen auf dem Hof«, sagte Dave ruhig. »Geh du mal rüber in die Baracke.« Craig nickte, und die Ermittler stiegen aus dem Wagen.

Dave stellte sich zu Bulla und Garry, die schockiert und verzweifelt wirkten. »Okay, nun beruhigen Sie sich erst mal und erzählen mir, was passiert ist.«

»Ich soll mich beruhigen? Sie können mich mal. Wir müssen los und den Hundesohn schnappen, bevor er uns entwischt.« Bulla kehrte zu seinem Pick-up zurück.

»Bulla?« Daves Stimme klang streng. »Was halten Sie davon, wenn wir die Polizei suchen lassen? Sie erzählen mir, was passiert ist, und ich fordere umgehend aus Pirie Verstärkung an, einverstanden?«

»Wir wissen nicht genau, was passiert ist«, schaltete Garry sich ein. »Wir hatten nach der Arbeit eine kleine Feier in der Scheune, und hinterher haben wir alle gemeinsam in der Baracke gegessen. Gemma hat sich irgendwann von der Runde verabschiedet, und plötzlich stolpert sie wieder zur Tür herein und hört gar nicht mehr auf zu weinen und zu schreien. Ihr Gesicht war blutverschmiert und ihr Nachthemd völlig zerfetzt. Wir konnten nicht viel aus ihr rauskriegen, bloß dass Jack ihr aufgelauert hat, aber was genau er mit ihr angestellt hat, wissen wir auch nicht …« Garry verstummte, da ihm die Tragweite seiner Worte bewusst wurde.

Bulla übernahm die weitere Erzählung. »Wir sind sofort in Jacks Zimmer gegangen. Es war leer. Seine Klamotten und persönlichen Sachen sind alle verschwunden, genau wie sein Wagen. Seltsam, dass wir ihn nicht haben wegfahren hören.« Bullas Augen wanderten unruhig hin und her, als könnte Jack jeden Augenblick aus der Dunkelheit auftauchen.

»Ich verständige sofort die Kollegen in Pirie und lasse eine Großfahndung einleiten. Wir drei könnten gleich zusammen losfahren und schon mal nach ihm Ausschau halten. Wissen Sie, ob Jack im Besitz einer Waffe ist? Hat er ein Messer oder ein Gewehr?«

Bulla und Garry schüttelten den Kopf. »Ich habe ihn jedenfalls nie mit 'ner Waffe gesehen«, sagte Bulla.

»Okay, Männer, ich fahre bei euch mit. Craig kümmert sich um Gemma. Ich brauche noch eine Beschreibung von Jacks Wagen, damit die Kollegen in Pirie die Daten für die Ringfahndung weiterleiten können.«

»Er fährt einen weißen Ford Pick-up, der in Victoria zugelassen ist. Das Kennzeichen weiß ich leider nicht, aber ein auswärtiges Nummernschild dürfte hier in der Gegend schnell auffallen. Ach ja, an der Heckscheibe klebt eine nackte Frau und auf der Fahrerseite ein paar Bundy-Bear-Sticker …«

Craig kam aus der Baracke zurück, als Dave sein Telefonat mit der Polizeiwache in Port Pirie gerade beendete.

»Und, wie sieht's aus?«, fragte Dave.

»Sie muss ins Krankenhaus. Er hat sie ziemlich übel zugerichtet. Die Nase ist dick geschwollen, aber ich glaube nicht, dass sie gebrochen ist. Außerdem hat er ihr zwei hübsche Veilchen verpasst und eine aufgeplatzte Oberlippe. Sie kann ihren Arm nicht richtig bewegen. Sie sagt, er hat versucht, sie am Arm ins Schlafzimmer zu zerren.«

»Okay, du fährst sie in die Stadt. Ich suche so lange mit Bulla und Garry die Farm ab. Offenbar hat Jack seine Siebensachen gepackt und ist mit seinem Wagen verschwunden. Ich glaube zwar nicht, dass wir ihn finden, aber man kann nie wissen. Vielleicht ist er ja zu seinen Hunden rausgefahren. Wenn du unterwegs nach Pirie bist, halte Ausschau nach einem weißen Ford Pick-up mit Victoria-Zulassung und einer nackten Frau auf der Heckscheibe. Das genaue Kennzeichen gebe ich dir durch, sobald die Kollegen sich bei mir gemeldet haben.« Dave sah hinüber zu Bulla, der das Gespräch aus der Nähe verfolgte. »Kumpel, was halten Sie davon, wenn Sie einen Suchscheinwerfer organisieren? Ich bin gleich bei Ihnen.« Dave wartete, bis Bulla außer Hörweite war, dann raunte er Craig zu: »Fühl ihr auf den Zahn, aber setz ihr nicht unnötig zu. Stell ihr direkte Fragen, okay? Ich brauche noch die Kamera, bevor du losfährst.«

»Kein Problem.« Craig sprang in den Wagen, fuhr über den Hof und hielt direkt vor dem Eingang der Baracke. Dave half Bulla, den Suchscheinwerfer auf der Pritsche zu befestigen. Beide unterbrachen ihre Tätigkeit, als Gemma von Helen und Lisa aus der Baracke geführt und behutsam in den Polizeijeep verfrachtet wurde.

»Nicht rumtrödeln«, brummte Bulla und stieg in den Pick-up.

»Okay, Sie machen Folgendes«, sagte Dave zu Buster

und Kenny, die auch draußen standen. »Sie gehen wieder hinein und halten die Augen offen. Falls Jack zurückkommt, tun Sie so, als wüssten Sie von nichts, und geben uns über Funk Bescheid. Versuchen Sie nicht – und das ist mein voller Ernst –, versuchen Sie nicht, ihn zu überwältigen. Und halten Sie sich von seinem Zimmer fern. Ich möchte nämlich die Spurensicherung hineinschicken. Verhalten Sie sich einfach ganz ruhig, okay?«

»Okay«, sagte Kenny.

»Wir sind bald wieder da.« Dave stieg auf der Beifahrerseite ein, während Garry bereits auf der Ladefläche am Suchscheinwerfer stand. Bulla ließ die Kupplung schleifen, sodass die Reifen durchdrehten, bevor er vom Hof jagte.

»Bulla, fahren Sie bitte in Richtung Norden. Jack hat dort oben im Busch seine Hunde versteckt. Es kann sein, dass er hingefahren ist, um sie zu holen.«

»Sie haben ein verstecktes Hundelager gefunden? Jack kann Hunde nicht ausstehen. Warum sollte er sie denn im Busch verstecken?«, fragte Bulla.

»Dazu kann ich Ihnen im Augenblick nichts sagen. Können Sie sich den Übergriff heute Abend erklären? Haben Sie eine Idee, warum Jack auf Gemma losgegangen ist?«

Bulla erzählte Dave von dem Gewitterausbruch, dem Bier, dem Singwettbewerb und dem Abendessen. »Dann hat Gemma uns allen eine gute Nacht gewünscht und ist rüber ins Haus gegangen. Ich habe nicht mitgekriegt, dass Jack ihr gefolgt ist. Allerdings hat er gerne derbe Sprüche geklopft, wenn wir uns über Gemma unterhalten haben.«

»Was meinen Sie damit?«

»Na ja …« Bulla schien sich unbehaglich zu fühlen. »Jack hat gesagt, dass Gemma bestimmt eine Wucht ist im, äh, Sie wissen schon …«

»Im Bett?«

»Äh, ja. Außerdem hat er Garry und mir unterstellt, dass wir mal was mit Gemma hatten.«

»Und, hatten Sie?«

»Nein! Früher war Gemma die Frau vom Boss, und jetzt ist sie unser Boss. Wir lieben Gem, aber nicht so.«

»Können Sie sich erklären, warum Jack Gemma attackiert hat? Glauben Sie, das war aus rein sexuellen Motiven?«

»Zumindest sieht es so aus. Ich weiß, dass Jack auf Gemma stand, aber ich hätte nie gedacht, dass er so weit geht. Ich habe Gemma immer wieder gesagt, sie soll nachts die Türen abschließen, aber das hat sie nicht interessiert. Unsere Gemma ist manchmal etwas zu naiv und vertrauensselig. Und das betrifft nicht nur unverschlossene Türen.«

Die Fahrt auf dem durch die Überschwemmung aufgeweichten Untergrund kam einer Rutschpartie gleich, aber schließlich erreichten sie das Buschdickicht, in dem die versteckte Lichtung lag. Garry schwenkte den Scheinwerfer über den Boden und entdeckte vermeintliche Reifenabdrücke, die vom Regen fast verwischt waren. Dave suchte am Dickichtrand den Boden mit der Taschenlampe ab und entdeckte frische Fußspuren.

Er fotografierte die Abdrücke, während Bulla ihm mit der Taschenlampe leuchtete. Dann betraten sie das Dickicht. Als sie die Lichtung erreichten, waren die Hunde verschwunden. Die Ketten lagen im Schlamm und glänzten im Schein der Taschenlampe.

»Wir haben ihn verpasst«, sagte Dave.

Jack holte aus seinem alten Geländewagen das Letzte heraus. Ihm war klar, dass er die Hauptstraße nach Pirie meiden musste, um nicht den Bullen zu begegnen. Die waren sicher schon alarmiert worden von den beiden Schnüfflern oder einem der anderen auf Billbinya, nachdem Gemma sich aus ihrem Zimmer herausgetraut hatte.

Blöde Kuh, dachte Jack. Und ich hab geglaubt, die steht auf die harte Tour. Er grinste bei dem Gedanken, wie sie unter ihm zappelte, während er versucht hatte, ihr Nachthemd hochzuschieben. Zu dumm, dass er für einen Augenblick nicht aufgepasst hatte. Er blickte auf sein Handgelenk und verzog das Gesicht. Dieses Miststück hatte ziemlich fest zugebissen. Das tat höllisch weh, und er hatte ihre Haare kurz losgelassen. Es war ihm immer noch ein Rätsel, woher sie plötzlich die Knarre hatte.

Jack stieß ein wütendes Schnauben aus, weil er wusste, dass er es versaut hatte. Auf Billbinya konnte er sich nie wieder blicken lassen. Er zündete sich eine Zigarette an und spielte mit seinem Handy. Am liebsten würde er sich drücken vor dem Anruf. Er griff in die Tasche auf dem Beifahrersitz, zog eine neue Flasche Rum heraus und schraubte sie auf. Während der Alkohol in seiner Kehle brannte, überlegte er, wie er dem Boss die Neuigkeit beibringen sollte. Sein Bruder würde sicher nicht begeistert sein. Er wählte die Nummer und nahm wieder einen Schluck aus der Flasche.

»Wie läuft's?«, lallte eine Stimme am anderen Ende der Leitung.

»Bist du besoffen, Bruderherz?«

»Ja, ich habe hier gerade was zu feiern mit einer netten, kleinen Maus, die ich im Pub kennengelernt habe. Bin beschäftigt. Ich ruf dich zurück.«

»Ich glaube, es wird dich interessieren, was ich dir zu sagen habe.«

»Scheiße«, fluchte Jacks Bruder leise. »Hey, Süße, warte mal kurz, ich will nichts verpassen. Bin gleich wieder für dich da.«

»Ich habe in den Sack gehauen.«

»Was? Warum denn, verdammt noch mal?«

»Du kennst ja meine kleine Schwäche. Die Witwe hat mich echt angetörnt. Ich musste sie haben. Sorry, aber …«

»Was hast du getan?« Jacks Bruder klang plötzlich todernst, als wäre er auf einen Schlag nüchtern geworden.

»Ich hab ein bisschen mit ihr rumgemacht. Es hat ihr nicht gefallen. Die Bullen sind bestimmt schon hinter mir her, deswegen fahre ich auf Schleichwegen nach Pirie. Ich komme zu dir und bleibe über Nacht. Dann können wir alles Weitere bereden. Was meinst du dazu?«

»Ist sie schwer verletzt?«

»Nein, ich hab ihr nur ein wenig die Fresse poliert. Diese bescheuerte Kuh hat mit einer Knarre auf mich gezielt.«

»Du bist ein verdammter Vollidiot. Das ist mal wieder typisch für dich. Immer wenn es darauf ankommt, versaust du alles. Unfassbar. Du kommst nicht zu mir, hörst du? Wir treffen uns am alten Platz. Ich geb dir Kohle, und du verpisst dich und tauchst eine Weile in Adelaide unter, bis wir dich wieder brauchen. Die Schlampe wird bald ihr blaues Wunder erleben, und du wirst live dabei sein. Wo bist du jetzt?«

Jack orientierte sich kurz. »Ungefähr 'ne Dreiviertelstunde von Pirie entfernt.«

»Gut. Bis gleich.« Jacks Bruder legte auf. »Dieser verfluchte Idiot. Sorry, Süße«, sagte er zu seiner Eroberung, die sich auf dem Bett rekelte. »Ich muss weg. Ein Notfall in der Familie.«

Kapitel 26

Craig sah konzentriert auf die Straße. Gemma saß neben ihm auf dem Beifahrersitz und zitterte am ganzen Körper. Immer wieder schluchzte sie leise auf, aber wenn Craig zu ihr herübersah, drückte sie sich ängstlich in die Ecke.

»Sie brauchen vor mir keine Angst zu haben«, sagte Craig in beruhigendem Ton. »Ich gehöre zu den Guten, schon vergessen?« Da er keine Reaktion erhielt, ließ er Gemma in Ruhe.

Etwas später begann Gemma zu reden. »Warum hat er das getan? Ich habe doch nichts gemacht … Wie konnte ich denn ahnen, dass er …« Sie brach in lautes Schluchzen aus. Es war offensichtlich, dass sie noch unter Schock stand. Craig brachte den Wagen sanft zum Stehen.

»Was haben Sie vor?«, fragte Gemma ängstlich.

»Ich hole Ihnen von hinten eine Decke. Sie haben einen Schock erlitten und müssen sich warmhalten. Ich tue Ihnen nichts, okay?« Gleich darauf reichte Craig ihr eine Decke durch das Fenster, wobei er darauf achtete, Gemma nicht zu berühren.

»Möchten Sie, dass ich jemanden verständige?«, fragte Craig, nachdem er wieder eingestiegen war.

Gemma nickte. »Ja, Jess Rawlings.« Mit monotoner Stimme sagte sie die Nummer auf.

Sie sah durch das Fenster, dankbar für die Decke, obwohl sie immer noch zitterte. Sie wandte den Kopf, als

Jess' Stimme aus der Freisprechanlage knarzte, und lauschte Craigs sachlicher Zusammenfassung. Sie lehnte den Kopf an das Seitenfenster und dachte an das, was ihr widerfahren war.

»Ich muss mich übergeben«, sagte sie plötzlich und stürzte aus dem Wagen. Craig stieg ebenfalls aus und hielt sich in ihrer Nähe, bevor er sie anschließend sicher zurückgeleitete.

»Ich spüre ihn immer noch auf mir«, murmelte Gemma.

»Dieses Gefühl kann noch eine Weile anhalten«, erklärte Craig sanft. »Es ist nicht ungewöhnlich, dass Gewaltopfer den Täter hinterher noch körperlich spüren. Aber das geht vorbei. Es dauert nur seine Zeit. Wer hat Sie so zugerichtet, Gemma?«

»Jack. Jack Marshall. Er arbeitet seit ein paar Monaten für mich.«

»Wann hat er Sie angegriffen?«

»Was meinen Sie damit? Das war heute Abend, aber ich kann Ihnen keine genaue Uhrzeit sagen.«

»Können Sie darüber sprechen, was passiert ist?«, fragte Craig behutsam.

»Ich weiß nicht. Ich war in die Küche, um mir was zu trinken zu holen, und dann stand er plötzlich da. Er sagte ›Hallo, Gemma‹, und er … er hat sich in den Schritt gefasst. Mir war sofort klar, wie gefährlich die Situation ist. Ich wollte vor ihm fliehen, aber er war schneller. Er hat mich an den Haaren ins …«, Gemma holte zitternd Luft, »… Schlafzimmer gezerrt. Ich habe mich nach Leibeskräften gewehrt. Aber ich konnte ihn nicht … Ich konnte nicht …«

Gemma brach in unkontrolliertes Schluchzen aus. Craig sagte nichts. Man konnte in der Ausbildung noch so gut vorbereitet werden, aber das ganze Wissen nützte einem nichts bei der Erstbefragung von Gewaltopfern. Craig hatte diese Situation bisher immer als schwierig empfunden. Die Demütigung in den Gesichtern der Opfer brach ihm jedes Mal fast das Herz.

»Gemma, hat Jack Sie vergewaltigt? Es tut mir leid, aber ich muss Ihnen diese Frage stellen.«

Gemma schüttelte heftig den Kopf. »Ich habe mit der Pistole auf ihn gezielt«, sagte sie.

Craig sah sie ungläubig an. »Sie haben was?«

»Ich habe mit der Pistole auf ihn gezielt. Er hat mich aufs Bett geworfen und versucht, mein Nachthemd hochzuschieben ... Ich habe ihn ins Handgelenk gebissen und dann ...« Sie holte stockend Luft. »Seit Adam tot ist, habe ich mir angewöhnt, mit der Pistole unterm Kopfkissen zu schlafen. Ich habe nachts oft Angst. Das habe ich noch niemandem erzählt, aber ich hasse es, so ganz allein in dem großen Haus zu sein. Ich höre jedes Knacken und Knarren. Und manchmal bilde ich mir ein, Adams Schritte zu hören. Mit der Waffe fühle ich mich sicherer. Als ich die Waffe auf Jack gerichtet habe, hat er von mir abgelassen und die Flucht angetreten. In der Tür hat er sich nochmals kurz umgedreht und gesagt: ›Ist dir eigentlich jemals die Idee gekommen, dass man dich reinlegen will, Gemma Sinclair?‹ Dann war er weg.« Gemma zitterte jetzt so heftig, dass Craig beunruhigt war, aber er musste Jacks Bemerkung hinterfragen.

»Was glauben Sie, was hat er damit gemeint?«, fragte er.

»Woher zum Henker soll ich das wissen?«, schrie Gemma. »Seit letztem Jahr hat sich mein Leben in einen Haufen Mist verwandelt. Ich weiß einfach gar nichts mehr.«

»Gemma, haben Sie Jack vielleicht getäuscht? Ist das der Grund, weshalb er Sie verprügelt hat?«

Gemma starrte Craig an, und ihre aufkeimende Wut ließ sie die Schmerzen und ihr Elend kurz vergessen. »Nein, das habe ich sicher nicht. Ich nehme an, Ihre Frage bezieht sich auf die Viehdiebstähle, nicht wahr? Wie können Sie es wagen! Ich habe nichts damit zu tun. Das habe ich auch schon Ihrem Partner gesagt, und Ihnen sage ich es noch einmal: Ich bin nicht an der Sache beteiligt. Versuchen Sie nicht, meine Situation auszunutzen und mich unter Druck zu setzen. Ich habe absolut *nichts* damit zu schaffen.«

Als Gemma und Craig die Klinik betraten, stürzte Jess ihnen entgegen.

»Oh, Süße. Was ist passiert? Das sieht richtig schlimm aus.«

»Jessie, ich hab solche Angst.« Gemma fiel ihrer Freundin um den Hals und klammerte sich an ihr fest.

Craig wartete im Hintergrund und beobachtete die beiden Frauen, berührt von Jess' Warmherzigkeit und Anteilnahme. Jess war wirklich etwas Besonderes. Und die Freundschaft der beiden Frauen war außergewöhnlich. Sie hielten zusammen wie Pech und Schwefel, in guten wie in schlechten Zeiten.

Craig näherte sich vorsichtig und sagte in behutsamem Ton: »Jess, Gemma muss sich jetzt untersuchen lassen.

Sie können gerne mitkommen, aber bitte fassen Sie sie nicht mehr an. Sie könnten Beweisspuren vernichten.«

Jess löste sich rasch von Gemma, ohne ihre Hand loszulassen. »Komm, Schneckchen, bringen wir es hinter uns. Danach fahren wir zu mir nach Hause. Übrigens, rate mal, wer heute Nachtdienst hat – Paige Nicholls. Schon erstaunlich, wie oft die uns in letzter Zeit über den Weg läuft.«

»Gemma, ich bringe Sie noch kurz ins Untersuchungszimmer, dann muss ich mit Dave telefonieren. Ich werde in der Nähe bleiben, falls Sie mich brauchen.«

Gemma nickte, und sie machten sich gemeinsam auf in Richtung Unfallstation.

»Hallo, Gemma«, sagte Paige, als sie durch die Tür kamen. Offenbar war sie informiert worden und auf Gemmas blutiges Gesicht vorbereitet. »Du wirst gleich verarztet. Setz dich einfach schon mal auf die Liege. Ich hole den Doktor.«

Craig wandte sich zum Gehen und signalisierte Jess, ihm zu folgen. »Ich möchte Ihnen nur kurz ein paar Fragen stellen, Jess«, erklärte er, da es ihr offensichtlich widerstrebte, Gemma alleine zu lassen.

»Geh ruhig, Jess, ist schon okay. Aber komm schnell wieder«, sagte Gemma.

Jess folgte Craig in den Warteraum.

Craig schlug sein Notizheft auf. »Kennen Sie einen Jack Marshall?«

»Nur aus Gemmas Erzählungen. Ich bin ihm nie persönlich begegnet«, antwortete Jess.

»Hat Gemma jemals erwähnt, dass Marshall sie zuvor schon einmal belästigt hat?«

»Nein. Sie fand ihn wohl ein bisschen seltsam, aber das war auch schon alles. Normalerweise sprechen wir selten über Gemmas Angestellte.« Jess klopfte ungeduldig mit dem Fuß auf den Boden, weil sie zu Gemma zurückwollte.

»Jess, ist es möglich, dass Jack sich an Gemma rächen wollte?«

Jess hörte auf, mit dem Fuß zu klopfen, und ihre Augen wurden schmal, während sie die Arme vor der Brust verschränkte. »Wie habe ich diese Frage zu verstehen, Detective?«

Craig sah direkt in ihre blitzenden Augen und war verloren. »Äh«, stammelte er und versuchte sich wieder zu konzentrieren. »Besteht die Möglichkeit, dass Jack mit Gemma eine Rechnung offen hatte?«

»Sagen Sie, Detective, sind wir uns nicht schon mal begegnet?«, fragte Jess unvermittelt.

Von der Frage überrumpelt, zwinkerte Craig nervös. »Äh, schon möglich«, antwortete er. »Kann sein.«

»Ja, ich glaube auch. Das war doch letzten Freitag, im Jewel, nicht wahr? Dann haben Sie uns also observiert?«

»Falsch. Ich habe dort nur in Ruhe mein Bier getrunken.« Craig wurde langsam sauer.

»Okay, Detective, jetzt hören Sie mir mal gut zu. Und wenn Sie sich auf den Kopf stellen, Sie werden Gem nichts anhängen können. Sie hatte nämlich keine Ahnung von Adams Schiebereien. Davon weiß sie erst, seit Sie hier aufgekreuzt sind und unsere Luft verpesten. Haben Sie sonst noch Fragen? Falls nein, dann würde ich jetzt gerne zu meiner Freundin zurückgehen. Sie hat in den letzten Monaten so viele Tiefschläge erlitten, dass es für ein ganzes Leben reicht.« Jess wandte sich zum Gehen. »Ach, und Craig – Sie heißen doch Craig, oder?«

Craig nickte stumm.

»Sollte es Ihnen gelingen, diese fixe Idee zu begraben, dass Gemma eine Viehdiebin ist, dann würde ich gerne auf Ihre Einladung mit dem Drink zurückkommen.« Jess schenkte Craig ein strahlendes Lächeln, wirbelte auf dem Absatz herum und stolzierte davon, während Craig ihr mit offenem Mund hinterherstarrte.

Dave hatte Jacks Zimmer gründlich durchsucht, aber keinen Hinweis auf seinen Verbleib gefunden. Vom Kopfkissen klaubte er ein paar Haare und tütete auch die leere Rumflasche ein, die unter dem Bett lag.

Plötzlich klingelte sein Handy, und er zuckte zusammen.

»Und, wie sieht es aus?«, meldete sich Craig.

»Jack hat sich in Luft aufgelöst, genau wie seine Hunde. Die Spurensicherung ist inzwischen hier. Ich habe unter Jacks Bett eine leere Flasche Rum gefunden, dieselbe Marke wie die angebrochene Flasche auf der Lichtung hinter dem Hundezwinger. Ich habe auch ein paar Haare von ihm eingesammelt. Die Einsatzfahndung ist angewiesen, mit Zivilfahrzeugen nach Jack zu suchen und ihn gegebenenfalls zu beschatten statt festzunehmen. Vielleicht führt er uns zu der Bande oder zu einem Versteck. Was meinst du?«

»Klingt gut. Ich hoffe bloß, die finden ihn schnell. Er hat Gemma ordentlich in die Mangel genommen. Sie hatte Todesangst. Er hat erst von ihr abgelassen, als sie ihn mit einer Waffe bedroht hat. Seit ihr Mann gestorben ist, schläft sie immer mit einer Pistole unterm Kopfkissen. Ihre Verletzungen werden wieder heilen, sie hat hauptsächlich Prellungen und Kratzer erlitten, aber der rechte Arm dürfte ihr etwas länger zu schaffen machen. Jack hat ihr fast die Schulter ausgekugelt, als er sie ins Schlafzimmer geschleift hat. Und ihre Nase wird bald grün und blau leuchten. Ich habe sowohl Gemma befragt als auch Jess Rawlings, die ihr hier im Krankenhaus Beistand leistet. Beide haben Gemmas Mittäterschaft beziehungsweise Mitwisserschaft an den Viehdiebstählen vehement verneint. Ich muss sagen, ich neige dazu, ihnen zu glauben.«

»Gut. Nimm ihre Aussage auf, und danach kommst du wieder hierher. Morgen bei Tageslicht sehen wir uns mal die Lichtung genauer an und beschlagnahmen die zurückgelassene Ausrüstung. Wir können heute in der Baracke übernachten.«

»In Ordnung. Bis später.«

Kapitel 27

Ben arbeitete gerne abends im Büro. Dann herrschte eine geradezu himmlische Ruhe, und er schaffte viel mehr, als wenn ständig einer um ihn herumwuselte. Ned hatte ihm seinen Geschäftswagen gegeben und ein paar zusätzliche Kunden. Ben musste dadurch noch mehr arbeiten, aber das war immer noch besser, als den ganzen Tag mit Ned herumzufahren. Ned hatte in letzter Zeit nämlich oft schlechte Laune und war ständig gereizt, was er Ben gegenüber damit erklärte, dass der ganze Stress ihm auf den Magen schlug. Ben war aufgefallen, dass Neds Hände zitterten und seine Arme von einem Ausschlag bedeckt waren. Vielleicht waren das alles nur Stresssymptome, aber Ben machte sich dennoch Sorgen um ihn. Er fragte sich, ob Ned an einer schlimmen Krankheit litt.

Ben durchquerte den schmalen Gang zum Archiv, wo die Akten aufbewahrt wurden. Adam Sinclair hatte mit dem Mäster vor drei Jahren einen Rahmenvertrag geschlossen, wie er von Ned wusste. Also musste es insgesamt vier Lieferverträge geben – drei waren bereits abgeleistet, der vierte war noch offen und die Lieferung in den nächsten Monaten fällig. Ben wollte sich für das Treffen mit Craig gut vorbereiten.

Er orientierte sich an den Jahreszahlen und fand die ersten beiden Lieferverträge ohne Mühe. Er studierte sie kurz, konnte jedoch nichts Auffälliges feststellen. Beide

Schriftstücke waren von Ned, Adam und dem Mäster unterschrieben, und die Lieferungen waren wohl pünktlich erfolgt und bezahlt worden. Der dritte Vertrag war nicht so leicht zu finden. Normalerweise hätte er ganz vorn in der Archivbox sein müssen, aber Ben konnte ihn nicht entdecken. Er schob ein paar schwere Ordner zur Seite und entdeckte eine zweite Archivbox, ganz hinten an der Wand. Sie enthielt den gesuchten Vertrag. Ben wunderte sich, dass die Unterlagen falsch abgelegt worden waren. Barb, die Büromanagerin, pflegte das Archiv normalerweise sehr gewissenhaft. Ben zuckte mit den Achseln. Vielleicht war es eine Aushilfskraft gewesen.

Er nahm alle drei Verträge mit hinüber in sein Büro. Dann machte er sich auf die Suche nach dem vierten. Diesen würde er in Barbs Büro finden, wo die Unterlagen des laufenden Jahres aufbewahrt wurden.

Er suchte den Ordner heraus, schlug ihn auf und blätterte durch die Papiere, bis er fündig wurde. Er nahm den Vertrag heraus und kehrte damit in sein Büro zurück, in Gedanken bei Gemma. Er hatte ständig ihr Gesicht vor Augen, ihre Stimme im Ohr. Noch nie hatte eine Frau ihn derart beeindruckt. Ben konnte es kaum erwarten, sie wiederzusehen. Er war sich sicher, dass es keine Einbildung von ihm war, dass Gemma in der Scheune seine Nähe gesucht hatte. *Beim nächsten Mal*, schwor er sich, *beim nächsten Mal küsse ich sie.*

Er schüttelte sich kurz, um wieder einen klaren Kopf zu bekommen, und studierte dann sorgfältig den aktuellen Liefervertrag. Als er bei den Unterschriften anlangte, blieb ihm kurz das Herz stehen. Er erkannte eine weibliche Handschrift. Sie war zwar ziemlich unleserlich, wies aber typisch weibliche Schnörkel auf. Ben studierte die Unterschrift sorgfältig und glaubte, ein G zu erkennen. Das konnte nicht Gemmas Unterschrift sein. Die Überraschung in ihrem Gesicht war echt, als Ned ihr von Adams Deal mit dem Mäster erzählt hatte. Dennoch, hier stand es schwarz auf weiß: G. R. Sinclair.

Ben legte die Papiere beiseite und rieb sich die Augen. Es musste eine andere Erklärung geben.

Er nahm erneut die beiden alten Verträge in die Hand und studierte Adams Unterschrift. Sie war nur schwer zu entziffern. Ben bezweifelte, dass Adam Gemmas Unterschrift fälschen konnte.

Er steckte alle vier Verträge in einen großen hellbraunen Umschlag und verließ anschließend das Büro. Er würde Gemma damit konfrontieren. Er konnte ihr nämlich nicht helfen, wenn sie nicht ehrlich zu ihm war. Gleich morgen würde er zu ihr rausfahren.

Nachdem Gemma untersucht und behandelt worden war, nahm Craig ihre Aussage auf. Er bemühte sich, Rücksicht auf sie zu nehmen, und behandelte sie wie ein rohes Ei, aber zum Schluss war sie dennoch völlig erschöpft. Sie heulte und schrie, dass sie nach Hause wolle.

Jess nahm sie mit zu sich und bestand darauf, dass Gemma das Beruhigungsmittel einnahm, das Paige ihr mitgegeben hatte. Gemma ging direkt ins Bett. Jess setzte sich zu ihr, bis sie eingeschlafen war. Morgen würden sie nach Billbinya fahren.

Ben war überrascht, wie viel auf den Straßen los war, als er am nächsten Morgen nach Billbinya aufbrach. Die sonst so leeren Sandpisten schienen sich auf einmal in eine morastige Rallyestrecke verwandelt zu haben. Zuerst wurde Ben von zwei Streifenwagen überholt, die mit hohem Tempo in der Ferne verschwanden. Kurz darauf kamen ihm Dave und Craig in ihrem Jeep entgegen, gefolgt von vier weiteren Polizeifahrzeugen, die alle zurück in Richtung Stadt fuhren. Zuletzt begegnete ihm ein Truck, der offenbar Hereford-Rinder transportierte. Die massive Polizeipräsenz auf der Straße machte Ben stutzig, und er fragte sich, ob die Viehdiebe wieder zugeschlagen hatten. Er drückte aufs Gas, weil er es plötzlich eilig hatte, auf Billbinya anzukommen.

Als Ben wenig später auf den Hof fuhr, entdeckte er Bulla im Gehege vor der Scheune, wo er gerade die Schafe herausließ, die die Nacht im Unterstand verbracht hatten. Bulla nickte Ben kurz zu und konzentrierte sich dann wieder auf seine Arbeit.

»Wo sind denn die anderen?«, fragte Ben und sprang über den Zaun, um Bulla die Hand zu geben. Die störrischen Hammel weigerten sich, aus dem Unterstand herauszukommen, und Roady, Bullas Hund, wurde von einem gereizten Tier auf die Hörner genommen und gegen den Zaun geschleudert.

Bulla fluchte und warf einen Stein nach dem Hammel. »Gem ist in der Stadt«, antwortete er.

»Oh, ich hatte gehofft, sie hier anzutreffen«, sagte Ben.

»Sie kommt erst heute Nachmittag, zusammen mit Jess. Gestern Abend ist hier was Schlimmes passiert. Gem musste ins Krankenhaus. Na, kommt schon, ihr sturen Viecher, kommt endlich raus da unten.« Bulla kroch in den Unterstand. »Roady, geh rein!« Er stieß einen schrillen Pfiff aus, und wie aus dem Nichts flog der schwarzweiße Bordercollie über den Zaun und flitzte direkt in den Unterstand, wo er zu bellen begann. »Los, Mac, hilf ihm. Geh rein!«

Ben beobachtete, wie die beiden Hunde sich einen Weg nach hinten durch die Schafe bahnten und dann gemeinsam die Tiere auf den schmalen Auslass zutrieben. Seine Neugier siegte, und er rief laut in den Unterstand: »Was ist gestern passiert?«

Bulla antwortete nicht sofort. Er dirigierte seine Hunde souverän und zügig, und schon nach wenigen Minuten gaben die Hammel sich geschlagen und trotteten brav ins Gehege hinaus. Zum Schluss erschienen die Hunde und ließen sich von Ben tätscheln. Bulla kroch wieder aus dem Unterstand heraus und richtete sich stöhnend auf. »Ich werde langsam zu alt für so etwas«, brummte er. »Jack, dieser Abschaum, hat sich gestern Abend an Gemma vergriffen«, sagte er dann und sah Ben zum ersten Mal ins Gesicht. »Er hat sie so schlimm verprügelt, dass die Polizei sie ins Krankenhaus bringen musste. Jess hat heute Morgen angerufen. Gemma geht es wohl den Umständen entsprechend, aber trotzdem wollen sie heute noch rauskommen. Dieses miese Schwein hat sich aus dem Staub gemacht. Die Polizei fahndet nach ihm.«

Ben kam die bittere Galle hoch. »Okay, euch fehlt also ein Mann. Ich kann für ihn einspringen, bis Gemma wiederkommt. Ich muss nämlich dringend mit ihr sprechen. Ist Garry in der Nähe?«

»Nein, er ist in der Stadt und besorgt Material für die Schur.«

»Gut, geben Sie mir die Spritzpistole. Ich behandle die Schafe, und Sie lassen sie auf die Weide.«

Bulla blickte Ben stumm an.

»Ich bin selber Farmer, Bulla. Ich weiß schon, wie man das macht.«

Bulla deutete mit dem Kopf auf eine Holzbank, wo der Rucksack und die Spritzpistole lagen. »Bitte, nur zu. Tun Sie sich keinen Zwang an.« Er wandte sich zum Gehen, zögerte jedoch kurz. »Sie haben ein Auge auf unsere Gem geworfen, stimmt's?«

»Ja«, gestand Ben.

Bulla nickte. »Sie wären ein guter Mann für Gem.«

Ben schüttelte den Kopf. Seine Gefühle für Gemma spielten hier keine Rolle. Falls sie tatsächlich in die Viehdiebstähle verwickelt war, würde er sie nicht einmal mehr mit der Kneifzange anfassen wollen. Aber tief in seinem Innern war Ben davon überzeugt, dass Gemma keine Kriminelle war.

Nachdem Jess die Medikamente besorgt hatte, die Gemma vom Arzt verschrieben worden waren, packte sie den Wagen voll mit Lebensmitteln und Alkohol und fuhr schließlich los.

»Alles klar, Gem?«, fragte sie, als sie auf den Zufahrtsweg von Billbinya bogen.

»Ja«, antwortete Gemma leise. Aber ihr war nicht wohl in ihrer Haut. Sie hatte Angst. Sie fürchtete sich davor, das Haus zu betreten. Craig hatte ihr versichert, dass diese Angst völlig normal sei, und Jess hatte sich sofort bereit erklärt, ihr auf Billbinya Gesellschaft zu leisten. Pat hatte seinen Besuch angekündigt, und Bulla und Garry würden sicher auf dem Hof bleiben und in der Baracke schlafen, wenn Gemma sie darum bat. Außerdem war die Schurkolonne noch eine volle Woche da.

»Ah, ist das nicht Ned?«, fragte Jess, als sie auf den Hof fuhren.

Gemma sah hinüber zu der Gestalt im Gehege. »Nein, ich glaube, das ist Ben.« In ihrem Bauch breitete sich ein warmes Gefühl aus. »Was macht der denn hier am Samstag?«

»Wahrscheinlich ist er wegen dir hier.« Jess grinste süffisant. »Der fährt auf dich ab.«

»Hmm«, sagte Gemma und wechselte unter Schmerzen ihre Sitzposition.

Sie hielten vor dem Gehege und stiegen aus. Ben hob den Kopf, und ihm stockte kurz der Atem, als er Gemmas geschwollenes Gesicht und ihren bandagierten Arm sah. Er besprühte die letzten Schafe im Treibgang und ließ sie anschließend heraus, dann legte er den Rucksack ab und ging zu den beiden Frauen hinüber.

»Sie sehen ganz schön fertig aus, Gemma«, sagte er und berührte sanft ihre Schulter.

»Ja, das bin ich auch.« Gemma lächelte ihn an und genoss die Zuneigung und Anteilnahme, die Ben ihr vermittelte. »Wie kommt es, dass Sie hier bei uns mit anpacken?«

Bens Gesicht wurde ernst, da ihm der Grund seines Besuchs wieder einfiel. Er wandte sich von Gemma ab und mied ihren Blick. »Ich bin hier, weil ich mit Ihnen reden muss, und ich hatte den Eindruck, dass Bulla meine Hilfe gut gebrauchen kann. Also habe ich ihm vorgeschlagen, mich nützlich zu machen, während ich auf Sie warte.«

»Oh.« Gemma irritierte es, dass Ben ihr den Rücken zukehrte. »Na dann, vielen Dank. Ich werde wahrscheinlich eine Weile außer Gefecht sein mit dem Arm.«

Ben drehte sich plötzlich wieder um und sah Gemma direkt in die Augen. »Gemma, sagen Sie mir die Wahrheit. Haben Sie was mit den Viehdiebstählen zu tun? Was wissen Sie darüber? Jedes noch so kleine Detail kann hilfreich sein.«

Gemma wich augenblicklich vor Ben zurück, während Jess sich an ihre Seite stellte. Es entstand ein kurzes Schweigen, und Gemmas Augen wurden schmal. »Und ich dachte, Sie wären anders, Ben«, stieß sie mit erstickter Stimme hervor. »Ich dachte, Sie glauben mir. Wissen Sie was, Sie können mich mal! Ich werde mich nicht dazu herablassen, Ihre Fragen zu beantworten. Wir haben Ihre Hilfe nicht nötig. Sie können gerne wieder gehen.« Blind vor Tränen stolperte Gemma zurück zum Wagen.

Jess starrte Ben an. »Ich habe Sie wohl völlig falsch eingeschätzt«, sagte sie. »Eigentlich dachte ich, Sie gehören zu den Guten.« Sie schickte sich an, Gemma zu folgen.

»Jess, ich habe Dokumente mit Gemmas Unterschrift gefunden, die darauf hindeuten, dass sie mehr weiß, als sie zugibt. Wenn Sie wollen, dass ich ihr helfe, muss ich genau wissen, woran ich bin. Darum habe ich Gemma gefragt, ob sie in die Viehdiebstähle verwickelt ist. Denn wenn dem so ist, kann ich ihr nicht helfen. Aber falls Gemma unschuldig ist, sollten wir gemeinsam versuchen herauszufinden, was zum Teufel hier eigentlich gespielt wird.«

Jess musterte Bens Gesicht. »Okay, Sie machen hier

Schluss, und ich gehe mit Gemma in die Küche und setze schon mal den Wasserkocher auf. Wenn Sie fertig sind, kommen Sie zu uns ins Haus. Dann können wir uns in Ruhe unterhalten.« Jess drehte sich wieder weg und ging zu Gemma.

Ben stieß die angehaltene Luft aus und fuhr sich mit beiden Händen über das Gesicht. Verdammt, was für eine vertrackte Situation.

Die Frauen saßen am Küchentisch, als Ben hereinkam. Gemma hatte ihm den Rücken zugekehrt und mied seinen Blick, als er sich dazusetzte.

»Also, was haben Sie, Ben?«, fragte Jess. »Noch mehr schlechte Neuigkeiten?«

Ben holte den hellbraunen Umschlag hervor. Er wandte sich an Gemma: »Hier drin sind sämtliche Unterlagen zu dem Rahmenvertrag mit der Mästerei. Die Polizei interessiert sich ebenfalls dafür. Ich habe mir speziell diese Verträge herausgesucht, weil Sie ja nichts davon wussten, Gemma. Bei den ersten beiden Verträgen gibt es nichts zu beanstanden. Adam hat gegengezeichnet, die Ware geliefert und sein Geld erhalten, ohne irgendwelche Probleme. Allerdings gibt es ein Problem mit den letzten beiden Verträgen. Gemma, auf beiden Dokumenten ist Ihre Unterschrift, aber Ned und mir haben Sie gesagt, dass Sie nichts davon wussten. Haben Sie gelogen?«

Gemmas Hand schnellte ruckartig vor. »Lassen Sie sehen.« Ben gab ihr die Unterlagen. »Das ist nicht meine Schrift«, sagte Gemma sofort. »Jess, gibst du mir mal bitte deinen Stift und einen Zettel?« Schwungvoll setzte Gemma ihre Unterschrift auf das Papier und schob es anschließend zu Ben hinüber. »So sieht meine Unterschrift aus. Ich kann Ihnen auch gerne meine Kreditkarten zeigen zum Vergleich. Das da«, sagte sie und deutete auf die Verträge, »ist nicht meine Schrift.«

Ben verglich die Unterschriften, bis Jess ihm die Verträge aus der Hand nahm, um selbst einen Blick darauf zu werfen. Es war ziemlich deutlich, dass es sich um zwei verschiedene Handschriften handelte. Ben lächelte.

Jack hatte sich in einem billigen Motel in Adelaide verkrochen. Es lag in einer Nebenstraße, und nach Jacks Einschätzung war das Risiko gering, hier aufgespürt zu werden. Noch fünf Tage, dann wäre alles vorüber. Am Abend zuvor hatte er sich mit seinem Bruder getroffen, um den finalen Coup zu besprechen. Jacks Einsatz war erst am nächsten Freitag, und so musste er noch fast eine ganze Woche herumkriegen, in der er nichts weiter tun konnte, als sich vor den Fernsehapparat zu besaufen, was ihm jedoch durchaus gefiel.

Die Hunde hatte er heimlich in das Zimmer hineingeschmuggelt. Sie machten sich nichts aus dem Luxus, sie freuten sich einfach, bei ihrem Rudelführer zu sein.

Jack musste immer wieder an Gemma denken. Wie ihr Körper sich anfühlte, wie sie geschrien hatte. Jack begriff nicht, warum es ihn anturnte, Frauen Angst zu machen. Er hatte sich sehr bemüht, diesen Trieb unter Kontrolle zu halten – bis er Gemma traf. Er konnte ihr einfach nicht widerstehen.

Jack zuckte mit den Achseln. Ab Freitag wäre die Sache gegessen. Er hatte sich vorgenommen, danach eine Weile im Busch abzutauchen, nur er mit seinen Hunden. Er musste sich eine Zeit lang von Frauen und Uniformen fernhalten.

Gemma, Jess und Ben waren in den Salon umgezogen, um ihre Unterhaltung fortzusetzen. Jess war ganz in ihrem Element. »Wir müssen unbedingt die Unterlagen von dem Geheimkonto finden. Nur so können wir Gemmas Unschuld beweisen. Ich würde meinen letzten Dollar darauf wetten, dass Gemmas Name nirgendwo darin auftaucht.«

Ben bekam eine Zusammenfassung der jüngsten Entwicklungen, die er sich kommentarlos anhörte. Zum Schluss sagte Jess: »Außerdem habe ich entdeckt, dass die Einnahmen aus dem Rahmenvertrag nicht auf das offizielle Geschäftskonto geflossen sind. Ich vermute, dass sie auf dem zweiten Konto liegen, für das wir keine Vollmacht haben.«

»Wir müssen also zunächst die Kontonummer und Kontobevollmächtigten ermitteln, bevor wir die Auszüge abgleichen können. Habe ich das richtig verstanden?«, fragte Ben.

»Sie haben den Nagel auf den Kopf getroffen«, antwortete Jess. Sie stupste Gemma in die Seite. »Siehst du, ich habe dir doch gesagt, der Kerl ist nicht auf den Kopf gefallen.« Gemma verdrehte die Augen. Sie waren das Einzige an ihr, was sich schmerzfrei bewegen ließ.

»Das kann ich ohne Probleme herausfinden«, sagte Ben.

Gemma hob den Kopf. Ihre Blicke trafen sich, und Gemma konnte sich gerade noch beherrschen, nicht in Bens Armen Trost zu suchen.

»Und wie?«, fragte sie.

»Sie kennen doch sicher Barb, unsere Büromanagerin?«, fragte Ben.

»Ja«, sagte Gemma, während Jess plötzlich einen kurzen Jubelschrei ausstieß.

»Natürlich!«, kreischte sie aufgeregt. »Warum bin ich nicht selbst darauf gekommen? Oh, Ben, Sie sind wirklich nicht auf den Kopf gefallen – Kompliment.«

Gemma sah verwirrt aus. »Habe ich was verpasst?«

»Ben kann sämtliche Zahlungen zurückverfolgen, die über die Agentur liefen, nicht wahr, Ben?« Jess stand kurz davor, einen Freudentanz aufzuführen.

»Ja. Ich kann mir von Barb die Daten aus dem letzten Jahr geben lassen. Allerdings kann ich nur in Erfahrung bringen, auf welches Konto das Geld geflossen ist, aber keine Details zu der Transaktion selbst. Trotzdem würde Ihnen das schon mal ein ganzes Stück weiterhelfen.«

»Allerdings«, pflichtete Jess ihm bei, deren Gedanken sich förmlich überschlugen. »Ich hätte mich sonst an die Zentrale der Inland Development Bank gewandt. Normalerweise würde ich zwar lieber den offiziellen Weg gehen, statt Barb dafür einzuspannen, aber in der Not nehme ich Ihr Angebot gerne an.« Jess stand auf, reckte sich und sah auf die Uhr. »So, Zeit für einen Drink«, sagte sie und sah Gemma an. »Für dich natürlich nicht, Gem. Du hast Schmerzmittel genommen, die vertragen sich nicht mit Alkohol. Möchten Sie ein Bier, Ben?«, rief sie über ihre Schulter hinweg, während sie bereits auf dem Weg in die Küche war.

»Eigentlich sollte ich jetzt los. Ich habe noch eine lange Fahrt vor mir.« Ben erhob sich von der Couch. »Ich bin froh, dass wir die Sache mit Ihrer Unterschrift geklärt haben, Gemma.« Er lächelte sie an und berührte ihre Schulter. Gemma legte die Hand auf seine. Ben ließ seine Hand auf ihrer Schulter ruhen und blickte ihr sehnsüchtig in die Augen, bis sie Jess zurückkommen hörten und schnell ihre Hände zurückzogen.

Jess blieb mit ihrem Getränk im Türrahmen stehen und betrachtete die beiden mit wissendem Blick. »Okay, Ben, nochmals vielen Dank für Ihre Hilfe. Geben Sie uns Bescheid, sobald Sie die Kontonummer haben?«

»Sicher, mach ich.«

Gemma erhob sich nun ebenfalls und schwankte leicht. Ben legte rasch den Arm um ihre Taille, um sie zu stützen. »Bleiben Sie sitzen, Gem«, sagte er sanft. »Ich komme bald wieder.« Er hielt sie an der Taille fest und half ihr, sich wieder zu setzen, bevor er sich auf den Nachhauseweg machte.

Am nächsten Morgen nach dem Aufwachen fühlte Gemma sich besser. Sie stand auf und werkelte gerade in der Küche herum, als Patrick hereinplatzte. Ohne ein Wort ging er direkt auf sie zu und drückte sie ungestüm.

»Autsch, Pat, mein Arm.« Er ließ sie sofort los und blickte verlegen.

»Tut mir leid, Schwesterherz. Wie geht es dir?«

»Deutlich besser als gestern. Kaffee?«

Sie setzten sich an den Küchentisch und unterhielten sich über die Geschehnisse der letzten Tage.

»Das Seltsamste war«, sagte Gemma zum Schluss, »dass Jack als Letztes zu mir gesagt hat ›Ist dir eigentlich jemals die Idee gekommen, dass man dich reinlegen will, Gemma Sinclair?‹ Wer soll mich denn reinlegen wollen?«

»Morgen allerseits«, sagte Jess, die im Türrahmen erschien. »Kaffee schon fertig?« Gemma goss ihr eine Tasse ein.

»Also, wie kann ich dir helfen?«, fragte Pat.

Jess antwortete für Gemma. »Wir müssen den ganzen Hof absuchen nach den Unterlagen von dem Geheimkonto.«

»Jess, ich habe bereits das ganze Haus auf den Kopf gestellt und nichts gefunden«, sagte Gemma.

»Wo hast du denn überall nachgesehen?«, fragte Pat.

»Äh, auf dem Dachboden, in sämtlichen Schubladen, unter den Möbeln für den Fall, dass an der Unterseite etwas festklebte … Totale Fehlanzeige.«

»Und was ist mit den Nebengebäuden? Hast du in den Schuppen nachgesehen?«, fragte Pat weiter.

»Nein, ich habe nur das Haus gründlich abgesucht.«

»Gut, einen Versuch wäre es wert. Ihr zwei nehmt euch den Geräteschuppen vor, und ich sehe mich in der Scheune um.«

»Mir ist es ein Rätsel, wie wir hier etwas finden wollen«, sagte Jess. »Es steht so viel Plunder herum. Benutzt du eigentlich das ganze Zeug?«

»Das meiste schon«, antwortete Gemma. »Wir brauchen eben viel Material für die Instandhaltung der Zäune, Maschinen, Fahrzeuge und so weiter. Es ist nämlich verdammt weit bis zur Stadt, wenn man mal dringend ein Ersatzteil braucht. Besser, man hat immer alles vorrätig.«

»Und wo bewahrst du die Bedienungsanleitungen für die Maschinen auf?«

»Da drüben auf der Werkbank, in der Blechkiste. Garry hat sie gerne in Reichweite.«

Jess ging hinüber und öffnete die Kiste. Sie sah den Inhalt durch, während Gemma zwischen den anderen Kisten stöberte, in denen die Ersatzteile und das Schmieröl aufbewahrt wurden.

Patricks Suche in der Scheune war nicht von Erfolg gekrönt. Stundenlang hatte er Schubladen und Schränke geöffnet, zwischen Stempeln und Wollbüchern gesucht und mit der flachen Hand über die Oberseite der Container aus massivem Holz gestrichen. Sogar die Wollballen hatte er sich vorgenommen und einzeln angehoben, um sicherzugehen, dass sich nichts darunter verbarg, zum Beispiel ein Versteck im Boden oder in der Wand.

Der Schweiß lief ihm über den Rücken. Heute herrschte ziemlich hohe Luftfeuchtigkeit, und in der Scheune wehte nicht das leiseste Lüftchen. Seufzend schaltete Patrick die Beleuchtung wieder aus, und Dunkelheit machte sich breit. Das Echo der Schiebetür aus Metall vibrierte in der Luft, als er die Scheune verließ.

Er ging hinüber zum Geräteschuppen und musste gleich darauf laut lachen. Jess stand auf einer Leiter und linste gerade hinter das Werkzeugbrett. Ihre Haare waren voller Spinnweben und ihre Hände dreckig. Offensichtlich hatte sie niesen müssen, sich die Nase gerieben und dabei den Dreck an ihren Händen im ganzen Gesicht verteilt. Ihre Kleider waren ebenfalls schmutzig, und sie hatte es wohl irgendwie geschafft, sich in eine Öllache zu setzen, weil ihr Hintern ganz schwarz war.

»Man sieht, dass du heute mal richtig gearbeitet hast«, sagte Patrick. »Steht dir.«

»Verzieh dich, Pat«, gab Jess milde zurück.

In diesem Moment kam Gemma aus der Kaffeeküche. »Was gefunden?«, fragte sie in hoffnungsvollem Ton.

»Leider nein«, antwortete Pat. »Ich habe jede Ritze und jeden Winkel in der Scheune abgesucht, aber es gibt dort nichts, was sich als Versteck eignet. Ich nehme an, ihr seid auch noch nicht fündig geworden, oder?«

»Nein.« Jess stieg die Leiter herab. »Dort drüben in der Ecke war ich noch nicht, Pat«, sagte sie und zeigte auf die Stelle, wo das Zaunmaterial gelagert war. »Kannst du das übernehmen?«

Während der nächsten Stunden arbeiteten sie sich ohne viele Worte durch Staub, Spinnweben und alte Ersatzteile. Schließlich richtete Jess sich auf und sagte: »Mir reicht's für heute. Mein Rücken bringt mich um. Außerdem könnte ich jetzt einen Scotch vertragen. Was meint ihr?«

Gemma sah auf ihre Armbanduhr. »Wahnsinn, wie schnell die Zeit vergangen ist. Ich habe auch genug von der Sucherei. Aber wenigstens konnte ich mich heute wieder einigermaßen schmerzfrei bewegen. Ich glaube, ich verzichte heute Abend auf die Tabletten und gönne mir stattdessen einen Drink.«

»Gute Idee«, sagte Jess.

Patricks Kopf tauchte hinter einem alten, verrosteten Mähdrescher auf. »Habe ich gerade was von einem Drink gehört? Auf zum Kühlschrank!«

Gemma fühlte sich besser, als der eisgekühlte Rum

durch ihre Kehle rann. Sie vernahm draußen Hundegebell und stand auf, um aus dem Fenster zu schauen. Sie erspähte eine Schafherde in voller Wolle, die von Roady, Bullas treuem Kelpie, über den Feldweg getrieben wurde. »Ein Glück, dass ich die beiden habe«, murmelte Gemma.

»Was sagst du, Süße?«, fragte Jess.

»Ich habe Glück«, antwortete Gemma und wandte sich zu Jess und Patrick um. »Sogar sehr viel Glück. Ich habe zwei treue Mitarbeiter, die alles für mich tun würden, ich habe eine großartige Freundin, die alles für mich tun würde, und ich habe einen Bruder, der eigentlich ganz okay ist und der wahrscheinlich auch alles für mich tun würde …« Mit einem Grinsen streckte sie Patrick die Zunge heraus, der ihr daraufhin mit seinem Glas zuprostete. »Außerdem habe ich vielleicht einen Verehrer. Und ich bin fest davon überzeugt, dass wir die Papiere finden werden.«

»Darauf stoßen wir an«, sagte Jess und hob ihr Glas empor. »Gut, und was haltet ihr jetzt von einem Abendessen?«

Pat war fertig und schob seinen leeren Teller zur Seite. »So, ich habe genug von eurem Geschnatter. Ich gehe noch mal in den Geräteschuppen und sehe mich in Ruhe um, ohne dass ihr mir ständig in die Quere kommt.«

Er schnappte sich eine Taschenlampe und marschierte hinaus in den Hof.

Die Deckenbeleuchtung tauchte die Halle in grelles Licht, und ein paar aufgeschreckte Mäuse huschten unter das Zaunmaterial. Pat durchsuchte zunächst die Kaffeeküche und arbeitete sich anschließend systematisch durch den ganzen Schuppen. Dann stand er da, kratzte sich am Kopf und ließ ratlos den Blick schweifen. Er wusste nicht weiter. Sie hatten hier bereits jeden noch so kleinen Winkel abgesucht. Vielleicht existierten die Papiere nicht mehr, oder Adam hatte sie gar nicht hier auf dem Grundstück versteckt. Vielleicht hatte er ja irgendwo ein Schließfach gemietet, und es war sinnlos, hier zu suchen. Zu viele Möglichkeiten, aber dennoch waren die Folgen nicht auszudenken, wenn die Unterlagen verschollen blieben. »Versetz dich in Adam«, redete Pat leise mit sich selbst. Er sah hinauf zu dem Blechdach, ohne dass er etwas entdecken konnte, was einen näheren Blick lohnte – bis ihm plötzlich der Hohlraum über der Kaffeeküche auffiel.

Jess wird dort oben bestimmt nachgesehen haben, dachte Pat. Das kann ich mir sparen. Allerdings frage ich mich, wie sie dort hochgekommen ist. Die Leiter ist zu kurz dafür. Er sah sich um und entdeckte neben der Werkzeugwand vier Regalbretter, die übereinander montiert waren. An einem hing ein Brecheisen. Pats Blick wanderte hoch zu dem Hohlraum. Die Bretter konnte er als Klettersprossen benutzen und von dort über einen Dachbalken zu dem Hohlraum über der Kaffeeküche gelangen. Nee, dachte er. Zu kompliziert für Adam. Nachdem er den Schuppen eine weitere Stunde lang abgesucht hatte, fiel sein Blick erneut auf die Holzbretter an der Wand, die zum Hochklettern einluden. Mir fällt einfach nichts Besseres ein, dachte er und nahm seine Taschenlampe. Er hievte sich auf die Werkbank und testete mit dem Fuß, ob das unterste Brett sein Gewicht aushielt.

Vorsichtig kletterte er nach oben, bis er auf die Decke der Kaffeeküche sehen konnte. Alles war voller Staub, Spinnweben und Dreck. »Hätte ich mir gleich denken können«, murmelte Pat, während er den Hohlraum mit der Taschenlampe ableuchtete. Er wollte schon wieder umkehren und herunterklettern, als er plötzlich ganz hinten in einer Ecke des Hohlraums etwas wahrnahm, das im Schein der Taschenlampe reflektierte und seine Aufmerksamkeit weckte. Pat richtete den Lichtkegel darauf und starrte angestrengt in die dunkle Öffnung. Dann kletterte er über den Dachbalken in den Hohlraum.

Gemma und Jess hatten es sich mit ihren Drinks auf der Couch gemütlich gemacht. Plötzlich begannen die Hunde draußen zu bellen, und Gemma stand auf und stellte sich ans Fenster. Sie beobachtete, wie zwei Scheinwerfer in der Dunkelheit näher kamen und ein Wagen schließlich vor der Baracke hielt. Morgen ging die Schur weiter. Zum Glück, dann würde wieder etwas Normalität einkehren.

»Und, glaubst du, dass man dich reinlegen will?«, fragte Jess.

»Sieht ganz so aus.« Gemma beunruhigte die Vorstellung. »Aber ich weiß nicht, wer und warum. Allmählich bekomme ich richtig Schiss. Ich meine, was wollen die von mir? Was habe ich denen getan? Ich meine, reinlegen klingt irgendwie persönlich.«

Jess hörte nachdenklich zu und sprang dann plötzlich auf. Sie schnappte sich Gemmas Hand und sagte: »Komm mit. Ich habe eine Idee. Wir können auch auf moderne Recherchemethoden zurückgreifen. Schuppen durchwühlen ist so letztes Jahrhundert.«

»Was? Was meinst du? Wo willst du hin?«

»Ich sage nur ein Wort, Gem: Google.«

Jess schleifte Gemma ins Büro und schaltete den Computer ein. Gleich darauf startete sie den Internet Explorer und gab die Adresse der Suchmaschine ein. »Okay«, sagte sie. »Wonach sollen wir suchen?«

»Wie wäre es mit Jack Marshall?«, schlug Gemma vor.

Jess tippte den Namen ein und stöhnte im nächsten Moment laut auf. »Oje, über neunhundert Treffer. Da muss ich mir vorher einen neuen Drink mixen. Auch noch einen?«

»Ja«, antwortete Gemma geistesabwesend, während sie den Platz am PC einnahm und dann auf der Tastatur tippte. »Verdammt, Jess! Jess, komm schnell her!«

Jess kam angerannt. »Was ist los?«

Gemma starrte entsetzt auf den Monitor. »Ich habe ›Jack Marshall‹ und ›Viehdiebstahl‹ gegoogelt«, erklärte sie.

Jess beugte sich über Gemmas Schulter, und ihr Blick fiel auf eine Artikelüberschrift: *Anklage gegen Viehdiebe fällt.* Während sie den Bericht einer Lokalzeitung aus dem Outback in Queensland überflog, presste sie die Hand vor den Mund.

Die Kriminalpolizei in Queensland gab heute bekannt, gegen die Verdächtigen Brad Manstead und Jack Marshall weiter zu ermitteln. Beide Männer werden des Viehdiebstahls beschuldigt.
Obwohl die Ermittlungen bereits seit drei Monaten laufen, gibt es offenbar nicht genügend Beweismaterial, um die Halbbrüder zu überführen.

Brad Manstead gab zu Protokoll: »Das Ergebnis freut mich natürlich, aber trotzdem bin ich sauer, weil mein Bruder und ich diese sinnlosen Verhöre über uns ergehen lassen mussten. Wir haben beide nichts mit den Verbrechen zu tun, die uns vorgeworfen werden.«
Sonderermittler Bob Pergot ist überzeugt, dass der Fall im Prinzip abgeschlossen ist. »Leider haben wir im Moment nicht genügend Beweise, um Anklage zu erheben. Wir werden die Akte noch nicht schließen, aber in verringertem Umfang weiterermitteln.«
Die Polizei begann ihre Ermittlungen aufgrund einer Anzeige des Farmers Gordan Green aus dem nördlichen Queensland, dem plötzlich vierhundert Rinder fehlten.
Die Spurenauswertung ergab, dass die Herde in südliche Richtung abtransportiert worden war, aber kurz nach der Grenze von New South Wales verlor sich ihre Spur.
Jack Marshall war auf der Farm von Mr. Green als Hilfsarbeiter beschäftigt, bevor die Rinder verschwanden.
Sein Halbbruder Brad Manstead gab zu, Miteigentümer eines Schlachthofs in South Australia zu sein, bestritt jedoch vehement jegliche Beteiligung an den Viehdiebstählen. »Der Umstand, dass ich Jacks Blutsverwandter bin und Teilhaber der BJN Schlachtbetriebe, beweist rein gar nichts. Mein Bruder und ich sind in allen Anklagepunkten unschuldig.«

Die Frauen starrten sprachlos auf den Bildschirm. In diesem Moment hörten sie das Klappern der Küchentür und Patricks Schritte, die sich dem Büro näherten.

»Was ist denn hier los?«, fragte Pat, als er den Kopf durch die Tür steckte. Er musterte ihre Gesichter. »Gibt es ein Problem? Ihr guckt, als hättet ihr einen Geist gesehen.«

Gemma deutete stumm auf den Monitor.

Jess' Gesicht hatte sich rot verfärbt. »Dieser Bastard«, stieß sie erbost hervor. »Dieser hinterhältige, miese Bastard. Druck bitte die Seite aus, Gemma.« Jess kam hinter dem Schreibtisch hervor und stürmte aus dem Büro.

Pat nahm ihren Platz hinter Gemma ein und las den Text auf dem Monitor. »Ich glaub, mich tritt ein Gaul«, sagte er. »Ist das derselbe Jack, der für dich gearbeitet hat?«

»Ja«, antwortete Gemma schwach. »Und dieser Brad Manstead ist der Exfreund von Jess. Sie hat erst am Montag mit ihm Schluss gemacht, weil er ziemlich hässlich zu mir war. Was für ein Zufall, nicht?«

»Du verarschst mich! Jess war mit diesem Brad zusammen?«

»Mm.« Gemma drehte den Kopf nach hinten und sah, dass Pat etwas in der Hand hielt. »Hast du was gefunden?«, fragte sie hoffnungsvoll.

»Kann schon sein«, antwortete Pat mit einem selbstgefälligen Grinsen. »Aber vielleicht solltest du zuerst mal nach Jess sehen.«

Gemma entdeckte sie im Salon, wo sie sich einen neuen Drink gemixt hatte.

»Dieser Scheißkerl«, schimpfte sie sofort wieder los, als ihre Freundin den Raum betrat. »Ich fasse es nicht. Das hat bei dem Methode! Wahrscheinlich hat er mich nur benutzt, um mich auszuhorchen. Ich durchforste gerade mein Gedächtnis, was Brad mich alles über dich gefragt hat. Und ich dachte, sein Interesse rührt daher, dass du meine beste Freundin bist. Dabei besitzt er einen Schlachthof, während dein Ehemann tot ist und auf deinem Grundstück gestohlenes Vieh weidet. Der Kerl ist ein verdammter Krimineller.« Jess sprang von der Couch hoch und wanderte nervös auf und ab.

»Pat hat eine Schachtel gefunden«, sagte Gemma.

Jess blieb abrupt stehen. »Das sind ja mal gute Neuigkeiten!«, sagte sie. »Was ist drin?«

»Ich habe noch nicht reingeschaut. Das wollte ich Gem überlassen«, sagte Pat, der nun dazukam und die paar Stufen zum Salon hinunterging. Er stellte die Schachtel auf den Couchtisch, und sie starrten schweigend darauf.

»Ich kenne die Schachtel«, sagte Gemma nach einer plötzlichen Eingebung. »Das war ein Geschenk von Tim Milton zu Adams einundzwanzigstem Geburtstag. Das war kurz vor Claires Unfall. Adam wollte Tim bitten, sein Trauzeuge zu sein, aber er hat unsere Hochzeit nicht mehr erlebt. Wo hast du die gefunden, Pat?«

»In dem kleinen Hohlraum über der Kaffeeküche.«

Gemma streckte langsam die Hand aus und nahm den Deckel der Schachtel ab.

Sie holte den gesamten Inhalt heraus und gab einen Stapel Umschläge an Jess weiter. »Das könnten die Kontoauszüge sein. Du weißt ja, wonach du suchen musst.«

Jess begann, die Umschläge zu öffnen. Gemma nahm sich den restlichen Inhalt vor. Ein Schreiben mit dem Briefkopf von Ned und Berts Viehagentur listete die Ochsenstückzahlen samt Preis auf, die an den Mäster geliefert worden waren. Das beantwortete schon einmal eine Frage. Gemma blätterte weiter durch den Stapel. Er enthielt Postkarten, die sie Adam geschickt hatte, als sie mit Jess im Urlaub war, Ansichtskarten von Alice Springs und Darwin. Sie entdeckte auch eine Geburtstagskarte von

Adams Vater, in der er schrieb, wie stolz er sei, dass sein Sohn nun das zwölfte Lebensjahr erreicht habe. Ganz unten kam ein Umschlag zum Vorschein, auf dem Gemmas Name stand. Beim Anblick der vertrauten Schrift krampfte sich ihr Magen zusammen. Sie holte tief Luft, bevor sie den Umschlag öffnete und den zusammengefalteten Brief herausnahm. Dabei rutschte ein schmalerer, zugeklebter Briefumschlag heraus, beschriftet mit: FÜR DIE POLIZEI. Darunter stand, kleiner geschrieben: *Gemma, bitte lies das nicht*.

Gemma legte den Briefumschlag auf den Tisch.

»Was haltet ihr davon, wenn ich uns einen Kaffee mache? Ich glaube, den können wir jetzt alle vertragen«, sagte Patrick.

»Gute Idee«, murmelte Jess, halb vertieft in die Kontounterlagen.

Gemma faltete den Brief auseinander und begann zu lesen:

Liebe Gemma,
als Erstes möchte ich dir sagen, dass es mir unheimlich leidtut und dass ich dich sehr liebe. Du bist das Beste, was mir je im Leben passiert ist, und was ich dir nun schreibe, wird dich sehr verletzen. Es tut mir furchtbar leid.
Vor drei Jahren hatte ich Probleme, die Rate für die Farm aufzubringen. Du weißt so gut wie ich, wie schwierig unsere Situation damals war – wochenlang kein Regen, kein Futter, die Wolle war schlecht, und die Preise waren es auch. Es gab Zeiten, in denen ich daran zweifelte, dass wir das Jahr überstehen, geschweige denn das nächste.
Ich wusste nicht mehr ein noch aus, Gem. Jeder wollte

etwas von mir. Die Bank, meine Eltern, die Agrargemeinschaft, die ich selbst ins Leben gerufen habe. Wirklich jeder. Selbst du, Gem. Ich hatte das Gefühl, als würde mir alles über den Kopf wachsen.
Eines Abends lernte ich in Dawns Rest einen Mann kennen, der mir einen Ausweg aus meiner Zwangslage präsentierte: Viehdiebstahl. Ich nehme an, es muss etwas passiert sein, was dich veranlasst hat, nach den versteckten Unterlagen zu suchen. Also weißt du wohl schon ein bisschen über die Sache.
Ich habe Billbinya als Zwischenlager für gestohlenes Vieh zur Verfügung gestellt.
Die Details sind in dem verschlossenen Briefumschlag, der für die Polizei bestimmt ist. Ich habe genau beschrieben, wie die ganze Sache ablief und wer alles daran beteiligt war und auch, dass du keine Ahnung davon hattest. Mein Geständnis wird dich entlasten. Gem, es war nie von mir geplant, so lange in dem Kartell mitzumischen. Ich möchte gerne aussteigen, aber ich weiß nicht, wie. Die Leute, mit denen ich zusammenarbeite, sind skrupellose Verbrecher, die vor nichts zurückschrecken. Du musst auf dich aufpassen.
Ich bitte dich, Gem, wenn die ganze Geschichte einmal überstanden ist, verkaufe die Farm. Es ist zu schwer für einen alleine, Billbinya wirtschaftlich zu führen. Nimm den Erlös und geh woanders hin. Mit dem Geld bist du für die Zukunft abgesichert.
Ich liebe dich, Gemma. Es tut mir sehr leid, was ich dir alles zumute. Aber ich bin sicher, du wirst es heil überstehen. Du warst schon immer die Stärkere von uns beiden.
In Liebe
Adam

Tränen rannen über Gemmas Gesicht, während sie den Brief ein zweites Mal las und ihn anschließend Jess und Patrick gab.

»Was machen wir jetzt?«, fragte Pat.

Jess faltete den Brief sorgfältig und steckte ihn wieder in den Umschlag. Gemma nahm den Briefumschlag für die Polizei vom Tisch. Es juckte sie in den Fingern, ihn zu öffnen, aber sie wusste, das durfte sie nicht.

»Ich werde Dave und Craig bitten, morgen zu uns rauszukommen. Dann übergebe ich ihnen das Handy, die Bankunterlagen und die Briefe, informiere sie über die gefälschte Unterschrift auf den Verträgen und überlasse dann alles Weitere der Polizei. Für mehr reicht meine Energie nicht«, sagte Gemma.

Jess nickte. »Ja, ich schätze, das ist das Beste, was wir tun können. Wir haben nun mehr als genug Beweise, um Gemma von jedem Verdacht reinzuwaschen. Der gute, alte Adam hat doch glatt daran gedacht, ein schriftliches Geständnis zu hinterlassen, das Gem entlastet. Er war also doch nicht ganz so ein mieses Schwein.«

»Jess …«, sagte Gemma verdrossen.

»Sorry, Süße!«

»Oh, ich bin hundemüde. Ich muss jetzt ins Bett, sonst werde ich morgen bei der Schur keine große Hilfe sein.« Gemma stand auf und streckte sich.

»Du wirst sowieso keine große Hilfe sein. Mit dem Arm kannst du nicht arbeiten«, wandte Jess ein.

»Das stimmt, aber ich kann immer noch Auto fahren. Schließlich fehlt uns Jack als Arbeitskraft. Jemand muss sich um den Viehtrieb kümmern. Wie spät ist es jetzt? Kann ich Dave noch anrufen?«

Jess sah auf ihre Uhr. »Es ist schon ziemlich spät. Besser, du rufst ihn morgen früh an. Gib mir das ganze Zeug. Ich werde es heute Nacht unter mein Kopfkissen legen.«

»Wehe, du sabberst auf die Unterlagen und verschmierst alles!«, bemerkte Pat, bevor er den Salon verließ.

»Du kannst von Glück sagen, dass ich dir nicht meine halbvolle Kaffeetasse an den Kopf werfe«, rief Jess ihm hinterher. Dann drehte sie sich zu Gemma und umarmte sie kurz. »Wie fühlst du dich?«

»Nun ja, geschockt, erledigt, kaputt, und meine Augen brennen vom vielen Weinen. Aber dafür ist mir eine Riesenlast von den Schultern gefallen. Und was ist mit dir? Wie geht es dir, nachdem du über Brad Bescheid weißt?«

»Ich weiß nicht, Gem. Männer …« Jess zuckte mit den Achseln. »Wer kann schon einen Mann verstehen?«

Kapitel 28

Der Montagmorgen begann in Port Pirie bewölkt und kühl. Craig stand vor der Polizeiwache und aß ein Sandwich, während er auf Dave wartete. Er fühlte eine innere Unruhe und konnte es kaum erwarten aufzubrechen. Dave und er wollten nach Billbinya fahren. Sie mussten Gemma mit den fremden Herefords konfrontieren, die sie auf ihrem Grundstück entdeckt hatten.

Craig war es unangenehm, Gemma erneut befragen zu müssen nach allem, was sie durchgemacht hatte, aber das gehörte nun einmal zu seinen Aufgaben. Als Kriminalbeamter musste er sich mit allen möglichen Verbrechen auseinandersetzen, und am meisten zu schaffen machten ihm die Fälle von Körperverletzung und Misshandlung von Frauen und Vergewaltigung.

In diesem Moment kam Dave mit seinen Unterlagen und Ordnern aus dem Gebäude, und sie machten sich auf den Weg.

Ein paar Stunden später saßen die Sonderermittler an Gemmas Küchentisch, zusammen mit Gemma und Jess. Sie hatten nicht mit einem so freundlichen Empfang gerechnet – Gemma begrüßte ihr Kommen sogar ausdrücklich.

»Gemma, wann waren Sie eigentlich das letzte Mal auf der nördlichen Grenzkoppel?«, fragte Dave in beiläufigem Ton.

»Oh, keine Ahnung.« Die Frage überraschte Gemma und riss sie mitten aus ihren Gedanken. »Jack war für diesen Abschnitt zuständig. Ich schätze, es ist schon zwei Wochen her, dass ich das letzte Mal draußen war. Wir halten dort Schafe, weshalb Jack und Bulla regelmäßig nach dem Rechten sehen.«

»Hat einer der beiden von irgendwelchen Auffälligkeiten berichtet?«

»Nein, alles scheint dort in bester Ordnung zu sein.«

»Besitzen Sie oder einer Ihrer Nachbarn Hereford-Rinder?«

»Nein, ich nicht«, antwortete Gemma. »Und meine Nachbarn auch nicht. Jedenfalls nicht die, deren Farmen an mein Grundstück grenzen. Warum fragen Sie?«

»Wir haben bei unserer Tour über Billbinya auf der Nordkoppel eine Herde Herefords entdeckt. Bleiben Sie dabei, dass die Tiere nicht Ihnen gehören?«, fragte Dave mit ruhiger Stimme, während Craig den Blick von Jess mied und auf den Tisch starrte.

»Ja, denn ich besitze keine Herefords«, antwortete Gemma ebenso ruhig.

»Wir müssen Sie bitten, uns auf die Wache nach Pirie zu begleiten, damit wir Ihre Aussage protokollieren können. Es handelt sich um eine ernste Angelegenheit. Auf Ihrem Grundstück weiden Jungochsen im Wert von knapp hundert Riesen, und Sie sagen, die gehören Ihnen nicht.«

»Haben Sie auf Ihrer Tour sonst noch etwas entdeckt, das nicht auf Billbinya gehört?«, fragte Gemma.

»Ja, das Versteck von einem Viehdieb – Pfosten, Draht und zwei Hunde. Wir denken, dass sie Jack Marshall gehören.«

Gemmas Kiefer klappte herunter. »Wirklich?«

»Ja. Wir haben Fotos, die beweisen, dass er die Hunde versorgt hat. Das entlastet Sie jedoch nicht, Gemma. Als Eigentümerin von Billbinya sind Sie verantwortlich für das, was auf Ihrem Land geschieht.«

Gemma nickte. »Ja, das sehe ich genauso. Aber inzwischen habe ich neue Informationen, die Sie sehr interessieren dürften. Kannst du mal die Papiere holen, Jess?«, bat Gemma und wandte sich dann wieder den Ermittlern zu.

»Bei meiner Rückkehr am Samstag aus der Klinik …«

Dave fiel ihr ins Wort. »Gemma, sind Sie damit einverstanden, dass ich unser Gespräch aufzeichne? Allerdings muss ich Sie darauf hinweisen, dass die Aufnahme für die Beweisführung verwendet wird. Sie könnten sich selbst belasten.«

»Keine Sorge, Dave«, sagte Gemma selbstsicher.

»Gut, was möchten Sie mir erzählen?«, fragte Dave, nachdem er die Aufnahmetaste gedrückt hatte.

»Was ich über die Viehdiebstähle weiß.«

Dave zog die Augenbrauen hoch. »Soll ich Sie vorher auf Ihre Rechte hinweisen?«

»Nein, nicht nötig. Ich erzähle Ihnen auch so, was ich weiß. Also, es begann damit, dass wir die Schöpse für die Schur hereinholten …«

»Augenblick, ich muss noch erwähnen, dass die Aufzeichnung im Farmhaus von Billbinya stattfindet. Anwesend sind Dave Burrows, Craig Buchanan, Gemma Sinclair und …« Dave schaute fragend Jess an, die in diesem Moment mit einer großen Papiertüte in die Küche zurückkehrte.

»Jess Rawlings«, ergänzte Craig.

»Jess Rawlings. Es ist jetzt elf Uhr siebenundzwanzig, und wir beginnen mit der Aussage von Gemma Sinclair.« Er gab Gemma das Zeichen zu sprechen.

Gemma begann damit, dass Bulla die fremden Lämmer auf der Reimer-Koppel entdeckt hatte. Dann schilderte sie, wie Patrick Adams Handy gefunden hatte mit den darauf gespeicherten Kurznachrichten, und übergab es anschließend Dave als Beweisstück genau wie den Terminkalender mit Adams Einträgen. Sie erklärte, dass sie Jess gebeten hatte, die Bücher zu prüfen, und sich dabei herausstellte, dass die Zahlungen an Adams Eltern nicht über das offizielle Geschäftskonto gelaufen waren und dass auch die Einnahmen für die Mastochsen dort nicht verbucht waren. Sie erläuterte, dass Jess in dem Telefonat mit Rodney Woods erfahren hatte, dass es ein zweites Konto gab, von dessen Existenz Gemma nichts gewusst hatte, und dass sie vermuteten, dass dort das Schwarzgeld aus den Viehdiebstählen gelandet war.

Gemma machte eine Pause und goss sich ein Glas Wasser ein.

»Als Jess und ich am Samstag hier ankamen, wurden wir bereits von Ben Daylee erwartet, der die Unterlagen zu dem Rahmenvertrag mit dem Mäster dabeihatte. Auf den letzten beiden Lieferverträgen hat jemand mit ›G. R. Sinclair‹ unterzeichnet, aber das ist nicht meine Schrift. Die Unterschrift ist gefälscht.« Wieder übergab sie Dave das Beweisstück. Anschließend erzählte sie, dass Pat, Jess und sie beschlossen hatten, nach den Unterlagen des Geheimkontos zu suchen, und wie Pat schließlich im Geräteschuppen fündig geworden war.

»Wir möchten den Hohlraum gerne sehen«, sagte Dave.

»Kein Problem. Während Pat im Schuppen war, haben Jess und ich den Namen ›Jack Marshall‹ gegoogelt und sind auf diesen Artikel hier gestoßen.« Gemma forderte Jess auf, Dave den Ausdruck zu geben. »Jack hat hier gearbeitet, und Brad hat sich an Jess rangemacht – offenbar, um sie über mich auszuhorchen. Wahrscheinlich wollte er rauskriegen, wie viel ich über die Viehdiebstähle weiß. Ich nehme an, das ist auch der einzige Grund, weshalb Jack sich bei mir beworben hat. Bestimmt hat er die Anzeige gelesen und gedacht, dass das die perfekte Gelegenheit ist, um mich auszuspionieren. Und gestern hat mein Bruder dann die Schachtel mit den ganzen Unterlagen gefunden.« Gemma hielt kurz inne. Nun kam der schwierige Teil. Der Teil, in dem ihr Mann sich in einen Fremden verwandelte. Sie schluckte und fuhr fort: »Die Schachtel war so eine Art Andenken. Adam bekam sie von einem seiner besten Freunde geschenkt, der später Selbstmord begangen hat. Sie enthielt die Kontounterlagen, die wir gesucht haben. Außerdem lagen darin ein Abschiedsbrief an mich und ein schriftliches Geständnis von Adam in einem verschlossenen Umschlag, der für die Polizei bestimmt ist.« Jess schob die Papiertüte über den Tisch zu Craig. »Alles, was wir wissen, ist hier drin. Mehr kann ich Ihnen nicht sagen.«

Dave überflog den Zeitungsartikel, während Craig die gespeicherten Nachrichten auf dem Handy las. Als das Diktiergerät sich ausschaltete, zuckten alle zusammen, weil keiner mehr daran gedacht hatte.

Dave sah auf die Uhr. »Aufzeichnung wurde unterbrochen um dreizehn Uhr zwei«, sagte er geistesabwesend.

»Können Sie das Geständnis gleich hier öffnen?«, fragte Gemma hoffnungsvoll. »Ich möchte gerne die Details erfahren.«

»Nein. Wir müssen ein paar Vorkehrungen einhalten. Beispielsweise muss der Brief vorher auf Fingerabdrücke untersucht werden, um sicherzugehen, dass es sich nicht um eine Fälschung handelt. Ich würde auch gerne Adams Terminkalender aus dem vorletzten Jahr mitnehmen. Sie haben mir nur den vom letzten Jahr gegeben.«

»Ich hole ihn.« Gemma stand auf und ging ins Büro. Sie kehrte mit einem in Leder gebundenen Kalender zurück, auf den Adams Initialen in Gold geprägt waren. Sie gab ihn Dave und sagte: »Das alles beweist doch meine Unschuld, oder nicht?«

»Das kann ich erst mit Sicherheit sagen, wenn wir das ganze Beweismaterial gründlich untersucht haben. Sind Sie damit einverstanden, dass Craig von Ihnen, Ihrem Bruder und Miss Rawlings Fingerabdrücke nimmt, damit wir diese dann abgleichen können?«

»Sicher, aber Patrick ist nicht mehr hier. Er ist heute Morgen zurück nach Hayelle gefahren.«

»Wenn Sie uns den Weg beschreiben, können wir auf der Rückfahrt dort vorbeischauen.«

Craig ging nach draußen, um das Fingerabdruckset aus dem Wagen zu holen. Sanft drückte er die Finger der Frauen auf das Stempelkissen und anschließend auf die Abdruckkarte. Jess wandte kurz den Kopf, um sich zu vergewissern, dass Dave gerade nicht hersah, dann hakte sie ihren geschwärzten Zeigefinger in das oberste Knopfloch von Craigs Hemd, zog ihn dicht an sich heran und sagte leise: »Wann gehen wir denn endlich mal zusammen einen trinken, Detective?« Sie ließ ihn rechtzeitig los, bevor Dave sich nach ihnen umdrehte. Craig errötete und nickte leicht.

Wenig später stiegen die Ermittler in ihren Jeep und fuhren weiter nach Hayelle. Gemma rief dort an und hinterließ Patrick die Nachricht, dass die Polizei unterwegs zu ihm war, um seine Fingerabdrücke zu nehmen.

Gemma beobachtete, wie der Staub sich wieder legte, den der Jeep aufgewirbelt hatte. Jess kam zu ihr heraus und stellte sich neben sie.

»Denkst du, die Sache ist geklärt?«, fragte Gemma.

»Ich schätze, das können wir erst sagen, wenn die ganze Bande hinter Schloss und Riegel sitzt. Aber trotzdem glaube ich, dass du nichts mehr zu befürchten hast. Themawechsel: Craig ist ein ziemlich heißer Typ, nicht wahr?«

Gemma verdrehte die Augen.

Brad lag auf dem Bett mit seiner Frau – der Frau, die er liebte. Als der Zufall sie zusammenführte, war Brad ihr vom ersten Moment an verfallen – vor allem nachdem er entdeckt hatte, dass sie die gleichen Ziele verfolgten und beide den unbeugsamen Willen besaßen, sich durch nichts und niemanden aufhalten zu lassen. Sie nahmen es eher locker mit der Treue. Manchmal waren Seitensprünge eben erforderlich, wenn dabei ein großer Batzen Geld heraussprang, weil die Leute mehr zu verlieren hatten als Brad und seine Frau.

Die organisierten Viehdiebstähle gingen auf seine Idee

zurück, und seine Frau war sofort Feuer und Flamme gewesen. Sie lebten nun schon seit vielen Jahren von diesen Diebestouren. Normalerweise war ihr bevorzugtes Jagdrevier der Norden Australiens, wo die Farmer keinen genauen Überblick über die Herdengrößen hatten und wo es Gebiete gab, in die sich monatelang kein Mensch verirrte. Aber diese Möglichkeit war verbaut, seit Brad und Jack vor sechs Jahren das Interesse der Kriminalpolizei in Queensland auf sich gezogen hatten.

Die Kehrseite dieses abenteuerlichen Lebens, überlegte Brad, war, dass er und seine Angebetete immer seltener Zeit miteinander verbringen konnten. Es war zu riskant.

Aber nun war eine der seltenen Gelegenheiten, wo sie zusammen waren. Sie unterhielten sich über den großen Coup, der in Kürze bevorstand – größer als alles, was sie sich bisher getraut hatten. Seine Frau hatte mit Gemma Sinclair eine Rechnung offen, und sie wollte sie büßen lassen – am liebsten hinter Gittern.

»Bist du sicher, dass sie keinen Verdacht geschöpft hat?«, fragte seine Frau. »Du hast jetzt keinen mehr vor Ort, nachdem Jack versagt hat, und zu Jess hast du auch keinen Kontakt mehr.«

»Ich bin mir sicher, dass die beiden Schnüffler die gestohlenen Ochsen auf dem Gelände entdeckt haben. Wir können also davon ausgehen, dass die Bullen Gemma ins Kreuzverhör nehmen, wenn sie sie nicht direkt verhaftet haben. Aus der Nummer kann sie sich nicht rausreden.« Brad verstummte und genoss das wunderschöne Lächeln, das sich im Gesicht seiner Frau ausbreitete.

»Wie schön«, murmelte sie. »Der Knast ist genau der richtige Ort für so eine. Sie hat an allem Schuld, weißt du?«

»Ja, Schatz, ich weiß.« Brad legte den Arm um seine Frau und gab ihr einen Kuss. »Unser Plan ist perfekt eingefädelt. Wer hätte gedacht, dass die kreuzanständige Gemma Sinclair ihre eigenen Eltern bestiehlt? Und das, wo ihr herzkranker Vater in der Klinik liegt und sich nicht wehren kann.« Das Paar brach in schallendes Gelächter aus.

Auf der Rückfahrt nach Port Pirie telefonierte Dave mit seinem Vorgesetzten in Perth.

»Ja, das verstehe ich, aber wir benötigen hier dringend mehr Einsatzkräfte. Wir haben zwei Tatverdächtige, die wir rund um die Uhr beschatten müssen. Außerdem ist Jack Marshall immer noch flüchtig. Es ist uns noch nicht gelungen, ihn aufzuspüren.« Dave lauschte in den Hörer, dann sagte er: »Danke, Chef.« Er legte auf. »Wir bekommen Verstärkung.«

»Soll ich weitere Informationen einholen über Manstead und Marshall und den Angaben in Adams Abschiedsbrief nachgehen?«, fragte Craig. Dave wandte den Kopf und nahm einen schwarzen Fleck auf Craigs Hemdkragen wahr.

»Ja, darum kümmern wir uns als Erstes. Wir wollen nichts dem Zufall überlassen. Nimmst du neuerdings die Fingerabdrücke auf deinem Hemd?« Dave deutete auf den Fleck. Craig bekam einen roten Kopf, und Dave musste lachen. »Du musst noch lernen, dein schlechtes Gewissen hinter einem Pokergesicht zu verbergen, Partner!«

»Konzentrieren wir uns auf die Arbeit, okay?«, sagte Craig mit verkniffener Miene. Er hatte sich bis jetzt noch keine Gedanken darüber machen können, wie er mit Jess und der ganzen Situation umgehen sollte. Craig wusste nur, dass er Jess unbedingt näher kennenlernen wollte.

Kurze Zeit später erreichten sie die Polizeiwache in Port Pirie. Wie mit Dave abgesprochen, setzte Craig sich direkt an den Computer und klemmte sich den Hörer ans Ohr, während Dave das Büro von Geoff Hay aufsuchte, um ihn über die neuesten Entwicklungen zu informieren.

Danach ging Dave zu Craig und sah ihn telefonieren.

»Ja, verstehe. Das lässt sich machen.« Pause. »Wir sehen uns am Mittwoch. Danke für Ihre Hilfe.«

»Gibt es was Neues?«, fragte Dave und betrat das Büro.

»Ja, allerdings. Brad Manstead war offenbar längere Zeit in psychiatrischer Behandlung. Zwischen 1995 und 98 machte er eine ambulante Therapie bei einem Dr. Tom Dyason in Adelaide. Dyason will seine Schweigepflicht nur brechen, wenn ich ihm eine richterliche Anordnung präsentiere. Es besteht die Möglichkeit, dass Manstead in der Praxis von Dyason die andere tatverdächtige Person kennengelernt hat. Ich gehe sofort zum Richter und beantrage eine Verfügung. Mit Dyason habe ich am Mittwoch einen Termin vereinbart. Ich habe auch über die BJN Schlachtbetriebe etwas herausgefunden. Manstead hat die Firmenanteile von seinem Vater geerbt. Marshall ist sein Halbbruder – sie haben verschiedene Mütter. Das erklärt, was in dem Geständnis steht. Interessant ist auch, dass es bei BJN einen stillen Teilhaber gibt. Ich möchte herausfinden, wer das ist. Ich habe nämlich das Gefühl, dass sich das mit den Angaben in Adams Brief deckt. Ich muss nur den Firmenindex abrufen …«

Dave klopfte Craig auf die Schulter. »Gute Arbeit, Partner. Okay, mach den Antrag für die richterliche Verfügung fertig, und anschließend knöpfen wir uns mal den dritten Tatverdächtigen vor. Ich habe vorhin am Telefon erfahren, dass er einen ausgiebigen Urlaub plant und in Kürze den Bundesstaat verlassen wird.«

»Ist das wahr? Wann haut er ab?«

»Am Mittwoch. Uns bleiben also zwei Tage, na ja, besser gesagt anderthalb, um ihn zu überführen.«

Dave und Craig gingen den Eingangsweg empor, der zu einem schmucken Haus führte. Der Garten machte einen gepflegten Eindruck, und das Haus sah aus wie frisch gestrichen. Sie klopften an die Tür und warteten, während sie den Blick schweifen ließen auf der Suche nach einem Hinweis, dass der Hausbesitzer mehr Geld hatte, als er offiziell verdiente.

Eine gut gekleidete, ältere Frau öffnete die Tür. »Hallo. Wie kann ich Ihnen helfen?«

»Guten Tag.« Dave hielt seinen Dienstausweis hoch. »Ich bin Detective Dave Burrows vom Sonderdezernat in Perth, und das hier ist Detective Craig Buchanan.« Währenddessen erschien Ned Jones hinter seiner Frau.

»Hallo zusammen. Wie ich sehe, ermitteln Sie immer noch.« Er sagte zu seiner Frau: »Ich mach das schon, Liebling. Es geht um die Viehdiebstähle, die sich in letzter Zeit hier häufen.«

Rosemary entschuldigte sich mit einem Lächeln. »Ich muss noch so viel einpacken«, sagte sie. »Wir machen Ferien im Northern Territory. Wir waren noch nie richtig im Urlaub, nicht wahr, Ned? Er war ja nicht von seinem Geschäft loszueisen – das hatte immer Vorrang. Gut, dann bis später.« Rosemary verschwand im Haus.

»Wir würden uns gerne mal genauer mit Ihnen unterhalten, Ned.«

»Ja.« Er stand da, die Hände in den Hosentaschen vergraben, und wippte mit den Füßen.

»Hier oder auf der Wache?«, fragte Dave.

Ned hörte auf zu wippen und stieß einen Seufzer aus. »Also gut, gehen wir. Ich sage nur kurz Rose Bescheid.«

Im Verhörraum war es kalt, obwohl die Wintersonne hereinschien. Ned fröstelte und zog den Reißverschluss seiner Jacke zu. Craig bereitete das Aufnahmegerät vor, während Dave einen Becher Kaffee vor Ned auf den Tisch stellte. Ned umfasste den Becher mit beiden Händen und fragte: »Warum müssen Sie meine Aussage aufnehmen? Ich weiß nicht mehr als das, was ich Ihnen bereits erzählt habe. Brauche ich einen Anwalt?«

»Warum sollten Sie einen Anwalt brauchen, Ned? Sie haben doch nichts verbrochen – zumindest behaupten Sie das. Nein, es haben sich lediglich ein paar zusätzliche Fragen ergeben, die wir Ihnen stellen möchten. Wir zeichnen die Gespräche gerne auf, damit wir nichts übersehen. Bist du so weit, Craig?«

»Ja. Band läuft.«

»Befragung von Ned Jones am …« Dave spulte wieder seinen Standardsermon ab und benannte Ort, Zeit und die Anwesenden, bevor er die erste Frage stellte: »Ned, was können Sie uns über Ihre Beziehung zu Adam Sinclair sagen?«

»Adam war viele Jahre lang mein Kunde, bis zu seinem Tod. Auch sein Vater war ein Kunde von mir.«

»Was genau machen Sie für Ihre Kunden?«

»Ich suche nach Käufern für das Vieh und bekomme dafür eine Vermittlungsprovision. Außerdem organisiere ich den Transport der Tiere. Da ich die Bestände meiner Kunden sehr genau kenne, kaufe ich auch Vieh im Auftrag. Der Kunde erstattet uns dann den Kaufpreis.«

»Und Sie sind einer der Geschäftsführer?«

»Ja. Bert hat mir vor fünfzehn Jahren angeboten, als Partner bei ihm einzusteigen.«

»Verdienen Sie gut?« Dave lehnte sich zurück.

»Ja, ich bekomme drei Prozent Vermittlungsprovision für alles, was ich kaufe und verkaufe. Ich kann mich wahrlich nicht beschweren.«

»Haben Sie immer hier in Pirie gelebt?«

Ned machte plötzlich einen unbehaglichen Eindruck. »Inwiefern ist das relevant?«

»Ich frage nur aus Neugier. Um mir ein besseres Bild von Ihnen zu machen.«

Ned entspannte sich wieder. »Als die Kinder noch klein waren, haben Rose und ich ein paar Jahre im Südosten von South Australia gelebt. Dort habe ich Viehtreiber gelernt. In Naracoorte. Wir haben dort acht Jahre lang gewohnt, bis Bert mir eine Stelle in seiner Firma anbot und mich drei Jahre später dann zu seinem Partner machte.«

»Sie führen eine glückliche Ehe?«

Auf Neds Gesicht erschien ein Lächeln. »O ja. Rose ist eine wunderbare Frau. Wir hatten zwar auch unsere Krisen, wie sie wohl in jeder Ehe vorkommen, vor allem, als die Kinder noch klein waren, aber wir sind heute noch glücklich miteinander.«

Dave lächelte auch. »Das freut mich. Eine glückliche Ehe ist viel wert im Leben. Sie vermittelt einem ein großes Gefühl von Sicherheit, nicht wahr? Okay, Ned, hören Sie zu.« Dave beugte sich mit ernstem Gesicht vor. »Wir brauchen Ihre Hilfe. Darum sind Sie hier. Im Moment treten wir mit unseren Ermittlungen ein wenig auf der Stelle, auch wenn wir viele Indizien gesammelt haben. Als Viehagent kriegt man auf den Farmen doch sicher eine Menge mit. Wir hoffen daher sehr, dass Sie uns helfen können.« Dave machte eine Pause und überlegte, wie er fortfahren sollte. »Letzte Woche haben wir auf Billbinya fremde Ochsen entdeckt, die nicht Gemma gehören. Haben Sie ihr vor Kurzem Herefords verkauft?«

Ned schien kein Problem mit dieser Frage zu haben. »Nein.«

»Kann es sein, dass Gemma die Rinder von jemand anderem gekauft hat?«

»Nein, sie hat ausschließlich mich beauftragt … Beziehungsweise Ben, der mich derzeit vertritt. Aber noch nie eine andere Agentur.«

»Okay. Am Freitagabend, als wir draußen im Gelände waren, wurde Gemma in ihrem Haus von Jack Marshall angegriffen. Kennen Sie ihn?«

Ned erschrak über diese Neuigkeit. »Angegriffen? Was soll das heißen?«

»Marshall hat sie verprügelt. Es geht ihr so weit gut, aber sie musste ärztlich behandelt werden.«

»Verdammte Scheiße.« Neds Gesicht verfärbte sich rot, und seine Hände begannen zu zittern.

Dave musterte ihn und sagte: »Hey, kein Grund zur Aufregung. Gemma geht es gut. Sie wird es verkraften. Brauchen Sie vielleicht einen Arzt?«

Ned schüttelte den Kopf und atmete tief durch.

Dave beobachtete ihn aufmerksam. »Gemma steht Ihnen sehr nahe, nicht wahr?«

»Sie ist wie eine Tochter für mich. Ich kenne sie, seit sie klein war. Ihre Eltern sind langjährige Kunden von mir. Gemma hat sich zu einer außergewöhnlichen Frau entwickelt, die ihre Sache tapfer meistert, obwohl es ihr keiner zugetraut hat. Sie hat so viel durchgemacht, zuerst der Tod von Adam, und jetzt auch noch diese Verdächtigungen. Ihr Vater – Sie wissen ja wahrscheinlich, dass Gemmas Vater vor Kurzem einen Herzinfarkt erlitten hat.«

»Haben Sie eine Idee, wer Gemma mit diesen Viehdiebstählen zu schaden versucht? Kennen Sie Jack Marshall?«

»Ja, flüchtig, von meinen Besuchen auf der Farm. Ich habe keine Ahnung, wer Gemma absichtlich Schaden zufügen könnte, aber ich wünschte, ich wüsste es.« Auf Neds Stirn standen Schweißperlen, und er tupfte sie mit einem Taschentuch ab.

»Ned, soll ich nicht doch lieber einen Arzt rufen?«

»Nein, es geht mir gut. Lassen Sie es uns hinter uns bringen.«

»Okay, kennen Sie eine dieser Personen?« Dave legte Ned drei Fotos vor, die Craig zuvor am Computer ausgedruckt hatte.

Ned betrachtete die Porträts. »Den hier kenne ich natürlich, das ist Jack Marshall. Er hat für Gemma gearbeitet. Was die anderen beiden betrifft … Den hier habe ich mal in der Stadt gesehen. Er heißt Brad Manstead und ist Agraringenieur, meine ich, aber ich kenne ihn nicht persönlich. Dieses Gesicht hier ist mir völlig unbekannt.« Ned schob das dritte Foto beiseite.

»Tja, wissen Sie, Ned, nun haben wir ein Problem.«

Dave lehnte sich wieder zurück. »Uns liegt ein schriftliches Geständnis von Adam Sinclair vor. Wir haben es zwar erst heute erhalten, aber es enthält die Namen aller Beteiligten samt einer ausführlichen Beschreibung der Tatabläufe. Und wissen Sie was? Ihr Name kommt auch darin vor. Möchten Sie uns etwas darüber erzählen?«

Neds Gesicht verfärbte sich noch dunkler, und der Schweiß rann ihm aus sämtlichen Poren. Er spielte mit seinem leeren Kaffeebecher, dann erhob er sich von seinem Stuhl. Er wanderte im Raum auf und ab, während Dave und Craig schweigend warteten. Dies war ein Mann, der mit seinem Gewissen kämpfte.

Schließlich setzte Ned sich wieder und begann, mit ruhiger Stimme zu sprechen.

»Es begann vor ungefähr einem Jahr, vielleicht auch ein bisschen früher. Ich wurde von diesem jungen Mann hier angesprochen.« Ned tippte auf das Foto von Brad. »Er hat mich erpresst. Hat mir damit gedroht, mein Geheimnis zu verraten, wenn ich ihn nicht mit Informationen über das Schlachtvieh im Distrikt versorge. Ich habe versucht, ihm das auszureden. Im Grunde bin ich ein ehrlicher Kerl. Ich bin ja für jeden Spaß zu haben, aber da hört der Spaß auf. Manstead hat mir nicht gesagt, wofür er diese Informationen benötigt, aber ich habe Nachforschungen angestellt und herausgefunden, dass er Schlachthofbesitzer ist. Ich nehme an, er ist der Abnehmer für das gestohlene Vieh und verkauft das Fleisch weiter. Meine Aufgabe war, Adam per SMS mit Informationen zu versorgen. Daraufhin spionierte Adam die Örtlichkeiten aus und versuchte, die Besitzer für ein paar Stunden vom Hof zu locken, damit der Transporter anrücken konnte. Jacks Part war es, das Vieh zu verladen und anschließend in die Zwischenstation zu bringen. Nach Billbinya. Wo es so lange blieb, bis wieder etwas Gras über die Sache gewachsen war, verstehen Sie? Erst dann wurde das Vieh zum Schlachthof gebracht.« Ned griff nach seinem Kaffeebecher, aber der war leer. »Das ist die ganze Geschichte. Nun wissen Sie alles. Ich habe an Adam und Brad Insiderinformationen weitergegeben. Aber ich wurde erpresst. Und ich wollte nicht riskieren, dass Rose mein Geheimnis erfährt. Ich liebe sie viel zu sehr, um ihr das anzutun. Meine Vergangenheit hat ein paar dunkle Flecken, für die ich mich sehr schäme.«

Dave fragte den krank aussehenden Mann in sanftem Ton: »Wollen Sie immer noch keinen Arzt?«

Ned schüttelte erneut den Kopf.

»Können Sie uns sagen, womit Sie erpresst wurden? Sonst kann ich Ihnen nicht helfen.«

Ned starrte auf die zerkratzte Tischoberfläche und murmelte leise: »Manstead hat mir damit gedroht, er würde Rose sagen, dass ich ein Kind mit einer anderen Frau habe. Eine Tochter.«

Ein Schweigen entstand. Craig wackelte auf seinem Stuhl, um Dave auf sich aufmerksam zu machen, und spreizte die Finger zu einer Telefongeste. Dave sah ihn verständnislos an, bis der Groschen plötzlich fiel.

»Ned, haben Sie auf der Wache angerufen und uns den anonymen Tipp gegeben, nachdem das erste Mal gestohlenes Vieh auf Billbinya gesehen worden war?«

Ned nickte. Er zitterte jetzt so stark, dass er seine Hände kaum noch unter Kontrolle hatte, und er spürte einen großen Druck in der Brust.

»Wer ist Ihre Tochter?«, fragte Dave vorsichtig. Zu Craig sagte er: »Ruf einen Arzt.«

Craig verließ den Raum.

»Mir ist übel.« Ned stand plötzlich auf und taumelte, die Hände an die Brust gepresst. Dave schoss von seinem Stuhl hoch und rief Craig hinterher, sofort einen Notarzt zu holen. Ned sackte zusammen, bevor Dave bei ihm war, und sein leerer Blick blieb an den Tischbeinen hängen.

Kapitel 29

»Hallo?«, meldete Gemma sich am Telefon.

»Hi, Gem, wie geht's?«, fragte Patrick mit ungewohnter Anspannung in der Stimme.

»Was ist los, Pat?«, fragte Gemma besorgt, da ihr sein nervöser Unterton sofort aufgefallen war.

»Es ist wegen Kate. Ich muss so schnell wie möglich nach Queensland zurück. Sie ist vom Pferd gefallen. Sie hat sich ein Bein gebrochen, und ein paar Rippen sind geprellt.«

»O nein! Pat, du musst sofort zu ihr. Soll ich einen Flug für dich buchen?«

»Das wollte ich gleich im Anschluss machen. Schaffst du das, dich zusätzlich um Hayelle zu kümmern?«

»Ja, das kriegen wir schon hin. Am besten, du lässt die Liste mit den Arbeiten, die Dad dir aufgetragen hat, auf dem Küchentisch liegen. Wir kümmern uns darum.« Gemma machte eine kurze Pause. »Vielen Dank, Pat. Danke für alles. Ich glaube, ohne dich hätte ich es nicht geschafft.«

»Sicher hättest du es ohne mich geschafft. Ich fahre noch heute Abend nach Adelaide und informiere unsere alten Herrschaften über Kates Unfall. Vielleicht sollte ich ihnen bei der Gelegenheit auch gleich sagen, dass wir heiraten wollen.«

Gemma lächelte. »Keine schlechte Idee. Sag es Dad lieber jetzt, bevor es vielleicht zu spät ist. Aber bring es ihm schonend bei.«

»Vielleicht bekommt er einen solchen Schock, dass er sofort nach Hause fährt und sich wieder um seine Farm kümmert.«

Als Gemma auflegte, erschien Bulla in der Tür und Ben direkt dahinter. Ihre ernsten Gesichter ließen Gemma ahnen, dass sie schlechte Neuigkeiten brachten – allerdings hatte sie nicht den blassesten Schimmer, was nun schon wieder war.

Lange nachdem Bulla gegangen war und der Schock wegen Ned sich allmählich gelegt hatte, saß Ben immer noch bei Gemma. Jess half Bulla draußen im Gehege, auch wenn sie ihm keine große Hilfe sein würde, wie Gemma wusste.

»Warum hat er das getan?«, fragte Gemma, nicht zum ersten Mal.

»Ich weiß es nicht, Gem.« Ben nahm ihre Hand.

»Die arme Rose. Ihr Mann liegt im Koma und wird nur noch von Maschinen am Leben erhalten. Und das so kurz vor dem Start in den lang ersehnten Traumurlaub«, sagte Gemma traurig.

Im nächsten Augenblick sprang sie von der Couch auf. »Komm mit, ich will dir was zeigen.« Mit zielstrebigen Schritten ging sie hinaus in den Hof und sprang in den Pick-up, während Ben ihr folgte.

»Ich bin stinksauer«, sagte Gemma und ließ den Motor laut aufheulen, bevor sie zu ihrem Lieblingsplatz auf Billbinya aufbrach. »Ich kann das alles gar nicht glauben. Denkst du, Dave und Craig bekommen Schwierigkeiten, weil Ned beim Verhör zusammengebrochen ist?«

Ben schüttelte den Kopf. »Ich schätze, es wird intern geprüft, ob die Vorschriften verletzt wurden. Aber Rose hat gesagt, dass bei Ned schon vor einem Vierteljahr Herzprobleme diagnostiziert worden sind. Darum haben sie diese Auszeit beschlossen, und darum bin ich als Vertretung eingestellt worden. Offenbar war Neds Herz eine tickende Zeitbombe. Ich bezweifle, dass Dave und Craig etwas vorzuwerfen ist. Vielleicht haben Sie Ned ein wenig in die Zange genommen, aber schließlich hat er sich selbst in diese Situation gebracht. Ich nehme an, Ned war nicht darauf vorbereitet, dass die Polizei ihm auf die Schliche kommt. Trotzdem, ich bin davon überzeugt, dass er wieder gesund wird. Er ist ein zäher, alter Haudegen.«

»Würdest du noch leben wollen, wenn du wüsstest, dass dich nichts Gutes erwartet?«, fragte Gemma und beantwortete die Frage selbst mit einem Kopfschütteln. Sie drehte das Radio lauter und genoss die Nachmittagssonne und den kühlen Fahrtwind, der ihr Gesicht streichelte. Es würde heute einen fantastischen Sonnenuntergang geben, und vielleicht lenkte er sie ab von den schlechten Neuigkeiten.

Kurze Zeit später hielt Gemma am Bach, an der Uferstelle, wo sie mit Jess übernachtet hatte. Sie öffnete die Fahrertür und stieg aus.

»Das hier ist mein Lieblingsplatz auf Billbinya«, sagte sie mit einer ausladenden Geste. »Adam und ich haben hier früher immer gecampt.« Gemma ging zu einem Felsvorsprung, der ihr bis zur Taille reichte. »Das hier war unser Picknicktisch.« Sie deutete auf eine flache Stelle in Wassernähe. »Dort drüben haben wir unsere Schlafsäcke ausgebreitet. Wir haben die Sterne beobachtet, geredet, uns geliebt.« Gemmas Stimme klang weich bei der Erinnerung, aber als sie sich Ben zuwandte, wirkte ihr Gesicht hart. »Das war alles eine Lüge. Meine Ehe war eine Lüge. Mein ganzes Leben hier ist ein Fake gewesen.«

Gemma lehnte sich gegen einen Felsen, und Ben ging zu ihr. Er legte die Hände auf ihre Schulter und sah ihr in die Augen. »Ja, mag sein, dass es eine Lüge war, aber das muss es ja nicht bleiben. Sobald diese ganze Geschichte vorüber ist, kannst du einen Neuanfang machen. Du kannst lernen, wieder zu vertrauen und zu lieben. Gemma, du bist zu stark, als dich von Wut und Verbitterung auffressen zu lassen. Es gibt so viele Menschen, die dich lieben. Jess, Pat, ich.« Ben starrte in das schöne Gesicht, das ihn verwundert ansah.

»Hast du gerade ›lieben‹ gesagt?«, fragte Gemma leise und musterte seine Miene.

Ben wirkte etwas verlegen. »Nun ja, lieben ist vielleicht ein bisschen zu stark ausgedrückt, aber ich kann dich sehr gut leiden und möchte mit dir zusammen sein.«

Gemma schlang die Arme um Ben und lehnte sich an seine Brust. Er fasste ihr unter das Kinn und küsste sie. Zuerst ganz sanft, dann immer leidenschaftlicher. Um sie herum trällerten Flötenvögel ihr Abendlied, untermalt vom Kreischen der Rosakakadus. Dann saßen Gemma und Ben schweigend da und beobachteten, wie die Sonne hinter den rot gefärbten Hügeln versank.

Als sie zurückkehrten, erwartete Jess sie bereits an der Hintertür. Sie strahlte vor Begeisterung, wackelte mit dem Handy in der Hand und rief ihnen entgegen: »Das

Dreckschwein hat sich verraten! Er hat mir versehentlich eine SMS geschickt, die für Jack bestimmt ist. Jetzt kriegen wir den Bastard!«

»Von wem redest du, du Irre?«, fragte Gemma.

Jess hielt wieder ihr Handy hoch. »Brad hat sich einen kleinen Schnitzer geleistet. Offenbar verliert er den Überblick. Ich habe eine SMS von ihm bekommen, in der steht, dass der nächste Coup für Freitagnacht um elf geplant ist. Augenblick, ich lese sie euch vor. Kommt endlich rein! Los, Beeilung! Ben, Sie können sich nützlich machen und für Getränke sorgen.« Jess war zu sehr mit Organisieren beschäftigt, um den amüsierten Blick zwischen Gemma und Ben mitzubekommen. »So, seid ihr bereit? *›aktion steigt fr 23. roch road. 40 kühe + klb. kopp bjn.‹*« Jess sah aufgeregt hoch. »Was meint ihr dazu?«

»Okay, es geht also um vierzig Kühe samt Kälber, die am Freitag um dreiundzwanzig Uhr von der Roch Road abgeholt werden sollen. Kopp dürfte für Koppel stehen, und bjn … Tja, da bin ich leider überfragt«, sagte Ben.

»Moment«, sagte Gemma nachdenklich. »BJN, heißt so nicht die Schlachterei, die in dem Internet-Artikel erwähnt wird? Die, an der Brad beteiligt ist? Ich wette, das B steht für Brad und das J für Jack. Aber für wen steht das N?« Ein Schatten huschte über ihr Gesicht, und sie fügte leise hinzu: »Doch hoffentlich nicht für Ned, oder?«

Es entstand ein nachdenkliches Schweigen.

Dann fragte Jess: »Aber wo soll denn diese Roch Road sein? Und wenn damit die Rochden Road gemeint ist? Das ist die Straße, die nach Hayelle führt!«

Gemma war bereits auf dem Weg ins Büro, um Dave anzurufen.

Am Mittwochmorgen machte Craig sich auf den Weg nach Adelaide. Da er sich nicht auskannte, hatte er einen Stadtplan dabei, aber die Kollegen von der Wache hatten gemeint, dass die Adresse leicht zu finden sei. Breite Fahrspuren, ausreichend Parkplätze und gut ausgeschilderte Straßen machten die Orientierung einfach. Craig sah das völlig anders. Er war irgendwo falsch abgebogen und landete schließlich in einer Siedlung mit engen Straßen, die er auf dem Stadtplan nicht finden konnte. Nachdem er zweimal um den Block gekurvt war, fuhr er auf einen Motelparkplatz. Dann studierte er in Ruhe den Stadtplan.

Nachdem er sich den einfachsten Weg ins Zentrum eingeprägt hatte, wendete er den Wagen auf dem kleinen Parkplatz. Dabei fielen ihm zwei gescheckte Hunde auf, die an einem Pick-up festgebunden waren. Craig stellte den Motor wieder aus, schnappte sich den Stadtplan und tat so, als müsse er weitersuchen, während er unauffällig den Parkplatz beobachtete. Zwei Hunde, weißer Pick-up, blau-weißes Kennzeichen aus Victoria, nackte Frau auf der Heckscheibe, abgelegenes Motel. Jack Marshall war hier ganz in der Nähe.

Craig holte sein Handy hervor, richtete die Kamera auf den Pick-up und machte ein paar Bilder. Er wollte gerade an die Hunde heranzoomen, als Jack plötzlich sein Zimmer verließ. Craig reagierte geistesgegenwärtig und knipste Jack zweimal. Dann drehte er den Zündschlüssel und fuhr weiter. Was für ein glücklicher Zufall!

Bei der nächsten Gelegenheit hielt Craig am Straßenrand und wählte Daves Handynummer. Da er ihn nicht erreichte, hinterließ er eine Nachricht auf der Mailbox.

Dann setzte er seine Fahrt zu der Praxis von Dr. Tom Dyason fort.

Eine unscheinbar wirkende Sekretärin führte ihn in Dyasons Büro und bat ihn, Platz zu nehmen. Der Doktor werde gleich kommen.

Und tatsächlich kam Dr. Dyason nach kurzer Zeit ins Zimmer gerauscht. »Einen wunderschönen guten Morgen«, sagte er und ging mit raschen Schritten auf Craig zu. Er streckte die Hand aus, und Craig schüttelte sie. »Nein, nicht doch, ich will die richterliche Anordnung sehen.« Craig gab ihm das Dokument.

»Sehr gut. Wie kann ich Ihnen helfen?«

Craig öffnete seine Aktentasche und nahm ein Foto von Brad Manstead heraus. »Wir suchen diesen Mann. Können Sie mir etwas über ihn erzählen?«

»Ja, das kann ich. Das ist Bradley Charles Manstead. Stammt aus schwierigen Familienverhältnissen, ein Alkoholiker. Sein Vater hat sich früh aus dem Staub gemacht und eine neue Familie gegründet. Bradley befand sich damals in einer wichtigen Entwicklungsphase, und der Verlust des Vaters löste massive Ängste bei ihm aus. Seine Mutter war mittellos, und von seinem Vater kam keine finanzielle Unterstützung. Daraus resultiert sein ungesundes Verhältnis zum Geld. Dafür geht er notfalls über Leichen. Wollen Sie noch mehr hören?«

Craig zog das Foto von Brads vermeintlicher Komplizin hervor. »Ist Ihnen diese Frau bekannt? Wir versuchen herauszufinden, woher Manstead und sie sich kennen.«

Dr. Dyason nahm das Foto in die Hand und betrachtete es lange. »Diese Person ist seelisch gestört. Sie hat in meiner Praxis gearbeitet, ungefähr vier Monate lang, als

Bradley bei mir in Behandlung war. Die beiden haben was miteinander angefangen. Natürlich habe ich sie sofort rausgeschmissen und ihnen Hausverbot erteilt. So ein Verhalten kann ich unmöglich dulden. Ich hatte zuvor schon Probleme mit der Frau. Sie ist eine notorische Lügnerin, höchst manipulativ, und es fällt ihr schwer, Realität und Fantasie auseinander zu halten. Eigentlich hätte sie meine Patientin sein sollen und nicht meine Angestellte. Diese Frau«, Dyason tippte auf das Foto, »ist gefährlich.«

Kapitel 30

Am Freitagabend schickte Dave zwei Beamte los, um Brad beschatten zu lassen. Zwei weitere Polizisten bezogen Posten im Busch, am Ende der Rochden Road, während das dritte Doppelteam sich an Jacks Fersen heftete, als er Adelaide verließ. Craig und Dave versteckten sich auf Hayelle im Geräteschuppen, ausgerüstet mit Ferngläsern und einer Videokamera. Zudem hatte jeder ein Nachtsichtgerät und ein Funkgerät dabei.

Das Knacken des Funkgeräts riss Dave aus seinen Überlegungen. »Hier Einheit vier. Transporter nähert sich der Rochden Road.«

»Verstanden, Einheit vier«, antwortete Dave und gab Craig einen leichten Stoß. »Es geht los, mach die Kamera an. Hast du das Infrarotdingens schon scharf gestellt?«

»Ich bewundere immer wieder deinen technischen Sachverstand, Dave. Was würdest du nur ohne mich machen?«, sagte Craig hinter der Kamera.

Dave zwickte ihn kurz ins Ohr. »Etwas mehr Respekt vor deinem Teamleiter, bitte!« Sie verstummten, als sie hörten, dass sich ein Fahrzeug näherte.

»Achtung, an alle Einheiten, der Truck fährt jetzt auf den Hof. Bleibt auf euren Beobachtungsposten. Auf keinen Fall zugreifen, verstanden? Wir wollen ihm schließlich zu seinem Ziel folgen. Roger?« Dave ließ die Sprechtaste los und wartete auf Antwort.

»Roger.«

»Einheit vier an Einheit eins. Geländewagen, Fabrikat Holden, Zulassung in Victoria, ist gerade in die Rochden Road abgebogen. Wir vermuten am Steuer die Zielperson Jack Marshall. Roger?«

»Roger. Einheit vier, Sie rühren sich nicht von der Stelle«, befahl Dave. Die Einsatzkräfte hielten sich zurück, während der Transporter rückwärts an die Laderampe vor dem Gehege setzte. Die Nacht war hell, da Vollmond herrschte, und bis auf das Tuckern des Dieselmotors war kein Geräusch zu hören.

Jacks Wagen rollte kurz darauf mit Standlicht am Schuppen vorbei zu der Koppel, die an das Gehege grenzte. Die Polizisten beobachteten, wie die Hunde auf einen lauten Pfiff von Jack hin von der Ladefläche sprangen und auf die Herde in der Koppel zurannten. Während die beiden Männer die Flanken absicherten, arbeiteten die Hunde von hinten. Das aufgeschreckte Vieh war unruhig. Die Kälber brüllten vor Schreck über die plötzliche Betriebsamkeit, aber es dauerte keine Viertelstunde, und die Herde war im Gehege. Jack und der Truckfahrer öffneten das Tor zur Laderampe, wo der Transporter bereitstand, und keine zehn Minuten später war das Vieh verladen, und der Fahrer saß startbereit in der Kabine.

»An alle Einheiten, beide Fahrzeuge verlassen jetzt den Hof«, sagte Dave mit gedämpfter Stimme in sein Funkgerät. Zu Craig sagte er: »Hast du alles drauf?«

»Nein, die Koppel ist zu weit entfernt, da dürfte nicht viel zu erkennen sein. Aber dafür kann man deutlich sehen, wie das Vieh ins Gehege getrieben wurde. Hast du das Kennzeichen von dem Truck schon durchgegeben?«

»Ja, die Zentrale hat mich gerade verständigt, dass er auf die BJN Schlachtbetriebe zugelassen ist. Die Bande ist vielleicht doch nicht so clever, wie wir dachten. Ganz schön dumm von denen, einen Firmentransporter für den Coup zu nehmen. Offenbar stehen sie unter großem Druck.« Dave packte die Ausrüstung zusammen und gab Craig das Zeichen zum Aufbruch.

»Komm, heften wir uns an ihre Fersen.«

»Einheit vier an Einheit eins.«

»Hier Einheit eins«, antwortete Dave.

»Die Zielperson Marshall hat den Pick-up im Busch abgestellt und ist in den Truck gestiegen. Over.«

»Sieh an«, murmelte Dave. »Einheit vier, beschlagnahmen Sie den Wagen. Over.«

»Verstanden.«

Dave und Craig folgten dem Transporter in sicherer Entfernung.

»Einheit zwei, Sie halten den Truck nach ungefähr dreißig Kilometern an und überprüfen die Papiere. Over«, gab Dave per Funk durch. »Wir zeigen mit ein paar Streifenwagen Präsenz und verschwinden dann wieder, bis die mit dem Abladen beginnen. Roger?«

»Roger«, lautete die Antwort.

Einheit zwei wartete, bis der Transporter ungefähr dreißig Kilometer zurückgelegt hatte, und schaltete dann das Blaulicht an, ohne Sirene. Gleich darauf hielt der Streifenwagen neben dem Truck, und die beiden Beamten in Uniform gingen zum Führerhaus und signalisierten dem Fahrer, auszusteigen.

»Guten Abend«, sagte einer der Polizisten höflich und

hielt dem Fahrer seinen Dienstausweis unter die Nase. »So spät noch unterwegs?«

»Tja, muss halt sein«, antwortete der Fahrer.

»Wo soll's denn hingehen?«

»Nach Wakefield«, sagte der Mann. Port Wakefield lag nördlich von Adelaide.

»Ah. Wir machen nur eine Routinekontrolle. Können wir bitte mal die Papiere sehen?«

Der Mann stieg wieder zum Führerhaus hoch und nahm eine Mappe heraus. Er gab sie dem Officer, der sie aufklappte und die Frachtpapiere kurz durchsah. »Sind Sie alleine an Bord?«

»Äh …« Der Fahrer sah zu seinem Truck. »Nein, ich hab einen Kumpel dabei.«

»Das ist gut«, sagte der Beamte und nickte. »Hilft einem, bei einer Nachtfahrt wach zu bleiben, nicht?«

»Ja.« Der Mann kratzte sich verlegen am Kopf.

»Okay. Das Einzige, was ich zu beanstanden habe, ist das falsche Datum auf den Papieren. Sie haben das Datum von gestern eingetragen statt dem von heute. Aber sonst ist alles in Ordnung. Tut mir leid, dass wir Ihre Fahrt unterbrechen mussten. Wir haben Anweisung vom Sonderdezernat, die Trucks verstärkt zu kontrollieren. Die Herren von der Kripo haben offenbar nichts Besseres zu tun, als uns Streifenpolizisten durch die Gegend zu scheuchen! Also, nichts für ungut. Ich wünsche weiterhin gute Fahrt.«

Erleichtert schnappte der Fahrer sich seine Mappe, murmelte ein Tschüss und verschwand im Führerhaus.

Jack sah den Fahrer an. »Alles klar?«, fragte er.

»Ja«, lautete die schroffe Antwort. »Ich will verflucht

sein, wenn ich mich jemals wieder auf so einen Scheiß einlasse. Mitten in der Nacht mit einem vollbeladenen Viehtransporter unterwegs zu sein, auffälliger geht's wohl kaum. Ein Wunder, dass die uns nicht verhaftet haben.«

»Hey«, sagte Jack. »Keine Panik. Das ist die letzte Fuhre. Danach verschwinden wir aus dieser Gegend.«

Die beiden Männer im Truck beobachteten, wie der Polizeiwagen sie überholte. In der Kabine herrschte Schweigen, bis der nächste Streifenwagen mit blinkendem Blaulicht an ihnen vorbeifuhr.

»Scheint wohl einiges los zu sein heute Nacht«, bemerkte Jack.

»Ich hoffe bloß, die sind nicht hinter uns her«, sagte der Fahrer in säuerlichem Ton.

Ein paar Kilometer weiter entdeckten sie den nächsten Streifenwagen, der am Straßenrand stand. Als sie an ihm vorbeifuhren, sah Jack, dass der Polizist am Steuer gerade mit dem Handy telefonierte. »Schön, dass wenigstens die Bullen sich an die Verkehrsordnung halten«, sagte Jack. »Verdammte Idioten. In der ganzen Gegend wimmelt es nur so von Polizei, und wir rollen einfach mittendurch mit unserem gestohlenen Vieh an Bord. Diese dummen Wichser.« Jack starrte in die Dunkelheit. Es war höchste Zeit, aus South Australia abzuhauen.

Während sie weiter dem Highway folgten, begegnete ihnen nur hin und wieder ein Fahrzeug, da zu dieser Uhrzeit fast niemand mehr unterwegs war. Kurze Zeit später steuerte der Fahrer den Truck auf eine verdreckte Nebenstraße, die zum Hintereingang der BJN Schlachtbetriebe führte, an den die Außenweiden grenzten. Das Schlachtvieh wurde immer durch das Vordertor angeliefert und in den Innengehegen abgeladen, während dies die Zufahrt war zu den Weiden, auf denen das Mastvieh gehalten wurde. Jack sprang aus dem Führerhaus, um beim Entladen zu helfen, während Brad bereits an der Rampe wartete, um den Fahrer einzuweisen. Der Truck setzte langsam rückwärts an die Rampe. Dann zog Brad den Stift heraus, mit dem die Heckklappe gesichert war, und schob sie auf.

Die verschreckte Herde benötigte eine kleine Aufforderung, um aus dem Truck zu kommen. Brad kletterte auf das Anhängerdach, während der Fahrer auf die Ladefläche stieg und versuchte, die Kühe und ihre Kälber die Rampe hinabzuscheuchen.

Jack fluchte. »Kommt schon, ihr Mistviecher, wir haben nicht die ganze Nacht Zeit!« Er kletterte ebenfalls in den Anhänger.

»Los, Zugriff, sofort!«, rief Dave in sein Funkgerät. Im nächsten Augenblick rasten vier Einsatzwagen heran und erhellten mit Suchscheinwerfern die Szenerie.

»Polizei! Nehmen Sie die Hände hoch!«, rief Craig in ein Megafon. Plötzlich wimmelte das ganze Gelände von Polizisten mit kugelsicheren Westen, die Waffen im Anschlag. Befehle wurden gebrüllt. Die Herde wurde laut, weil sie die Angst der Männer im Truck witterte.

Ein Beamter des Einsatzkommandos kletterte in den Laderaum, überwältigte den Fahrer und legte ihm Handschellen an.

Zwei andere Polizisten kümmerten sich um Jack. Er wehrte sich nach Leibeskräften und schlug um sich. »Ich gehe nicht wieder in den Knast, ihr Scheißbullen.«

Dave konnte Brad nirgendwo entdecken.

»Verdammt«, fluchte er. »Aber du entkommst mir nicht.« Er suchte mit einer Taschenlampe den Laderaum ab und entdeckte Brad schließlich in einer der Transportboxen. Dave blickte durch die Gittertür und sagte: »Kommen Sie freiwillig raus?«

»Du kannst mich mal«, antwortete Brad und sah sich verzweifelt um.

»Ein Glück, dass Sie Kühe geladen haben. Wären es Stiere, hätten Sie sich sicher nicht in der Box versteckt. Die hätten Sie nämlich glatt zum Frühstück verspeist.« Dave betrat die Box und näherte sich vorsichtig Brad. »Möchten Sie mir vielleicht sagen, warum Sie es auf Gemma Sinclair abgesehen haben?«

»Leck mich«, entgegnete Brad und wich vor Dave zurück bis an die Wand.

»Kein Problem. Dann werden Sie uns eben auf der Wache Rede und Antwort stehen.« Dave hatte bereits die Handschellen gezückt. Er rechnete eigentlich damit, dass Brad einen Fluchtversuch mitten durch das Vieh unternehmen würde. Allerdings sah Dave Brad an, dass er nicht viel von Tieren verstand und offenbar Angst hatte vor den gutmütigen Kühen, was ihn an der Flucht hinderte. Dave vernahm die Rufe der anderen draußen und wusste, dass Brads Komplizen festgenommen worden waren.

Plötzlich heulte Brad laut auf. »Geh sofort runter von meinem Fuß, du blöde, fette Scheißkuh!« Er sackte auf den Boden, während die Kuh ungerührt wiederkäute, ohne sich vom Fleck zu rühren. Dave konnte sich ein Lachen nicht verkneifen, während Brad sich inmitten von Kuhmist vor Schmerzen krümmte.

»An Ihrer Stelle würde ich schnell wieder aufstehen. So

können Sie sich unmöglich in den Streifenwagen setzen. Wir müssen Sie vorher mit dem Schlauch abspritzen, aber den Geruch von Kuhscheiße wird man so schnell nicht wieder los. Kommen Sie schon, Sie Esel, hoch mit Ihnen, bevor Sie noch einen Huf an den Kopf kriegen. Hey, Jonno, mach mal die Seitenklappe auf, damit dieser Idiot hier aussteigen kann und wir nicht mitten durch die Herde müssen.« Dave wartete, bis Jonno an der Klappe stand, und kletterte zu ihm herunter, um Brad mit vereinten Kräften herauszuhieven. Zwei kräftige Händepaare packten ihn und zogen ihn durch einen frischen Kuhfladen, der sich über sein Hemd und sein Gesicht verteilte. Dann legte Dave ihm Handschellen an und sagte: »Los, gehen Sie rüber auf die Wiese, damit wir Sie abspritzen können. Jonno, verfrachte ihn anschließend in den Streifenwagen. Seine nassen Klamotten kannst du vorn reinschmeißen. Mann, der stinkt ja bestialisch!«

Jonno schnappte sich einen unglücklich wirkenden Brad und sagte: »Los, gehen wir.«

Nachdem die drei Verbrecher in Handschellen auf verschiedene Fahrzeuge verteilt worden waren, fuhren Craig und Dave zurück zur Wache, wo die Festgenommenen verhört wurden. Craig nahm sich vorher kurz die Zeit, um Jess zu verständigen.

»Es hat geklappt. Wir haben Brad und Jack auf frischer Tat ertappt.«

»Mein Held«, hauchte Jess in den Hörer. »Nun zu unserer Verabredung …«

Craig musste lachen. »Ich befürchte, dass ich in den nächsten paar Tagen sehr beschäftigt sein werde, aber danach, meine Schöne, gehöre ich ganz Ihnen!«

Kapitel 31

Jess brach bereits am Sonntagmittag nach Port Pirie auf, um Gemma und Ben etwas Zweisamkeit zu ermöglichen.

Ben hatte am Wochenende im Gästezimmer übernachtet und Gemma und Jess bei der Gelegenheit näher kennengelernt. Seit Brad und Jack verhaftet waren, zeigte Gemma sich von einer völlig neuen Seite. Sie war wie ausgewechselt. Sie lachte und sang – allerdings ziemlich fürchterlich, wie Ben zugeben musste –, und die Anspannung war aus ihrem Gesicht gewichen. Sie strahlte nun vor Lebenslust und Freude. Als Ben dazu einen Kommentar machte, hatte Gemma ihm lächelnd geantwortet: »Jetzt brauche ich vor niemandem mehr Angst zu haben. Die Verbrecher sind alle geschnappt.« Ben hatte sie in den Arm genommen und fest an sich gedrückt.

Ben und Gemma winkten Jess hinterher. Nach einer allerletzten Tasse Kaffee und einem allerletzten Kuss stieg Ben in seinen Wagen und fuhr nach Pirie zurück. Nach Neds Herzinfarkt wartete eine Menge Arbeit auf ihn, um die er sich in der kommenden Woche zu kümmern hatte.

Als Gemma ins Haus zurückkehrte, klingelte das Telefon. Sie stürzte sich darauf in der Erwartung, es sei Ben, obwohl er erst wenige Minuten weg war. Stattdessen vernahm sie zu ihrer Überraschung Paiges Stimme.

»Hallo, Gemma, hier ist Paige. Wie geht es dir?«

Gemma machte es sich in ihrem Sessel bequem, um mit Paige zu plaudern. »Mir geht es prächtig, und dir?«

»Mir geht es auch gut. Was macht dein Arm?«

»Der ist schon fast wieder gut. Ich kann ihn richtig bewegen, und die Prellungen und Schürfwunden sind auch mehr oder weniger verheilt. Also, alles fast wieder normal.«

»Sehr schön. Und wie ist die Schur gelaufen?«

»Super. Die zweite Woche hat meine Erwartungen bestätigt, nachdem schon die erste gut gelaufen ist. Reichlich Wolle von guter Qualität gleich hoher Profit!«

»Das freut mich zu hören, Gemma. Schön, dass es bei dir wieder rundläuft. Hey, ich habe morgen frei, wie wär's, wenn ich dich besuchen komme?«

»Ja, das wäre toll, Paige«, sagte Gemma aufrichtig. »Dann können wir mal wieder so richtig quatschen.«

»Okay, dann fahre ich gleich morgens los. Soll ich was mitbringen?«

»Nur dich selbst. Ich freue mich auf dich. Bis morgen.« Gemma legte auf. Lächelnd schlang sie die Arme um den Körper. Seit dem Großeinsatz Freitagnacht und Bens warmen Küssen fühlte sie sich so glücklich und entspannt wie lange nicht mehr. Das Leben konnte so schön sein!

Gemma half Garry, den Geräteschuppen aufzuräumen, und checkte gerade den Ölstand an einem Fahrzeug, als Paige eintraf. Gleich darauf stieg diese aus ihrem Kleinwagen und trippelte vorsichtig über den staubigen Hofboden. Gemma kam aus dem Schuppen heraus, um sie zu begrüßen, und wischte sich die ölverschmierten Hände an einem alten Lappen ab.

»Paige, hi! Sorry, dass ich so aussehe – ich hab Garry geholfen. Aber dafür siehst du richtig klasse aus!«

Paige trug eine hellblaue Dreiviertelhose und ein weißes Leinentop. Um ihre Hüfte war ein rotes Seidentuch wie eine Schärpe gebunden.

»Danke. Aber du siehst heute immerhin besser aus als bei unserer letzten Begegnung!«, sagte Paige mit einem Augenzwinkern.

»Das ist wahr. Das Leben ist wieder schön. Komm, ich mache uns einen Kaffee.«

Die Frauen gingen hinüber ins Haus und redeten und redeten. Über alte Zeiten, neue Zeiten, über das Leben nach der Schule. Gemma staunte, wie viel sie mit Paige zu bequatschen hatte. Sie musste Jess unbedingt davon überzeugen, dass sie mal zu dritt essen gingen und sich aussprachen.

»Erzähl mir mehr von Ben«, sagte Paige, als der Nachmittag sich bereits dem Ende neigte. »Er scheint zu gut, um wahr zu sein.«

»Ja, aber er ist genau die Medizin, die ich im Moment brauche! Er ist so sanft, so liebevoll. Und aufmerksam. Ein richtig toller Mann. Und er kennt sich gut mit der Rinderzucht und der Farmwirtschaft aus, was für mich sehr wichtig ist. Seit Adam tot ist, habe ich nämlich niemanden mehr, mit dem ich über solche Dinge reden kann und der meine Begeisterung für das Farmerleben teilt. Ich kann mir einfach keinen schöneren Beruf vorstellen.« Gemma beobachtete, wie Paige aufstand und die Fotos an den Wänden betrachtete.

»Vermisst du Adam?«, fragte sie.

»Ja. Zwar nicht mehr so wie früher, nachdem ich ein

paar schlimme Dinge über ihn erfahren habe, aber das hat nichts geändert an meiner Liebe zu ihm.«

Paige drehte sich plötzlich abrupt zu Gemma um. »Wie ist es dir gegangen, als du von Tims Selbstmord erfahren hast?«, fragte sie unvermittelt.

Gemma zog verwundert eine Augenbraue hoch angesichts des plötzlichen Themawechsels und legte nachdenklich die Stirn in Falten. »Tja, eine furchtbare Sache, nicht wahr? Ich weiß nicht mehr. Ich glaube, das war erst das zweite Mal in meinem Leben, dass ich mit dem Tod in Berührung kam. Claire war der erste Mensch, der mir nahestand und den ich verloren habe. Ich glaube, ihr Tod hat mich mehr getroffen als Tims Selbstmord. Gut, Tim gehörte zwar zu unserer Clique und so, aber ich hatte nicht viel mit ihm zu tun. Verstehst du, was ich meine? Ich war ja damals schon mit Adam zusammen, und Tim war eben einfach … einfach … ich weiß nicht … er war halt einfach da. Trotzdem war das eine schreckliche Geschichte.«

»Hast du mich gehasst?«, fragte Paige leise.

»Nein! Na ja, vielleicht ein wenig. Aber nur am Anfang. Ich glaube, Claires Unfall war für uns alle ein heftiger Schock. Außerdem hat keiner von uns geahnt, dass zwischen dir und Tim was läuft. Ihr habt das ziemlich gut verheimlicht. Hast du wirklich geglaubt, Tim würde Claire für dich verlassen? War das denn was Ernstes zwischen euch beiden?« Gemma lächelte, um ihre Worte abzumildern.

Paige sank auf die Couch und starrte traurig auf ihre Hände. »Ja, zumindest habe ich das geglaubt. Mit der Zeit sind mir natürlich Zweifel gekommen. An dem Tag, an dem abends die Feier im Restaurant war, hatte Tim ein paar wichtige Entscheidungen getroffen, und offenbar spielte ich darin keine Rolle mehr. Darum habe ich Claire das Foto auf den Tisch geknallt. Ich glaube, ich war einfach stocksauer und wollte Tim eins auswischen.« Paige zupfte an ihren Fingernägeln.

»Hat er mit dir Schluss gemacht?«, fragte Gemma leise.

Paige zupfte weiter an ihren Nägeln, dann hob sie den Kopf, und in ihren Augen schimmerten Tränen. »Ja. Direkt am Morgen vor der Feier.«

»Oh Paige. Das war für alle Beteiligten eine schreckliche Sache, aber, wie Ben neulich gesagt hat, man muss die Vergangenheit hinter sich lassen und mit sich ins Reine kommen. Nur so kann man in Frieden weiterleben. Du musst dir selbst verzeihen.«

Paige warf Gemma einen verwunderten Blick zu. »Was sollte ich mir verzeihen?«, entgegnete sie. »Ich habe mir nichts vorzuwerfen.«

Gemma stutzte. »Oh, ich dachte …« Sie verstummte wieder.

Paige stand wieder auf und stellte sich vor das Hochzeitsfoto von Adam und Gemma. Zärtlich fuhr sie mit dem Zeigefinger um Adams Gesicht, dann wandte sie sich wieder Gemma zu. Ihre Augen funkelten böse, und Gemma verspürte ein leises Unbehagen.

»Übrigens hatte ich zu Adam einen recht guten Draht – vor allem in der Zeit, kurz bevor er starb«, bemerkte Paige beiläufig. Sie lächelte Gemma vielsagend an, der ganz flau im Magen wurde.

»Ach ja? Adam hat gar nicht erwähnt, dass er wieder Kontakt zu dir hatte«, sagte Gemma in unbekümmertem Ton.

»Tja, das wundert mich nicht. Ist doch logisch, dass er das vor dir verheimlicht hat.« Paige näherte sich Gemma und baute sich vor ihr auf. »Der Kontakt zu Adam kam über Brad zustande. Die beiden waren gute Freunde.« Gemma konnte ihre Überraschung nicht verbergen, und Paige fuhr fort: »Brad ist ein richtiger Schatz. Ich wette, du hast nicht gewusst, dass wir verheiratet sind, oder?«

»Nein«, antwortete Gemma so gelassen wie möglich, obwohl sie innerlich zitterte. Konnte sie laut genug schreien, damit Bulla und Garry sie hörten?

»Nun zu dir«, zischte Paige. »Du hattest immer so viel Glück im Leben, im Gegensatz zu mir. Du und deine Freundin, ihr habt mir alle Männer weggeschnappt, die ich geliebt habe. So wie Tim. Ich musste Claire ausstechen, damit Tim auf mich aufmerksam wurde, was mir irgendwann ja auch gelungen ist. Sechs Monate lang habe ich den Himmel auf Erden erlebt. Tim war so gut zu mir, einfach großartig. Allerdings schob er die Trennung von Claire ständig hinaus mit der Begründung, er brauche noch etwas Zeit, weil er nicht wusste, wie er es Claire beibringen sollte. Und plötzlich beschließt er aus heiterem Himmel, mir den Laufpass zu geben. Schiebt mich einfach so aufs Abstellgleis. ›Es tut mir leid, Paige, aber ich habe mich für Claire entschieden‹, hat er gesagt. Hat der etwa geglaubt, ich würde das einfach so schlucken? Nicht mit mir, Freundchen. Dem habe ich es gezeigt, nicht wahr? Und du, Gemma, hast mich dann mit deinen üblen Verleumdungen aus der Stadt vertrieben …«

»Das ist nicht wahr«, fiel Gemma ihr ins Wort, bestürzt über den Vorwurf. So etwas würde sie niemals tun!

»O doch.«

Gemma starrte Paige verwundert an. »Paige, ich habe nichts dergleichen getan. Du musst da was verwechseln. Ich habe dir lediglich eine Szene gemacht und dich angebrüllt, aber wie du dich bestimmt erinnerst, habe ich mich gleich am nächsten Tag bei dir entschuldigt. Ich hatte nämlich erkannt, dass es ein Fehler von mir war. Aber in jenem Moment stand ich noch total unter Schock, so kurz nach Claires tödlichem Unfall.«

»Und dann Adam«, fuhr Paige in schrillem Ton fort. »Wir hatten nur eine Affäre. Er konnte sich nicht von dir lösen. Ich musste ihn mit einer anderen teilen, genau wie Tim. Und jetzt hast du es auch noch geschafft, mir Brad wegzunehmen. Aber weißt du was? Das ist noch nicht einmal das Schlimmste, was du mir angetan hast. Du hast mir die Liebe meines Vaters gestohlen!«

»Paige, du selbst hast doch immer gesagt, dass du deinen Vater gar nicht kennst. Wie kann ich dir also seine Liebe gestohlen haben?«, fragte Gemma.

»Mit achtzehn habe ich Nachforschungen angestellt und herausgefunden, wer mein leiblicher Vater ist. Und weißt du was, Gemma? Als ich ihn kontaktiert habe, ließ er mich eiskalt abblitzen. Er meinte, ich wäre bloß das Ergebnis einiger Nächte, in denen er den Verstand verloren hatte. Und wieder wurde ich aufs Abstellgleis geschoben. Aber ich habe gesehen, dass mein Vater auf Billbinya ein und aus ging. Ich habe gesehen, wie er sich um dich gekümmert hat, wie er dir immer geholfen hat. Dass er dich mit Respekt behandelt hat. Vor allem nach Adams Tod hat er dir seine ganze Unterstützung gegeben, die er mir verweigert.« Paiges Gesicht war voller Verbitterung. »Brad besitzt einschlägige Erfahrung als Viehdieb. Ich konnte ihn überreden, mir zu helfen, damit ich mich an dir rächen konnte. So hatten wir die Idee, das gestohlene Vieh auf deinem Grundstück abzuladen, um gezielt den Verdacht auf dich zu lenken.«

Gemma war sprachlos vor Entsetzen. Paige hatte offenbar den Verstand verloren. Was, wenn Paige auf sie losgehen würde? Obwohl Gemma am liebsten die Flucht ergriffen hätte, wollte sie andererseits vermeiden, Paige durch eine plötzliche Bewegung aufzuschrecken.

Paige redete weiter. »Willst du wissen, wer mein leiblicher Vater ist, Gemma? Mein Vater ist Ned Jones.«

Gemma verschlug es den Atem. »Das habe ich nicht gewusst, Paige. Das tut mir sehr leid …«

Paige wandte sich ab und stellte sich wieder vor die Bilder an der Wand. »Siehst du, Gemma? Erkennst du das Muster? Du hast mir nicht nur den Mann weggenommen, den ich geliebt habe, sondern auch den, von dem ich geliebt werden möchte. Dafür musst du bestraft werden.« Sie griff in ihre Tasche und hielt plötzlich ein Spritzbesteck in der Hand. »Als Krankenschwester habe ich Zugriff auf die herrlichsten Drogen. Manche davon sind bei einer Autopsie nicht einmal nachweisbar.« Sie ging langsam auf Gemma zu, als sie plötzlich an der Hintertür einen Schatten wahrnahm, der vorbeihuschte. Alarmiert blickte Paige sich um und wandte sich in Richtung Küche. Dann schien sie es sich plötzlich anders zu überlegen und drehte sich wieder zu Gemma um.

Gemma wusste, wenn es ihr gelang, Paige abzulenken, konnte sie es vielleicht vor ihr ins Bad schaffen und sich dort einschließen. Aber womit konnte sie Paige ablenken? Ihr Blick fiel auf das Buch auf dem Couchtisch, das in

Reichweite lag, und sie streckte vorsichtig die Hand danach aus.

»Aber warum gerade Viehdiebstahl, Paige? Es gab nichts, was darauf hindeutete, dass du zu der Bande gehörst. Jess und ich sind zwar irgendwann Brad und Jack auf die Schliche gekommen, aber dein Name tauchte bis jetzt nirgendwo auf. Wie hast du es geschafft, völlig im Hintergrund zu bleiben?« Gemmas Finger umschlossen das Buch.

Paige konzentrierte sich wieder auf Gemma. Sie vermutete, dass es sich bei dem Schatten um eine Wolke handelte, die die Sonne kurz gestreift hatte.

»BJN, Gemma. Rate mal, wofür diese Abkürzung steht.«

»B für Brad und J für Jack, so viel haben wir bereits herausgefunden. Bitte sag jetzt nicht, dass das N für Ned steht. Ned ist kein schlechter Mensch. Vielleicht hat er sich zu einer Dummheit verleiten lassen, aber er ist kein schlechter Mensch.« Gemma blickte flehentlich zu Paige hoch.

»Ned? Dieser Schwachkopf. Der erkennt doch nicht einmal eine gute Gelegenheit, wenn er darüber stolpert. Nein, Gemma, nicht dein so hoch geschätzter Ned. N wie Nicholls. Paige Nicholls. Ich bin stille Teilhaberin der BJN Schlachtbetriebe.«

Mit einer raschen Bewegung hob Gemma das Buch hoch und warf es nach Paige, während sie fast gleichzeitig von der Couch aufsprang. In diesem Augenblick flog die Hintertür auf, und Craig stürzte herein, dicht gefolgt von Dave. Mit einer gezielten Bewegung schlug Craig Paige die Spritze aus der Hand und zwang sie auf die Knie, bevor er ihre Hände auf dem Rücken mit Handschellen fesselte.

Dave ging zu Gemma. »Alles okay?«, fragte er und legte die Hand auf ihre Schulter.

Gemma nickte stumm, während Craig Paige über ihre Rechte belehrte.

»Wie haben Sie …« Gemma rang mit den Worten. »Paige … Sie steckt hinter der ganzen Sache.« Sie schlug die Hände vors Gesicht, während Paige einen markerschütternden Schrei ausstieß.

»Wir haben sie rund um die Uhr beschattet, nachdem wir Adams Geständnis gelesen haben. Wir dachten eigentlich, wir schnappen sie schon Freitagnacht, aber da sie bei dem Coup nicht dabei war, haben wir sie das ganze Wochenende weiter observiert und sind ihr heute Morgen hierher gefolgt. Zum Glück. Das meiste von ihrem Geständnis haben wir auf Band. Nun ist es endgültig vorbei, Gemma.«

Gemmas Augen füllten sich mit Tränen.

Epilog

Gemma blickte vor zu Craig, während sie durch den Gang schritt. Er lächelte sie an, aber dann schweifte sein Blick von ihr ab und wanderte zu Jess, die in einem schlichten Brautkleid aus Satin direkt hinter ihr ging. Nachdem Gemma ihren Platz neben dem Altar eingenommen hatte, sah sie hinüber zu Ben, der in seinem Anzug steif dastand und für Craig die Trauringe bereithielt.

Gemma seufzte zufrieden. Drei Jahre später war der schlimme Albtraum fast in Vergessenheit geraten.

Nachdem sie die Entscheidung getroffen hatte, Billbinya zu verkaufen, fügte sich alles Weitere wie von selbst. Gemmas Vater hatte sich kurz darauf endgültig zur Ruhe gesetzt. Diesen Entschluss wollte er seiner Tochter schon mitteilen in jener Nacht, als sie zu ihm in die Klinik gefahren war nach seinem Herzinfarkt. »Ich bin mittlerweile einfach zu alt für die Arbeit auf der Farm. Ich möchte den Rest meines Lebens gerne genießen und noch ein wenig von der Welt sehen«, hatte er zu Gemma gesagt. »Übernimm du Hayelle. Dir kann ich die Farm guten Gewissens anvertrauen, und du musst dann nicht mehr so schwer schuften.« Gemma hatte das Angebot ihres Vaters angenommen.

Während sie Craig und Jess betrachtete, musste sie daran denken, wie sich aus einer anfänglichen Freundschaft eine große Liebe entwickelt hatte. Gemma hatte Jess noch nie so verliebt gesehen wie mit Craig. Zunächst war Craig nach Perth zurückgekehrt, und sie führten eine Zeit lang eine Fernbeziehung. Aber vor eineinhalb Jahren, bei der Hochzeit von Ben und Gemma, hatten Craig und Ben eine Bombe platzen lassen.

Gemma konnte sich noch gut an die begeisterten Gesichter der beiden erinnern, als sie und Jess in die geschäftlichen Pläne eingeweiht wurden. Ben hatte seinen Job in der Agentur gekündigt und zog mit Gemma nach Hayelle. Er verkaufte seine Farm im Süden, da ihm klar war, dass er nie mehr dorthin zurückkehren würde. Von nun an gehörte er an Gemmas Seite. Seine Stelle in der Agentur blieb unbesetzt, bis Ben von dem Erlös seiner Farm Craig, der mittlerweile sein bester Kumpel war, ein Darlehen gab, womit dieser sich bei *Hawkins & Jones* einkaufte, das jetzt *Hawkins & Buchanan* hieß.

Bevor sie Billbinya für immer den Rücken kehrte, hatte sie noch zwei Aufgaben zu erledigen. Sie wollte endlich eine Antwort haben auf die Frage, die sie einfach nicht losließ. Also hatte sie ihren ganzen Mut zusammengenommen und Mike Martin vom Australian Transport Safety Bureau angerufen. Mike hatte ihr amtlich bestätigt, dass Adams Flugzeugabsturz ein Unfall war. Es gab keine Beweise für irgendwelche Manipulationen. Mit einem stillen Lächeln hatte Gemma aufgelegt.

Danach hatte sie sich die Schachtel geschnappt mit Adams geheimem Vermächtnis und war zu dem Hohlraum über der Kaffeeküche im Geräteschuppen hochgestiegen, wo die Schachtel ursprünglich versteckt war. Sie hatte sie so tief wie möglich in die Öffnung geschoben und war dann wieder heruntergestiegen. Nun brauchte sie sich nicht mehr davor zu fürchten und konnte Adam aus ihren Gedanken verbannen, in ihre Erinnerung, wo er hingehörte.

Bulla und Garry hatten ihr zum Abschied gewinkt. Gemma hatte dafür gesorgt, dass der neue Besitzer von Billbinya beide Viehtreiber übernahm. Sie schauten regelmäßig auf Hayelle vorbei, um Ben und Gemma zu besuchen.

Nach dieser ganzen schrecklichen Geschichte hatte Gemma am meisten Mitleid mit Rose. Ned hatte das Bewusstsein nicht wiedererlangt und starb drei Wochen nach seinem Zusammenbruch. Rose gab das Haus auf und zog nach Adelaide, wo ihr Bruder mit seiner Familie lebte.

Gemma ließ den Blick über die Hochzeitsgäste schweifen und entdeckte Pat und Kate, die Händchen hielten. Nachdem Kate sich von ihrem Sturz erholt hatte, schlossen sie schließlich den Bund fürs Leben. Gemmas Eltern hatten den Weg von Adelaide nach Port Pirie auf sich genommen, wo die Hochzeit stattfand. Leisha lebte mit ihrer Familie jetzt in Canberra, und Gemmas Nichten freuten sich schon sehr auf viele Cousins und Cousinen, mit denen sie spielen konnten.

Gemma hatte in Ben einen Seelenverwandten gefunden, ging immer noch ihrer Lieblingsbeschäftigung nach, der Viehzucht, und erwartete bald ein Baby, das ihr Leben zusätzlich bereichern würde.

Plötzlich vernahm sie Beifallsrufe und Applaus, und sie sah, wie Jess und Craig sich küssten. Ben, der direkt daneben stand, zwinkerte ihr fröhlich zu, und Gemma dankte Gott im Stillen für ihr Leben.

Sie spürte, dass das Baby sich bewegte, und legte automatisch die Hand auf ihren gewölbten Bauch. Ben, der sie dabei beobachtet hatte, schenkte ihr ein zärtliches Lächeln.